U0148029

詩經

知我者《詩經》，罪我者《詩經》。

類編

● 陳光政 著 ●

麗文文化事業

■ 國家圖書館出版品預行編目資料

詩經類編／陳光政著. ——初版. ——高雄市：
麗文文化, 2016.06
　　面；　公分
　　ISBN　978-957-748-640-0(平裝)

1.詩經　2.研究考訂

831.18　　　　　　　　　　　　　105009285

詩經類編

初版一刷・2016 年 6 月

著者	陳光政
責任編輯	李佩珊
發行人	楊曉祺
總編輯	蔡國彬
封面設計	鍾沛岑
出版者	麗文文化事業股份有限公司
地址	80252高雄市苓雅區五福一路57號2樓之2
電話	07-2265267
傳眞	07-2264697
網址	http://www.liwen.com.tw
電子信箱	liwen@liwen.com.tw
劃撥帳號	41423894
購書專線	07-2265257轉236
臺北分公司	23445新北市永和區秀朗路一段41號
電話	02-29229075
傳眞	02-29220464
法律顧問	林廷隆律師
電話	02-29658212

行政院新聞局出版事業登記證局版台業字第5692號
ISBN 978-957-748-640-0 (平裝)

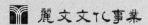 麗文文化事業

定價：550 元

例　言

一、本書打破風雅頌的詩次，重新分類達二十種。

二、本書的詩韻完全採用林義光的《詩經通解》。

三、本書的國語注音大多採用裴普賢的《詩經評註讀本》。

四、本書的譯注不偏於一家之言，如無特別必要，避免引用繁雜
　　的出處。

五、知我者《詩經》，罪我者《詩經》。

目　次

七、頌贊　147

八、諷刺　197

九、官場　208

一、喜悲劇的愛情代表作

(一)千古大圓滿的愛情

·〈周南·關雎〉(1)

一　關關①雎ㄐㄩ鳩② kiou
　　在河③之洲④ tsou
　　窈ㄧㄠˇ窕ㄊㄧㄠˇ⑤淑女
　　君子⑥好逑ㄑㄧㄡˊ⑦ kiou

關關叫聲雎鳩鳥，
在黃河的沙州上，
幽閒善良的姑娘，
君子的好匹配。

【注】①擬音詞。②水鳥名之一。③先秦古籍河專指黃河。④古籍洲、州通
　　　用。⑤古形容氣質典雅的女性。⑥有教養的男性。⑦追慕的對象。
【章旨】鳥語河濱作爲場景，君子淑女的愛情就此點燃。

二　參差荇ㄒㄧㄥˋ菜①
　　左右流 liou 之
　　窈窕淑女
　　寤②寐求 kiou 求之
　　求之不得 tik
　　寤寐思服③ pik
　　悠哉悠哉
　　輾轉反側 tsik

參差不齊的荇菜，
在岸邊因流水而浮動，
幽閒善良的姑娘，
令人夢寐以求，
追求落空，
連夢境都在思慕，
長夜漫漫，
盡在床上翻來覆去。

【注】①水生蔬菜。②夢寐。③助詞。
【章旨】追求愛情的煎熬情境油然而生。

三　參差荇菜 tsi　　　　　參差不齊的荇菜，
　　左右采① tsi 之　　　　有人在岸邊採收，
　　窈窕淑女　　　　　　　幽閑善良的姑娘，
　　琴瑟友② i 之　　　　　與她交往親密和諧。

【注】①采、採古今字。②志同道合之交。
【章旨】君子和淑女已濃情蜜意。

四　參差荇菜　　　　　　　參差不齊的荇菜，
　　左右芼①之　　　　　　有人在岸邊採收，
　　窈窕淑女　　　　　　　幽閑善良的姑娘，
　　鐘鼓樂 lau 之　　　　　敲鐘打鼓走上地毯的那一端。

【注】①《玉篇》作「覒」，《說文》：「覒，擇也，讀若曲。」
【章旨】有情人終成眷屬。

(二)一失足成千古恨的愛情

·〈衛風·氓〉(58)

一　氓①之蚩蚩② ti　　　　貌似忠厚老實的鄉巴佬，
　　抱布貿絲③ si　　　　　抱著粗布以圖交換絲製品，
　　匪來貿絲 si　　　　　　不是來交換絲製品，
　　來即我謀④ mi　　　　　來接近我是打我主意。
　　送子涉淇⑤ ki　　　　　送這位男士渡過淇水，
　　至于頓丘⑥ ki　　　　　直送到頓丘，
　　匪我愆期⑦ ki　　　　　不是我拖延佳期，
　　子無良媒 mi　　　　　　這位男士尚未委託好媒婆，
　　將⑧子無怒　　　　　　希望這位男士別生氣，

秋以爲期 ki　　　　　　秋天當作佳期吧！

【注】①古稱野人、野民，今言鄉巴佬、鄉下人。意諷見識不多的人。②今
　　　言疵疵。③古易市以布易絲。④意圖、打主意。⑤河水名。⑥地名。
　　　⑦誤期。⑧表示希望的助詞。

【章旨】一見鍾情的結合經常衍誤終身。

二　乘①彼垝垣② uan　　　　　登上那高高的牆，
　　以望復關③ kuan　　　　　以利眺望人來人往的關卡—復關，
　　不見復關 kuan　　　　　　看不見伊人通過復關，
　　泣涕漣漣 lian　　　　　　一把眼淚、一把鼻涕，
　　既見復關 kuan　　　　　　終於見到伊人通過復關。
　　載④笑載言 ngian　　　　　有笑有說，
　　爾卜⑤爾筮⑥　　　　　　　你用龜甲和筮草占問，
　　體⑦無咎言⑧ nhian　　　　內容沒有不吉利的成份，
　　以爾車來　　　　　　　　你把車子開來，
　　以我賄⑨遷 sian　　　　　運走我的財物嫁奩。

【注】①登上。②高牆。③關卡名，人貨必經之口。④則、且、又。⑤龜甲
　　　之占問。⑥筮草之占問。⑦主題、內容、含意。⑧不吉利之言。⑨財
　　　物。

【章旨】激情沖昏頭，萬事鬆綁。

三　桑之未落 kok　　　　　　桑樹未落葉時，
　　其葉沃若① nok　　　　　葉很光滑柔嫩，
　　于②嗟鳩兮　　　　　　　斑鳩啊！
　　無食桑葚 sim　　　　　　不要啄食桑葚，
　　于嗟女兮　　　　　　　　女士啊！
　　無與士耽③ sim　　　　　不要與男士縱樂過度，

士之耽兮	男士縱樂過度,
猶可說④也	尚能脫身,
女之耽兮	女士縱樂過度,
不可說也	擺脫不了。

【注】①光滑潤澤。②于、吁古今字。③耽溺不悟。④說爲脫之通假。
【章旨】婚後不得幸福，悔之晚矣。

四	桑之落矣	桑葚落地,
	其黃而隕① uen	葉黃而墜。
	自我徂②爾	打從我嫁給你,
	三歲食貧③ pen	三年的窮苦日子。
	淇水湯湯④ iong	淇水盛大,
	漸車帷裳⑤ song	濺濕馬車的窗布簾,
	女也不爽⑥ song	女方沒錯,
	士貳其行⑦ kuong	男士用情不專,
	士也罔極⑧ kik	男士毫無限制,
	二三其德⑨ tik	他的德操是三心二意的。

【注】①落。②適，嫁。③過窮苦日子。④形容河水盛大。⑤漸，沾濕。帷裳，車窗布簾。⑥差錯。⑦貳代表不專一。⑧沒準則。⑨三心兩意、心猿意馬。
【章旨】物質與愛情全落空，更遭休棄。

五	三歲爲婦	當人家室已經三年,
	靡室勞 lau 矣	沒在房間臥息，僅是勞苦而已,
	夙興夜寐	早起晚睡,
	靡有朝 tiau 矣	沒有早晨的感覺。
	言既遂①矣	講定了,

至於暴 pau 矣　　　　　終遭休棄，

兄弟不知　　　　　　　兄弟不知內情，

咥②其笑 siau 矣　　　　哈哈笑我，

靜言思之　　　　　　　沈默深思，

躬③自悼 tau 矣　　　　自身悲傷罷了。

【注】①達成、解決。②大笑。③自身、自己。

【章旨】《孔雀東南飛》脫胎於此。

六　及爾偕老①　　　　　和你白首偕老（當初誓言），

老使我怨② uan　　　　「老」使我怨恨。

淇則有岸 kan　　　　　淇水有河岸，

隰③則有泮④ pan　　　濕地有畔涯，

總角⑤之宴⑥ ian　　　童年的歡樂，

言笑晏晏⑦ ian　　　　言笑多麼和柔。

信誓旦旦⑧ tan　　　　信誓是明明白白的，

不思其反⑨ pan　　　　不想想當初的信誓，

反是不思 si　　　　　不想想當初的信誓，

亦已焉哉 tsi　　　　　也只好認命了。

【注】①氓之誓言。②指「及爾偕老」這句話。③低濕地、沼澤區。④泮、畔古今字。⑤古童幼頭髮結成的髮辮如角形，故泛稱總角。⑥古宴、晏、燕通用，歡樂之意。⑦柔順。⑧明白、昭顯。⑨反、返古今字。

【章旨】抱怨無用，一切歸於命運。

二、戀愛之章

(一)甜蜜的愛情

·〈邶風·北風〉(41)

一　北風其涼 kiong　　　　　好涼的北風，
　　雨①雪其雱ㄆㄤ② pong　　降雪盛大，
　　惠③而好我　　　　　　　喜歡我又善待我，
　　攜手同行 kueng　　　　　拉手一齊走，
　　其虛④其邪⑤ ngo　　　　他謙遜又舒緩，
　　既亟⑥只且⑦ tso　　　　還是稍嫌太急。

【注】①降、落（動詞）。②盛大。③愛。④謙遜。⑤徐緩。⑥通急。⑦
　　語助詞。

【章旨】風雪同行，恩愛有加。

二　北風其喈① kei　　　　　好冷的北風，
　　雨雪其霏② pei　　　　　降雪紛飛，
　　惠而好我　　　　　　　喜歡我又善待我，
　　攜手同歸 tuei　　　　　拉手同踏歸程，
　　其虛 ho 其邪 ngo　　　他謙遜又舒緩，
　　既亟只且 tso　　　　　還是稍嫌太急。

【注】①寒冷。②紛飛。

【章旨】風雪紛飛，同踏歸程。

三　莫赤匪狐① ko　　　　　　哪有不棕紅色的狐狸，
　　莫黑匪烏② o　　　　　　　哪有不黑色的烏鴉。
　　惠而好我　　　　　　　　喜歡我又善待我。
　　攜手同車 ko　　　　　　　拉手共搭馬車，
　　其虛 ho 其邪 ngo　　　　　他謙遜又舒緩，
　　既亟只且 tso　　　　　　　還是稍嫌太急。

【注】①無不是棕紅色的狡猾狐狸。②無不是一般黑（喻黑心）的烏鴉。
【章旨】萬般險惡，斯人獨享甜蜜的愛情。

·〈鄭風·溱洧〉(95)

一　溱與洧①方渙渙② huan 兮　　溱與洧二河水位正盈漫，
　　士與女方秉蘭③ kian 兮　　　一對男女剛好共持蘭花，
　　女曰觀乎 ho　　　　　　　女士說：「看看吧！」
　　士曰既且④ tso　　　　　　男士說：「已經去過了。」
　　且往觀乎 Ho　　　　　　　（女士說）：「姑且去看看吧！
　　洧之外洵⑤訏且樂 Lau　　　洧水畔真是令人痛快。」
　　維士與女　　　　　　　　這一對男女，
　　伊其相謔 ngiau　　　　　　他們互相開玩笑，
　　贈之以勺藥 Lau　　　　　　男贈女以勺藥（定情花）。

【注】①鄭國二水名。②水位瀰漫。③草名或蘭花名。④通徂，往、去。⑤
　　　信，誠。⑥大。
【章旨】青年男女在河邊踏青遊春。

二　溱與洧瀏①其清 tsong 矣　　溱與洧二河的流水澄澈，
　　士與女殷其盈 eng 矣　　　　一對男女情深意濃，
　　女曰觀乎 ho　　　　　　　女士說：「看看吧！」

士曰旣且 tso	男士說：「已經去過了。」
且往觀乎 ho	（女士說）：「姑且去看看吧！
洧之外洵訏且樂 lou	洧水畔眞是令人痛快。」
維士與女	這一對男女，
伊其將②謔 ngiau	他們互相開玩笑，
贈之以芍藥 lau	男贈女以芍藥（定情花）。

【注】①流淸貌。②疑是相的音近致誤。
【章旨】好一對熱戀又逍遙的佳偶。

·〈邶風·靜女〉(42)

一	靜①女其姝② tu	那位嫻淑貌美的姑娘，
	俟我於城隅 ngu	在城角處等我，
	愛③而不見	隱藏著而未及看到她，
	搔首踟躕 su	（我）不禁抓頭皮且來往徘徊。

【注】①古靜、嘉義通。②美艷。③《魯詩》訓薆，隱蔽也。〈離騷〉：「
　　眾薆然而蔽之。」
【章旨】情人幽會，偷偷摸摸。

二	靜女其孌① luan	那位嫻淑的美少女，
	貽②我彤管③ kuan	送我大紅色的針線管，
	彤管有煒④ uei	大紅色的針線管可眞紅，
	說懌女⑤美 mei	我眞喜愛妳的美麗贈品。

【注】①美少女。②贈送。③古以大紅色小竹管當針線包，《禮記·內則》
　　：「右佩箴管。」④赤貌。⑤女、汝古今字。
【章旨】愛屋及烏，熱戀之下，對方樣樣皆好。

三　自牧歸①荑② tei　　　　打從放牧的地方摘茅芽相送，
　　洵美且異③ i　　　　　實在甘美得不同凡響，
　　匪女之爲美 mei　　　不在意茅芽有多甘美，
　　美人之貽 i　　　　　美人的賞賜啊！

【注】①通饋（饋）。②茅草芽，味甘。③特殊、奇異。
【章旨】美人所贈，格外珍惜。

·〈齊風·東方之日〉(99)

一　東方之日 nit 兮　　　東方有朝陽，
　　彼姝者子　　　　　那位美麗的姑娘，
　　在我室 tsit 兮　　　出現在我的臥室，
　　在我室 tsit 兮　　　出現在我的臥室，
　　履①我即② tsi 兮　　緊密跟隨我。

【注】①動詞，跟隨。②靠近、接近。
【章旨】幽會鴛鴦之情狀。

二　東方之月 nguai 兮　　東方有明月，
　　彼姝者子　　　　　那位標緻的姑娘，
　　在我闥① tai 兮　　　出現在我的臥室門，
　　在我闥 tai 兮　　　出現在我的臥室門，
　　履我發② pai 兮　　　我走到那裡，她就跟到那裡。

【注】①臥室門。②行走。
【章旨】恩愛情侶之纏綿，無分晝夜。

·〈鄘風·桑中〉(48)

一　爰①采②唐③ tong 矣　　　採摘唐草，

沬④之鄉 kiong 矣　　　　　　在沬地鄉野，
云誰之思　　　　　　　　　　思念誰？
美孟姜⑤ iong 矣　　　　　　漂亮的姜家大女兒。
期我乎桑 song 中 tung　　　約我到桑園裡，
要我乎上 song 宮 kung　　　邀我進入樓上，
送我乎淇之上 song 矣　　　送我至淇水畔。

【注】①語助。②采、採古今字。③草名。④水名。⑤姓氏名。
【章旨】回味與女友約會的甜情蜜意。

二　爰采麥① mik 矣　　　　　採摘野麥，
　　沬之北 pik 矣　　　　　　在沬地北處，
　　云誰之思　　　　　　　　思念誰？
　　美孟弋② ik 矣　　　　　　漂亮的弋家大女兒。
　　期我乎桑 song 中 tung　　約我到桑園裡，
　　要我乎上 song 宮 kung　　邀我進入樓上，
　　送我乎淇之上 song 矣　　送我至淇水畔。

【注】①比較一、二章，此麥非指五穀之麥，必指野荣名。②姓氏名。
【章旨】同上章，此乃詩歌重沓之美。

三　爰采葑① pung 矣　　　　　採摘葑菜，
　　沬之東 tung 矣　　　　　　在沬地東邊，
　　云誰之思　　　　　　　　思念誰？
　　美孟庸② ung 矣　　　　　漂亮的庸家大女兒。
　　期我乎桑 song 中 tung　　約我到桑園裡，
　　要我乎上 song 宮 kung　　邀我進入樓上，
　　送我乎淇之上 song 矣　　送我至淇水畔。

【注】①野荣名。②姓氏名。
【章旨】再三重沓一章之美。

·〈王風·丘中有麻〉(74)

一　丘中有 i 麻　　　　　丘陵上有麻，
　　彼留子 tsi 嗟 ①　　　他—留子嗟，
　　彼留子 tsi 嗟　　　　他—留子嗟，
　　將②其來 li 施③ ta　　希望他來送禮物。

【注】①時人姓名。②表示希望的助詞。③或作施施，比較二、三章，當作
　　　施。施，贈予。
【章旨】有女懷春，期待吉士早日提親。

二　丘中有 i 麥① mik　　丘陵上有野麥，
　　彼留子 tsi 國② ik　　他—留子國，
　　彼留子 tsi 國 ik　　　他—留子國，
　　將其來 li 食③ sik　　希望他來用餐。

【注】①丘中不可能種五穀之麥，當指野麥。②換字以合韻，絕非此女水性
　　　楊花。③就食。
【章旨】重沓一章。

三　丘中有 i 李 li　　　丘陵上有李樹，
　　彼留之 ti 子 tsi　　他—留之子，
　　彼留之 ti 子 tsi　　他—留之子，
　　貽①我佩 pi 玖② ki　贈送我黑色佩玉。

【注】①贈物。②黑色玉石。
【章旨】有情女終得情郎。

·〈召南·野有死麇〉(23)

一　野有死 sei 麇① kuen　　　原野中有死獐，
　　白茅包 pou 之　　　　　用白茅草包紮。
　　有女懷春② tuen　　　　有位正當青春姑娘，
　　吉士③誘 siou ④之　　　好小子呼喚她。

【注】①獐。②青春期，指荳蔻年華。③好小子、帥哥。④相訹呼也（《說文》），今謂之呼喚。今人多曲解為引誘、挑逗。

【章旨】年輕獵人持獵物向心儀情人示愛。

二　林有樸樕① suk　　　　樹林中有樸樕木，
　　野有死鹿 Luk　　　　原野裡有死鹿，
　　白茅純束 suk　　　　用白茅細綁，
　　有女如玉② nguk　　　有位如花似玉的美姑娘。

【注】①樹名。②貌美，以美石喻美女。

【章旨】英雄配美女。

三　舒①而②脫脫③ tuai 兮　　斯文些，慢慢脫，
　　無感④我帨⑤ tuai 兮　　別拉扯我的佩巾，
　　無使尨⑥也吠 puai　　　別讓狗驚叫。

【注】①徐，意謂斯文。②通爾，你。③遲緩貌。竊疑當作脫衣解帶。④撼。⑤佩巾（《說文》）。⑥多毛狗。

【章旨】熱情男寬衣解帶，女則畏懼有加。

·〈鄭風·有女同車〉(83)

一　有女同車① ko　　　　有位姑娘與我同搭一輛馬車，
　　顏如舜華② uo　　　　容貌像木槿花之艷麗，

將翱將翔③iong	搖搖晃晃的擺動，
佩玉瓊琚④ko	佩戴美麗的寶石，
彼美孟姜⑤iong	她—漂亮的姜家長女，
洵美且⑥都⑦to	實在漂亮又大方。

【注】①北方「車」均指馬車。②木槿花。華、花古今字。③以鳥上下飛動譬喻美人體態婀娜多姿。④瓊，美。琚，寶石。⑤孟，排行首位。姜，姜姓。⑥誠。⑦大地方曰都，此言大方。

【章旨】驚歎身邊伴侶美如天仙。

二　有女同行 kuong　　　有位姑娘與我一起走路，
　　顏如舜英①iong　　　容貌像木槿花瓣之美艷，
　　將翱將翔 iong　　　搖搖晃晃的擺動，
　　佩玉將將②tsiong　　佩玉發出鏘鏘的碰撞聲，
　　彼美孟姜 iong　　　她—漂亮的姜家長女，
　　德音③不忘 mong　　高雅的談吐令人不能忘懷。

【注】①花瓣。②將、鏘古今字，敲擊金石之聲。③談吐高雅。
【章旨】同行女伴的貌德兼備。

·〈衛風·木瓜〉(64)

一　投我以木瓜①ko　　　把木瓜擲給我，
　　報之以瓊琚 ko　　　以美麗的琚玉回報她，
　　匪報 pou 也　　　　不在乎回報物的貴賤，
　　永以爲好 hou 也　　在於永久性的好合。

【注】①北方種不出木瓜，必當另有所指。
【章旨】禮輕情誼重，愛情價更高。

二　投我以木桃 tiau　　　　　把桃子擲給我，
　　報之以瓊瑤 iau　　　　　以美麗的瑤玉回報她，
　　匪報 pou 也　　　　　　不在乎回報物的貴賤，
　　永以爲好 hou 也　　　　在於永久性的好合。

【章旨】重沓一章之美。

三　投我以木李 li　　　　　把李子擲給我，
　　報之以瓊玖 ki　　　　　以美麗的玖玉回報她，
　　匪報 pou 也　　　　　　不在乎回報物貴賤，
　　永以爲好 hou 也　　　　在於永久性的好合。

【章旨】好歌不厭百回唱。

·〈陳風·東門之池〉（139）

一　東門之池① ta　　　　　東門的城池，
　　可以漚②麻 ma　　　　　可以浸泡麻，
　　彼美淑姬　　　　　　　她─美麗善良的姑娘，
　　可與晤歌③ ka　　　　　可以跟她對唱。

【注】①城池，即護城河。②浸泡。③對歌、對唱。
【章旨】情人城下對唱。

二　東門之池　　　　　　　東門的城池，
　　可以漚紵① to　　　　　可以浸泡紵麻，
　　彼美淑姬　　　　　　　她─美麗善良姑娘，
　　可與晤語② ngo　　　　可以跟她對話。

【注】①麻屬。②對話。
【章旨】情人城下對話。

三　東門之池　　　　　　　　東門的城池，
　　可以漚菅①　　　　　　　可以浸泡菅草，
　　彼美淑姬　　　　　　　　她—美麗善良的姑娘，
　　可與晤言　　　　　　　　可以跟她談心。

【注】①草名，可以編草鞋。
【章旨】情人城下談心。

·〈鄭風·出其東門〉(93)

一　出其東門 men　　　　　走出東門城，
　　有女如雲① uen　　　　　密密麻麻的姑娘聚在那兒，
　　雖則如雲 uen　　　　　　雖然那般多，
　　匪我思存 tsuen　　　　　都不是我念念的意中人，
　　縞《②衣綦③巾 ken　　　著白衣青綠色佩巾那一位。
　　聊④樂我員⑤　　　　　　才是我眞正喜歡的。

【注】①比喻衆多。②白色。③青綠色。④且。⑤云、員古今字，語助詞。
【章旨】癡情漢的心裡只有她。

二　出其闉闍① to　　　　　走出外城的臺樓，
　　有女如荼② uo　　　　　密密麻麻的姑娘聚在那兒，
　　雖則如荼 uo　　　　　　雖然那般多，
　　匪我思且③ tso　　　　　都不是我的心上人，
　　縞衣茹藘④ Lo　　　　　著白衣紅佩巾那一位，
　　聊可與娛⑤ ngo　　　　才是眞正可以相處甚歡的。

【注】①城外城謂之闉，城門上觀樓謂之闍。②茅草花謂之荼，茅草叢生，
　　如荼比喻衆多。③且、徂古今字，去、往。④茜草，紅色的染料。⑤

愉快。

【章旨】重沓前章，韻異字變。

·〈鄭風·野有蔓草〉(94)

一　野有蔓草　　　　　　　野地蔓草叢生，
　　零①露漙② tuan 兮　　　露水下得很大，
　　有美一人　　　　　　　有一位美女，
　　清揚③婉 uan 兮　　　　眉目清秀，
　　邂逅④相遇　　　　　　不期而遇，
　　適⑤我願 nguan 兮　　　嫁我乃我所願。

【注】①落、降、下。②露珠渾圓盛多之貌。③眉目清秀之貌。④不期而
　　遇。⑤嫁。
【章旨】一見鍾情。

二　野有蔓草　　　　　　　野地蔓草叢生，
　　零露瀼瀼① niong　　　　露水下得盛多，
　　有美一人　　　　　　　有一位美女，
　　婉如清揚② iong　　　　眉目清秀，
　　邂逅相遇　　　　　　　不期而遇，
　　與子偕藏③ tsiong　　　和妳一齊隱匿吧！

【注】①露水盛多貌。②倒裝以合韻。③藏、藏古今字。
【章旨】重沓前章，換韻變字。

·〈齊風·載驅〉(105)

一　載驅薄薄① pok　　　　　驅策馬行薄薄作響，
　　簟ㄉㄧㄢ茀②朱鞹ㄎㄨㄛ③ kuok　馬車上有竹簾和紅色皮墊。

魯道有蕩④　　　　　　　去魯國的大道相當平坦，
齊子發夕 tok　　　　　　齊國姑娘傍晚出發。

【注】①馬行的腳步聲。②竹製車簾。③皮製坐墊。④平坦寬大。
【章旨】齊國姑娘乘馬車越界至魯國以赴盛會。

二　四驪①濟濟② tsei　　　四匹黑色驪馬非常美觀，
　　垂轡濔濔③ nei　　　　下垂的韁繩好多，
　　魯道有蕩　　　　　　去魯國的大道相當平坦，
　　齊子豈弟④ tei　　　　齊國姑娘樂歪了。

【注】①黑色馬。②美貌（《毛傳》）。③眾（《毛傳》）。④愷悌，樂易
　　（《毛傳》）。
【章旨】拉風的馬車，上有快樂赴會的齊國姑娘。

三　汶水①湯湯② iong　　汶河的水流盛大，
　　行人彭彭③ pong　　　路上的行人眾多，
　　魯道有蕩 iong　　　　去魯國的大道相當平坦，
　　齊子翱翔④ iong　　　齊國姑娘興高如鳥翔空。

【注】①水名。②水盛貌。③此形容人潮洶湧。④比喻如鳥翔空之樂。
【章旨】水陸兩行，齊國姑娘興高采烈。

四　汶水滔滔① tiau　　　汶水的水流盛大，
　　行人儦儦② piau　　　路上的行人眾多，
　　魯道有蕩　　　　　　去魯國的大道相當平坦，
　　齊子遊敖③ ngau　　　齊國姑娘去遨遊。

【注】①與上章「湯湯」異詞同意。②與上章「彭彭」異詞同意。③敖、遨
　　古今字，此乃遨遊之倒裝。
【章旨】水陸兩行，齊國姑娘到魯國旅遊。

・〈陳風・東門之枌〉(137)

一　東門之枌①　　　　　　　東門城的枌樹，
　　宛丘②之栩ǐ③ uo　　　　宛丘地的栩樹。
　　子仲④之子　　　　　　　子仲氏的女兒，
　　婆娑⑤其下 ho　　　　　在枌、栩樹下翩翩起舞。

【注】①白楡樹。②地名。③櫟樹。④人名或氏名。⑤舞貌。
【章旨】少女舞於林下。

二　穀①且于差ǐ② tsa　　　選擇好日子，
　　南方之原 ngua　　　　　在南方的平地上，
　　不績其麻 ma　　　　　　當日不需紡紗織布，
　　市ǐ③也婆娑 sa　　　　盡情舞個夠。

【注】①穀，善。古農業立國，極其嘉美農作物。②擇。③市、沛古今字，
　　　有盛意。
【章旨】放假一天，鼓勵靑年男女熱心參加舞會。

三　穀旦于逝① tsai　　　　好日子那天赴盛會，
　　越②以馘③邁 mai　　　約同伴侶共行。
　　視爾如荍④ kiou　　　我看妳美如錦葵花，
　　貽⑤我握⑥椒 sou　　　妳贈送我一整把花椒。

【注】①往。②語助詞。③通總，共同。④錦葵花的花色粉紅。⑤贈送。⑥
　　　整把。
【章旨】盛會中，情侶私訂終身。

・〈魏風・十畝之間〉(111)

一　十畝之間 kian 兮　　　十畝大的田地，

桑者閑閑①kian ㄣ　　　　　桑農往來自得的樣子，
行　　　　　　　　　　　　走吧！
與子還②uan ㄣ　　　　　　與你返鄉當桑農。

【注】①往來者自得之貌（《朱傳》）。②返鄉種田。
【章旨】倦鳥知返，不如歸。

二　十畝之外 nguai ㄞ　　　　十畝田的附近，
　　桑者泄泄①tai ㄞ　　　　　桑農很舒意輕鬆的樣子。
　　行　　　　　　　　　　　　走吧！
　　與子逝② tsai ㄞ　　　　　與你同歸田園。

【注】①舒散貌。②歸去。
【章旨】同歸故里，行灌園躬耕之樂。

·〈唐風‧羔裘〉（120）

一　羔裘①豹袪② ko　　　　　豹皮袖的小羊皮大衣，
　　自我人居居③ ko　　　　　係由我穿著華麗的情人致送，
　　豈無他人　　　　　　　　豈是沒有別人相贈，
　　維子之故④ ko　　　　　　妳是老交情啊！

【注】①小羊皮大衣。②衣袖。③裾裾，衣服華麗。④故舊、老友。
【章旨】知心情人致送禮物，彌足珍惜。

二　羔裘豹褎① iou　　　　　豹皮袖的小羊皮大衣，
　　自我人究究② kiou　　　　係由我穿著講究的情人致送，
　　豈無他人　　　　　　　　豈是沒有別人相贈，
　　維子之好③ hou　　　　　妳是我的心上人啊！

【注】①褎、袖正俗字。②講究、時麾。③心上人。
【章旨】重沓上章，韻換異字。

·〈小雅·車舝〉(224)

一 間關①kuan 車之舝②kai 兮　　　　間關是車轄的聲音，
　　思孌③luan 季女④逝⑤tsai 兮　　　年輕貌美的少女出嫁，
　　匪飢匪渴 kai　　　　　　　　　不是為解決飢渴，
　　德音⑥來括⑦kuai　　　　　　　美德來相會
　　雖無好友 i　　　　　　　　　雖乏知心朋友，
　　式⑧燕⑨且喜 hi　　　　　　　仍將高高興興辦喜宴。

【注】①車轄的磨擦聲。②今作轄，控制車輪脫離。③思，語助詞。孌，美
　　貌。④少女。⑤通適，出嫁。⑥美德、美譽。⑦會，結合。⑧語助
　　詞。⑨通宴。
【章旨】以德結合之宴喜。

二 依①彼平林　　　　　　　　　那茂盛的平地樹林，
　　有集維鷮ᴶᴵ²kiau　　　　　　鷮鳥聚集，
　　辰③彼碩女④　　　　　　　　那位高大的美女出現正是時候，
　　今德來教 hiau　　　　　　　以美女的德行來教導我，
　　式燕且 tso 譽⑤uo　　　　　仍將歡歡樂樂辦喜宴，
　　好爾無 mo 射⑥　　　　　　　愛妳無厭時。

【注】①古通殷，盛。②雉鳥之屬。③時機、良時。④身材高䠷的美女。⑤
　　通豫，樂。⑥通斁，厭。
【章旨】窈窕淑女與有德君子之絕配。

三 雖無旨酒　　　　　　　　　雖然沒有美酒，
　　式飲庶幾①kei　　　　　　希望仍有酒可喝；
　　雖無嘉殽　　　　　　　　雖然沒有好菜，
　　式食庶幾 kei　　　　　　希望仍有菜可吃。

雖無德與 uo 女② no　　雖然沒有高尚的德行與妳媲美，

式歌且 tso 舞 mo　　仍將歌唱又跳舞。

【注】①代表希望的助詞。②女、汝古今字，第二人稱。
【章旨】貧士娶妻，不忘其樂。

四　陟彼高岡　　　　登上那高高的山頭，

析其柞①薪 sin　　砍伐柞木，

析其柞薪 sin　　　砍伐柞木，

其葉湑_{ㄒㄩˇ}②兮　　柞樹葉繁茂。

鮮③我覯④爾　　　我看到妳真好，

我心寫⑤ so 兮　　我的心情得以宣瀉。

【注】①樹名。②繁多厚重。③善（《毛傳》）。④見。⑤寫、瀉古今字。
【章旨】高崗幽會解萬愁。

五　高山仰 ngiong 止①　仰望高山，

景行②行 kiong 止　　行於大道，

四壯騑騑③　　　　四匹雄馬不停地走著。

六轡如琴④ kim　　六條轡繩調控如和諧的琴聲，

覯爾新昏⑤　　　　看到妳新婚，

以慰我心 sim　　　可以撫慰我的心了。

【注】①語助詞。②大道。③馬行不止之貌。④比擬馬車伕調控轡繩宛如彈
　　琴。⑤昏、婚古今字。
【章旨】有情人終成眷屬。

(二)苦澀的愛情

·〈鄭風·山有扶蘇〉(84)

一　山有扶蘇^① ngo　　　山中有扶蘇木，
　　隰^②有荷華^③ uo　　　沼澤區有荷花，
　　不見子都^④ to　　　　沒看到白馬王子，
　　乃見狂且^⑤ tso　　　反而見到狂妄小子。

【注】①木名。②低濕地、沼澤區。③華、花正俗字。④古美男子之通稱。
　　　⑤語助詞。

【章旨】初次約會，女方大感失望。

二　山有喬松 kung　　　山中有高大的松樹，
　　隰有游龍^① lung　　沼澤區有游龍草，
　　不見子充^② tsung　　沒看到俊朗的美男，
　　乃見狡童^③ tung　　反而見到狡詐的小人。

【注】①水草名。②義同子都。③豎子、小人、小子。

【章旨】重沓首章，韻異字變。

·〈王風·大車〉(73)

一　大車檻檻^① kam　　　大車行駛發出檻檻聲，
　　毳^②衣如菼^③ tam　　穿著青色毛皮大衣的大夫坐在車上，
　　豈不爾思^④　　　　哪會不想念您呢？
　　畏子不敢 kam　　　敬畏您以致不敢表達。

【注】①車行聲。②細毛皮大衣，大夫出巡之服。③菼，荻草，此擬作青綠
　　　色。④思爾之倒裝。

【章旨】地位懸殊，齊大非偶。

二　大車啍_{ㄊㄨㄣ}啍① tuen　　　大車行駛發出啍啍聲，
　　毳衣如璊_{ㄇㄣˊ}② men　　　穿著紅色皮毛大衣的大夫坐在車上，
　　豈不爾思　　　　　　哪會不想念您呢？
　　畏子不奔③ pen　　　敬畏您以致不敢投懷送抱。

【注】①車行聲。②紅色玉，此作紅色解。③私奔。
【章旨】想入非非，幾近意淫。

三　穀①則異室 tsit　　　活著卻在不同屋簷下，
　　死則同穴 hit　　　　希望死後葬在一個墓穴裡，
　　謂予不信　　　　　　如果說我不可信，
　　有如皦②日 nit　　　我如白日般的明亮。

【注】①生（《毛傳》）。②白、明。

·〈唐風·有杕之杜〉(123)

一　有杕_{ㄉㄧˋ}①之杜②　　孤立的杜樹，
　　生於道左 tsa　　　　長在大道左側。
　　彼君子兮　　　　　　那位君子啊！
　　噬③肯適④我 nga　　答應到我家，
　　中心⑤好之　　　　　內心喜歡他，
　　曷⑥飲食之　　　　　何時招待他吃喝？

【注】①孤立貌。②樹名。③《韓詩》作逝，語助詞。④往、去、到。⑤心
　　中之倒裝。⑥曷、何古今字。
【章旨】女子熱烈期待男友大駕光臨。

二　有杕之杜　　　　　　孤立的杜樹，
　　生於道周 tsou　　　長在大道周邊，

彼君子兮　　　　　　那位君子啊！
噬肯來遊 iou　　　　答應到我家一遊，
中心好之　　　　　　內心喜歡他，
曷飲食之　　　　　　何時招待他吃喝？

【章旨】重沓上章。

·〈檜風·素冠〉(147)

一　庶①見素②冠 kuan 兮　　　希望見到戴白色帽的年輕人，
　　棘人③欒欒④ luan 兮　　　我為他消瘦，
　　勞心慱慱⑤ tuan 兮　　　憂心如焚。

【注】①代表希望的語助詞。②原色，指白色。③女子自稱。④瘦貌。⑤憂
　　　貌。
【章旨】多情女消瘦為郎君。

二　庶見素衣 ei 兮　　　　　希望見到穿白色上衣的年輕人。
　　我心傷悲 pei 兮　　　　　我心為他傷悲，
　　聊①與子同歸② tuei 兮　　但願與你有共同的歸宿。

【注】①願、且。②歸宿。
【章旨】多情女盼與郎君共築愛巢。

三　庶見素韠① pit 兮　　　　希望見到著白色護膝的年輕人，
　　我心蘊結② kit 兮　　　　我心鬱悶，
　　聊與子如一③ it 兮　　　但願與你結為生命共同體。

【注】①護膝。②鬱悶。③合為一家，指結婚。
【章旨】多情女急切與郎君共築愛巢。

·〈鄘風·干旄〉(53)

一　孑孑①干旄② mau　　　　旗杆上端的旄牛尾非常顯著，
　　在浚③之郊 kiau　　　　樹立在浚地的郊外，
　　素絲紕④ sei 之　　　　白色絲線綁在上頭，
　　良馬四⑤ sei 之　　　　好馬四匹，
　　彼姝者子　　　　　　那位美麗的姑娘，
　　何以畀⑥ pei 之　　　拿什麼禮物贈送她？

【注】①特出貌（《朱傳》）。②干、杆古今字。旄，古以旄牛尾綁在旗杆
　　　上端。③地名。④縫，綁，聯屬。⑤四、駟古今字。⑥予、贈送。
【章旨】馬車女之戀。

二　孑孑干旟① uo　　　　　旗杆上端的鷹雕旗非常顯著，
　　在浚之都　　　　　　樹立在浚地都區，
　　素絲組② tso 之　　　白色絲線綁在上頭，
　　良馬五 ngo 之　　　　好馬五匹，
　　彼姝者子　　　　　　那位美麗的姑娘，
　　何以予之 uo　　　　拿什麼禮物贈送她？

【注】①周代九旗之一，畫鳥隼爲飾（《周禮·春官·司常》）。②與一章
　　　「紕」、三章「祝」義同。
【章旨】重沓上章。

三　孑孑干旌① seng　　　旗杆上端的析羽旗非常顯著，
　　在浚之城 teng　　　樹立在浚地的城中心，
　　素絲祝② tsou 之　　白色絲線綁在上頭，
　　良馬六 lou 之　　　好馬六匹，
　　彼姝者子　　　　　　那位美麗的姑娘，

何以告③ kou 之　　　　　拿什麼話題跟她說？

【注】①九旗之一，析羽爲旌。②織（《毛傳》）。③訴。
【章旨】重沓首章，所謂一唱三歎。

·〈王風·采葛〉(72)

一　彼采葛① kai 兮　　　　那位採葛草的姑娘，
　　一日不見　　　　　　一天沒看到她，
　　如三月 nguai 兮　　　宛如隔三個月之久。

【注】①草名。
【章旨】迷戀村姑。

二　彼采蕭① sou 兮　　　那位採蕭草的姑娘，
　　一日不見　　　　　　一天沒看到她，
　　如三秋 tsiou 兮　　　宛如隔三個秋季之久。

【注】①草名。
【章旨】重沓首章，字韻有變。

三　彼采艾① ugai 兮　　　那位採艾草的姑娘，
　　一日不見　　　　　　一天沒看到她，
　　如三歲 uai 兮　　　　宛如隔三個年頭之久。

【注】①草名。
【章旨】三章重沓，一唱三歎。

·〈秦風·蒹葭〉(129)

一　蒹葭① ko 蒼蒼② tsiong　蒹葭青蔥茂盛，
　　白露 ko 爲霜 song　　　白露化而成霜。

所謂 kuei 伊人③　　　　　所念念的那人，
在水 suei 一方④ pong　　在河水的另一邊。
遡ㄙ洄⑤從之　　　　　　逆流而上跟隨她，
道阻⑥且長 tong　　　　　路途險峻又遙遠，
遡遊⑦從之　　　　　　　逆流游過跟隨她，
宛在水中央 iong　　　　　彷彿她就在河流的中間。

【注】①草名。②青翠茂盛。③彼人、那人。④一邊、一旁。⑤逆流而上。
　　　⑥高、險。⑦逆水游泳。
【章旨】爲愛不畏冒險，直似《茵夢湖》的中國版。

二　蒹葭 ko 淒淒① tsiong　　蒹葭青蔥茂盛，
　　白露 ko 未晞ㄒ② hei　　　白露還未曬乾。
　　所謂 kuei 伊人　　　　　所念念的那人，
　　在水 sue 之湄③ mei　　　在河流的岸旁。
　　遡洄從之　　　　　　　逆流而上跟隨她，
　　道阻且躋ㄐ④ tsei　　　　路途險峻又上坡，
　　遡游從之　　　　　　　逆流游過跟隨她
　　宛在水中坻ㄔ⑤ tei　　　彷彿她就在水中的高地。

【注】①亦作萋萋，義同蒼蒼。②曬乾。③水邊。④升、上坡。⑤水中高
　　　地。
【章旨】重沓首章，字韻稍變。

三　蒹葭 ko 采采① tsi　　　蒹葭青蔥茂盛，
　　白露 ko 未已 i　　　　　白露還留下痕跡。
　　所謂 kuei 伊人　　　　　所念念的那人，
　　在水 suei 之涘ㄙ② i　　在河流的岸邊。
　　遡洄從之　　　　　　　逆流而上跟隨她，

道阻且右③i　　　　　　道路險峻又迂迴，
遡游從之　　　　　　　逆流游過跟隨她，
宛在水中沚④ tsi　　　　彷彿她就在水中的沙洲。

【注】①采、彩古今字，采采言茂盛之美。②涯、水邊。③迂迴（《鄭箋》）
　　　。④小渚、沙洲。
【章旨】重沓前二章，字韻稍變。

·〈周南·漢廣〉(9)

一　南有喬木　　　　　　南邊長有高大的樹木，
　　不可休 kiou 思①　　　無蔭可息。
　　漢有游女②　　　　　漢水岸邊有姑娘出遊，
　　不可求 kiou 思　　　沒機會可追求，
　　漢之廣 kuong 矣　　　漢水是寬闊的，
　　不可泳 iong 思　　　無法泅渡，
　　江之永③ iong 矣　　　長江是漫長的，
　　不可方④ pong 思　　　無法擺渡。

【注】①《毛詩》作「息」，《韓詩》作「思」，以章法看，《韓詩》為
　　是，當作語助詞。②游、遊古今字，此當出遊解。③水長。④方、舫
　　古今字，此當動詞擺渡解。
【章旨】佳人在水一方，可望而不可即。

二　翹翹①錯薪　　　　　　翹起交錯的柴木，
　　言②刈 ngai 其楚③ so　　一一將木條砍斷。
　　之子于歸④　　　　　這位姑娘出嫁了，
　　言秣⑤ moi 其馬 mo　　我願意餵她的馬，
　　漢之廣 kuong 矣　　　漢水是寬闊的，
　　不可泳 iong 思　　　無法泅渡，

江之永 iong 矣　　　　　　江水是漫長的，
不可方 pong 思　　　　　　無法擺渡。

【注】①錯亂高起貌。②語助詞。③木條。④女子出嫁。⑤牧草，此當動詞
　　　「餵」。
【章旨】來不及追求，佳人已出嫁，無語問江水。

三　翹翹錯薪　　　　　　　翹起交錯的柴木，
　　言刈 ngai 其蔞① lu　　　一一將蔞草砍斷。
　　之子于歸　　　　　　　這位姑娘出嫁了，
　　言秣 mai 其駒② ku　　　我願意餵她的少壯小馬，
　　漢之廣 kuong 矣　　　　漢水是寬闊的，
　　不可泳 iong 思　　　　　無法泅渡，
　　江之永 iong 矣　　　　　江水是漫長的，
　　不可方 pong 思　　　　　無法擺渡。

【注】①草名。②少壯小馬。
【章旨】重沓前章新郎不是我之痛。

·〈陳風·月出〉(143)

一　月出皎① kiau 兮　　　　皎潔的月兒出來了，
　　佼人②僚③ liau 兮　　　　漂亮的美人，
　　舒④窈糾⑤ kiau 兮　　　　美麗端莊的淑女不慌不忙，
　　勞心⑥悄⑦ siau 兮　　　　我為妳憂心慘慘。

【注】①潔白貌。②美人。③亮麗。④從容之態。⑤義同窈窕，幽貞嫻雅。
　　　⑥憂心。⑦憂貌。
【章旨】寄語，月下美人。

二　月出皓^① kou 兮　　　　　明亮的月兒出來了，
　　佼人懰^② mou 兮　　　　清秀的美人，
　　舒懮受^③ tsou 兮　　　婀娜款款的麗人不慌不忙，
　　勞心慅^④ tsou 兮　　　我為妳憂心忡忡。

【注】①義同皎。②義同僚。③舒遲之貌（玉篇）。④義同悄。
【章旨】重沓首章，字韻不同。

三　月出照^① 兮　　　　　光明的月兒出來了，
　　佼人燎^② 兮　　　　　明媚的美人，
　　舒夭紹^③ 兮　　　　　體態完好的美女不慌不忙，
　　勞心慘^④ 兮　　　　　我為妳憂心不安。

【注】①通昭，光明貌。②明。③通要紹，謂體態之美。④懆（《廣雅》）
　　　，愁不安（《說文》）。
【章旨】重沓前二章，字韻稍變。

·〈鄭風·遵大路〉(81)

一　遵^①大路 ko 兮　　　　　沿著大路走，
　　摻^②執子之袪^③ ko 兮　　拉住你的袖子，
　　無我惡 o 也　　　　　　切勿討厭我，
　　不寁^④故^⑤ ko 也　　　故舊之情無以延續了。

【注】①循、沿。②攬（《毛傳》）。③衣袖。④速（《毛傳》）、接（
　　　《平議》）。⑤故舊情誼。
【章旨】落花有意，流水無情。

二　遵大路兮　　　　　　　沿著大路走，
　　摻執子之手 sou 兮　　　拉住你的手，
　　無我魗^① sou 兮　　　切勿拋棄我，

　　不寠好 hou 也　　　　　　戀情無以為續了。

【注】①棄（《毛傳》）。
【章旨】重沓首章。

・〈陳風・防有鵲巢〉(142)

一　防有鵲巢 sau　　　　　　隄防上築有鵲巢，
　　卭①有旨苕② tau　　　　　土丘上長有甜美的苕草，
　　誰俹③予美　　　　　　　　誰以不實的大話欺騙我的心上美人，
　　心焉忉忉④ tau　　　　　　我心豈能不憂懼不安呢？

【注】①土丘。②草名。③誑騙。④憂勞貌。
【章旨】愛情生變，疑遭人中傷。

二　中唐①有甓ㄆㄧˋ② pie　　庭院的路上擺著磚，
　　卭有旨鷊ㄦˋ③ kie　　　　土丘上長有甜美的鷊草，
　　誰俹予美　　　　　　　　誰以不實的大話欺騙我的心上美人，
　　心焉惕惕④ tie　　　　　　我心豈能不憂慮恐懼呢？

【注】①庭院小徑。②磚。③草名。④戒慎恐懼。
【章旨】重沓前章，字韻稍變。

・〈陳風・東門之楊〉(140)

一　東門之楊 iong　　　　　　東門的楊樹，
　　其葉牂牂① tsiong　　　　　葉子很茂盛。
　　昏以為期　　　　　　　　約定黃昏見面，
　　明星②煌煌③ huong　　　　明亮的啓明星已出現(佳人仍未見)。

【注】①茂盛貌。②明亮的星星，或指啓明星，或指長庚星。③明亮貌。
【章旨】空守一夜，佳人爽約。

二　東門之楊　　　　　　　東門的楊樹，
　　其葉肺๋肺① pai　　　葉子很茂盛。
　　昏以爲期　　　　　　　約定黃昏見面，
　　明星哲๋哲② tsai　　明亮的啓明星已出現(佳人仍未見)。

【注】①茂盛貌。②明亮貌。
【章旨】重沓前章，韻詞稍變。

·〈鄭風·子衿〉(91)

一　靑靑子衿① kim　　　你青色的衣領，
　　悠悠②我心 sim　　　長記在我心中，
　　縱我不往　　　　　　即便我沒去看你，
　　子寧不嗣音③ im　　你寧可不給音訊嗎？

【注】①《毛傳》：「青衿，青領也。」②懸念不已。③繼續寄給音訊。
【章旨】女友埋怨男友之絕情。

二　靑靑子佩① pi　　　你青色的佩玉，
　　悠悠我思 si　　　　長記在我懷思，
　　縱我不往　　　　　　即便我沒去看你，
　　子寧不來 li　　　　你寧可不肯前來嗎？

【注】①佩玉。
【章旨】重沓首章，字韻有異。

三　挑兮達 tai 兮①　　　走來又走去，
　　在城闕② kuai 兮　　在城門的觀樓上，
　　一日不見　　　　　　　一天不見面，
　　如三月 nguai 兮　　宛如三個月之久。

【注】①往來貌。②城上觀樓。
【章旨】女子盼望早日重逢郎君。

·〈陳風·澤陂〉(145)

一　彼澤之陂^① pa　　　　那沼澤的隄岸，
　　有蒲^②與荷 ka　　　　生長蒲草與荷花，
　　有美一人　　　　　　有一位漂亮的美女，
　　傷如之何 ka　　　　　何以悲傷到這種地步？
　　寤寐無爲^③ ua　　　　醒睡都不成，
　　涕泗^④滂沱 ta　　　　　一把眼淚、一把鼻涕的大哭一場。

【注】①同坡。②水草之一。③無成（聞一多）。④涕，眼淚。泗，鼻涕。
【章旨】紅顏爲愛而失魂落魄。

二　彼澤之陂　　　　　　那沼澤的隄岸，
　　有蒲與蕑^① kian　　　生長蒲草與蘭花，
　　有美一人　　　　　　有一位漂亮的美女，
　　碩大^②且卷^③ kuan　　身材高䠷又貌美，
　　寤寐無爲　　　　　　醒睡都不成，
　　中心悁悁^④ uan　　　心中憂愁不已。

【注】①蘭草（《毛傳》）。②高䠷。③又作嫣（《釋文》），貌美。④憂悶。
【章旨】重沓首章，韻字稍變。

三　彼澤之陂　　　　　　那沼澤的隄岸，
　　有蒲菡^{「ㄏㄢˋ」}萏^{「ㄉㄢˋ」①} iam　生長蒲草與荷花
　　有美一人　　　　　　有一位漂亮的美女，
　　碩大且儼^② ngiam　　身材高䠷又端莊，
　　寤寐無爲　　　　　　醒睡都不成，

輾轉伏枕 sam 　　　　　　翻來覆去伏臥枕頭之上。

【注】①荷花。②端莊（《毛傳》）。
【章旨】重沓前兩章，韻字微變。

·〈小雅·隰桑〉(234)

一　隰①桑有阿② ka 　　　　低濕地的桑樹極美，
　　其葉有難③ na 　　　　　桑葉柔嫩。
　　旣見君子 　　　　　　　見過文質彬彬的男友，
　　其樂如何 ka 　　　　　那快樂無以言表。

【注】①沼澤地、低濕地。②阿、婀古今字，美貌。③難、儺、娜古今字，
　　柔美貌。
【章旨】女子重溫愛情約會的滋味之美。

二　隰桑有阿 　　　　　　　低濕地的桑樹極美，
　　其葉有沃① iau 　　　　桑葉肥潤。
　　旣見君子 　　　　　　　見過文質彬彬的男友，
　　云何不樂 lau 　　　　　哪會不快活呢？

【注】①肥潤。
【章旨】重沓前章，字韻稍變。

三　隰桑有阿 　　　　　　　低濕地的桑樹極美，
　　其葉有幽① iou 　　　　桑葉深成深黑色，
　　旣見君子 　　　　　　　見過文質彬彬的男友，
　　德音②孔膠③ mou 　　　關懷備至的話語非常貼心。

【注】①深黑色。②關懷的話語。③甚黏，喻刻骨銘心。
【章旨】重沓前兩章，字韻稍變。

四　心乎愛① ei 矣　　　　　心中隱藏的話，
　　遐不謂 kuei 矣　　　　何不說出來呢？
　　中心藏 tsiong 之　　　埋藏心中的情意，
　　何日忘 mong 之　　　　哪一天會忘卻呢？

【注】①隱藏。《邶風・靜女》：「愛而不見」，愛，薆、隱蔽。按中國古
　　　典文學中的男女之愛，一向是愛在心裡，口不開，不宜採用近代西方
　　　式的表達方式。
【章旨】癡情少女口難開。

(三)離異的愛情

·〈鄭風・褰裳〉(87)

一　子惠①思我　　　　　你想我的時候，
　　褰②裳涉溱③ tsin　　提起衣裳渡過溱水，
　　子不我思　　　　　　你不再想我了，
　　豈無他人 nin　　　　難道我就沒有別的追求者？
　　狂童④之狂也且⑤　　狂妄的小子太過狂妄吧！

【注】①語助詞。「惠思」連言不成意，惠字當為語助詞，甲骨文、金文中
　　　習見，文獻中也不乏其例。（劉毓慶，《詩經圖注》）。②用手提
　　　起。③水名。④豎子、小子。⑤語助詞。
【章旨】女子見棄，心中忿忿不平。

二　子惠思我　　　　　你想我的時候，
　　褰裳涉洧① i　　　提起衣裳渡過洧水；
　　子不我思　　　　　你不再想我了，
　　豈無他士② li　　　難道我就沒有別的追求者嗎？
　　狂童之狂也且　　　狂妄的小子太過狂妄吧！

【注】①水名。②此指情人。
【章旨】重沓首章，字韻有變。

·〈鄭風·東門之墠〉(89)

一　東門之墠①ㄕㄢ tan　　　　東門城外的郊野，
　　茹藘②在阪③ㄅㄢ pan　　　茹藘草生在坡地上，
　　其室則邇④　　　　　　　　他家近在眼前，
　　其人甚遠 uan　　　　　　　他人卻遠在天邊。

【注】①野土（《說文》），即郊外。②草名。③與坡同意。④近。
【章旨】落花有意，流水無情。

二　東門之栗① lit　　　　　　東門城長大栗樹，
　　有踐②家室 tsit　　　　　　排列整齊的房舍，
　　豈不爾思③　　　　　　　　怎能不想你呢？
　　子不我即④ tsit　　　　　　是你不肯親近我。

【注】①樹名。②意同邊豆有踐之踐，整齊貌。③思爾之倒裝。④即我之倒
　　裝。
【章旨】重沓首章，字韻有變。

·〈齊風·甫田〉(102)

一　無田ㄉㄧㄢˋ①甫田② tin　　休耕的廣闊田地，
　　維莠ㄧㄡˇ③驕驕④ kiau　　但見高高的莠草，
　　無思遠人 nin　　　　　　　無須想念遙居遠處的人，
　　勞心⑤忉ㄉㄠ忉⑥ tau　　　勞苦之心致人憂傷。

【注】①田、佃古今字，耕作。②廣闊田地。③草名。④通喬喬，高貌。⑤
　　憂思。⑥憂勞。
【章旨】親人流落遠處，以致田園荒廢。

二　無田甫田 tin　　　　　休耕的廣闊田地，
　　維莠桀桀①kai　　　　但見高高的莠草，
　　無思遠人 nin　　　　　無須想念遙居遠處的人，
　　勞心怛ㄉㄚ怛ㄉㄚ②tai　勞苦之心致人憂傷。

【注】①意同驕驕。②意同忉忉。
【章旨】重沓首章，字韻稍變。

三　婉①uan 兮孌②luan 兮　　多麼溫柔又漂亮，
　　總角③丱ㄍㄨㄢˋ④kuan 兮　童稚時上聳的髮辮如兩角，
　　未幾見 kian 兮　　　　　見後沒多久，
　　突而弁⑤pan 兮　　　　　倏忽間就長大成年了。

【注】①柔和貌。②少好貌。③古時童稚頭上結的髮角。④總角貌。⑤皮帽
　　，古時男二十而冠，代表已成年。
【章旨】青梅竹馬的結合，因變故而離異。

・〈邶風・終風〉(30)

一　終①風且暴 pau　　　　整天刮風又暴雨，
　　顧我則笑 siau　　　　　他一看到我就笑，
　　謔②浪③笑敖④ngau　　戲謔、孟浪、嘻笑、傲慢。
　　中心⑤是悼 tau　　　　我心中是哀傷的。

【注】①終日。②戲謔。③孟浪、放蕩。④敖、傲古今字。⑤心中之倒裝。
【章旨】少女哀傷遇人不淑。

二　終風且霾ㄇㄞˊ①li　　　整天刮風又揚塵，
　　惠然②肯來 li　　　　　他肯欣然前來嗎？
　　莫往莫來 li　　　　　我沒去，他沒來，

悠悠我思 si　　　　　　　我無限牽掛。

【注】①雨土，塵土飛揚。②欣然。
【章旨】有女懷春，情人棄之。

三　終風且曀①ei　　　　　　整天刮風又陰沈，
　　不日有曀 ei　　　　　　不見陽光，只有陰沈，
　　寤言②不寐 mei　　　　　醒著無法入睡，
　　願言則嚏　　　　　　　思念時不禁惱怒起來。

【注】①旣陰又風曰曀（《毛傳》）。②語助詞。③思念。④惱怒。「危乎
　　忿懥」（《大戴禮‧武王踐祚》）、「身有所忿懥」（〈大學〉）。
【章旨】重沓第二章，字韻有變。

四　曀曀其陰　　　　　　　陰沈昏暗有風，
　　虺虺①其靁② luei　　　　雷聲虺虺，
　　寤言不寐 mei　　　　　　醒著無法入睡，
　　願言則懷③ tuei　　　　　思念時不禁神傷。

【注】①雷聲。②靁、雷古今字。③憂傷。
【章旨】重沓二、三章。

‧〈衛風‧竹竿〉(59)

一　籊ㄉㄧˊ籊①竹竿　　　　長而尖的竹竿，
　　以釣于淇② ki　　　　　　用在淇水釣魚，
　　豈不爾思③ si　　　　　　哪能不想你呢？
　　遠莫致之 ti　　　　　　遙遠以致無法到達。

【注】①長而尖的竹竿。②水名。③思爾之倒裝。
【章旨】釣翁之意不在魚，在乎身處遠方的情人。

二　泉源①在左　　　　　　泉源位在左方，
　　淇水在右 i　　　　　　淇水位於右側，
　　女子有行②　　　　　　女子即將出嫁，
　　遠兄弟父母 mi　　　　遠離兄弟父母。

【注】①由下文「淇水」推知，泉源也是地名。②由下文推知，行是指出
　　　嫁。
【章旨】情人要遠嫁，新郎不是他。

三　淇水在右　　　　　　　淇水位於右側，
　　泉源在左 tsa　　　　　泉源位在左方，
　　巧笑之瑳ᵗˢᵃ tsa　　　輕輕一笑即現出潔白的牙齒，
　　佩玉之儺²na　　　　　佩玉非常炫麗。

【注】①玉色鮮白，此指美齒。②儺、㑘、那、娜古今字，此指玉色炫麗。
【章旨】形容佳人之美姿美容。

四　淇水滺滺① iou　　　　淇水流個不停，
　　檜楫②松舟 tsou　　　檜木槳、松木舟，
　　駕③言④出遊 iou　　　操舟出遊，
　　以寫⑤我憂 iou　　　　用來紓發我的憂傷。

【注】①與悠悠同意，長久不止。②船槳。③此言操舟。④助詞。⑤寫、瀉
　　　古今字。
【章旨】縱一葉扁舟以解千千愁。

・〈鄭風・將仲子〉(76)

一　將①仲子②兮　　　　　拜託二哥，
　　無踰我里 li　　　　　不得跨越我的居所，
　　無折我樹杞³ ki　　　不得折斷我家的杞樹，

岂敢愛④之	豈敢吝惜杞樹？
畏我父母 mi	敬畏我的父母。
仲可懷 tuei 也	二哥可令我思念，
父母之言	父母的話，
亦可畏 uei 也	也可令我敬畏啊！

【注】①表達希望的語助詞。②排行第二的敬稱。③杞樹的倒裝，押韻之需。④吝惜。

【章旨】父母與情人難兩全，弱女子忍痛捨情人。

二　將仲子兮	拜託二哥，
無踰我牆 tsiong	不得攀越我家圍牆，
無折我樹桑① song	不得折斷我家桑樹，
岂敢愛之	豈敢吝惜桑樹？
畏我諸兄 huong	敬畏我的兄哥們，
仲可懷 tuei 也	二哥可令我思念。
諸兄之言	兄哥們的話，
亦可畏 uei 也	也可令我敬畏啊！

【注】①桑樹的倒裝，押韻之需。

【章旨】諸兄與情人難兩全，弱女子忍痛捨情人。

三　將仲子兮	拜託二哥，
無踰我園 uaan	不得穿越我家庭院，
無折我樹檀① tan	不得折斷我家檀樹，
岂敢愛之	豈敢吝惜檀樹？
畏人之多言 ngian	敬畏他人多閒言閒語，
仲可懷 tuei 也	二哥可令人思念，
人之多言	他人的閒言閒語，

　　　　亦可畏 uei 也　　　　　　亦可令人敬畏啊！

【注】①檀樹的倒裝，押韻之需。
【章旨】人言可畏，寧可捨棄情人之愛。

·〈齊風·南山〉(101)

一　南山①崔崔②tsuei　　　　南山甚是雄偉，
　　雄狐綏綏③tuei　　　　　雄狐行動遲緩，
　　魯道有蕩④　　　　　　往魯國的大道十分平坦，
　　齊子⑤由歸⑥tuei　　　　齊國女子循道出嫁。
　　既曰歸 tuei 止　　　　　既然已經出嫁，
　　曷⑦又懷 tuei 止　　　　何以又想念她呢？

【注】①齊國山名。②雄偉高大貌。③行動遲緩貌。④平坦。⑤齊國女子。
　　⑥嫁。⑦何。
【章旨】情人嫁給別人，故人感傷不已。

二　葛屨①五兩② liong　　　葛草鞋五雙，
　　冠緌③雙 sung 止④　　　冠緌的穗頭一對，
　　魯道有蕩 iong　　　　　往魯國的大道十分平坦，
　　齊子庸⑤ ung 止　　　　齊國女子以此道出嫁。
　　既曰⑥庸 ung 止　　　　既然以此道出嫁，
　　曷又從 tung 止　　　　何必又去相隨呢？

【注】①葛草鞋。②雙。③冠緌下端的穗頭。④語助詞。⑤用、以。⑥語助
　　詞。
【章旨】情人出嫁，觸景傷情。

三　蓺①麻如之何　　　　　如何種麻？
　　衡從②其畝 mi　　　　　在田中要縱橫排列整齊，

取③妻如之何	如何娶妻?
必告父母 mi	必須稟告父母。
既曰告 kou 止	既然已稟告了,
曷又鞠④ kou 止	何必又自討苦吃呢?

【注】①埶、藝古今字,種植。②即橫縱,今言縱橫。③取、娶古今字。④窮(《毛傳》),困。今本多誤作鞠。

【章旨】屈從父母,對故人仍懸念不已。

四	析薪如之何	劈柴該怎麼做?
	匪斧不克① kiki	不用斧頭是不行的,
	取妻如之何	娶妻該怎麼辦?
	匪媒不得 tik	沒有媒人是行不通的。
	既曰得 tik 止	既然已經透過媒人,
	曷又極② kik 止	何以又那麼想不開呢?

【注】①能。②窮極、積極。

【章旨】媒人不克所託,卻仍極度死心眼。

·〈召南·江有汜〉(22)

一	江有汜① i	江水外流而又回歸,
	之子歸	這位姑娘出嫁,
	不我 nga 以 i ②	不再和我一起了,
	不我 nga 以 i	不再和我一起了,
	其後也 ta 悔 mi	她將來必也後悔。

【注】①從主流分出而後又歸入主流的河川。②以我之倒裝。以、與在先秦古籍常通用。

【章旨】詛咒琵琶別抱的情人不得好姻緣。

二　江有渚①to　　　　　　江面上有小沙洲，
　　之子歸　　　　　　　　這位姑娘出嫁，
　　不我 nga 與② uo　　　　不再和我一起了，
　　不我 nga 與 uo　　　　　不再和我一起了，
　　其後也 ta 處③ tso　　　　她將來必也獨處終身。

【注】①水中小沙洲。②與我之倒裝。③應爲出處之處，此解作離婚而獨
　　　處。
【章旨】重沓首章，韻字異變。

三　江有沱① ta　　　　　　江水另有支流沱江，
　　之子歸　　　　　　　　這位小姐出嫁，
　　不我 nga 過② kua　　　　不再過訪我，
　　不我 nga 過 kua　　　　　不再過訪我，
　　其嘯也 ta 歌 ka　　　　　她將會悲嘯又哀歌。

【注】①水名。②過我之倒裝。
【章旨】再三重沓首章，韻字略變。

・〈小雅・我行其野〉(194)

一　我行其野 uo　　　　　　我行在原野中，
　　蔽芾①其樗② uo　　　　　在那茂盛掩映的樗木下，
　　昏③姻之故 ko　　　　　　婚姻的原由，
　　言④就⑤爾居 ko　　　　　就近和妳共住，
　　爾不我畜⑥　　　　　　　妳不肯收養我，
　　復我邦家 ko　　　　　　我又返回自己的國度老家。

【注】①草木茂盛掩覆之貌。②樹名。③昏、婚古今字。④語助詞。⑤近。
　　　⑥畜、蓄古今字，養。
【章旨】異國婚姻，慘遭逐回。

二　我行其野　　　　　　　我行在原野中，
　　言采①其蓫②tou　　　採摘蓫菜，
　　昏姻之故　　　　　　　婚姻的原由，
　　言就爾宿 sou　　　　就近和妳同居，
　　爾不我畜　　　　　　　妳不肯收養我，
　　言歸斯③復 pou　　　我又返回老家。

【注】①采、採古今字。②野菜名。③語助詞。

【章旨】重沓首章，字韻有變。

三　我行其野　　　　　　　我行在原野中，
　　言采其葍①pik　　　採摘葍菜，
　　不思舊姻　　　　　　　不念老夫妻的恩情，
　　求爾新特②tik　　　追求妳的新拼頭，
　　成③不以富 pik　　　果真不因財富，
　　亦祇④以異⑤ik　　　也只是為的喜新厭舊。

【注】①野菜名。②公牛，此指拼頭。③成、誠古今字，果真、如果、誠然。④今通用只，但。

【章旨】責妻貪淫，另結新歡，不念舊情。

·〈小雅·谷風〉(207)

一　習習①谷風　　　　　　和舒的山谷風，
　　維風及雨 uo　　　　風雨交加，
　　將恐將懼 ko　　　　即將有可怕的事故發生。
　　維予與女②no　　　我和你，
　　將安將樂　　　　　　　即將有安樂的日子，
　　女轉棄予 uo　　　　你反而拋棄我。

【注】①安舒貌。②女，汝古今字，第二人稱，男女皆可通用。
【章旨】妻子預想不到，突然見棄。

二　習習谷風　　　　　　　和舒的山谷風，
　　維風及頹① tuei　　　　風中夾帶熱氣，
　　將恐將懼　　　　　　　即將有可怕的事故發生，
　　寘②予于懷 tuei　　　　置我在懷中，
　　將安將樂　　　　　　　即將有安樂的日子，
　　棄予如遺③ tuei　　　　拋棄我如同丟垃圾。

【注】①焚風、熱氣。②寘、置古今字。③丟棄垃圾。
【章旨】重沓首章，字韻略變。

三　習習谷風　　　　　　　和舒的山谷風，
　　維山崔嵬① kuei　　　　山是高峻的，
　　無草不死　　　　　　　所有的草都死光，
　　無木不萎 uei　　　　　所有的樹都枯萎，
　　忘我大德②　　　　　　忘掉我的大恩惠，
　　思我小怨③ uei　　　　記住我的小忿恨。

【注】①高峻貌。②恩德。③怨恨不滿。
【章旨】道出被棄的原因，原來丈夫是以怨報德之徒。

˙〈小雅・都人士〉(231)

一　彼都①人士　　　　　　那位相貌不凡的男士，
　　狐裘黃黃② kuong　　　狐皮大衣鮮艷得很，
　　其容不改　　　　　　　他的外表不顯衰老，
　　出言有章③ song　　　說話精彩，
　　行歸④于周　　　　　　新娘嫁給周國的都人士。

萬民所望 mong　　　　　　　萬民夾道瞻仰。

【注】①先秦稱美男子謂之都。②形容狐裘之炫麗。③章、彰古今字。④往嫁。

【章旨】佳人配君子。

二　彼都人士　　　　　　　　那位相貌不凡的男士，
　　臺①笠緇ʳ撮ᵗˢᵘ²ⁱ tsuai　　蓑草斗笠和黑色繫帶，
　　彼君子③女　　　　　　　那位高貴的女士，
　　綢④直如⑤髮 pai　　　　稠密又直的頭髮，
　　我不見兮　　　　　　　我見不到她，
　　我心不說⑥ tuai　　　　我內心不痛快。

【注】①臺、薹古今字，莎草。②黑色帶。③高貴。④綢、稠古今字，密。
　　⑤語助詞。⑥說、悅古今字。

【章旨】情人嫁人，新郎不是我。

三　彼都人士　　　　　　　　那位相貌不凡的男士，
　　充耳①琇②實③ sit　　　充耳玉是堅美的琇石。
　　彼君子女　　　　　　　那位高貴的女士，
　　謂之尹吉④ kit　　　　號稱是尹、吉二氏聯婚的女兒，
　　我不見兮　　　　　　　我見不到她了，
　　我心苑結⑤ kit　　　　我內心鬱悶。

【注】①又名瑱，耳飾玉。②美石。③堅美。④與周聯姻的兩大貴族。⑤鬱悶。

【章旨】重沓二章，字韻略變。

四　彼都人士　　　　　　　　那位相貌不凡的男士，
　　垂帶而①厲② lai　　　腰帶下垂的部分如同裂布。

彼君子女　　　　　那位高貴的女士，
卷髮如蠆③ mai　　卷髮形如蠍尾高翹，
我不見兮　　　　　我見不到她了，
言④從⑤之邁⑥ mai　隨她遠去吧！

【注】①如、像。②裂，碎布條。③蠍子。④語助詞。⑤跟隨。⑥遠行。
【章旨】重沓二、三章，字韻略變。

五　匪①伊②垂之　　　那下垂的腰帶。
　　帶則有餘 uo　　　腰帶超長之故，
　　匪伊卷之　　　　那卷翹的頭髮，
　　髮則有旟③ uo　　因為髮上梳有鳥形，
　　我不見兮　　　　我見不到她了，
　　云④何盱⑤ uo 矣　何以這等憂愁呢？

【注】①彼。②語助詞。③周時九旗之一，畫飛鳥之旗謂之旟，此指鳥形。
　　　④語助詞。⑤病、憂。
【章旨】重沓前三章，字韻略變。

‧〈小雅‧白華〉(235)

一　白華①菅ㄐㄧㄢ② kuan 兮　白色花的菅草，
　　白茅束 suk 兮　　　　　白色的茅草捆綁著，
　　之子③之④遠 uan　　　　這位男士到遠方，
　　俾⑤我獨 tuk 兮　　　　使我陷入孤獨。

【注】①華、花古今字。②野草名。③之，這。子，男士之敬稱。④往。⑤
　　　致使。
【章旨】落花有意，流水無情。

二　英英①白雲　　　　　　　　繁花如白雲，
　　露②彼菅茅 mou　　　　　　露珠霑在那些菅茅之上，
　　天步③艱難　　　　　　　　時運不佳，
　　之子不猶④ iou　　　　　　這位男士規畫無方。

【注】①英，花瓣。英英，指繁花。②露珠，當動詞用。③天行、時運。④
　　計謀、規畫。
【章旨】時運不濟，嫁錯郎。

三　滮 piou 池① ta 北流　　　　滮池的湖水向北流出，
　　浸② tsim 彼稻田 tin　　　　滋潤那些稻田。
　　嘯 sou 歌 ka 傷懷　　　　　長嘯高歌傷透心，
　　念 kim 彼碩人 min　　　　　思念那位大阿哥。

【注】①湖名。②滋潤。③體貌魁偉之人。
【章旨】弱女子高歌念情人。

四　樵①彼桑薪 sin　　　　　　砍伐那桑木當柴火，
　　卬②烘③于煁④ sim　　　　　供我竈中燒，
　　維彼碩人 nin　　　　　　　那位大阿哥，
　　實勞我心 sim　　　　　　　眞是傷透我的心。

【注】①名詞轉化作動詞，砍伐。②俺、我。③燒。④竈。
【章旨】弱女子爲情人傷透心。

五　鼓鐘于宮①　　　　　　　　屋內撞鐘，
　　聲聞于外 nguai　　　　　　屋外聽到，
　　念子懆懆②　　　　　　　　想你使我心憂，
　　視我邁邁③ mai　　　　　　對待我太疏遠了。

【注】①室。②憂愁貌。③疏遠。
【章旨】落花有意，流水無情。

六　有鶩①在梁②　　　　　有鶩鳥棲息在瀰上，
　　有鶴在林 lim　　　　有鶴鳥停留在樹林中，
　　維彼碩人　　　　　　那位大阿哥，
　　實勞我心 sim　　　　真使我擔憂。

【注】①水鳥名。②魚梁、瀰。
【章旨】情人漸行漸遠，無望挽回。

七　鴛鴦在梁 long　　　　鴛鴦棲息在瀰上，
　　戢ㄐ①其左翼 ik　　　收斂牠的左翅，
　　之子無良② liong　　　這位男士沒良心，
　　二三其德③ tik　　　　德操不專一。

【注】①斂。②品德不佳。③用情不專。
【章旨】女子遇人不淑，為之奈何。

八　有扁①斯石　　　　　這塊登車石薄薄的，
　　履②之卑 pie ㄅ　　　站上去顯得低低的，
　　之子之遠　　　　　　這位男士到遠處去，
　　俾我疧ㄑ③ tie ㄅ　　害得我生病了。

【注】①薄。②踩。③病。
【章旨】情人遠離，致患相思病。

(四)愛情重於麵包

·〈召南·行露〉(17)

一　厭浥①行②露 ko　　　　　道上露水濕濘濘的，
　　豈不夙夜③ ko　　　　　　豈不趁早（溜之大吉），
　　謂④行多露 ko　　　　　　還說路上露水多。

【注】①濕貌。②道路。③趁早（夜尚黑）。④說、辯白。
【章旨】露重夜黑，趁機溜之大吉。

二　誰謂雀無角① kuk　　　　誰說麻雀沒尖喙，
　　何以穿我屋② uk　　　　　何以啄破我家屋頂，
　　誰謂女ㄖㄨˇ③無家④　　　誰說你不是權貴之家，
　　何以速⑤我獄⑥ nouk　　　何以使我吃上官司，
　　雖速我獄 nguk　　　　　　雖然使我吃官司。
　　室家⑦不足⑧ tsuk　　　　逼我當妻室是不可以的。

【注】①指喙（咮）堅如角。②屋頂，如愛屋及烏。③女、汝古今字，你。
　　　④權貴之家。⑤召，如不速之客。⑥訟，指吃官司。⑦即家室，此當
　　　動詞用。⑧不可，如不足爲外人道。
【章旨】權貴逼婚，弱女堅拒。

三　誰謂鼠無牙① nno　　　　誰說老鼠沒有牙齒，
　　何以穿我墉② ung　　　　何以咬穿我家牆壁，
　　誰謂女無家 ko　　　　　誰說你不是權貴之家，
　　何以速我訟③ kung　　　何以使我吃上官司，
　　雖速我訟 kung　　　　　雖然使我吃官司，
　　亦不女從④ tsung　　　　也決不屈服於你。

【注】①牙齒今爲複合名詞，古代有別，前者爲齒，後者爲牙。②牆。③訴
　　　訟。④從女（汝）之倒裝。
【章旨】重沓二章，字韻有變。

· 〈陳風·衡門〉(138)

一　衡①門之下　　　　　　横木門之下，
　　可以棲遲② tei　　　　可以棲身休息，
　　泌③之洋洋④　　　　　噴湧的泉水極其豐沛，
　　可以樂⑤飢 kei　　　　可以治療飢餓。

【注】①衡、横古通用。②棲身休息。③噴水聲，或泉水名。④水盛大貌。
　　　⑤通療。
【章旨】安貧樂道，富貴何足惜。

二　豈其食魚　　　　　　豈有吃魚，
　　必河之魴① pong　　　必須是黄河的魴魚；
　　豈其取②妻　　　　　　豈有娶妻，
　　必齊之姜③ iong　　　必須是齊國姜家女。

【注】①魚名。②取、娶古今字。③姜太公後裔，齊國大姓。
【章旨】不求美食，齊大非偶，樂在其中矣。

三　豈其食魚　　　　　　豈有吃魚，
　　必河之鯉 li　　　　　必須是黄河的鯉魚；
　　豈其取妻　　　　　　豈有娶妻，
　　必宋之子① tsi　　　　必須是宋國子家女。

【注】①宋國大姓。
【章旨】重沓前章，字韻有變。

(五)女子遲婚之歎

·〈召南·摽有梅〉(20)

一　摽①有②梅 mi 　　　　　棒打梅樹，
　　其實七 tsit 兮　　　　　樹上還剩七成梅子。
　　求我庶③士 li 　　　　　追求我的諸位男士，
　　迨④其吉⑤ kit 兮　　　　把握良辰吉時吧！

【注】①擊。②語助詞。③衆。④同逮，及。⑤良辰吉時。
【章旨】女子初感晚婚的危機。

二　摽有梅 mi 　　　　　　棒打梅樹，
　　其實三 sim 兮　　　　　樹上還剩三成梅子。
　　求我庶士 li 　　　　　追求我的諸位男士，
　　迨其今 kim 兮　　　　　把握現在吧！

【章旨】女子益感晚婚之急，恨不得即刻出嫁。

三　摽有梅 mi 　　　　　　棒打梅樹，
　　頃筐①墍⺾② kei 之　　　斜口筐裝得滿滿的。
　　求我庶士 li 　　　　　追求我的諸位男士，
　　迨其謂③ kuei 之　　　　及時宣布佳期吧！

【注】①頃，傾古今字。頃筐，斜口筐，以便繫腰置物。②以土增大道，比
　　　喻裝滿梅子。③說出，宣布。
【章旨】女子慕婚情急，猶如不擇食之飢。

(六)愛之欲其生，惡之欲其死

·〈曹風·候人〉(151)

一　彼候人①兮　　　　　那些迎賓送客的儀隊，
　　何②戈與祋③ tai　　肩扛戈與長棍。
　　彼其之子④　　　　　那位小子，
　　三百赤芾⑤ pai　　　是三百位身著紅色蔽膝大夫的的邦主。

【注】①道路送迎賓客者，即今之儀隊。②何、荷古今字。③祋、殳古今字
　　，長棍。④曹共公（《詩序》）。⑤芾即蔽膝。大夫以上，赤芾乘軒
　　（《毛傳》）。
【章旨】譴責破壞國法制度之小諸侯。

二　維鵜①在梁②　　　　鵜鳥止於壩上，
　　不濡③其翼 ik　　　不曾沾濕牠的羽翼。
　　彼其之子　　　　　那位小子，
　　不稱其服④ pik　　身分與其衣著不合稱。

【注】①食魚鳥。②水壩。③漬濕。④衣冠不合身分，指僭越官爵地位。
【章旨】官員目無法制，欺壓百姓良民。

三　維鵜在梁　　　　　鵜鳥止於壩上，
　　不濡其咮①tu　　　不曾沾濕牠的喙部。
　　彼其之子　　　　　那位小子，
　　不遂②其媾③ ku　　沒能達他淫暴的意圖。

【注】①鳥喙。②成。③強暴交媾。
【章旨】弱女堅拒被姦淫暴。

四　薈① kuai ㄅ蔚② uai ㄅ　　　青蔥茂盛的樹林，
　　南山朝隮ㄐ③ tsei　　　　南山清晨現虹。
　　婉④ uan ㄅ孌⑤ luan ㄅ　　柔順貌美的少女，
　　季女斯飢 kei　　　　　　小女子身陷飢餓之中。

【注】①草木茂盛。②草木鬱鬱蒼蒼。③虹。④柔順。⑤年輕貌美。
【章旨】逼婚不得，遭致絕糧。

三、結　婚

·〈周南·桃夭〉(6)

一　桃之夭夭①　　　　　　　桃樹十分茂盛，
　　灼灼②其華③ uo　　　　　桃花非常艷麗，
　　之子④于歸⑤　　　　　　這位姑娘出嫁了，
　　宜⑥其室家⑦ ko　　　　　（希望）她與全家族和睦融洽。

【注】①《說文》作枖枖：「木少盛貌。」②艷麗。③華、花古今字。④這
　　　位女子。⑤出嫁。⑥安。⑦家室之倒裝。
【章旨】期賀新娘與夫家上下和睦融洽。

二　桃之夭夭　　　　　　　　桃樹十分茂盛，
　　有蕡①其實 sit　　　　　桃果顆粒碩大，
　　之子于歸　　　　　　　　這位姑娘出嫁了，
　　宜其家室 tsit　　　　　（希望）她與全家族和睦融洽。

【注】①大。
【章旨】重沓首章，韻字略變。

三　桃之夭夭　　　　　　　　桃樹十分茂盛，
　　其葉蓁蓁① tsin　　　　桃葉密布。
　　之子于歸　　　　　　　　這位姑娘出嫁了，
　　宜其家人　　　　　　　　（希望）她與家人和睦融洽。

【注】①密布。
【章旨】重沓首章，字韻略變。

·〈豳風·伐柯〉(158)

一　伐柯①伐柯 一再砍伐枝當斧柄，
　　匪斧不克② kik 不用斧頭就砍不斷。
　　取③妻如何 娶妻當怎麼辦？
　　匪媒不得 tik 沒有媒人是行不通的。

【注】①樹名，堅梗可做斧柄。②能。③取、娶古今字。
【章旨】伐柯以斧，娶妻須憑媒妁之言。

二　伐柯伐柯 一再砍伐柯枝當斧柄，
　　其則①不遠 uan 斧柄的規格就在近處。
　　我覯②之子③ 我看到這位姑娘，
　　籩豆④有踐⑤ tsian 家中所有容器都排放整整齊齊的。

【注】①規格。②見。③這位女子。④籩，竹器。豆，食肉器。此當家中容
　　器的總稱。⑤排列整齊。
【章旨】讚美目中佳偶善於料理家務。

·〈唐風·綢繆〉(118)

一　綢繆①束薪② sin 一束束的柴木綑綁好好的，
　　三星③在天 tin 參星座位居中天的方向，
　　今夕何夕 今夜何夜？
　　見此良人④ nin 看到這等夫君，
　　子兮子兮 你啊！你啊！
　　如此良人何 何以有這等好夫君？

【注】①纏繞綑綁。②束好的柴木。③二十八星座之一。④妻對夫的尊稱。
【章旨】新婚夜，新娘盛讚新郎。

二　綢繆束芻① stu　　　　一束束的乾草綑綁好好的，
　　三星在隅② ugu　　　　參星座位居東南角的方向，
　　今夕何夕　　　　　　今夜何夜？
　　見此邂逅③ hu　　　　未料到竟這樣不期而遇，
　　子兮子兮　　　　　　你啊！你啊！
　　如此邂逅何　　　　　何以竟這樣不期而遇了？

【注】①乾草。②天之東南角。③不期而遇。
【章旨】新婚夜，新婦大驚奇遇。

三　綢繆束楚① so　　　　一束束的柴木條綑綁好好的，
　　三星在戶② ho　　　　參星座位居門戶的方向，
　　今夕何夕　　　　　　今夜何夜？
　　見此粲③者 to　　　　見到這位英俊的郎君，
　　子兮子兮　　　　　　你啊！你啊！
　　如此粲者何 ho　　　　何以有這樣英俊的郎君？

【注】①柴木條。②門戶。草扇曰戶，雙扇曰門。③粲、燦古今字，此言英
　　俊。
【章旨】新婦與如意郎君徹夜纏綿。「參星在天、在隅、在戶之移動，說明時
　　間之久長，謂此新婚夫妻通夜纏綿也。」（裴普賢，《詩經評註讀
　　本》）

·〈邶風・匏有苦葉〉(34)

一　匏ㄠ①有苦ㄨ②葉 tiap　　匏瓜已見枯葉，
　　濟③有深涉④ siap　　　濟水有深的渡口，
　　深則厲⑤ lai　　　　　水深就以船擺渡，
　　淺則揭⑥ kai　　　　　水淺就攝衣褲過河。

【注】①瓜名。②苦、古今字。③水名。④渡口。⑤《釋文》：「本或作濿
　　　。」濿，船渡也。⑥攝衣褲。
【章旨】河川的深淺不足畏，但看情人在何方。

二　有瀰①noi 濟 tsei 盈 eng　　　濟水盈滿
　　有鷕② tsuei 雉 sei 鳴 meng　　雉鳴鷕鷕啼叫，
　　濟 tsei 盈 eng 不濡③軌④ kiou　盈滿的濟水仍不致滿浸車軌，
　　雉 sei 鳴 mong 求其牡 mou　　雉鳴為尋求公雉。

【注】①水滿貌。②母雉的叫聲。③滿浸。④車軌。
【章旨】男歡女愛，異性相吸。

三　雝雝①鳴鴈② ngan　　　雁鳴雝雝，
　　旭日始旦③ tan　　　　旭日剛剛昇起，
　　士如歸妻④　　　　　男士如果要娶妻子，
　　迨⑤冰未泮⑥ pan　　等待冰期未融解之時。

【注】①雁鳴聲。②析言之，雁指鴻，鴈指鵝。渾言之，二者可互通。此詩
　　　當指鴻雁。③當動詞，曰始出。④女嫁曰歸。⑤逮、待。⑥冰融化。
【章旨】男士期待早日完婚。

四　招招①舟子② tsi　　　船伕不停的招手，
　　人涉卬否 pi　　　　別人渡過而我則否，
　　人涉卬否 pi　　　　別人渡過而我則否，
　　卬須③我友④ i　　　我必須等待我的好友。

【注】①不停的招手。②船伕。③務必。④同志為友，泛泛為朋。
【章旨】苦等遲遲未現的情人。

· 〈齊風‧著〉(98)

一　俟①我於著② to 乎而③　　在門屏之間等我，

　　充耳④以素⑤ so 乎而　　用白色絲繩穿塞耳玉，

　　尚⑥之以瓊華⑦ uo 乎而　　飾以美麗的花朵。

【注】①等待。②門屏之間（《毛傳》）。③語助詞。④塞耳玉，即瑱玉。
　　　⑤白色絲。⑥附加。⑦美麗花朵。
【章旨】新娘從側室觀看登堂迎親的新郎。

二　俟我於庭① teng 乎而　　在堂階上等我，

　　充耳以青② tseng 乎而　　用青色絲繩穿塞耳玉，

　　尚之以瓊瑩③ ueng 乎而　　飾以美麗的寶玉。

【注】①堂階。②青色絲。③美玉。
【章旨】新娘從側室觀登上堂階的新郎。

三　俟我於堂① song 乎而　　在正廳中等我，

　　充耳以黃② kuong 乎而　　用黃色絲繩穿塞耳玉，

　　尚之以瓊英③ iong 乎而　　飾以美麗的花瓣。

【注】①中堂、正廳。②黃色絲。③花瓣。
【章旨】新娘從側室觀看登上正廳的新郎。

· 〈齊風‧敝笱〉(104)

一　敝笱①在梁②　　　　　　破敗的捕魚竹器安置在石堰中，

　　其魚魴鰥③ kuen　　　　捕捉到的魚有魴和鰥。

　　齊子④歸⑤止⑥　　　　　齊國女子出嫁，

　　其從⑦如雲⑧ uen　　　　陪嫁隨從如雲般之多。

【注】①捕魚竹器。②石堰。③皆魚名。④女子。⑤女嫁曰婦。⑥語助詞。
　　⑦陪嫁人員。⑧比喻人數眾多。
【章旨】齊國新娘陪嫁人員之盛況。

二　敝笱在梁　　　　　　　　破敗的捕魚竹器安置在石堰中，
　　其魚魴鰥ㄕㄨ① uo　　　捕捉到的魚有魴和鰥。
　　齊子歸止　　　　　　　　齊國女子出嫁，
　　其從如雨② uo　　　　　　陪嫁隨從如雨般之密。

【注】①魚名。②比喻人數密集。
【章旨】重沓首章，字韻略變。

三　敝笱在梁　　　　　　　　破敗的捕魚竹器安置在石堰中，
　　其魚唯唯① tsuei　　　　魚貫而入，
　　齊子歸止　　　　　　　　齊國女子出嫁，
　　其從如水② suei　　　　　陪嫁隨從如流水般不息。

【注】①群魚相隨貌。②比喻人數難以數計。
【章旨】重沓首章，字韻略變。

·〈鄭風·丰〉(88)

一　子之丰① pung ㄈ　　　　你的相貌英俊好看，
　　俟我乎巷 kung ㄈ　　　　在巷道上等我，
　　悔予②不送 sung ㄈ　　　我後悔沒來送你。

【注】①丰彩，指相貌美好。②予悔之倒裝。
【章旨】女子矜持，爽赴英俊小生的第一次約會。

二　子之昌① tsong ㄈ　　　　你的相貌英俊好看，
　　俟我乎堂 song ㄈ　　　　在廳堂上等我，

悔予不將^② tsiong 兮　　　　我後悔沒親自送行。

【注】①光明美好，亦指男士相貌英發。②奉承、接待。
【章旨】礙於禮俗，女子歎息不能親自接待已登堂的白馬王子。

三　衣^①錦^②褧_{ㄐㄩㄥˇ}衣^③　　　　穿上彩色衣服外加罩袍，
　　裳^④錦褧裳^⑤ song　　　　穿上彩色裙外加罩袍，
　　叔兮伯兮　　　　　　叔叔伯伯，
　　駕予與行 kuong　　　駕車與我同行。

【注】①上曰衣，今言衣服。②彩色綢緞。③罩袍。④下曰裳，今曰裙子。
【章旨】女子穿新娘裝出嫁，叔伯駕車送行。

四　裳錦褧裳　　　　　　穿上彩色裙，外加罩袍；
　　衣錦褧衣 ei　　　　　穿上彩色衣服，外加罩袍。
　　叔兮伯兮　　　　　　叔叔伯伯，
　　駕予與歸^① tuei　　　駕車與我送嫁。

【注】①女嫁。
【章旨】女子穿新娘裝出嫁，叔伯駕車陪行。

·〈召南·鵲巢〉(12)

一　維鵲^①有巢　　　　　喜鵲築有的巢，
　　維鳩^②居 ko 之　　　　鳩鳥據為己有，
　　之子于歸　　　　　　這位女子出嫁時，
　　百兩_{ㄌㄧㄤˇ}^③御_{ㄧㄚˋ}^④ngo 之　　有百輛禮車迎接她。

【注】①喜鵲。②鳥名。③兩、輛古今字。④迎接。
【章旨】門當戶對的貴族通婚，迎娶送嫁的車陣數以百計。

二　維鵲有巢　　　　　　喜鵲築有的巢，
　　維鳩方①pong之　　　鳩鳥依傍在上，
　　之子于歸　　　　　　這位女子出嫁時，
　　百兩將②tsiong之　　有百輛禮車送行。

【注】①依傍。②送行。
【章旨】送嫁的陣勢非同小可，高官貴族可知矣。

三　維鵲有巢　　　　　　喜鵲築有的巢，
　　維鳩盈①eng之　　　鳩鳥完全據佔了，
　　之子于歸　　　　　　這位女子出嫁時，
　　百兩成②teng之　　　有百輛禮車使婚事十分圓滿。

【注】①滿，此指全被佔據。②圓滿。
【章旨】婚禮盛大圓滿。

·〈邶風·燕燕〉(28)

一　燕燕①于飛pei　　　　鳴聲燕燕的燕子正在飛翔，
　　差池②其羽uo　　　　羽毛散亂不整。
　　之子于歸tuei　　　　這位女子出嫁了，
　　遠送于野uo　　　　　遠送至郊野之地，
　　瞻望弗及　　　　　　抬頭目送已不見蹤跡，
　　泣涕如雨uo　　　　　涕淚交加如雨下。

【注】①狀燕鳴聲。②紛亂不整之貌。
【章旨】國君送嫁至邊境，不克越界，不禁淚下如雨。

二　燕燕于飛pei　　　　　鳴聲燕燕的燕子正在飛翔，
　　頡之頏①kong之　　　忽上忽下。

之子于歸 tuei 　　　　　　這位女子出嫁了，
遠于將② tsiong 之　　　　　送至遠地，
瞻望弗及 kip　　　　　　　抬頭目送已不見蹤跡，
佇立③以泣 lip　　　　　　　站立在那兒哭泣。

【注】①烏飛下曰頡，飛上曰頏。②送行。
【章旨】重沓首章，字韻略異。

三　燕燕于飛 pei　　　　　　鳴聲燕燕的燕子正在飛翔，
　　下上其音① im　　　　　　上下邊飛邊叫。
　　之子于歸 tuei　　　　　　這位女子出嫁了，
　　遠送于南 nim　　　　　　遠送到南方之地，
　　瞻望弗及　　　　　　　　抬頭目送已不見蹤跡，
　　實勞②我心 sim　　　　　　我心實在憂苦。

【注】①上下飛鳴。②憂苦。
【章旨】重沓首章，字韻略異。

四　仲氏①任② 只③　　　　　二小姐足可信任的，
　　其心塞淵④ in　　　　　　她的心地篤實，
　　終溫且惠⑤　　　　　　　既溫柔又富愛心，
　　淑慎其身 sin　　　　　　為人善良謹慎，
　　先君⑥之思　　　　　　　「父王為念」，
　　以勗⑦寡人⑧ nin　　　　　作為勉勵我（時君）。

【注】①排行第二者。②信任。③語詞。④篤實貌。⑤既…又…。惠，愛心
　　。⑥作古的父王。⑦勉勵。
【章旨】國君追念二妹的德行。

‧〈衛風‧碩人〉(57)

一 碩人①其頎② kei 　　　高挑修長的女士，
　　衣錦③褧衣④ ei 　　　穿彩色絲緞和罩袍。
　　齊侯之子 　　　　　齊侯的女兒、
　　衛侯之妻 tsei 　　　衛侯的妻室、
　　東宮⑤之妹 mei 　　　太子的妹妹、
　　邢侯之姨 tei 　　　　邢侯的姨子、
　　譚公維私⑥ sei 　　　譚公大人的姊妹。

【注】①身材高大的人。②修長貌。③穿彩色絲緞。④罩袍。⑤太子居宮殿
　　　之東，故以東宮代表太子。⑥公侯夫人的姊妹曰私。
【章旨】讚美衛侯妻之美及其貴族裙帶關係。

二 手如柔荑ㄊ① tei 　　　手似柔嫩的茅芽，
　　膚如凝脂② kei 　　　膚似結凍的油脂色，
　　領③如蝤ㄑ蠐ㄑ④ tsei 　頸脖似木蟲之白而長，
　　齒如瓠ㄏ犀⑤ tsei 　　齒似瓠瓜之整齊，
　　螓ㄑ首⑥蛾眉⑦ mei 　　額寬廣如螓首，眉細長而曲如蛾眉，
　　巧笑倩⑧ tsien 兮 　　輕巧一笑現出酒窩，
　　美目盼⑨ pen 兮 　　　美麗眼睛烏溜溜的。

【注】①茅芽。②凝凍的油脂。③頸脖。④潔白的木蟲。⑤瓠瓜籽左右整
　　　齊。⑥螓蛾皆蟲，螓頭廣而正。⑦蛾眉細長而曲。⑧酒窩之美。⑨烏
　　　溜溜的眼睛。
【章旨】十全美人無處不動人。

三 碩人敖敖① mgau 　　　高挑修長的女士非常優雅，
　　說ㄕ②于農郊 kiau 　　在農地郊野處休息，
　　四壯有驕③ kiau 　　　四匹雄馬很高大，

朱幩⁴鑣ㄆ鑣⑤ piau　　　每個馬銜都飾有紅色裝飾，
翟ㄉ⑥茀ㄈ⑦以朝ㄔ⑧ tiau　　雉毛車簾的馬車正赴朝見君王之途，
大夫夙退　　　　　　大夫早早退朝，
無使君勞 lau　　　　別讓君王太勞累。

【注】①從容貌。②休息。③高大貌。④紅色裝飾。⑤美盛貌。⑥雉雞。⑦
　　馬車簾子。⑧朝見君王。
【章旨】喜車和新娘之盛況，讓大夫們紛紛提早下班。

四　河①水洋洋②　　　　黃河水量寬廣、
　　北流活ㄍ活③　　　　北向流聲活活作響、
　　施眾ㄍ④濊⑤濊　　　撒魚網發出濊濊聲、
　　鱣ㄓ鮪ㄨ⑥發ㄅ發⑦　鱣鮪跳躍潑潑聲、
　　葭ㄐ葵ㄊ⑧揭揭⑨　　蘆荻長得高高的、
　　庶姜⑩孽ㄋ孽⑪　　　陪嫁的齊國女兒們打扮得花枝招展、
　　庶士⑫有朅ㄐ⑬　　　護衛的武士們顯得非常威武。

【注】①專指黃河。②寬廣貌。③大水流聲。④撒魚網。⑤下網聲。⑥魚
　　名。⑦魚跳躍聲。⑧蘆荻。⑨高長貌。⑩齊國的陪嫁們。⑪花枝招
　　展。⑫護衛們。⑬威武貌。
【章旨】出嫁途中即景。

·〈鄘風·蝃蝀〉(51)

一　蝃ㄉ蝀ㄉ① tung 在東 tung　　虹在東方出現，
　　莫之敢指 kei　　　　　　沒人敢指。
　　女子有行　　　　　　　女子出嫁了，
　　遠父母兄弟 tei　　　　　遠離父母兄弟。

【注】①虹。②出嫁。
【章旨】女子遠嫁，時逢惡運之感。

二　朝隮ㄐㄧ①tsei 于西 sei　　　　早晨虹出現在西方，
　　崇②朝其雨 uo　　　　　　　整個早晨下雨。
　　女子有行　　　　　　　　　女子出嫁了，
　　遠兄弟父母 mo　　　　　　遠離兄弟父母。

【注】①《毛傳》訓升，《鄭箋》訓升氣，此指虹。②終之同音假借，古籍
　　　金文常見。
【章旨】重沓首章，字韻略變。

三　乃如①之人 nin 也　　　　　然而這等人，
　　懷昏②姻 in 也　　　　　　想的是婚姻，
　　大③無信 sin 也　　　　　　太不講信用，
　　不知命④ min 也　　　　　　無從知曉命運將如何？

【注】①然而。②昏、婚古今字。③大、太古今字。④命運。
【章旨】結婚日巧遇雨天和彩虹，油然興起不安之感。

四、夫　妻

・〈鄭風・女曰雞鳴〉(82)

一　女曰雞鳴　　　　　　女士說：「公雞報曉了。」
　　士曰昧旦① tan　　　男士說：「尚未天亮。」
　　子興②視夜　　　　　妳起來看夜色，
　　明星③有爛④ lan　　啓明星燦爛明亮，
　　將⑤翱將翔　　　　　鳥兒飛來飛去，
　　弋⑥鳧ˇ與鴈 ngan　有人以絲線繫箭射野鴨與鴻雁。

【注】①天未亮，即破曉前。②起床。③啓明星，先日而出。④爛然，明
　　　亮。⑤語助詞。⑥繳射，以繩繫矢而射，此作動詞。
【章旨】恩愛夫妻的對話。

二　弋言①加② ka 之　　射獲獵物後，接著，
　　與子宜③ nga 之　　與妳設佳肴，
　　宜言飲酒 iou　　　備佳肴供飲酒，
　　與子偕老 lou　　　與妳共同到老邁，
　　琴瑟在御④　　　　彈奏琴瑟，
　　莫不靜⑤好 hou　　眞美好。

【注】①語助詞。②增，此作進而、接著之意。③肴，甲金文常見。④用，
　　　此作彈奏解。⑤靜、靖古今字。嘉、美、善。
【章旨】新人共享佳肴、美酒、音樂，海誓山盟，情境美好。

三　知子之來① li 之　　知道妳要來嫁，
　　雜佩②以贈 si 之　　以成串的玉飾當贈物，

知子之順③ suen 之　　　知妳如是溫順，

雜佩以問④ men 之　　　以成串的玉飾當致候禮，

知子知好⑤ hou 之　　　知妳這般愛我，

雜佩以報⑥ pou 之　　　以成串的玉飾當回報。

【注】①來嫁。②聚合各種玉飾的玉串。③溫順。④致候禮。⑤喜歡、疼愛。⑥回報。

【章旨】新郎對新娘疼愛有加。

·〈鄭風·風雨〉(90)

一　風雨淒淒① tsei　　　冷颼颼的風雨，

雞鳴喈喈② kei　　　喈喈聲齊鳴的雞叫聲，

既見君子③　　　已經會晤夫君了，

云胡④不夷⑤ tei　　　豈有不樂呢？

【注】①寒涼貌。②雞叫聲。③此指夫君。④豈能、如何。⑤怡、樂。

【章旨】風雨之夜，重逢夫君，樂在心頭。

二　風雨瀟瀟① sou　　　風雨交加聲，

雞鳴膠膠② mou　　　膠膠引吭的雞叫聲，

既見君子　　　已經會晤夫君了，

云胡不瘳③ mou　　　豈有不病除呢？

【注】①風雨交加聲。②雞叫聲。③病除。

【章旨】重沓首章，字韻略異。

三　風雨如晦① mi　　　風雨交加以致天昏地暗，

雞鳴不已② i　　　雞叫也為之不休止，

既見君子　　　已經會晤夫君了，

云胡不喜 hi　　　　　　豈有不高興呢？

【注】①昏暗。②止。
【章旨】重沓前兩章，字韻略異。

・〈豳風・東山〉（156）

一　我徂①東山②　　　　　我往東山去，
　　慆慆③不歸　　　　　　久久不得返鄉，
　　我來自東 tung　　　　　我來自東方，
　　零④雨其濛⑤ mung　　　落雨紛紛。
　　我東曰⑥歸 tuei　　　　我從東方返鄉，
　　我心西悲 pei　　　　　我心傷悲西方事。
　　制⑦彼裳衣 ei　　　　　製作那套衣裳，
　　勿士⑧行枚⑨ mei　　　軍人勿須銜枚行，
　　蜎蜎⑩者蠋⑪　　　　　蠕動的桑蟲，
　　烝⑫在桑野 uo　　　　　很多散布在桑田，
　　敦⑬彼獨宿　　　　　　蜷曲獨睡，
　　亦在車下 ho　　　　　在馬車下。

【注】①往。②山名。③久。④落、降。⑤雨紛紛。⑥語助詞。⑦制、製古
　　今字。⑧軍人。⑨行軍時，口中銜細竹木，禁出聲。⑩蠕動貌。⑪桑
　　蟲。⑫眾多。⑬蜷曲。
【章旨】軍人東征，返鄉途中即景之作。

二　我徂東山　　　　　　我往東山去，
　　慆慆不歸　　　　　　久久不得返鄉，
　　我來自東 tung　　　　我來自東方，
　　零雨其濛 mung　　　　落雨紛紛。

果贏（ㄌㄨㄛ）①之實 sit　　　　果贏的果實，

亦施～②于宇③ uo　　　　　　蔓生到屋簷了。

伊威④在室 tsit　　　　　　　伊威蟲在室內，

蠨（ㄒㄧㄠ）蛸（ㄕㄠ）⑤在戶 ho　　蠨蛸蟲在門戶上，

町（ㄊㄧㄥ）疃（ㄊㄨㄢ）⑥鹿場 iong　　鹿跡現於鹿場，

熠～燿（ㄧㄠ）⑦宵行⑧ kuong　　閃亮的螢火蟲在夜中飛行，

不可畏 uei 也　　　　　　　沒什麼好怕的，

伊⑨可懷⑩ tuei 也　　　　　她可令人懸念不已。

【注】①瓜果名。②蔓生。③屋簷。④蟲名。⑤蜘蛛名。⑥鹿跡。⑦閃亮。
　　⑧夜行。⑨第三人稱。⑩懸念。

【章旨】軍人返鄉途中，推想家中冷落的景象。

三　我徂東山　　　　　　　　我往東山去，

　　慆慆不歸　　　　　　　　久久不得返鄉，

　　我來自東 tung　　　　　　我來自東方，

　　零雨其濛 mung　　　　　　落雨紛紛。

　　鸛鳴①于垤（ㄉㄧㄝ）② tsit　　鸛鳥停在螞蟻巢上鳴叫，

　　婦歎于室 tsit　　　　　　　妻子在臥室中歎息，

　　洒掃穹③窒 tsit　　　　　　灑掃房間，堵塞鼠穴，

　　我征聿④至 tsit　　　　　　我出征，返抵家門。

　　有敦⑤瓜苦⑥　　　　　　　圓圓的苦瓜，

　　烝⑦在栗薪 sin　　　　　　滿滿的結在栗木柴上。

　　自我不見　　　　　　　　打從我不見這些景象，

　　于今三年 nin　　　　　　　迄今已達三個年頭了。

【注】①鳥名。②螞蟻巢。③烘室。④語助詞。⑤圓貌。⑥苦瓜之倒裝。⑦
　　眾多。

【章旨】出征三年，返抵家門，景物重現，妻子憂勤。

四　我徂東山　　　　　　　　我往東山去，
　　慆慆不歸　　　　　　　　久久不得返鄉，
　　我來自東 tung　　　　　　我來自東方，
　　零雨其濛 mung　　　　　　落雨紛紛。
　　倉庚①于飛 pei　　　　　　倉庚鳥正飛著，
　　燿燿 tau 其羽 uo　　　　　螢火蟲的羽翅閃閃發光。
　　之子于歸 tuei　　　　　　這位女子出嫁時，
　　皇駁② pau 其馬 mo　　　　她乘坐的馬黃白間有雜色。
　　親結其縭ㄌ③ la　　　　　　母親親手繫上護膝布，
　　九十其儀④ nga　　　　　　繁文縟節的禮儀。
　　其新⑤孔嘉⑥ ka　　　　　新人非常好看，
　　其舊⑦如之何 ka　　　　　她老時又如何呢？

【注】①鳥名。②黃白間有雜色。③蔽膝布。④儀式繁多。⑤新人。⑥很好
　　　看。⑦老。
【章旨】夫妻久別重逢勝新婚。

・〈王風・君子陽陽〉(67)

一　君子①陽陽② iong　　　　夫君洋洋得意，
　　左執簧③ kuong　　　　　左手握住大笙樂器，
　　右招我由④房 pong　　　右手招喚我跟他到臥室，
　　其樂只且ㄐㄩ⑤　　　　　他快樂無比。

【注】①古代妻對夫的敬稱。②今言洋洋，得意貌。③大笙。④遵行。⑤表
　　　達快活的語助詞。
【章旨】恩愛夫妻和樂且耽。

二　君子陶陶① iou　　　　　夫君和樂無比，
　　左執翿ㄉㄠˊ② sou　　　　左手握住羽毛舞具──翿，
　　右招我由敖③ ngou　　　右手招喚我跟他遨遊去，
　　其樂只且　　　　　　　他快樂無比。

【注】①和樂貌。②羽毛舞具。③敖、遨古今字。
【章旨】重沓前章，韻字略異。

·〈鄘風·載馳〉(54)

一　載①馳載驅② ku　　　　快馬加鞭，
　　歸唁ㄧㄢˋ③衛侯 hu　　歸國弔問衛侯。
　　驅馬悠悠④ iou　　　　策馬行於漫長的路上，
　　言⑤至于漕 tsou　　　終於抵達漕池，
　　大夫跋涉⑥　　　　　大夫跋山涉水，
　　我心則憂 iou　　　　我內心更是憂患。

【注】①語助詞。②馬疾跑曰馳，策馬曰驅。③弔問。④道路遙遠。⑤語助
　　詞。⑥山行曰跋，水行曰涉。
【章旨】歸國弔慰亡國之君。

二　既不我嘉①　　　　　既然不嘉美我，
　　不能旋反② pan　　　不敢即刻歸國，
　　視③爾不臧　　　　　跟你一樣被看作非善類，
　　我思不遠 uan　　　　我懷念你毫不疏遠。

【注】①嘉我之倒裝。②反、返古今字。③比照。
【章旨】不得夫家讚許，心繫母國安危。

三　既不我嘉　　　　　　既然不嘉美我，
　　不能旋濟① tsei　　　不敢即刻渡河，

視爾不臧　　　　　　　跟你一樣被看作非善類，

我思不閟½② pei　　　　我懷念你，是不休止的。

【注】①渡河。②閉、止。
【章旨】重沓二章，字韻略變。

四　陟陂阿①丘　　　　　登上那高丘，

　　言②采③其蝱ₙ④ mong　採擷高丘上的蝱草。

　　女子善⑤懷　　　　　女子多愁善感，

　　亦各有行ₓ⑥ kuong　亦都各有道理。

　　許⑦人尤之　　　　　許國人責怪此女子，

　　眾½⑧稺⫶⑨且狂 huong　與國人驕傲又狂妄。

【注】①代表敬意景仰的語助詞。②語助詞。③采、採古今字。④藥草名。
　　⑤敏感。⑥道、方。⑦地名，亦諸侯國名。⑧多數人。⑨驕。
【章旨】許夫人歸國悼亡，不得許國人諒解。

五　我行其野　　　　　　我行於郊野，

　　芃½芃①其麥 mik　　　茂盛的麥子，

　　控②于大邦　　　　　向大國控訴，

　　誰因③誰極④ kik　　誰作憑藉？誰作仲裁？

【注】①茂盛貌。②控訴。③依憑。④屋極，引申爲主持公平正義之仲裁。
【章旨】奔走控訴於大國之間，卻不得任何援手。

六　大夫①君子② tsi　　大夫和在位者，

　　無我③有尤 i　　　　我沒有犯錯。

　　百爾④所思 si　　　　你們數以百計所想到的，

　　不如⑤我所之⑥ ti　　不同於我所思。

【注】①大夫必是國戚。②在朝官員。③我無之倒裝。④爾百之倒裝。⑤不似、不像、不同。⑥思。

【章旨】舉國皆昏，我獨醒。

· 〈鄭風·緇衣〉(75)

一　緇衣①之宜② mga 兮　　　　合身的卿士黑色朝服，
　　敝　　　　　　　　　　　　破了，
　　予又改爲 ua 兮　　　　　　我再重新製作，
　　適③子之館④ kuan 兮　　　好讓你上辦公廳，
　　還 uan　　　　　　　　　　下班回來，
　　予授子之粲⑤ usan 兮　　　我為你備餐食。

【注】①周時卿士的朝服，黑色。②合身。③往。④辦公室。⑤粲、餐古今字。

【章旨】家有賢妻，可以無後顧之憂。

二　緇衣之好① ou 兮　　　　　美好的卿士黑色朝服，
　　敝　　　　　　　　　　　　破了，
　　予又改造 kou 兮　　　　　我再重新製作，
　　適子之館 kuan 兮　　　　好讓你上辦公廳，
　　還 uan　　　　　　　　　　下班回來，
　　予授子之粲 tusan 兮　　　我為你備餐食。

【注】①美好。
【章旨】重沓首章，字韻略變。

三　緇衣之蓆① sok 兮　　　　草織成的卿士黑色朝服。
　　敝　　　　　　　　　　　　破了，
　　予又改作 tsok 兮　　　　我再重新編製，

適子之館 kuan 兮　　　　　好讓你上辦公廳，

還 uan　　　　　　　　　下班回來，

予授子之粲 tsan 兮　　　　我為你備餐食。

【注】①同席，草的編織物。舊說大，無據，不敢從。
【章旨】重沓首章，字韻略變。

·〈齊風·雞鳴〉(96)

一　雞既鳴 meng 矣　　　　雞已經啼過了，

　　朝^①既盈^② eng 矣　　　上朝臣僚已經全員到齊了(夫人)，

　　匪雞則鳴 meng　　　　不是雞的啼聲，

　　蒼蠅之聲 seng　　　　蒼蠅的聲音（君王）。

【注】①上朝，當動詞。②滿、全。
【章旨】君得賢妃，時有勸戒之聲。

二　東方明 mong 矣　　　　東方大白了，

　　朝既昌^① tsong 矣　　　上朝臣僚已經很多了(夫人)，

　　匪東方則明 mong　　　不是東方的大白，

　　月出之光 kuong　　　　月出的光芒（君王）。

【注】①盛多。
【章旨】重沓首章，字韻略變。

三　蟲^①飛薨薨^② ming　　　蚊蟲飛聲轟轟，

　　甘與子同夢 ming　　　甘心與你共同築夢，

　　會^③且^④歸矣　　　　朝會後歸家，

　　無庶^⑤予子憎^⑥ sing　　希望你不會埋怨我。

【注】①蚊蟲。②今言轟轟，此指蚊蟲群集聲。③早朝之會。④語助詞。⑤庶無之倒裝。⑥子憎予之倒裝。

【章旨】賢妃公而棄私，於心不忍，希望夫君諒解。

·〈召南·草蟲〉(14)

一　喓 iou 喓① iou 草 tsou 蟲 tung　　　　叫聲喓喓的草蟲，
　　趯 tou 趯② tou 阜 pou 螽③ tung　　　　跳躍的阜螽蟲。
　　未見君子④　　　　　　　　　　　　未見夫君時，
　　憂心忡忡⑤ tung　　　　　　　　　　憂心不安，
　　亦⑥既見止⑦　　　　　　　　　　　已經見到了，
　　亦既覯⑧止　　　　　　　　　　　　已經遇到了，
　　我心則降⑨ kung　　　　　　　　　　我心就安了。

【注】①蟲鳴聲。②跳躍。③蟲名。④此指夫君。⑤不安。⑥語助詞。⑦語助詞。⑧遇。⑨下，指放心。

【章旨】妻子遇見夫君前後的異樣心情。

二　陟①彼南山②　　　　　　　　　　　登上那南方山頭，
　　言③采④其蕨⑤ kuai　　　　　　　　摘採山中的蕨菜。
　　未見君子　　　　　　　　　　　　　未見夫君時，
　　憂心惙惙⑥ tsuai　　　　　　　　　憂心鬱結，
　　亦既見止　　　　　　　　　　　　　已經見到了，
　　亦既覯止　　　　　　　　　　　　　已經遇到了，
　　我心則說⑦ tuai　　　　　　　　　　我心愉悅。

【注】①登。②泛稱南方的山岳。③語助詞。④采、採古今字。⑤山野菜名。⑥鬱結。⑦說、悅古今字。

【章旨】重沓前章，韻與場景有變。

三　陟彼南山　　　　　　　　登上那南方山頭，
　　言采其薇① mei　　　　　摘採山中的薇菜。
　　未見君子　　　　　　　未見夫君時，
　　我心傷悲 pei　　　　　我心悲傷，
　　亦既見止　　　　　　　已經見到了，
　　亦既覯止　　　　　　　已經遇到了，
　　我心則夷② tei　　　　我心舒坦。

【注】①山野菜名。②平地、舒坦。
【章旨】重沓前二章，韻與場景有變。

·〈召南·殷其靁〉（19）

一　殷①其靁② luei　　　　雷聲頻傳，
　　在南山之陽③ iong　　出現在南山的南邊。
　　何斯④違⑤ uei 斯⑥　何以離開此地？
　　莫敢或遑⑦ huong　　不敢有所偷懶，
　　振振⑧君子⑨　　　　夫君救救我，
　　歸⑩ tuei 哉歸 tuei 哉　回來吧！回來吧！

【注】①多、盛、頻。②靁、雷古今字。③山之南。④語助詞。⑤離。⑥
　　此地。⑦有暇，言偷懶。⑧救。⑨夫君之敬稱。⑩回、返。
【章旨】勤勞妻子望夫早歸。

二　殷其靁 luei　　　　　雷聲頻傳，
　　在南山之側① tsik　　出現在南山山麓。
　　何斯違 uei 斯　　　何以離開此地？
　　莫敢遑息 sik　　　　（我）不敢有休息的閒暇，

　　　振振君子　　　　　夫君救救我，
　　　歸 tuei 哉歸 tuei 哉　　回來吧！回來吧！

【注】①此指山麓。
【章旨】重沓前章，字韻略異。

三　殷其靁 luei　　　　　雷聲頻傳，
　　　在南山之下 ho　　　出現在南山下。
　　　何斯違 uei 斯　　　何以離開此地？
　　　莫敢遑處① tso　　　沒有安居的閒暇，
　　　振振君子　　　　　夫君救救我，
　　　歸 tuei 哉歸 tuei 哉　　回來吧！回來吧！

【注】①安居。
【章旨】重沓前章，字韻略異。

·〈邶風·雄雉〉(33)

一　雄雉于飛①　　　　　正在飛翔的雄雉，
　　　泄-泄②其羽 uo　　　羽毛顯得散亂。
　　　我之懷③矣　　　　　我懷念的人啊！
　　　自詒④伊⑤阻⑥ tso　　我自尋煩惱喲！

【注】①正在飛。②散亂。③懷念。④遺留、送給。⑤語助語。⑥阻撓，此
　　　指煩惱。
【章旨】夫離妻憂。

二　雄雉于飛　　　　　　正在飛翔的雄雉，
　　　下上其音 im　　　　忽上忽下的叫著。
　　　展①矣君子②　　　　誠信的夫君啊！
　　　實勞我心 sim　　　　真讓我心憂勞。

【注】①《毛傳》：「展，誠也。」《方言》：「展，信也。」②指夫君。
【章旨】重沓首章，字韻略異。

三　瞻彼①日月　　　　仰望日與月，
　　悠悠我思 si　　　　我的思念之情長又長，
　　道之②云③遠　　　　道路如此的遙遠，
　　曷④云能來 li　　　　何時能來呢？

【注】①其，第三人稱。②是、此。③語助詞。④盍、何。
【章旨】問天天不應，路遙，夫歸無期。

四　百爾①君子②　　　　你們絕對多數的官員們，
　　不知德行 kuong　　　不明白德行的重要性，
　　不忮③不求④　　　　不嫉害、不貪求，
　　何用⑤不臧⑥ tsiong　何以老是為非作歹呢？

【注】①爾百之倒裝。百指絕對多數。②此指官員。③嫉害。④貪求。⑤何
　　　以。⑥善。
【章旨】丈夫行役久不歸，責怪大多數政府官員忮求之所害。

‧〈王風‧君子于役〉(66)

一　君子①于役②　　　　夫君在服役中，
　　不知其期③ ki　　　　不知該服多久？
　　曷④至哉 tsi　　　　　何時返家呢？
　　雞棲于塒⑤ ti　　　　雞棲息在巢窩中，
　　日之夕矣　　　　　　日迫黃昏，
　　羊牛下來 li　　　　　羊牛下山歸來，
　　君子于役　　　　　　夫君在服役中，
　　如之何勿思 si　　　　叫我如何不想他呢？

【注】①夫君。②服公役。③時間。④何時。⑤雞的巢窩。
【章旨】夫君久服役不歸，妻在家殷殷期盼。

二　君子于役　　　　　　　夫君在服役中，
　　不日不月① nguai　　　不知已度過幾日幾月了，
　　曷其有佸② kuai　　　何時相逢？
　　雞棲于桀③ kai　　　雞棲息在小木椿上。
　　日之夕矣　　　　　　日迫黃昏，
　　羊牛下括④ kuai　　　羊牛從山下歸來，
　　君子于役　　　　　　夫君在服役中，
　　苟⑤無飢渴 kai　　　尚不致於飢渴吧！

【注】①等於無日無月，言時間長久。②相會。③小木椿。④至。⑤但願、
　　　希望。
【章旨】妻知與夫相逢無期，但願夫不致飢渴。

·〈衛風·有狐〉(63)

一　有狐綏綏①　　　　　　有隻狐慢慢行，
　　在彼淇②梁③ liong　　在那淇水的石壩上。
　　心之憂矣　　　　　　內心憂傷，
　　之子④無裳 song　　　夫君無衣裳可穿。

【注】①行遲貌。②水名。③石壩。④指夫君。
【章旨】時序已寒，夫君在外衣物短缺，妻感傷不已。

二　有狐綏綏　　　　　　有隻狐慢慢行，
　　在彼淇厲① lai　　　在那淇水的石塊上。
　　心之憂矣　　　　　　內心憂傷，
　　之子無帶② tai　　　夫君短缺衣帶。

【注】①渡水履石。②束衣帶。
【章旨】重沓首章，字韻略變。

三　有狐綏綏　　　　　　有隻狐慢慢行，
　　在彼淇側 tsik　　　　在那淇水邊。
　　心之憂矣　　　　　　內心憂傷，
　　之子無服 pik　　　　夫君短缺衣服。

【章旨】重沓首章，字韻略變。

·〈衛風·伯兮〉(62)

一　伯①兮朅⁀²kai 兮　　勇武的夫君，
　　邦之桀③kai 兮　　　　國家的英傑，
　　伯也執殳④su　　　　夫君手握長杖，
　　爲王前驅⑤ku　　　　充作君王的先鋒。

【注】①婦人敬稱夫君。②勇武貌。③桀、傑古今字。④長杖，可當武器。
　　　⑤開路先鋒。
【章旨】夫君是英勇戰士，妻以夫爲榮。

二　自伯之東① tung　　　自從夫君去東方後，
　　首如飛蓬② pung　　　頭像飛蓬般的亂，
　　豈無膏沐③　　　　　哪是沒有洗髮油？
　　誰適④爲容⑤ ung　　　誰取悅打扮呢？

【注】①往。②飛散的蓬草。③猶今之洗髮精。④悅。⑤妝扮。
【章旨】夫不在家，妻無心妝扮。

三　其①雨其雨　　　　　即將要下雨的樣子，
　　杲杲②出日 nit　　　偏偏出個大太陽。

願③言④思伯　　　　　由衷思念夫君，

甘心首疾 tsit　　　　頭痛也甘心。

【注】①表達即將的語助詞。②明亮貌。③由衷。④語助詞。
【章旨】念夫心切。

四　焉得諼草①　　　　從何處能取得忘憂草，

　　言樹②之背③ pi　　將它種在屋後。

　　願言思伯　　　　　由衷思念夫君，

　　使我心痗④ mi　　　致使我的心病了。

【注】①即萱草，俗名金針，可使人忘憂。②種植。③指屋後。④病。
【章旨】妻罹思夫病。

·〈秦風·小戎〉(128)

一　小戎①俴收② kiou　小兵車四周備有短小橫木，

　　五楘③梁輈④ tsou　纏束成五節的居中曲木,前端隆起如橋梁，

　　游環⑤脅驅⑥　　　服馬背上移動的皮環，控制兩旁驂馬的跑動，

　　陰靷⑦鋈續⑧ tut　軜木下板設有銀環皮繩，

　　文茵⑨暢轂⑩ kuk　虎皮車席和長長的軸外圓木，

　　駕我騏馵⑪ tuk　　我騎著左足白色的青黑紋路騏馬。

　　言⑫念君子⑬　　　懷念夫君，

　　溫其如玉 nguk　　他有溫潤如玉的心。

　　在其板屋⑭ uk　　住在石板屋之下，

　　亂我心曲⑮ kuk　　擾亂我內心深處。

【注】①兵車。②俴、淺。收，兵車四周可收放的橫木。③交互纏繞。④梁
　　　，橋梁。輈，兵車之轅。⑤移動的皮環，在服馬背上。⑥脅，旁。⑦
　　　曳繩繫在軜木下板。⑧銀環皮繩。⑨虎皮坐墊。⑩暢，長。轂，車軸

圓木。⑪騏爲青黑色之馬。騜爲左足白色之馬。⑫語助詞。⑬夫君。
⑭石板屋。⑮心靈深處。
【章旨】軍威之盛築在妻子痛苦之上。

二　四壯①孔②阜③ pou　　　四匹非常高大的雄馬，
　　六轡④在手 sou　　　　　手中握住六條韁繩，
　　騏⑤駵ㄌㄧㄡˊ⑥是中⑦ tim　中間的服馬是騏和駵，
　　騧ㄍㄨㄚ驪⑧是驂⑨ sim　　兩旁的驂馬是騧和驪，
　　龍盾⑩之合⑪ hip　　　　　飾龍紋的盾牌一對，
　　鋈以觼ㄐㄩㄝˊ軜ㄋㄚˋ⑫ nip　銀色的環舌和驂馬內轡。
　　言念君子　　　　　　　　懷念夫君，
　　溫其在邑⑬ ip　　　　　　居家時很親切，
　　方⑭何爲期 ki　　　　　　何時將是歸期，
　　胡然⑮我念之 ti　　　　　何以我思念他呢？

【注】①公馬。②非常。③高大。④韁繩。⑤⑥皆馬名，青黑紋路爲騏，赤
　　身黑毛爲駵（駵同）。⑦⑧指服馬。皆馬名，黃色黑喙爲騧，深黑色
　　爲驪。⑨居兩側的馬。⑩飾有龍紋之盾。⑪一對（雙）爲合。⑫環之
　　有舌者爲觼。驂之內轡爲軜。⑬居家鄉。⑭將。⑮何以。
【章旨】重沓首章。

三　俴駟①孔群② kuen　　　　四匹不被甲的馬很是協調，
　　厹ㄑㄧㄡˊ矛③鋈錞ㄉㄨㄟˋ④ tuen　三角矛的下端飾以銀色，
　　蒙伐⑤有苑⑥ uen　　　　　畫雜羽的盾紋彩甚美，
　　虎韔ㄔㄤˋ⑦鏤ㄌㄡˋ膺⑧ ing　虎皮弓囊的正面飾以雕畫，
　　交韔二弓 king　　　　　　兩把弓交叉在弓囊內，
　　竹閉⑨緄ㄍㄨㄣˇ縢ㄊㄥˊ⑩ ting　竹製弓的保護器用繩子捆住。
　　言念君子　　　　　　　　懷念夫君，
　　載寢載興⑪ hing　　　　　時臥時起，

厭厭⑫良人　　　　　　（我）滿意的夫君，
秩秩⑬德音⑭ ing　　　　（你）的聲望極佳。

【注】①不著盔甲的駟馬。②很調和。③三角矛。④矛之下端。⑤畫雜羽之
　　　盾（伐）。⑥文彩貌。⑦虎皮弓囊。⑧鏤，雕刻。膺，前面。⑨閉、
　　　柲同，弓的保護架。⑩緄通捆。縢，繩。⑪作、起床。⑫稱心滿意。
　　　⑬佳美。⑭聲譽。

【章旨】重沓首章。

·〈邶風·擊鼓〉(31)

一　擊鼓其鏜① song　　　　鏜鏜的擊鼓聲，
　　踊②躍用兵 pong　　　　跳躍地操用兵器，
　　土國城漕③　　　　　　在國內構築工事，並修建漕城，
　　我獨南行 kuong　　　　唯獨我被派往南方去。

【注】①鏜、咚古今字，擊鼓聲。②踊、踴古今字。③漕，衛邑。土、城皆
　　　當動詞，構土建城。

【章旨】行役到南方，參與練兵，構工與築城。

二　從①孫子仲② tung　　　隨從孫子仲，
　　平陳與宋③ sung　　　　平定陳宋兩國，
　　不我以④歸　　　　　　不許我一齊歸國，
　　憂心有忡tung　　　　　憂心不已啊！

【注】①跟隨。②衛國大臣。③國名。④與。

【章旨】士兵征戰結束，卻滯留不得歸國。

三　爰①居②爰處③ tso　　　於是坐下來休息，
　　爰喪④其馬 mo　　　　　於是丟失馬匹，
　　于以求⑤之　　　　　　於是尋馬去，

于林之下 ho　　　　　　於是在樹林下找到了。

【注】①於是。②坐。③休息。④丟失。
【章旨】行軍途中的諸種遭遇。

四　死生契闊① kuai　　　人生有死、生、合、離，
　　與子成說② tuai　　　和你有所約誓，
　　執子之手 sou　　　　握住你的手，
　　與子偕老 lou　　　　和你白首終老。

【注】①孫奕，《示兒編》：「契，合也；闊，離也。謂死生離合」。②約
　　定誓言。
【章旨】妻憶起與夫離別時的誓言。

五　于①嗟闊 kuai 兮　　　唉呀！離別啊！
　　不我②活 kuai 兮　　　我不想活了！
　　于嗟洵③ sin 兮　　　唉呀！說真的，
　　不我信 sin 兮　　　　我不再相信約誓了。

【注】①于、吁古今字，歎詞。②我不之倒裝。③誠。
【章旨】夫妻生離幾同死別，絕望之歎音。

·〈王風・揚之水〉(68)

一　揚①之水　　　　　　激盪的河水，
　　不流束薪② sin　　　流不走成綑的柴木，
　　彼其③之子④　　　　那位女士，
　　不與我戍⑤申⑥ sin　不和我共同守衛申地，
　　懷 tuei 哉懷 tuei 哉　想念復想念，
　　曷⑦月⑧予還歸 tuei 哉　何時我能返回家鄉呢？

【注】①激盪。②成綑的柴木。③第三人稱。④指妻子。⑤防衛。⑥地名。
　　⑦何。⑧歲月、時候。

【章旨】服役者守邊念妻之苦。

二　揚之水　　　　　　　　　　激盪的河水，
　　不流束楚① so　　　　　　　流不走成綑的柴木，
　　彼其之子　　　　　　　　　那位女士，
　　不與我戍甫② po　　　　　　不和我共同守衛甫地，
　　懷 tuei 哉懷 tuei 哉　　　　想念復想念，
　　曷月予還歸 tuei 哉　　　　何時我能返回家鄉呢？

【注】①亦屬柴木。②地名。

【章旨】重沓首章，字韻略變。

三　揚之水　　　　　　　　　　激盪的河水，
　　不流束蒲① po　　　　　　　流不走成綑的蒲草，
　　彼其之子　　　　　　　　　那位女士，
　　不與我戍許② ngo　　　　　不和我共同守衛許地，
　　懷 tuei 哉懷 tuei 哉　　　　想念復想念，
　　曷月予還歸 tuei 哉　　　　何時我能返回家鄉呢？

【注】①草名。②地名。

【章旨】重沓首章，字韻略變。

·〈周南·卷耳〉(3)

一　采采①卷耳②　　　　　　　不停地採摘野菜—卷耳，
　　不盈頃筐③ huong　　　　　　仍不滿一籮筐，
　　嗟我懷人　　　　　　　　　我思思念念的人啊！
　　寘⤵④彼周行⑤ koung　　　　（我）將那籮筐擺在大道上。

【注】①采、採古今字。②野菜名。③前低後高的籮筐，繫於採者的腰間。
　　④寘、置古今字。⑤大道。
【章旨】妻思念行役夫君，無心工作。

二　陟①彼崔嵬②kuei　　　　　登上那座高聳的山峰，
　　我馬虺隤③tuei　　　　　　我的馬匹疲憊不堪，
　　我姑酌彼金④罍⑤luei　　　我姑且從那銅罍斟些酒喝，
　　維以不永懷 tuei　　　　　藉此不再長相思了。

【注】①登。②山巔。③疲憊。④指銅器。⑤大型酒器。
【章旨】借酒澆愁，愁更愁。

三　陟彼高崗 kong　　　　　　登上那座高聳的山脊，
　　我馬玄黃①kuong　　　　　我的馬匹病得既黑又黃，
　　我姑酌彼兕觥②kuong　　　我姑且持牛頭形酒器喝酒，
　　維以不永傷 iong　　　　　藉此不再長久悲戚。

【注】①馬生病時的色澤既黑又黃。②牛頭形酒器。
【章旨】重沓二章，字韻略異。

四　陟彼砠①tso 矣　　　　　　登上那座險峻的高峰，
　　我馬瘏②to 矣　　　　　　我的馬匹病了，
　　我僕痡③po 矣　　　　　　我的車伕病了，
　　云何④吁⑤uo 矣　　　　　除了長歎又奈何！

【注】①砠、阻古今字，高而險峻。②病。③病。④如何。⑤長歎。
【章旨】尋夫致使人困馬乏，萬般無奈，只歎息。

·〈周南·汝墳〉(10)

一　遵①彼汝②墳③　　　　　　沿著那汝水的岸邊，

伐其條枚④ mei　　　　　砍伐樹木的枝條，

未見君子⑤　　　　　　尚未見到夫君時，

惄ㄋ一ˋ⑥如調ㄓㄡ⑦飢 kei　宛如早上飢腸轆轆的感覺。

【注】①循、沿。②水名。③水邊。④雜枝木條。⑤夫君之尊稱。⑥飢貌。
　　　⑦朝之同音假借字。

【章旨】妻極度盼望與夫重逢。

二　遵彼汝墳　　　　　　沿著那汝水的岸邊，

　　伐其條肄① mgei　　　砍伐樹木的枝條，

　　既見君子　　　　　　終於見到夫君了，

　　不我遐②棄 kei　　　　夫君不棄我於千里之外。

【注】①嫩枝。②遠。

【章旨】幸得與夫君重逢而不見棄。

三　魴①魚赬ㄔㄥ尾② mei　　魴魚的尾巴紅通通，

　　王室③如燬④ huei　　　周王朝正處存亡之秋，

　　雖則如燬 huei　　　　雖然處在存亡之秋，

　　父母孔邇⑤ nei　　　　父母是至親啊！

【注】①魚名。②紅尾。③指周王朝。④焚。⑤至親。

【章旨】妻期盼夫君能公私兼顧，切莫公而忘私。

·〈檜風·隰有萇楚〉(148)

一　隰①有萇楚②　　　　　低濕地生有萇楚，

　　猗ㄜ儺ㄋㄨㄛˊ③其枝 kie　枝葉美盛，

　　夭④之沃沃⑤　　　　　細嫩有光澤，

　　樂子⑥之無知 tie　　　欣羨你的茫然無知之樂。

【注】①低濕地。②果樹名，古稱羊桃，今謂楊桃。③同阿難、婀娜，指外
　　　表儀態之美。④鮮嫩幼小。⑤同夭夭，美。⑥觀二、三章可知，子指
　　　夫君。
【章旨】妻子諷刺丈夫茫然無知。

二　隰有萇楚　　　　　　　　低濕地生有萇楚，
　　猗儺其華①uo　　　　　　花兒美盛，
　　夭之沃沃　　　　　　　　細嫩有光澤，
　　樂子之無家②ko　　　　　欣羨你仍帶有未成家之樂。

【注】①花之本字。②無家室之累。
【章旨】妻子諷刺丈夫缺乏家庭責任。

三　隰有萇楚　　　　　　　　低濕地生有萇楚，
　　猗儺其實①sit　　　　　　果實美盛，
　　夭之沃沃　　　　　　　　細小有光澤，
　　樂子之無室②tsit　　　　欣羨你仍帶有單身漢之樂。

【注】①果實。②未婚、單身。
【章旨】妻子諷刺丈夫獨來獨往，心中無妻位。

·〈邶風·新臺〉(43)

一　新臺有泚①tsei　　　　　新築的觀臺非常光鮮亮麗，
　　河②水瀰瀰③nei　　　　　黃河之水滿滿滿。
　　燕婉④之求　　　　　　　　唯美色是求，
　　籧篨⑤不鮮⑥sei　　　　　其貌不揚的大有人在。

【注】①鮮明貌。②專指黃河。③水滿貌。④美色。⑤其貌不揚。⑥不少。
【章旨】一朵鮮花插在牛糞上。

二　新臺有洒_{ムム}① sen　　　　　新築的觀臺非常淨潔，
　　河水浼_{ㄇㄟˇ}浼② men　　　　黃河之水十分盛大。
　　燕婉之求　　　　　　　　唯美色是求，
　　籧篨不殄_{ㄊㄧㄢˇ}③ ten　　其貌不揚的老不死。

【注】①洗淨。②水盛貌。③絕、滅、死。
【章旨】癩蝦蟆想吃天鵝肉。

三　魚網之設　　　　　　　　布下魚網，
　　鴻則離① la 之　　　　　卻網住鴻鳥，
　　燕婉之求　　　　　　　　唯美色是求，
　　得此戚施② ta　　　　　卻碰到醜陋的癩蝦蟆。

【注】①罹、網住。②《說文》作「醜𪒠。」今謂蝦蟆，比喻醜陋。
【章旨】一朵鮮花插在牛糞上。

·〈鄘風·君子偕老〉(47)

一　君子①偕老②　　　　　　願與夫君同生共死，
　　副③笄④六珈⑤ ka　　　頭上妝繫用簪貫穿的六獸飾物，
　　委委 ua 佗_{ㄊㄨㄛˊ}佗⑥ ta　走路的姿態雍容文雅，
　　如山如河⑦ ka　　　　　儀態如山河般的穩重恢宏，
　　象服⑧是宜⑨ uga　　　合乎身分的彩色畫衣，
　　子之不淑⑩　　　　　　　女子遇人不善，
　　云如之何 ka　　　　　　該怎麼辦呢？

【注】①夫君。②同生共死。③首飾。④簪。⑤《後漢書·輿服志》：「步
　　搖以黃金為山題，貫白珠為桂枝相繆，一爵九華。熊、虎、赤熊、天
　　鹿、辟邪、南山豐大特六獸，即《詩》所謂六珈者。」⑥狀走姿之美
　　好。⑦狀儀態之穩重沈潛。⑧彩繪衣裳。⑨合乎身分。⑩淑，善。
【章旨】紅顏薄命，遇人不淑。

二　玼^ㄘ①兮玼兮　　　　　多麼華麗啊！

其之翟^ㄉ② tie 也　　　　她的羽畫彩衣，

鬒^{ㄓㄣ}③髮如雲④　　　　稠密烏黑的頭髮，

不屑⑤髢⑥ tie 也　　　　假髮哪比得上。

玉之瑱⑦也　　　　　　塞耳玉，

象⑧之揥⑨ tsie 也　　　象牙（或骨）搔頭簪，

揚⑩且⑪之皙⑫ sie 也　　眉宇清秀而肌膚白嫩。

胡然⑬而⑭天⑮也　　　　何以呼求皇天呢！

胡然而帝⑯ tsie 也　　　何以哀嗆上帝呢？

【注】①色澤華麗貌。②畫羽彩衣。③頭髮稠密。④黑色。⑤鄙視。⑥假髮。⑦亦作珥，塞耳玉。⑧象牙或骨。⑨搔頭簪。⑩眉目清秀。⑪語助詞。⑫膚色白。⑬何以。⑭語助詞。⑮上天。⑯上帝。

【章旨】美人之命與福為仇，皇天上帝救援無及。

三　瑳①兮瑳兮　　　　　多麼鮮明潔白，

其之展② tan 也　　　　她的王后展衣，

蒙③彼縐^{ㄓㄡ}絺^ㄔ④　　外面披著粗製葛布衣，

是 紲^{ㄒㄧㄝ}袢^{ㄆㄢ}pan⑤也　　也是內衣的料子。

子之清揚⑥　　　　　　妳是眉清目秀的，

揚且⑦之顏⑧ ngian 也　眉清目秀又容顏煥發，

展⑨如之人兮　　　　　穿著展衣的人呀！

邦之媛⑩ uan 也　　　　國色天香呀！

【注】①鮮白貌。②展衣，王后六服之一。③披。④葛之粗縐布。⑤內衣。⑥眉目清秀。⑦語助詞。⑧容顏美。⑨展衣。⑩美女。

【章旨】王后的外貌與衣著相稱。

· 〈唐風·葛生〉(124)

一　葛①生蒙②楚③ so
　　蔹⁴蔓于野 su
　　予美⑤亡此
　　誰與獨處 tso

叢生的葛草掩蓋住楚木，
蔹草蔓生於原野。
我美麗的妻子死於此地，
誰能與獨居的我為伴呢？

【注】①草名。②掩蓋。③木名。④草名。⑤指妻子。
【章旨】悼亡妻。

二　葛生蒙棘① kik
　　蔹蔓于域② ik
　　予美亡此
　　誰與獨息③ sik

叢生的葛草掩蓋住荊棘，
蔹草蔓生於墓地。
我美麗的妻子死於此地
誰能與獨睡的我共臥呢？

【注】①荊棘。②塋域、墓地。③寢息。
【章旨】重沓首章。

三　角枕① sim 粲② tsan 兮
　　錦衾③ kim 爛 lan 兮
　　予美亡此
　　誰與獨旦④ tan

獸角形的枕頭很是光鮮亮麗，
五彩錦繡被子非常燦爛奪目。
我美麗的妻子死於此地，
誰能與孤獨的我共度白晝呢？

【注】①獸角形枕頭。②粲、燦古今字。③五彩錦繡被子。④白晝。
【章旨】重沓前兩章。

四　夏之日①
　　冬之夜② o
　　百歲之後
　　歸于其居③ ko

夏季的白天，
冬季的夜晚，
百年之後，
（我）將回到妳的居處。

【注】①②皆言時長難挨。③此指墓地。
【章旨】夫君期望死後與亡妻同穴。

五　冬之夜　　　　　　　　　冬季的夜晚，
　　夏之日 nit　　　　　　　夏季的白天，
　　百歲之後　　　　　　　　百年之後，
　　歸于其室① tsit　　　　　（我）將回到妳的墓穴。

【注】①墓穴。
【章旨】重沓第四章。

·〈鄘風·柏舟〉(45)

一　汎① pim 彼柏舟 tsou　　　　　那飄浮的柏木船，
　　在彼中河② ka　　　　　　　　就在黃河之中，
　　髧𩬊③ sim 彼兩髦𩬊④ mou　　那位髮垂雙肩的人，
　　實維 tsuei 我 nga 儀⑤ nga　　確是我的心想對象，
　　之⑥死矢⑦ sei 靡⑧ ma 它⑨ ta　至死誓無他人想。
　　母也天 tin 只⑩　　　　　　　　母親，老天啊！
　　不諒⑪人 nin 只　　　　　　　　竟然不相信女兒啊！

【注】①浮。②河中之倒裝，河爲黃河之專稱。③髮垂貌。④髮垂雙肩。⑤
　　配偶。⑥至。⑦誓之通假。⑧無之通假。⑨第三人稱。⑩語助詞。⑪
　　信。
【章旨】母親逼婚，女兒不願之怨聲。

二　汎 pim 彼柏舟 tsou　　　　　那飄浮的柏木船，
　　在彼河側 tsik　　　　　　　就在那黃河畔，
　　髧 sim 彼兩髦 mou　　　　　那位髮垂雙肩的人，
　　實維 tsuei 我 nga 特① tik　　確是我的老公，

之死矢 sei 靡 ma 慝② ik　　　至死誓無邪念。

母也天 tin 只　　　　　　　母親，老天啊！

不諒人 nin 只　　　　　　　竟然不相信女兒啊！

【注】①雄性公畜，此指夫君。②邪。

【章旨】重沓首章，韻字略異。

·〈陳風·株林〉(144)

一　胡為乎①株林② lim　　　在株林幹什麼？

　　從夏南③ nim　　　　　追隨夏南，

　　匪④適⑤株林 lim　　　　他去株林，

　　從夏南 nim　　　　　　追隨夏南。

【注】①幹什麼。②地名。③人名，陳大夫之妻。④彼，他。⑤往，去。

【章旨】諷陳君不懷好意，淫屬下妻。

二　駕我①乘^ˋ馬② mo　　　我駕著四匹馬拉的車子，

　　說③于株野 uo　　　　停留在株林的郊野，

　　乘④我乘駒⑤ ku　　　　我驅策四匹高大的馬所拉的車子，

　　朝食⑥于株 tu　　　　在株林吃早餐。

【注】①我駕之倒裝。②四匹馬。③通稅，停車。④當作動詞，驅車。⑤馬高六尺為駒。⑥早餐。

【章旨】赤裸裸道出陳君淫人妻之行。

·〈邶風·谷風〉(35)

一　習習①谷風 pim　　　醉人和舒的山谷風，

　　以②陰以雨 uo　　　陰雨的天候，

黽勉③同心 sim　　　　　同心戮力，

不宜有怒 no　　　　　　不應忿怒相向，

采葑④采菲⑤ pei　　　　採收葑和菲，

無以⑥下體⑦ lei　　　　無不採收根部，

德音⑧莫違 uei　　　　　德行中規中矩，

及爾同死 sei　　　　　　和你終身在一起。

【注】①和舒貌。②乃。③戮力。④⑤根部可食的兩種蔬菜名。⑥乃。⑦指
　　　根部。⑧德行。

【章旨】丈夫不知內助之賢。

二　行道遲遲 tei　　　　　慢慢的走路，

　　中心①有違② uei　　　心中有所不滿，

　　不遠伊③邇 mei　　　　路不遠而是很近，

　　薄④送我畿⑤ kei　　　但送我至門坎而已，

　　誰謂荼⑥苦　　　　　誰說荼菜苦？

　　其甘如薺⁴⁻⑦ tsei　　甜美像甜菜一般。

　　宴爾新昏⑧　　　　　你新婚可樂了，

　　如兄如弟⑨ tei　　　　如兄弟般的親近。

【注】①心中之倒裝。②指有所不滿。③是。④語助詞。⑤門坎。⑥苦菜。
　　　⑦甜菜。⑧昏、婚古今字。⑨比喻親近。

【章旨】丈夫新歡，棄婦怨言。

三　涇①以②渭③濁　　　　涇水與渭水合流時呈現混濁，

　　湜ʳ湜④其沚⑤ tsi　　待水止流時還是清澈，

　　宴爾新昏　　　　　　你新婚可樂了，

　　不我屑以⑥ i　　　　不屑與我在一起。

　　毋逝⑦ tsai 我梁⑧　　不要除去我的圍魚石堰，

毋發⑨ pai 我笱⑩ ku　　　　不要撥開我的捕魚竹籠，
我躬⑪不閱⑫ tuai　　　　我自身不再被接納，
遑⑬恤⑭我後 hu　　　　　哪會體恤我日後的生活？

【注】①水名。②通與。③水名。④水清貌。⑤通止。⑥即不屑與我之倒
　　　裝。以，與。⑦除去。⑧石堰。⑨發、撥古今字。⑩捕魚竹器。⑪自
　　　身。⑫接納。⑬何。⑭體諒、同情。

【章旨】妻子被棄，擔心無後退之路。

四　就其深矣　　　　　　遇到深處，
　　方① pong 之舟② tsou 之　　以竹筏或小船渡過，
　　就其淺矣　　　　　　遇到淺區，
　　泳③ iong 之游④ iou 之　　潛水或游水渡過。
　　何有何亡 mong　　　　不問漁獲之有或無，
　　黽勉⑤求 kiou 之　　　戮力去做就是。
　　凡民有喪 song　　　　所有里民的災禍，
　　匍匐⑥救 kiou 之　　　即使爬行也得救他們。

【注】①竹筏。②小船。方、舟皆當動詞用。③潛水。④游水。⑤戮力。⑥
　　　爬行。

【章旨】棄婦自訴勤勞與敦親睦鄰。

五　不我能慉① nou　　　　不能善待我，
　　反以我為讎 sou　　　　反而以我為仇敵，
　　既阻我德②　　　　　　既然不接納我的優點，
　　賈⌒③用④不售 tou　　　（如同）商人賣不出商品。
　　昔育⑤恐育鞠⌒⑥ kou　　往日生活在恐懼與窮困之中，
　　及爾顛覆⑦ pou　　　　和你同患難，
　　既生⑧既育 iou　　　　有了產業和較好的生活之後，

比予于毒 tou　　　　　　　把我比方作毒瘤似的。

【注】①不能慉（同畜、蓄）我之倒裝。②優點、好處。③商人。④以。⑤
　　　生活。⑥窮之通假。⑦患難、不安。⑧產業。

【章旨】賢妻埋怨夫君可以共患難，卻不能同享福。

六　我有旨蓄①　　　　　　　我有甜美的乾菜，
　　亦以御②冬 tung　　　　　也可以應付寒冬所需，
　　宴爾新昏　　　　　　　　你新婚可樂了，
　　以我御窮 kung　　　　　　利用我來度過窮困的日子，
　　有洸（ㄍㄨㄤ）③有潰④ tuei　　粗暴忿怒待我，
　　既詒ˊ⑤我肄⑥ ngei　　　　已經遺害我陷勞頓之苦，
　　不念昔者　　　　　　　　不思舊人，
　　伊⑦余來⑧墍（ㄒㄧ）⑨ kei　　我是非常震怒的。

【注】①甜美的乾菜。②用、應付。③粗暴。④怒貌。⑤遺。⑥勞。⑦語
　　　助詞。⑧是。⑨怒。

【章旨】糟糠之妻被棄，怒火頓起。

· 〈邶風·日月〉(29)

一　日居① ko 月諸② to　　　　日落月昇，
　　照臨下土③ to　　　　　　　光照大地，
　　乃如④之人兮　　　　　　　像這等人啊！
　　逝⑤不古處⑥ tso　　　　　　不與舊人相處，
　　胡能有定　　　　　　　　　哪裡能有定性？
　　寧⑦不我顧⑧ ho　　　　　　竟然不理睬我了。

【注】①在。②往。③大地。④乃，語助詞。如：像女、似。⑤語助詞。⑥
　　　古指舊人。處，相處、在一起。⑦竟然。⑧顧我之倒裝。

【章旨】棄婦怨。

二　日居 ko 月諸 to　　　　　日落月昇，
　　下土是冒① mou　　　　　大地都在日月光的覆照之下，
　　乃如之人兮　　　　　　　像這等人啊！
　　逝不相好 hou　　　　　　不與舊人互相示好，
　　胡能有定　　　　　　　　哪裡能有定性？
　　寧不我報② pou　　　　　竟然不肯回報我。

【注】①覆照。②報我之倒裝。
【章旨】重沓首章，字韻略異。

三　日居 ko 月諸 to　　　　　日落月昇，
　　出自東方 pong　　　　　出自東方，
　　乃如之人兮　　　　　　　像這等人啊！
　　德音①無良 liong　　　　德操不好，
　　胡能有定　　　　　　　　哪裡能有定性？
　　俾②也可忘　　　　　　　促使他可以忘掉夫妻之情。

【注】①德操。②使。
【章旨】重沓首章，字韻略異。

四　日居 ko 月諸 to　　　　　日落月昇，
　　東方自出① tsuet　　　　出自東方，
　　父兮母兮　　　　　　　　爸呀！媽呀！
　　畜② hou 我不卒③ tset　（夫君）照顧我有始無終，
　　胡能有定　　　　　　　　哪裡能有定性？
　　報 pou 我不述④ suet　不曾好好的回報我。

【注】①出自東方之倒裝。②畜、蓄古今字，此作善待。③終。④遂之通假
　　，此作成、好。
【章旨】重沓首章，字韻略異。

·〈王風·中谷有蓷〉(69)

一　中谷①有蓷②，　　　　　山谷中長有蓷草，
　　暵③其乾 kan 矣　　　　被曬得乾乾的，
　　有女仳離④　　　　　　有位被棄的婦女，
　　嘅⑤其嘆 nan 矣　　　　發出沈痛的歎息聲，
　　遇人之艱難 nan 矣　　　遭遇到使她生活困頓的人啊！

【注】①谷中之倒裝。②草名。③乾燥貌。④別離。⑤歎聲
【章旨】棄婦怨。

二　中谷有蓷，　　　　　　山谷中長有蓷草，
　　暵其脩① iou 矣　　　　被曬得如同乾肉般，
　　有女仳離　　　　　　　有位被棄的婦女，
　　條②其歗③ sou 矣　　　發出淒厲的哭嘯聲，
　　條其歗 sou 矣　　　　發出淒厲的哭嘯聲，
　　遇人之不淑④ sou 矣　　遭遇到使她陷入不好的境地。

【注】①乾肉。②蕭條、淒涼。③同嘯。④不好、不幸。
【章旨】重沓首章，字韻略異。

三　中谷有蓷，　　　　　　山谷中長有蓷草，
　　暵其濕① sip 矣　　　　被曬得將要乾掉了，
　　有女仳離　　　　　　　有位被棄的婦女，
　　啜②其泣 lip 矣　　　　發出啜泣聲，
　　啜其泣 lip 矣　　　　發出啜泣聲，
　　何嗟③及 kip 矣　　　哀歎哪有濟於事呢！

【注】①溼之通假，將乾（按：濕本為水名，溼是潮溼本字，漢後濕、
　　溼混用。）②泣聲。③嗟何之倒裝。
【章旨】重沓前章，字韻略異。

·〈鄭風·狡童〉(86)

一　彼狡①童②兮　　　　　那狡點的小子，
　　不與我言 ngian 兮　　不跟我說了，
　　維子之故③　　　　　　你是老伴，
　　使我不能餐 tsan 兮　　致使我餐飯無心啊！

【注】①狡點。②豎立，小人。③故舊，指老夫老妻。
【章旨】琴瑟失和，難以挽回。

二　彼狡童兮　　　　　　那狡點的小子，
　　不與我食① sik 兮　　不跟我一起共餐，
　　維子之故　　　　　　你是老伴，
　　使我不能息② sik 兮　致使我無法安息啊！

【注】①共食。②安息。
【章旨】重沓首章，字韻略異。

·〈秦風·晨風〉(132)

一　鴥ㄩˋ①彼晨風② pim　那疾飛的晨風鳥，
　　鬱③彼北林 lim　　　那濃密的北林，
　　未見君子　　　　　　不見夫君，
　　憂心欽欽④ kim　　　憂心忡忡，
　　如何 ka 如何 ka　　怎麼辦？怎麼辦？
　　忘我實多 ta　　　　幾乎都忘掉我了！

【注】①鳥疾飛。②鳥名，《說文》作鷐。③濃密。④憂貌。
【章旨】棄婦吟。

二　山有苞①櫟ㄌㄧˋ② lau　　　　山中生長茂盛的櫟樹，
　　隰ㄒㄧˊ③有六④駁ㄅㄛˊ⑤ pau　　低濕地生長許多駁樹，
　　未見君子　　　　　　　　不見夫君，
　　憂心靡樂 lau　　　　　　只有憂心，沒有快樂，
　　如何 ka 如何 ka　　　　怎麼辦？怎麼辦？
　　忘我實多 ta　　　　　　幾乎都忘掉我了！

【注】①茂盛。②樹名。③低濕地。④衆多。劉毓慶，《詩經・圖注》：「
　　　竊疑秦人於數崇尙六，以六言其多，猶夏人之言九，周人之言三，漢
　　　人之言七。」⑤樹名。
【章旨】重沓首章，字韻略異。

三　山有苞棣ㄉㄧˋ① tei　　　　山中生長茂盛的棣樹，
　　隰有樹檖② tuei　　　　　低濕地生長檖樹，
　　未見君子　　　　　　　　不見夫君，
　　憂心如醉 tsuei　　　　　憂心如醉般的昏沈，
　　如何 ka 如何 ka　　　　怎麼辦？怎麼辦？
　　忘我實多 ta　　　　　　幾乎都忘掉我了！

【注】①樹名。②檖樹之倒裝。
【章旨】重沓首章，字韻略異。

・〈檜風・羔裘〉（146）

一　羔裘①逍遙② iau　　　　穿小羊皮大衣任悠遊，
　　狐裘以朝③ tiau　　　　穿狐皮大衣去上朝，
　　豈不爾思④　　　　　　豈不想你，
　　勞心忉ㄉㄠ忉⑤　　　　憂心憔瘁。

【注】①皮大衣。②自由自在的玩樂。③上朝。④思爾之倒裝。⑤憂愁不

安。

【章旨】棄婦責備夫君不能有福同享。

二　羔裘翱翔① iong　　　　　穿小羊皮大衣任遨遊，
　　狐裘在堂② song　　　　　穿狐皮大衣在朝廷上，
　　豈不爾思　　　　　　　　豈不想你，
　　我心憂傷 iong　　　　　　我心憂傷。

【注】①本義是鳥在空中上下飛行，此指輕鬆遨遊。②朝廷。
【章旨】重沓首章，字韻略異。

三　羔裘如膏① kau　　　　　穿小羊皮大衣如油脂般的光亮，
　　日出有曜② tau　　　　　明亮的日出，
　　豈不爾思　　　　　　　　豈不想你，
　　中心③是悼④ tau　　　　　心中是哀傷的。

【注】①油脂。②明亮。③心中倒裝。④哀傷。
【章旨】重沓首章，字韻略異。

·〈魏風·碩鼠〉(113)

一　碩①鼠碩鼠 so　　　　　大鼠大鼠，
　　無食我黍② so　　　　　別吃我田中的小米，
　　三歲貫③女ㄖㄨˇ④ no　　　慣壞你三年，
　　莫我肯顧⑤ ho　　　　　不肯照顧我，
　　逝⑥將去女ㄖㄨˇ no　　　即將離開你，
　　適彼樂土⑦ to　　　　　到那快樂的地方，
　　樂土樂土 to　　　　　　快樂的地方！快樂的地方！
　　爰得我所 so　　　　　　終於找到我的安居之地。

【注】①大。②小米。③貫、慣古今字。④女、汝通假，第二人稱。⑤莫肯
　　顧我之倒裝。⑥語助詞。⑦此暗示生不如死。
【章旨】棄婦暗示生不如死。

二　碩鼠碩鼠 so　　　　　　大鼠大鼠，
　　無食我麥 mik　　　　　別吃我田中的麥子，
　　三歲貫女 no　　　　　　慣壞你三年，
　　莫我肯德①tik　　　　　不肯施恩德於我，
　　逝將去女 no　　　　　　即將離開你，
　　適彼樂國 ik　　　　　　到那快樂的國度，
　　樂國樂國 ik　　　　　　快樂的國度！快樂的國度！
　　爰得我直②tik　　　　　終於找到我的價值所在。

【注】①莫肯德我之倒裝，德當動詞用，施恩。②直、值古今字，價值。
【章旨】重沓首章，字韻略異。

三　碩鼠碩鼠 so　　　　　　大鼠大鼠，
　　無食我苗 miau　　　　　別吃我田中的幼苗，
　　三歲貫女 no　　　　　　慣壞你三年，
　　莫我肯勞①lau　　　　　不肯對我有所慰勞，
　　逝將去女 no　　　　　　即將離開你，
　　適彼樂郊 kiau　　　　　到那快樂的郊野，
　　樂郊樂郊 kiau　　　　　快樂的郊野！快樂的郊野！
　　誰之②永③號④hau　　　誰去那兒長聲哀號呢？

【注】①慰勞。②往、去。③長。④號、嚎古今字。
【章旨】重沓首章，字韻略異。

·〈小雅·杕杜〉（169）

一 有杕ㄉ—①之杜② to 　　　　　有棵孤立的杜樹，
　　有睆ㄏㄨㄢ③其實 sit 　　　　果實已很成熟，
　　王事靡鹽④ ko 　　　　　　君王事沒有休止之時，
　　繼嗣⑤我日 nit 　　　　　　我們相聚的日子繼續展延，
　　日月⑥陽⑦ iong 止 　　　　和暖的時光，
　　女心傷 iong 止 　　　　　　女子心情是傷悲的，
　　征夫遑⑧ huong 止 　　　　行役在外的夫君何有閒暇？

【注】①孤特貌。②樹名。③實貌。④不終止。⑤展延。⑥時光、歲月。⑦
　　　和暖。⑧閒暇。
【章旨】夫君忙於公務，展延歸期，妻含悲殷盼。

二 有杕之杜 to 　　　　　　　有棵孤立的杜樹，
　　其葉萋萋① tsei 　　　　　葉子非常茂盛，
　　王事靡鹽 ko 　　　　　　　君王事沒有休止之時，
　　我心傷悲 pei 　　　　　　我心情是傷悲的，
　　卉木萋 tsei 止 　　　　　花草樹木很茂盛，
　　女心悲 pei 止 　　　　　　女子心情是傷悲的，
　　征夫歸 tuei 止 　　　　　行役在外的夫君何有歸來？

【注】①繁茂。
【章旨】重沓首章，字韻略異。

三 陟①彼北山 　　　　　　　　登上那座北山，
　　言②采③其杞④ ki 　　　　摘採杞木，
　　王事靡鹽 　　　　　　　　君王事沒有休止之時，
　　憂我父母 mi 　　　　　　擔憂我的父母，

檀車⑤幝⑤幝⑥ tan　　　　　檀木做的車輪破敗了，

四牡痯⑤痯⑦　　　　　　　四匹拉車的雄馬疲憊了，

征夫不遠 uan　　　　　　　行役在外的夫君離家不遠了。

【注】①登。②語助詞。③采、採古今字。④灌木名。⑤檀木堅硬，可製作
　　　車輪。⑥車敝貌。⑦疲憊貌。

【章旨】夫君長久在外奔波，車馬困頓，歸期不遠了。

四　匪載① tsi 匪來 li　　　　車不至，人沒到，

　　憂心孔疚② ki　　　　　　憂心至痛，

　　期③逝④不至 tsit　　　　約期已過而人不歸，

　　而多爲恤⑤ it　　　　　　徒增憂傷，

　　卜⑥筮⑦偕 kei 止⑧　　　龜占著占都卜問過，

　　會⑨言⑩近 kei 止　　　　卦體上說：即將重逢了，

　　征夫邇 nei 止　　　　　　行役在外的夫君近將到達。

【注】①乘車。②痛。③約期。④過、往。⑤憂傷。⑥龜甲占卜。⑦蓍草占
　　　卜。⑧語助詞。⑨會合、重逢。⑩卦體的內容。

【章旨】夫君行役的歸期已過，只得求助鬼神的慰藉。

·〈小雅·采綠〉(232)

一　終朝①采②綠③ luk　　　整個早上都在採收綠草，

　　不盈一匊④ kuk　　　　　卻不滿兩手一捧，

　　予髮曲局⑤ kuk　　　　　我的頭髮亂糟糟的，

　　薄言⑥歸沐⑦ muk　　　　回家洗髮吧！

【注】①整個早上。②采、採古今字。③草名。④匊、掬古今字，捧。⑤髮
　　　曲，言髮亂。⑥語助詞。⑦洗髮。

【章旨】夫君長久在外，妻無心做事，任髮髒亂。

二　終朝采藍① kam　　　　　整個早上都在採收藍草，

　　不盈一襜ㄔㄢ② tam　　　　卻不滿一件兜裙，

　　五日爲期③　　　　　　　五天是約期，

　　六日不詹④ tam　　　　　六天還看不到人影呢！

【注】①草名。②兜裙。③約期。④詹、瞻古今字。

【章旨】夫歸約期已過，妻無心做事。

三　之子①于狩②　　　　　　夫君打獵去，

　　言③韔ㄔㄤ④其弓 king　　將弓裝在弓袋；

　　之子于釣　　　　　　　夫君釣魚去，

　　言綸⑤之繩 sing　　　　將釣繩整理好，

【注】①夫君。②打獵。③語助詞。④弓袋，此作動詞。⑤理絲。

【章旨】道出夫君出外打獵與釣魚。

四　其釣維何　　　　　　　他釣到什麼？

　　維魴及鱮ㄒㄩ① uo　　　魴魚和鱮魚，

　　維魴及鱮 uo　　　　　魴魚和鱮魚，

　　薄言②觀者③ to　　　　姑且去看看吧！

【注】①魚名。②語助詞。③者、諸古今字，之於。

【章旨】夫君漁獵，遲遲歸來。

· 〈檜風‧匪風〉（149）

一　匪①風發② pai 兮　　　那刮起的風兒，

　　匪車偈ㄐㄧㄝ③ kai 兮　那奔馳的馬車，

　　顧瞻周道④　　　　　　回頭遠望大道，

　　中心怛ㄉㄚ⑤ tai 兮　　內心好悲傷啊！

【注】①彼。②刮風。③疾驅。④大道。⑤悲傷。
【章旨】大道送別之苦狀。

二　匪風飄① piau ㄆㄧㄠ　　　那吹起的風兒，
　　匪車嘌ㄆㄧㄠ② piau ㄆㄧㄠ　那疾驅的馬車，
　　顧瞻周道　　　　　　　　回頭遠望大道，
　　中心弔③ tiau ㄊㄧㄠ　　　內心好痛苦啊！

【注】①風吹。②疾。③痛苦。
【章旨】重沓首章，字韻略異。

三　誰能亨①魚？　　　　　　誰能烹飪魚呢？
　　溉② kei 之釜鬵③ tsim　　得把鍋子洗滌。
　　誰將西歸④　　　　　　　誰將從西方歸來。
　　懷⑤ tuei 之好音 im　　　盼他會帶來好消息。

【注】①亨、烹古今字。②洗滌。③釜，鍋子。鬵，大釜。④從西方歸來。
　　　⑤盼望。
【章旨】夫君即將歸來，妻烹魚以待。

·〈小雅·小明〉(213)

一　明明①上天　　　　　　　亮麗的老天，
　　照臨下土 to　　　　　　光照著大地，
　　我征徂②西　　　　　　　我往西方出征，
　　至于艽野③ uo　　　　　到達極荒野的地方，
　　二月初吉④　　　　　　　時間在二月上旬，
　　載⑤離⑥寒暑 to　　　　已歷經冷熱的氣候，
　　心之憂矣　　　　　　　　內心是憂傷的，
　　其毒⑦大苦 ko　　　　　那毒害太辛苦了。

念彼共人⑧	想及那謙恭的妻子，
涕零如雨 uo	落淚如雨，
豈不懷歸	哪有不想回家呢？
畏此罪罟⑨ ko	怕的是觸犯法網啊！

【注】①形容詞，指光明美好，明明德同。②往、去。③荒遠之地。④上旬之前八日，王國維〈生霸死霸考〉：「古者蓋分一月之日四分，一曰初，謂自一日至七八日也……」。⑤語助詞。⑥罹、遭受。⑦毒害。⑧共、恭古今字，此指謙恭之妻子。⑨罟罪之倒裝，觸犯法律而得罪。

【章旨】夫君離開愛妻遠征之怨。

二 昔我往矣	從前我離家出征時，
日月方除① uo	正好是過年之際，
曷②云其還	何時能回家呢？
歲聿③云莫④ mo	已是年底時候了，
念我獨兮	想到我是孤孤單單的，
我事孔庶⑤ so	我的事務非常繁多，
心之憂矣	內心是憂傷的，
憚⑥我不暇 ko	顧慮我不得空閒，
念彼共人	想及那謙恭的妻子，
睠睠⑦懷顧 ho	回顧再三，
豈不懷歸	哪有不想回家呢？
畏此譴怒⑧ no	怕的是遭受怒譴。

【注】①除歲、除夕、過年。②何。③語助詞。④莫、暮古今字。⑤很多。⑥顧慮。⑦反顧。⑧怒譴之倒裝。

【章旨】夫君離家經年，強烈思妻之怨。

三　昔我往矣　　　　　　　從前我離家出征時，
　　日月方奧① ou　　　　正好是和暖的天氣，
　　曷云其還　　　　　　何時能回家呢？
　　政事愈蹙② sou　　　　局勢愈感急迫，
　　歲聿云莫　　　　　　已近年底時候了，
　　采蕭穫菽③ sou　　　　採刈蕭草和收穫大豆的季節到了，
　　心之憂矣　　　　　　內心是憂傷的，
　　自詒④伊⑤戚⑥ sou　　自尋憂戚的，
　　念彼共人　　　　　　想及那謙恭的妻子，
　　興⑦言⑧出宿⑨ sou　　起來走到外頭過夜，
　　豈不懷歸　　　　　　那有不想回家呢？
　　畏此反覆⑩ pou　　　　怕的這反覆無常的人。

【注】①奧、燠古今字，和暖。②急迫。③大豆。④遺。⑤語助詞。⑥憂。
　　　⑦作、起。⑧語助詞。⑨外宿、野宿。⑩指當政者反覆無常。
【章旨】軍務纏身，當政者反覆，不得回家與妻務農事。

四　嗟爾君子①　　　　　　你們在位者啊！
　　無恆安處② tso　　　　不要老是舒適過活，
　　靖③共④爾位　　　　　勤敏恭敬在你們的職位上，
　　正直是與⑤ uo　　　　與正直人士交往。
　　神之⑥聽之⑦　　　　　神明聽著：
　　式⑧穀⑨以⑩女⑪ no　　善報將會降臨你們身上。

【注】①指在位者。②安適過活。③治、勤。④共、恭古今字。⑤交往。
　　　⑥⑦語助詞。⑧語助詞。⑨善、福祿。⑩予、與、賜。⑪女、汝古
　　　今字。
【章旨】希望在位者親賢人。

五　嗟爾君子　　　　　　你們在位者啊！
　　無恆安息 si　　　　　不要老是舒適閒憩，
　　靖共爾位　　　　　　勤敏恭敬在你們的職位上，
　　好是正直 silk　　　　喜愛正直人士，
　　神之聽之　　　　　　神明聽著：
　　介①爾景②福 pik　　　賜你們大福。

【注】①賜予。②大。
【章旨】重沓上章，字韻略異。

·〈邶風·綠衣〉(27)

一　綠兮衣①兮　　　　　綠色上衣，
　　綠衣黃裏 li　　　　　綠衣的黃色襯裏。
　　心之憂矣　　　　　　心中對她的憂思，
　　曷②維其已③ i　　　　哪有停息的時候？

【注】①上衣。②何時。③止。
【章旨】睹衣思妻，懸念不已。

二　綠兮衣兮　　　　　　綠色上衣，
　　綠衣黃裳① song　　　綠色的上衣，黃色的裙子。
　　心之憂矣　　　　　　心中對她的憂思，
　　曷維其亡② mong　　　哪有消失的時候。

【注】①裙子。②消失。
【章旨】重沓首章，字韻略異。

三　綠兮絲 si 兮　　　　綠色的絲衣，
　　女①所治② tsi 兮　　妳所親手縫製的，

我思古人③　　　　　　　我想念已作古的亡妻，
俾④無訧⑤ㄧ兮　　　　　　是無過失的完人。

【注】①女、汝古今字，妳。②縫製。③故人，已作古的人。④助詞。⑤同
　　　尤，過失。
【章旨】夫思念完美的亡妻。

四　絺ㄔ①兮綌ㄒ②兮　　　　細或粗的葛布衣，
　　淒其③以風 pim　　　　　遇風淒寒，
　　我思古人　　　　　　　我想念已作古的亡妻，
　　實獲④我心 sim　　　　　切實得到我的歡心。

【注】①細葛布衣。②粗葛布衣。③淒寒。④得。
【章旨】最得歡心是亡妻。

五、歸　寧

·〈周南·葛覃〉(2)

一　葛①之覃②兮 　　　　葛草處處滋生，
　　施③于中谷④ kuk 　　蔓生到山谷之中，
　　維葉萋萋⑤ tsei 　　葉子非常茂盛。
　　黃鳥于飛 pei 　　　黃鳥飛呀飛的，
　　集于灌木 muk 　　　群集在叢生灌木上，
　　其鳴喈喈⑥ kei 　　喈喈啼叫。

【注】①草名。②延長。③延伸。④谷中之倒裝。⑤茂盛。⑥鳥鳴聲。
【章旨】豐草群鳥作爲場景。

二　葛之覃兮 　　　　　葛草處處滋生，
　　施于中谷 　　　　　蔓生到山谷之中，
　　維葉莫莫① mok 　　葉子非常茂盛。
　　是刈②是濩③ huok 　割下來煮，
　　爲絺爲綌④ kuok 　　可製作粗細的葛布，
　　服⑤之無斁⑥ tok 　　好用得很。

【注】①茂盛。②割。③煮。④細葛布曰絺、粗葛布曰綌。⑤用。⑥厭。
【章旨】勤於織布的相關工作。

三　言①告師氏② 　　　告知保母，
　　言告言歸 tuei 　　　告知回娘家事宜：
　　薄③汙④我私⑤ sei 　將我貼身內衣洗淨，

薄澣_⑥我衣 ei　　　　　　將我衣裳洗好，
害_⑦澣害否 pi　　　　　　哪些要洗的和不洗的，
歸寧父母 mi　　　　　　安心回去父母家。

【注】①語助詞。②保母、管家。③語助詞。④去汙洗淨。⑤貼身衣物，指
　　　內衣褲。⑥洗。⑦害、曷、何古今字。
【章旨】準備回娘家事宜。

·〈邶風·泉水〉(39)

一　毖_⑩_①彼泉水　　　　　　快速的泉水，
　　亦_②流于淇_③ ki　　　　　　流入淇河，
　　有懷于衛　　　　　　思念衛國，
　　靡_④日不思 si　　　　　　沒有一天不想念，
　　孌_⑤彼諸姬_⑥ ki　　　　　那些漂亮的姬姓陪嫁姊妹們，
　　聊與之謀_⑦ mi　　　　　姑且跟她們談歸寧事宜。

【注】①《說文》引作「泌」，俠流，即急流之意。②語助詞。③水名。④
　　　靡、無古今字。⑤美好貌。⑥諸位同姓姬的陪嫁姊妹。⑦商量。
【章旨】歸寧之思。

二　出_①宿_②于泲_⑩_③ tsei　　　　出嫁時在泲水附近住宿一夜。
　　飲餞_④于禰_⑥_⑤ nei　　　　在禰地設宴送行，
　　女子有行　　　　　　女兒這一去，
　　遠父母兄弟 tei　　　　遠離父母兄弟，
　　問我諸姑　　　　　　問候眾姑們，
　　遂及伯姊 tsei　　　　連帶伯姊們也問候了。

【注】①出嫁。②過一夜。③水名。④設宴送行。⑤地名。
【章旨】細數當年出嫁的歷程。

三　出宿于干① kan　　　　出嫁時在干地住宿一夜。
　　飲餞于言② ngian　　　在言地設宴送行，
　　載③脂④載舝ㄒㄧㄚˊ⑤ kai　車軸塗上脂油、車轄栓得緊，
　　還車⑥言邁⑦ mai　　　歸寧馬車向前行，
　　遄ㄔㄨㄢˊ⑧臻⑨于衛 uai　很快就到達衛國，
　　不瑕⑩有害⑪ kai　　　沒遇到任何阻撓。

【注】①地名。②地名。③則。④作動詞解，言塗上脂油。⑤舝、轄古今字，車軸頭鍵。此作動詞解，言拴緊頭鍵。⑥歸寧的座車。⑦長行。⑧快速。⑨到達。⑩語助詞。⑪妨害、阻撓。

【章旨】細數歸寧順利。

四　我思肥泉① tsuan　　　我思念肥泉，
　　茲②之③永④嘆 nan　　滋長我長歎，
　　思須與漕⑤ tsou　　　思念須與漕二地，
　　我心悠悠⑥ iou　　　我心中有無窮的思情，
　　駕言⑦出遊 iou　　　驅車出遊，
　　以寫⑧我憂 iou　　　可以宣瀉我的憂愁。

【注】①泉名。②茲、滋古今字。③我。④長。⑤須與漕皆地名。⑥思之長。⑦語助詞。⑧寫、瀉古今字，宣瀉。

【章旨】歸寧後，到處舊地重遊，興奮之至。

六、祭　祀

·〈召南·采蘩〉(13)

一　于①以采②蘩③　　　　　到何處採收蘩草呢？
　　于沼④于沚⑤ tsi　　　　在池塘和小沙洲，
　　于以用之　　　　　　　做何用途呢？
　　公侯之事⑥ li　　　　　公侯祭祀之物。

【注】①于，何（楊樹達，《古書疑義與例續補》）。②采、採古今字。③
　　　水草名。④池塘。⑤小沙洲。⑥祭祀之事。
【章旨】採蘩以備祭祀之用。

二　于以采蘩　　　　　　　到何處採收蘩草呢？
　　于澗之中 tung　　　　　在山澗之中，
　　于以用之　　　　　　　做何用途呢？
　　公侯之宮① kung　　　　公侯的宗廟祭祀之用。

【注】①指宗廟。
【章旨】重沓前章，字韻略異。

三　被ㄆㄧ①之僮ㄊㄨㄥ僮② tung　　佩帶的飾物真多，
　　夙夜③在公④ kung　　　早晚在宗廟公所忙碌，
　　被之祁祁⑤ tei　　　　佩帶的飾物真大，
　　薄言⑥還歸 tuei　　　　終於忙完，還回居所。

【注】①佩帶。②多貌。③早晚皆忙。④公所，此指宗廟。⑤大貌。⑥語助
　　　詞。
【章旨】盛裝勤祭。

‧〈召南‧采蘋〉(15)

一　于以采蘋① pin　　　　　到何處採收蘋草呢？
　　南澗之濱 pin　　　　　　南邊山澗的水側。
　　于以采藻② sau　　　　　到何處採收水藻呢？
　　于彼行潦③ liau　　　　　在那道路旁的水溝。

【注】①水草名。②水草名。③行，道路。潦，淺水。指路邊水溝。
【章旨】採收蘋、藻之行。

二　于以盛之①　　　　　　　用什麼盛裝呢？
　　維筐②及筥③ lo　　　　　方形竹筐和圓形竹簍。
　　于以湘④之　　　　　　　用什麼烹煮呢？
　　維錡⑤及釜⑥ po　　　　　三足鍋和無足鍋。

【注】①裝物。②方形竹筐。③圓形竹簍。④烹煮。《韓詩》作「鬺」。⑤
　　　三足鍋。⑥無足鍋。
【章旨】忙於準備祭品與祭器。

三　于以奠①之　　　　　　　在哪兒設置祭品呢？
　　宗至②牖下 ho　　　　　　宗廟房間的窗戶之下。
　　誰其尸③之　　　　　　　誰來主祭呢？
　　有齊④季女⑤ no　　　　　端莊持敬的少奶奶。

【注】①設置祭品。②宗廟的房間。③主祭。④齊、齋古今字，端莊持敬。
　　　⑤年輕的少奶奶。
【章旨】新婦主祭。

‧〈小雅‧楚茨〉(215)

一　楚楚①者茨②　　　　　　繁茂的茨草，

言抽③其棘④ kik	拔除茨草果實上的刺，
自昔何爲	自古以來所爲何事？
我藝⑤黍稷 tsik	我種植黍和稷，
我黍 so 與與⑥ uo	我種的黍很高大，
我稷 tsik 翼翼⑦ ik	我種的稷排列整齊，
我倉既盈	我的糧倉已經飽和，
我庾⑧維億 ik	我的露天穀倉億數之多，
以爲酒食 sik	把黍稷釀酒作食，
以享⑨以祀 i	當作獻食和祭祀，
以妥⑩以侑⑪ i	讓祭主安坐並勸他飲酒，
以介⑫景⑬福 pik	用以求得大福氣。

【注】①繁茂美盛。②草名。③抽取、去除。④刺。⑤種植。⑥與、舉古今
字，高貌。⑦排列整齊。⑧野地露天倉。⑨獻食。⑩安坐。⑪勸酒。
⑫介、匃通假、求。⑬大。

【章旨】務農不忘祭祀，以求神祐。

二	濟濟①蹌蹌② tsiong	群集行進，
	絜③爾牛羊 iong	清洗你的牛羊，
	以往烝④嘗⑤ song	作為秋冬祭祀之用，
	或剝⑥或亨⑦ kiong	有的宰殺、有的烹煮，
	或肆⑧或將⑨ tsiong	有的陳列、有的進獻，
	祝祭于祊⑩ pong	頌祭詞於宗廟門內，
	祀事孔明⑪ mong	祭祀的事項辦得非常完備，
	先祖是皇⑫ huong	祖先是顯赫偉大的，
	神保⑬是饗⑭ kiong	神靈請降享食，
	孝孫有慶⑮ kiong	孝順的子孫有福了，
	報以介⑯福	先祖以大福氣回報，

萬壽無疆 kiong　　　　　　長壽無盡期。

【注】①衆貌。②趨進貌。③絜、潔古今字。④冬祭。⑤秋祭。⑥宰殺。⑦亨、烹古今字。⑧陳列。⑨進獻。⑩亦作廟，宗廟門內。⑪完備。⑫皇、煌古今字，顯赫偉大。⑬神靈。⑭進食。⑮福。⑯大。

【章旨】子孫重視祭祀，必得先祖厚報。

三　執爨^{ちゥ}①踖踖② tsok　　　忙於廚房之事，
　　爲俎③孔碩④ sok　　　　切大塊肉，
　　或燔^{ヒゥ}⑤或炙⑥ tsok　　有的紅燒、有的火烤，
　　君婦⑦莫莫⑧ mok　　　　主婦非常勤勞，
　　爲豆⑨孔庶⑩ sok　　　　肉器上裝滿食物，
　　爲賓爲客 kok　　　　　　招待賓客之用，
　　獻醻⑪交錯⑫ tsok　　　　敬酒回敬之聲不斷，
　　禮儀卒⑬度⑭ tok　　　　盡是中規中矩，
　　笑語⑮卒獲 huok　　　　最後大獲讚賞，
　　神保是格⑯ kok　　　　　神靈降臨，
　　報以介福　　　　　　　　先祖以大福氣回報，
　　萬壽攸⑰酢⑱ tsok　　　　長壽是報。

【注】①操做烹調掌廚之事。②往來忙碌之狀。③切肉墊。④很大塊。⑤燒。⑥烤。⑦主婦。⑧猶勉勉、勤勞。⑨盛肉器。⑩豐盛。⑪敬酒曰獻，勸酒曰醻（同酬）。⑫連接不斷。⑬盡。⑭法度禮儀。⑮嘉美讚頌之聲。⑯降臨。⑰是。⑱酬報。

【章旨】主婦爲祭品與招待賓客而忙碌，必得神的祝福。

四　我孔熯^{ㄖㄢ}① nan 矣　　　我非常渴求，
　　式②禮莫愆^{くㄢ}③ kan　　禮儀都沒有差錯。
　　工祝④致告⑤　　　　　　　官祝致神禱辭：

徂賚^{ㄌㄞ}⑥孝孫 suan　　　　賜福給孝孫，

苾^{ㄅㄧ}芬⑦孝祀　　　　　孝祭祖先多麼美好，

神嗜飲食 sik　　　　　神靈樂於享用祭品，

卜爾百福 pik　　　　　卜問您（指國君）的百樣福分，

如幾⑧如式⑨ ik　　　　似乎可期許、似乎可做到，

既齊^{ㄓㄞ}⑩既稷⑪ tsik　　既戒敬又勤敏，

既匡⑫既敕^ㄔ⑬ sik　　　既正心又謹嚴，

永錫⑭爾極⑮ kik　　　　永遠賜您（指國君）達到最善的地步，

時萬時億 ik　　　　　　是萬億之多。

【注】①乾（《說文》），引申為渴求。②語助詞。③差錯。④官祝。⑤致
　　神禱詞。⑥徂，往。賚，賜予。⑦馨香。⑧似乎可以期待。⑨似乎可
　　以做到。⑩齊、齋古今字，戒敬。⑪疾之假借，勤敏。⑫正。⑬謹嚴
　　。⑭錫賜古今字。⑮高、至，引申為善。

【章旨】神賜祭者。

五　禮儀既備 pik　　　　禮制儀式已很完備，

　　鐘鼓既戒① kik　　　鐘鼓已經預備，

　　孝孫徂位②　　　　　孝孫就祭位，

　　工祝致告 kik　　　　官祝致神禱詞：

　　神具醉止 tsi　　　　神靈都有醉意了，

　　皇尸③載④起 i　　　偉大的尸主起立，

　　鼓鐘送尸 tei　　　　鼓鐘齊鳴作為送行尸主，

　　神保聿⑤歸 tuei　　　神靈歸來，

　　諸宰⑥君婦　　　　　諸位家臣和主婦，

　　廢徹⑦不遲 tei　　　撤除祭品不得延誤，

　　諸父兄弟 tei　　　　諸位父執輩和兄弟們，

　　備言燕私⑧ sei　　　同姓同宗的家宴已準備妥當了。

【注】①備。②就位。③對尸主之尊稱。皇，大。④語助詞。⑤語助詞。
　　⑥家臣、總管。⑦撤祭品。徹，撤。⑧私燕之倒裝，同姓家族之私
　　宴。
【章旨】家祭經過。

六　樂①具②入奏 tsuk　　　　樂官備好進來演奏，
　　以綏③後祿④ luk　　　　　以助安享祭後的賜食，
　　爾殽⑤既將⑥ tsiong　　　您的菜肴已經端上，
　　莫怨具慶 kiong　　　　　沒有人不滿意，同表歡慶，
　　既醉既飽 pou　　　　　　酒醉飯飽之後，
　　小大稽首 sou　　　　　　老老少少都叩頭致謝。
　　神嗜飲食　　　　　　　　神靈特愛所祭的飲食，
　　使君壽考 kou　　　　　　將使君王高壽，
　　孔惠⑦孔時⑧　　　　　　　君王多麼仁慈和得體，
　　維其盡 tsin 之　　　　　禮數全做到了，
　　子子孫孫　　　　　　　　子子孫孫，
　　勿替⑨引⑩ in 之　　　　　不致衰頹，將連綿不絕永傳下去。

【注】①樂官。②備。③安。④福，指神賜之食。⑤菜肴。⑥進、獻。⑦
　　仁慈。⑧是、善。⑨衰廢。⑩長、續。
【章旨】祭後家宴之樂。

·〈小雅·信南山〉(216)

一　信①彼南山②　　　　　　那連綿不絕的南山，
　　維禹甸③ tin 之　　　　　是夏禹王田的地方，
　　畇畇④原⑤隰⑥　　　　　　業經開墾的高原和低濕地
　　曾孫⑦田⑧ tin 之　　　　子子孫孫就在那裡耕種
　　我疆⑨我理⑩ li　　　　　我們畫好疆界，我們開通溝渠，

南東其畝⑪ mi　　　　　　在東南方位闢耕地。

【注】①延伸、連綿不絕。②泛稱南向的山。③天子五百里內田，即王田。
　　　④墾闢貌。⑤高而平之地，即高原。⑥低濕地。⑦子子孫孫。⑧作動
　　　詞，耕種。⑨畫疆界。⑩開溝渠。⑪耕地。
【章旨】開疆闢地。

二　上天同雲① uen　　　　　空中全布滿雪雲，
　　雨②雪雰雰③ pen　　　　降雪極多，
　　益之以霡ᵘ霖ᵘ④ muk　　　添加上小雨，
　　既優⑤既渥⑥ uk　　　　已經雨雪充沛，
　　既霑⑦既足⑧ tsuk　　　已經充分滋潤，
　　生我百穀 kuk　　　　　我們全部的農作物得以滋生。

【注】①《藝文類聚》引《韓詩外傳》：「雪雲曰同雲。」同，全、皆。②
　　　降、落。③紛紛同。④小雨。⑤優，厚。⑥多。⑦滋潤。⑧充分。
【章旨】雨雪充沛，料將豐收。

三　疆①埸②翼翼③ ik　　　　疆界田埂規畫整齊，
　　黍稷或ᵘ或④ ik　　　　　黍稷十分茂盛，
　　曾孫之穡⑤ sik　　　　　子子孫孫的收成，
　　以為酒食 sik　　　　　作為釀酒和食物，
　　畀ᵘ⑥我尸賓 pin　　　　獻給我們的尸主和賓客，
　　壽考萬年 min　　　　　祝福大家長命萬歲。

【注】①疆界。②田埂。③規畫整齊。④茂盛。⑤收穫。⑥贈予。
【章旨】豐年之慶。

四　中田①有廬② lo　　　　　田中築有農舍，
　　疆埸有瓜 ko　　　　　　疆田埂上種有瓜果，

是剝是菹^①_{卩乂}③ tso　　　剝開瓜果，製作醃（泡）菜，

獻之皇祖④ tso　　　獻上偉大的先祖之靈，

曾孫壽考　　　子子孫孫得以高壽，

受天之祜_{厂乂}⑤ ko　　　愛到上天的福報。

【注】①田中之倒裝。②農舍。③醃（泡）菜。④偉大的先祖。⑤福報。
【章旨】以時菜當祭品。

五　祭以清酒 iou　　　用清酒祭祀，

從^①以騂_{丁乂}牡^② mou　　　紅色公牛置在後頭，

享于祖考 kou　　　獻給先祖。

執其鸞刀^③ tau　　　拿著有鈴鐺的刀子，

以啟其毛 mou　　　剝開牛的皮毛，

取其血膋_{ㄌㄧㄠ}④ lou　　　取出牛的血和油脂。

【注】①隨後。②赤色公牛。③飾有鈴鐺的刀子。④脂油。
【章旨】祭油獻牲。

六　是烝^①是享^② kiong　　　有蒸的、有烹的，

苾苾芬芬^③　　　香味濃郁，

祀事孔明^④ mong　　　祭祀辦得好，

先祖是皇 huong　　　先祖是偉大的，

報以介福　　　回報大福，

萬壽無疆 kiong　　　長命萬歲無盡期。

【注】①當作蒸煮之烝。②當作烹飪之烹，享、烹古今字。③苾、芬意同，
　　　指香味濃郁。④佳、良、善、好。
【章旨】祭祀辦得好，必得福祝。

·〈大雅·雲漢〉(264)

一　倬①彼雲漢②　　　　　那明亮的天河，
　　昭③回④于天 lin　　　在天空上清晰的打轉。
　　王曰於乎⑤　　　　　君王說：「嗚呼！」
　　何辜今之人 min　　　當今的人何罪之有？
　　天降喪亂　　　　　　上天降下死喪亂象，
　　饑饉薦臻⑥ tsin　　　饑荒欠收接踵而至，
　　靡神不舉⑦　　　　　無神不祭，
　　靡愛斯牲 seng　　　不吝惜這些犧牲，
　　圭璧既卒⑧　　　　　圭璧都已用盡，
　　寧⑨莫我聽 seng　　　上天仍然不聽納我的訴求。

【注】①明貌。②天河。③明。④打轉。⑤於乎、嗚呼古今字。⑥屢至。⑦行祭。⑧盡。⑨乃。

【章旨】天子祈大祭，上天不為所動。

二　旱既大①甚　　　　　旱災太屬害了，
　　蘊隆②蟲蟲③ tung　　蘊積的蒸氣上昇不已。
　　不殄④禋祀⑤　　　　禋祀二祭不曾間斷，
　　自郊⑥徂宮⑦ kung　　從郊祭到廟祭，
　　上⑧下⑨奠⑩瘞⑪　　祭天、祭地、奠祭、瘞埋之祭，
　　靡神不宗⑫ tung　　　無神不尊，
　　后稷⑬不克　　　　　后稷農神的法力不能克服災情，
　　上帝不臨 lung　　　　上帝不降臨大地，
　　耗⑭斁⑮下土⑯　　　損耗敗壞大地，
　　寧⑰丁我躬 kung　　　我自身叮嚀著。

【注】①大、太古今字。②暑氣鬱蒸而上。③《爾雅》作燼，重熱。④絕。

⑤祭名。⑥郊祭。⑦宗廟祭。⑧祭天。⑨祭地。⑩祭品置地之祭。⑪祭品埋地之祭。⑫尊敬。⑬農神。⑭損耗。⑮敗壞。⑯大地。⑰叮嚀。

【章旨】求神不如求己。

三　旱旣大甚　　　　　旱災太厲害了，
　　則不可推① tuei　　是不可逃避的，
　　兢兢②業業③　　　戒愼恐懼，
　　如霆如雷 lluei　　如聞雷霆霹靂。
　　周餘黎民　　　　　周室所殘存的百姓，
　　靡有孑遺④ tuei　　沒有殘餘了。
　　昊天上帝　　　　　皇天上帝，
　　則不我遺⑤ tuei　　是不肯賜我了，
　　胡不相畏⑥ uei　　何不互相依偎呢？
　　先祖于摧 tsuei　　先祖也在摧毀之列。

【注】①免除、逃避。②恐。③危。④殘餘。⑤贈送。⑥畏、偎古今字，愛。
【章旨】大旱造成百姓蕩然無存。

四　旱旣大甚　　　　　旱災太厲害了，
　　則不可沮① tso　　是不可能阻擋的，
　　赫赫②炎炎③　　　熱氣逼人，
　　云④我無所 so　　我無處可去。
　　大命⑤近止　　　　國祚即將終結，
　　靡瞻靡顧 ho　　瞻顧不得了。
　　群公⑥先正⑦　　　列祖先賢，
　　則不我助⑧ tso　　是不來助我的，
　　父母先祖⑨　　　　父母祖先，

胡寧⑩忍予 uo　　　　　何乃忍心待我呢？

【注】①阻止。②威逼。③熱氣。④語助詞。⑤國祚。⑥先公們。⑦先賢。
　　⑧助我之倒裝。⑨祖先之倒裝。⑩何乃。
【章旨】大旱幾近滅國，神靈祖先亦施救罔然。

五　旱既大甚　　　　　旱災太厲害了，
　　滌滌①山川 suen　　一乾二淨的山川，
　　旱魃ㄅㄚˊ②爲虐　　旱神魃作虐，
　　如惔ㄊㄢˊ③如焚 pen　如燎原焚林。
　　我心憚暑④　　　　我內心怕熱，
　　憂心如薰 nuen　　心憂如被薰烤似的。
　　群公先正　　　　　列祖先賢，
　　則不我聞 men　　　是不來聽我說，
　　昊天上帝　　　　　皇天上帝，
　　寧俾我遯⑤ tuen　　乃在逼我逃遁。

【注】①指旱相之淨。②旱神。③燎。④怕熱。⑤遯、遁古今字，逃。
【章旨】神仙先祖救不了大旱，只得一走了之。

六　旱既大甚　　　　　旱災太厲害了，
　　黽勉①畏去 ko　　　努力從事，還是畏懼而離去，
　　胡寧瘨ㄉㄧㄢ②我以旱　何乃以旱災來折騰我，
　　憯ㄘㄢˇ③不知其故 ko　仍然不知原因所在。
　　祈年④孔夙⑤　　　　盡早祈求豐年，
　　方⑥社⑦不莫⑧ mo　不延誤祭祀四方之神與土地公。
　　昊天上帝　　　　　皇天上帝，
　　則不我虞⑨ ngo　　是不需懷疑我，
　　恭敬明神⑩　　　　恭敬神明，

宜⑪無悔⑫怒 no　　　　　　應該不致於有所恨怒。

【注】①勤敏。②病、折騰。③仍然。④祈求豐年。⑤盡早。⑥四方之神。
　　　⑦土地公。⑧莫、暮古今字。⑨虞我之倒裝，懷疑我。⑩神明之倒
　　　裝。⑪應該。⑫恨。

【章旨】信仰彌堅，仍然得不到神明的眷顧。

七　旱既大甚　　　　　　　　旱災太厲害了，
　　散無友紀① ki　　　　　　散亂毫無友情關係。
　　鞫½②哉庶正③　　　　　　眾官之長無計可施，
　　疚④哉冢宰⑤ tsi　　　　　家臣總管慚愧萬分，
　　趣馬⑥師氏⑦　　　　　　　掌管馬匹和教育的官吏，
　　膳夫⑧左右⑨ i　　　　　　負責飲食和侍候帝王的近臣，
　　靡人不周⑩　　　　　　　　無不全力以赴，
　　無不能止 tsi　　　　　　　無人能止住旱相。
　　瞻卬⑪昊天　　　　　　　　仰望皇天，
　　云如何里⑫ li　　　　　　如何是好呢？

【注】①綱紀。②鞫、窮古今字。③眾官之長。④慚愧。⑤家臣總管。⑥掌
　　　管馬匹的官員。⑦掌管太學的官員。⑧掌管飲食的官員。⑨指侍候帝
　　　王的近臣。⑩全。⑪卬、仰古今字。⑫里、俚古今字，呢。

【章旨】全國上下抗旱，終歸無效。

八　瞻卬旱天　　　　　　　　災害太厲害了，
　　有嘒①其星 seng　　　　　明亮的星星。
　　大夫②君子③　　　　　　　官員和國君，
　　昭假④無贏⑤ eng　　　　　召集全體參與祭拜，
　　大命近止　　　　　　　　　國祚即將終結，
　　無棄爾成⑥ teng　　　　　切勿放棄你們的功業，

何求爲我⑦	我（國君）何所求？
以戾⑧庶正 teng	乃為安定眾官長。
瞻卬昊天	仰望皇天，
曷⑨惠⑩其寧 neng	何時惠賜安寧呢？

【注】①明亮。②指全體官員。③指國君。④召集。⑤餘。⑥功業。⑦指國君。⑧至。⑨何時。⑩專賜。

【章旨】國君祈求所有官員臨危不亂，必得天助。

・〈周頌・清廟〉(272)

於①穆②清廟③	幽深清靜的太廟哦！
肅④雝⑤顯⑥相⑦	助祭是肅穆的、平和的、顯赫的。
濟濟⑧多士	人才眾多，
秉文⑨之德	秉持文王的德操，
對越⑩在天	須揚文王在天之靈，
駿⑪奔走在廟	在太廟內快速的移位，
不顯不承	大大的發揚和繼承文王之德，
無射⑫於人斯⑬	不為人所厭惡嫌棄。

【注】①於、烏、嗚古今字，讚頌聲。②嚴肅。③清幽的太廟、始廟。④嚴肅。⑤雝、雍古今字，和。⑥顯赫有名。⑦助祭。⑧眾多貌。⑨指文王。⑩頌揚、讚美。⑪速。⑫通斁，厭惡。⑬語助詞。

【章旨】太廟之祭，追念天王之德。

・〈周頌・維天之命〉(273)

維天之命①	上天賦我治國的使命，
於ˇ穆不已②	極其嚴肅的啊！
於乎③不ˋ④顯	極其偉大顯盛啊！

文王之德之純	文王德業之精純，
假⑤以溢⑥我	我受惠非常之大，
我其收⑦ kiou 之	我全予接受，
駿⑧惠我文王	文王的恩德弘大，
曾孫⑨篤⑩ tou 之	子子孫孫深信不已。

【注】①指上天賦予統治權的使命。②不停息。③於乎、嗚呼古今字。④不、丕古今字，大。⑤大。⑥大受恩澤。⑦接受。⑧大。⑨子子孫孫。⑩深信。

【章旨】後王祭拜天王的大恩德。

·〈周頌·維清〉(274)

維清①緝②熙③	清明、有條理、有理想，
文王之典	文王的寶典，
肇禋ɨ④	始行天祭，
迄用有成	至今已經大告成功，
維周之禎⑤	是周代的福氣。

【注】①清明。②有條理。③光明。④祭天之始。⑤祥。

【章旨】周後感念文王之祭。

·〈周頌·烈文〉(275)

烈文①辟公② kung	文武兼備的先公們，
錫③茲祉福	賜予祥福，
惠④我無疆 kiong	愛我無窮盡，
子孫保之	子子孫孫都保有。
無封⑤靡⑥于爾邦 pung	不得讓你們的國家遭受重大損害，
維王其崇 tsung 之	尊崇周天子，

念茲戎功⑦ kung　　　　　恩念這些大功業，

繼序⑧其皇⑨ huong 之　　繼承先業並加以發揚光大，

無競維人⑩　　　　　　　無與倫比的人，

四方其訓⑪之　　　　　　四方諸侯都順從，

不⑫顯維德　　　　　　　盛大顯赫的德業，

百辟⑬其刑⑭之　　　　　百官所效法。

於乎⑮　　　　　　　　　嗚呼！

前王不忘 mong　　　　　莫忘先王。

【注】①功業修德。②先公。③錫、賜古今字。④愛。⑤大。⑥損。⑦大功
業。⑧繼承先業。序，緒。⑨發揚光大。⑩無與倫比。⑪順。⑫不、
丕古今字，大。⑬百官。⑭效法。⑮於乎、嗚呼古今字。

【章旨】祭周之先公，以戒後王。

·〈周頌·天作〉(276)

天作高山　　　　　　　老天造作高山，

大王①荒② mong 之　　太王據者之，

彼作③ tso 矣　　　　　他（太王）開懇之，

文王康④ kong 之　　　文王大告成功。

彼⑤徂⑥ tso 矣　　　　他（太王）遷往岐山，

岐有夷⑦之行⑧ kuong　岐山始有平坦的道路，

子孫保之　　　　　　　子子孫孫保有此績業。

【注】①太王（古公亶父）。大、太古今字。②轄管。③開墾。④大功告
成。⑤指太王。⑥往。⑦平坦。⑧道路。

【章旨】祭周太王（古公亶父）奠基的功業。

·〈周頌·昊天有成命〉(277)

昊天①有成命②	皇天有周詳完備使命，
二后③受之	文、武二帝承接天命，
成王不敢康④	成王不敢逸樂鬆懈，
夙夜基⑤命宥⑥密⑦	早晚謹慎勤於始受的使命。
於⑧緝熙⑨	哦！安治祥和，
單⑩厥⑪心	竭盡他的心力，
肆⑫其靖⑬之	國家徹底得以平定了。

【注】①皇天。②周詳完備的使命。③后，帝王。二后指文、武二帝。④安逸。⑤其。⑥有、又。⑦慎。⑧於、嗚古今字，讚歎詞。⑨治理祥和。⑩單、殫古今字，盡。⑪其。⑫徹底。⑬平定。

【章旨】周成王祭祀文、武二帝。

·〈周頌·我將〉(278)

我將① tsiong 我享② kiong	我供奉、我獻祭，
維羊 iong 維牛 ngi	羊和牛。
維天其右③ i 之	上天佑助我，
儀式刑④文王之典	儀式效法文王的法典，
日靖⑤四方 pong	逐日平定四方諸國，
伊⑥嘏⑦文王 huong	託文王的洪福，
既右⑧饗⑨ kiong 之	勸完宴飲之後，
我其夙夜	我將早晚勤勉。
畏天之威	敬畏上天的威嚴，
于時⑩保之	於是周得以安保長存。

【注】①供奉。②獻祭。③佑助。④效法。⑤平定。⑥語助詞。⑦洪福。⑧
　　右、侑古今字，勸食。⑨宴飲。⑩於是。

【章旨】成王祭文王之禱辭。

·〈周頌·時邁〉(279)

時①邁②其邦	適時巡狩諸侯國，
昊天其子之③	皇天命他為天子，
實右序④有周	是佑助周成為至尊之國，
薄言⑤震之	震懾天下，
莫不震疊⑥	無不驚懼，
懷柔⑦百神	安撫眾神，
及河⑧喬嶽⑨	以及黃河高山之神，
允⑩王維后⑪	信哉王之為帝，
明昭⑫有周	使周國光明昭信。
式序⑬在位⑭	百官各安其位，
載⑮戢⑯干戈	於是收藏干戈，
載櫜⑰弓矢	於是置弓矢於袋中。
我求懿德	我王追求美德之士，
肆⑱于時⑲夏⑳	施展於中國，
允王保之	帝王誠然能確保周王朝。

【注】①適時。②行、巡狩。③賦予天子之位。④佑助定序。⑤語助詞。⑥
　　懼。⑦安撫。⑧黃河。⑨高山。⑩確信。⑪帝王。⑫光明昭信。⑬官
　　序。⑭指百官。⑮語助詞。⑯收藏。⑰收箭袋。⑱陳。⑲是、此。⑳
　　中國。

【章旨】武王祭，述其赫赫功德。

·〈周頌·執競〉(280)

執競①武王 huong	持堅執銳的武王，
無競維烈②	他的功業是無與倫比的。
不_々顯成康③ kong	顯赫的成王和康王，
上帝是皇④ huong	為上帝所讚美。
自彼成康 kong	打從成王和康王開始，
奄⑤有四方 pong	統轄全天下，
斤斤⑥其明 mong	明察秋毫。
鐘鼓喤喤⑦ huong	鐘鼓齊鳴之聲非常盛大，
磬筦⑧將將⑨ tsiong	磬樂和管樂之聲鏘鏘。
降福穰穰⑩ niong	天降殊多的福氣，
降福簡簡⑪ kiong	天降特大的福氣。
威儀反反⑫ pan	威儀慎重有節度，
既醉既飽	又醉又飽，
福祿來反⑬ pan	福祿是報。

【注】①持堅執銳。②功業。③成王、康王。④嘉美讚譽。⑤統轄。⑥明察
　　貌。⑦盛大貌。⑧同管。⑨將、鏘古今字。⑩眾多。⑪特大貌。⑫慎
　　重貌。⑬報、歸。

【章旨】周初三王祭。

·〈周頌·思文〉(281)

思①文②后稷③ tsik	文德極高的后稷，
克④配彼天 tin	能夠媲美於天帝。
立⑤我烝民⑥ min	養活我周國的眾民，
莫匪爾極⑦ kik	無不以您為準則表率，

貽⑧我來牟⑨ mou　　　　　恩賜麥麰予我周國，

帝⑩命率⑪育 iou　　　　　天帝命令他普育下民，

無此疆爾界　　　　　　　沒有疆界畛域之分，

陳⑫常⑬于時⑭夏⑮　　　　在這中國中教導農耕的常道。

【注】①語助詞。②文德。③周之始祖，農耕的創始人。④能。⑤立、粒古
　　　今字，此作動詞養活之意。⑥衆民。⑦準則、表率。⑧恩賜。⑨來，
　　　麰。牟、麰古今字。來，小麥。麰，大麥。⑩天帝。⑪遍。⑫陳述、
　　　教導。⑬常道，此指農耕的基本方法。⑭此，這。⑮指中國。

【章旨】祭周之先祖后稷在農業上的功勳。

· 〈周頌·振鷺〉(284)

振①鷺于飛　　　　　　　鷺鷥飛動時可聞其聲，

于彼西雝② ung　　　　　牠們飛到座落西向的辟雝。

我客戾止③　　　　　　　我周王朝的國賓到達了，

亦有斯容④ ung　　　　　他們穿著類似白鷺鷥的衣容。

在彼無惡 ok　　　　　　他們表現良好，

在此無斁⑤ tok　　　　　來到這裡（周）甚受歡迎。

庶幾夙夜⑥ o　　　　　　早晚幾乎都在勤於祭祀，

以永⑦終譽⑧ uo　　　　　終於獲得永久的聲譽。

【注】①振動聲。②座落於西向的太學名。③到達。④這種容貌，指白鷺
　　　鷥。⑤厭惡。⑥早晚勤祭。⑦長久。⑧最佳的美譽。

【章旨】周的外賓參加助祭。

· 〈周頌·豐年〉(285)

豐年多黍① so 多稌② uo　　　豐年祭很多小米和稻米，

亦有高廩③　　　　　　　　也有高大的糧倉，

萬億及秭^①④ tsei　　　秭的數量萬億計。

爲酒^⑤爲醴^⑥ lei　　　釀造清酒和甜酒，

烝^⑦畀^⑧祖妣^⑨ pei　　　進獻給男女祖先，

以洽^⑩百禮^⑪ lei　　　以求配合諸多祭禮，

降福孔皆^⑫ kei　　　上天普降很多福祿。

【注】①小米。②稻。③糧倉。④十億單位的專稱。⑤清酒。⑥甜酒。⑦
　　　獻。⑧予。⑨男女祖先。⑩配合。⑪諸多祭禮。⑫多又普及。

【章旨】豐年祭。

·〈周頌·有瞽〉(286)

有瞽^①有瞽 ko　　　有樂師出現，

在周之庭 teng　　　在周王朝的宗廟庭中，

設業^②設虡^③ ko　　　架設大版和支架，

崇牙^④樹羽^⑤ uo　　　鋸齒狀的掛鉤立著五彩羽毛，

應^⑥田^⑦縣鼓^⑧ ko　　　小鼓、大鼓、懸鼓。

鞉^⑨磬柷^⑩圉^⑪ ngo　　　搖鼓、石磬、節樂器、止樂器，

既備乃奏　　　全數備妥後才奏樂，

簫管備舉 uo　　　排簫和笛子也一齊吹奏，

喤喤^⑫厥聲 song　　　那洪亮的樂聲，

肅雝^⑬和鳴 meng　　　和諧的共鳴聲，

先祖是聽　　　祖先們在聆聽著，

我客^⑭戾止　　　我周王國的國賓到達了，

永觀^⑮厥成^⑯　　　駐足良久以觀察整場的樂祭。

【注】①樂師，古以盲者當宮廷的樂師。②大版。③支架。④亦名樅，鋸齒
　　　狀的掛鉤。⑤插上五彩羽毛。⑥小鼓。⑦大鼓。⑧搖鼓。縣、懸古今

字。⑨搖鼓。⑩節樂器。⑪止樂器。⑫洪亮的樂聲。⑬和諧的樂聲。
⑭此指周國的國賓。⑮駐足良久的觀看。⑯全部的樂章。

【章旨】宗廟的樂祭。

·〈周頌·潛〉(287)

猗與①漆沮② tso	猗旎風光的漆水和沮水，
潛有多魚 ngo	潛伏很多魚類，
有鱣有鮪 i	鱣、鮪，
鰷鱨鰋鯉 li	鰷、鱨、鰋、鯉。
以享③以祀	用來獻神和祭祀，
以介④景⑤福 pi	作為祈求大福氣。

【注】①猗旎、柔媚。猗、旎古今字。與，讚詞。②皆水名。③獻神。④祈
求。⑤大。

【章旨】魚祭宗廟。

·〈周頌·雝〉(288)

有來①雝雝② ung	來者雍容和善，
至止③肅肅④ sou	到達宗廟時極其嚴肅恭敬，
相⑤維辟公⑥ kung	助祭者是諸侯公卿，
天子穆穆⑦ mou	天子的表情端莊肅穆。
於⑧薦⑨廣牡⑩ mou	哦！進獻大公牛，
相⑪予肆祀⑫ i	助我陳列祭品，
假⑬哉皇考⑭ kou	偉大的先父降臨吧！
綏⑮予孝子 tsi	撫慰我這個孝子。
宣⑯哲⑰維人 nin	明智為人，
文武維后⑱ hu	允文允武的國君，

燕⑲及皇天 tin　　　　　偉大的天帝感到安心，

克昌⑳厥後 hu　　　　　能使後嗣興隆昌盛，

綏㉑我眉壽㉒ sou　　　　安助我長壽，

介㉓以繁祉㉔ tsi　　　　助我多福，

既右㉕烈考㉖ kou　　　　既然已經酒祭功業彪炳的先祖，

亦右文母㉗　　　　　　　也同時酒祭修德很高的先母。

【注】①指助祭之來。②和貌。③到。至、到古今字。止，語助詞。④嚴肅恭敬。⑤助。⑥諸侯公卿。⑦端莊肅穆。⑧讚詞，於、烏、鳴古今字。⑨進獻。⑩大公。⑪助。⑫陳列的祭祝品。⑬降臨。⑭偉大的先父。⑮安。⑯明。⑰智。⑱帝。⑲安心。⑳興隆昌盛。㉑安。㉒長壽。㉓助。㉔多福。㉕侑、勸酒。㉖功業彪炳的先父。㉗修德高的先母。

【章旨】武王祭文王之詩。

·〈周頌·載見〉(289)

載①見辟王② huong　　　始見君王，

曰③求厥章④ song　　　　依循典章制度，

龍旂⑤陽陽⑥ iong　　　　交龍圖案的旗幟非常鮮明，

和鈴⑦央央⑧ iong　　　　軾前與旗上的鈴聲交互響著，

鞗^{ㄊㄧㄠ}革⑨有鶬^{ㄘㄤ}⑩ tsiong　　轡首銅飾鏘鏘作響，

休⑪有烈光⑫ kuong　　　熾烈的光彩極美。

率⑬見昭考⑭ kou　　　　君王帶領下祭拜偉大的先祖，

以孝以享⑮ kiong　　　　以孝心作為獻祭，

以介⑯眉壽⑰ sou　　　　祈求長壽，

永言⑱保 pou 之⑲　　　　長保江山國土，

思⑳皇多祜㉑　　　　　　大而多的福祉，

烈文㉒辟公㉓　　　　　　功業文德兼修的諸侯公卿們，

綏㉔以多福　　　　　　　安心享受很多福氣，

俾㉕緝熙㉖于純嘏㉗　　　使致大福綿延光顯。

【注】①始。②君王。③語助詞。④典章制度。⑤交龍旗。⑥明亮。⑦軾前
　　　鈴、旗上鈴。⑧和聲盛大。⑨轡前飾。⑩鑣。⑪美。⑫光彩。⑬帶
　　　領。⑭偉大的先祖。⑮獻祭。⑯求。⑰長壽。⑱長久。言，語助詞。
　　　⑲指國家。⑳語助詞。㉑福祉。㉒功業文德。㉓諸侯公卿。㉔安。㉕
　　　使。㉖綿延光顯。㉗大福。

【章旨】天子帶領諸侯公卿祭拜先祖。

·〈周頌·閔予小子〉(292)

閔①予小子② tsi　　　　憐憫年幼的我，

遭家③不造④ kou　　　　家遭不幸，

嬛嬛⑤在疚⑥ ki　　　　孤獨無依於憂患之中。

於乎⑦皇考⑧ kou　　　　偉大的先父啊！

永世⑨克孝 kou　　　　一生都能孝順先祖，

念茲皇祖　　　　　　　懷念這位了不起的先祖，

陟降⑩庭 teng 止　　　神靈降臨在廟廷中。

維予小子　　　　　　　年幼的我，

夙夜敬 keng 止　　　　早晚秉持恭敬之心。

於乎皇王 huong　　　　偉大的先王啊！

繼序⑪思⑫不忘⑬ mong　繼承祖業是不敢忘的。

【注】①閔、憫古今字，同情。②成王謙稱自己。③家遭之倒裝。④不幸。
　　　⑤嬛、惸古今字，孤獨無依。⑥病、憂。⑦於乎、烏乎、嗚呼古今
　　　字，語助詞。⑧偉大的先父，此指周武王。⑨一生，終身。⑩神靈
　　　光臨。⑪序、緒古今字，事業。⑫語助詞。⑬忘不了。

【章旨】周成王祭祀父王（武王）與祖王（文王）。

· 〈周頌・訪落〉(293)

訪①予落②止	我從政之初的訪求，
率③時④昭考 kou	遵循這位功業輝煌的先父王，
於乎悠⑤ iou 哉	他的治政有深遠的道理啊！
朕⑥未有艾⑦	我未治理政務時，
將⑧予就⑨ tsiou 之	以沿用舊章助我，
繼猶⑩判渙⑪ sin	繼承先王之道而光大之。
維予小子	我年紀尚幼，
未堪⑫家多難 kin	未能擔當多難的邦家，
紹庭⑬上下⑭ ho	祖靈光臨於廟庭上下，
陟降厥家⑮ ko	降臨於邦家。
休⑯矣皇考	美極偉大的先父，
以保明⑰其⑱身 sin	保佑嗣王的身軀。

【注】①訪求。②始。③循。④是、此。⑤深遠。⑥我。⑦治理。⑧助。⑨因、承襲。⑩謀。⑪光大。⑫承當。⑬廟廷。⑭附近。⑮邦家。⑯美。⑰保佑。⑱指嗣王，成王。

【章旨】周成王祭其先父武王。

· 〈周頌・敬之〉(294)

敬之①敬之 ti	敬天敬天，
天維顯思② si	上天明察，
命③不易哉 tsi	上天不輕易授命啊！
無曰高高在上	不要說：「高高在上。」
陟降厥士④ li	天降大任有德之士，
日監在茲 tsi	天天監視在這位德士。

維予小子 tsi　　　　　我年幼無知，
不聰敬止 tsi　　　　　不夠聰明與恭敬，
日就月將⑤ tsiong　　　一日日，一月月，
學有緝熙⑥于光明 mong　學到條理與和諧，以達光明磊落，
佛⑦時⑧仔肩⑨　　　　　肩負輔弼時代的重責，
示我顯德行 kuong　　　指示我發揚高超的德行。

【注】①從下文可知，之代表天。②語助詞。③上天授受。④有德之士。⑤
　　　一天天、一月月的推移累積。⑥緝本義是治絲，引申爲有條理。熙，
　　　和諧。⑦佛、弼古今字，輔佐。⑧時，此。⑨肩負責任。
【章旨】天子祭天。

・〈周頌・絲衣〉(298)

絲衣①其紑²pipi　　　祭服的色澤鮮潔，
載③弁⁴俅俅⁵ki　　　禮帽的纓帶纏結交錯。
自堂⑥徂⑦基⑧ki　　　從廟堂走到門檻，
自羊⑨徂牛⑩ngi　　　從羊牲祭到牛牲，
鼐¹¹鼎及鼒¹²tsi　　大鼎和小鼎，
兕觥¹³其觩¹⁴kiou　　野牛角杯彎彎的，
旨酒思¹⁵柔¹⁶iou　　甜酒味柔美。
不吳¹⁷不敖¹⁸　　　不諠譁、不傲慢。
胡考¹⁹之休 kiou　　大老有所嘉許。

【注】①尸主所穿的祭服。②鮮潔貌。③語助詞。④皮帽。⑤糾糾、纏結
　　　貌。⑥廟堂。⑦往、去。⑧門檻。⑨羊牲。⑩牛牲。⑪大鼎。⑫小
　　　鼎。⑬野牛角杯。⑭曲貌。⑮語助詞。⑯柔美。⑰諠譁。⑱敖、傲古
　　　今字。⑲嘉許。
【章旨】描述廟祭的排場。

· 〈周頌·般〉(302)

於①皇②時③周④	這周王朝了不起啊！
陟⑤其高山	登上高山，
墮⑥山喬⑦嶽	狹長的高大山嶽，
允⑧猶⑨翕⑩河⑪	道道地地又與黃河銜接。
敷⑫天之下	普天之下，
裒⑬時之對	聚集在此以相對應搭配，
時周之命	這是周王朝承受天命。

【注】①於、烏、嗚古今字，讚歎之助詞。②偉大。③此。④周王朝。⑤登。⑥狹長之山。⑦高大。⑧信。⑨又。⑩合。⑪黃河。⑫普。⑬聚集。

【章旨】周王祭拜河嶽之神。

· 〈商頌·那〉(307)

猗① ka 與②那③ na 與	美盛的祭典喲！
置④我鞉ㄊㄠ鼓⑤ ko	我陳設搖鼓，
奏鼓簡簡⑥	擊鼓發出簡簡之聲，
衎ㄎㄢ⑦我烈祖 tso	樂我功業彪炳的先祖，
湯孫奏假⑧ ko	湯王孫祈求先祖神靈降臨，
綏⑨我思⑩成⑪ teng	保祐我幸福美滿，
鞉鼓淵淵⑫	搖鼓發出深沈的淵淵之聲，
嘒嘒⑬管⑭聲 seng	笛子發出嘒嘒聲，
既和且平 peng	已經顯出平和的氣象。
依⑮我磬聲 seng	我隨著擊出磬聲，
於⑯赫湯孫	顯赫的湯王孫啊！
穆穆⑰厥聲 seng	休美的樂聲，

庸⑱鼓有斁﹃⑲ tok	鐘鼓之聲非常盛大，
萬舞⑳有奕㉑ ok	萬人舞的聲勢非凡。
我有嘉客 tok	我有嘉賓，
亦不㉒夷懌㉓ tok	不也感到快樂嗎？
自古在昔 tsok	古來從前，
先民有作 tsok	先人有所作為，
溫恭朝夕 tok	一天到晚都秉持溫仁恭敬，
執事㉔有恪﹃ㄎㄜˋ㉕ kok	做事謹慎，
顧㉖予烝㉗嘗㉘ song	光臨我的秋冬之祭，
湯孫之將㉙ tsiong	湯王孫之進奉。

【注】①猗、阿、婀古今字，美盛貌。②與、歟古今字，助詞。③那、難、娜古今字，美盛貌。④陳設。⑤搖鼓。⑥狀鼓聲詞。⑦樂。⑧言神靈降臨。奏，進。假，至。⑨安。⑩語助詞。⑪備、福。⑫狀密鼓聲。⑬狀吹笛聲。⑭笛子。⑮循。⑯於、烏、嗚古今字，歎詞。⑰美。⑱庸、鏞古今字，大鐘。⑲盛大貌。⑳萬人舞。㉑盛大貌。㉒不亦之倒裝。㉓喜悅。㉔行事。㉕謹慎。㉖光臨。㉗冬祭名。㉘秋祭名。㉙進獻。

【章旨】祭祖歌。

·〈商頌・烈祖〉(308)

嗟嗟①烈祖 tso	功業彪炳的祖先，
有秩②斯③祜④ ko	這福氣可大了，
申⑤錫⑥無疆⑦	延伸賜福至無止境，
及爾⑧斯所 so	達到這個地方。
既載⑨清酤ㄍㄨ⑩ ko	擺設清酒，
賚⑪我思成⑫ teng	賜我滿滿的福氣，
亦有和羹⑬	也備有五味羹湯，

既戒⑭既平 peng	既戒愼又平和，
鬷ㄗㄨㄥ 假⑮無言	祖靈靜悄悄的降臨，
時靡有爭 tseng	這時沒有紛爭，
綏⑯我眉壽	安賜我長壽，
黃耇ㄍㄡ⑰無疆 kiong	黃髮老人得以高壽。
約軝ㄑㄧ⑱錯衡⑲ kuong	綁住的車轂、文彩交錯的車轅橫木，
八鸞⑳鶬ㄑㄧㄤ鶬㉑ tsiong	八個鈴鐺響叮噹，
以假以享 kiong	祈求神靈降臨以享祭品，
我受命溥將㉒ tsiong	我承受的天命又大又長，
自天降康 kong	從天降下喜樂，
豐年穰ㄖㄤ穰㉓ niong	豐年豐收，
來假來享 kiong	神靈降臨以享受祭品，
降福無疆 kiong	賜福無止境，
顧予烝嘗 song	看顧我設的秋冬祭，
湯孫之將 tsiong	成湯子孫謹奉。

【注】①讚歎詞。②大貌。③此。④福。⑤申、伸古今字。⑥錫、賜古今
字。⑦無止境。⑧語助詞。⑨設置。⑩酒。⑪償賜。⑫備、完美。⑬
五味湯。⑭愼。⑮奏假，神靈降臨。⑯安。⑰黃髮老人。⑱約，束。
軝，車轂。⑲錯，文彩交錯。衡，車轅橫木。⑳鈴鐺。㉑叮噹作響。
㉒溥，大。將，長。㉓五穀豐收。

【章旨】豐年祭。

·〈商頌·玄鳥〉(309)

天命玄鳥①	天帝命令燕子，
降而生商② song	投胎高辛氏妃簡狄而生下商祖(契)，
宅③殷土芒芒④ mong	定居在廣闊的殷地，

古帝命武湯⑥ iong	天帝賦予湯具有武德，
正⑦域彼四方 pong	征服那四方的疆域，
方命厥后⑧	大大的授命他成為帝王，
奄有九有⑨ i	擁有九州的管轄權。
商之先后	商的先帝（武丁），
受命不殆⑩ i	受命之後，不敢怠慢，
在武丁⑪孫子 tsi	傳到孫子武丁，
武丁孫子 tsi	孫子武丁，
武王靡不勝 ting	武王（丁）無攻不克，
龍旂⑫十乘 sing	十輛交龍旗的馬車，
大糦ᵘ⑬是承⑭ ting	承載著豐盛的酒食祭品。
邦畿⑮千里 li	天子轄區有千里之大，
維民所止 tsi	是百姓所樂居之地，
肇域⑯彼四海 mi	開疆闢地至那四海之濱，
四海來假⑰ ta	四海各地的諸侯齊來助祭，
來假祁祁⑱ ta	來助祭的諸侯絡驛不絕，
景⑲員⑳維河㉑ ka	廣大的圓環繞著黃河，
殷受命咸宜 nga	殷受天帝之命為王朝多麼具有正當性，
百祿是何㉒ ka	享有百般的福祿。

【注】①燕子。《列女傳》：「契母簡狄者，有娀氏之長女也。當堯之時，與其姊妹浴於玄邱之水，有玄鳥銜卵過而附之，五色其好，簡狄得而含之，誤而吞之，遂生契焉。」②商祖。③居。④芒、茫古今字，廣闊。⑤上帝。⑥武德之湯。⑦正、征古今字。⑧帝王。⑨九州。⑩殆、怠古今字。⑪指武丁。⑫交龍旗。⑬糦、饎古今字，酒食。⑭承載。⑮帝王的管轄地。⑯開疆闢土。⑰光臨。⑱眾多。⑲大。⑳幅圓。㉑黃河。㉒何、荷古今字。

【章旨】殷後祭祀成湯與武丁二帝。

·〈商頌·殷武〉(311)

一　撻①彼殷武② mo　　　　那殷王武丁撻伐出征，
　　奮伐荊楚 so　　　　　　奮力討伐荊楚，
　　罙②③入其阻④ tso　　　深入荊楚的險阻之地，
　　裒⑤荊之旅⑥ lo　　　　虜獲荊楚的軍隊，
　　有截⑦其所⑧ so　　　　截斷荊楚的轄區，
　　湯孫之緒⑨ to　　　　　這些都是湯王子孫的功業。

【注】①撻伐。②指殷王武丁。③罙、深古今字。④險阻。⑤聚，此指虜
　　　獲。⑥軍隊。⑦截斷、腰斬。⑧轄區。⑨功業。
【章旨】頌揚殷高宗的功業。

二　維女①荊楚　　　　　　你們荊楚之國，
　　居國②南鄉③ kiong　　在南方立國。
　　昔有成湯 iong　　　　　從前成湯時代，
　　自彼氐羌④ kiong　　　從那氐、羌之國，
　　莫敢不來享⑤ kiong　　不敢不來獻祭，
　　莫敢不來王⑥ huong　　不敢不來尊王，
　　曰商是常⑦ song　　　　稱商是應受尊敬的。

【注】①女、汝古今字。②立國。③南方。④西方之國。⑤獻祭。⑥尊王。
　　　⑦尚。
【章旨】西方諸國，自主尊王，示警楚國亦當稱臣。

三　天①命②多辟③ pie　　天子任命許多諸侯，
　　設都于禹之績④ tsie　　建都在大禹治理過的地方。
　　歲事⑤來辟⑥ pie　　　歲時來朝貢君王之事，
　　勿予禍適⑦ tsie　　　　不要施予禍害和譴責，

稼穡⑧匪解⑨ kie　　　　　耕種和收割不得怠慢。

【注】①天子。②任命。③此指諸侯。④治理。⑤古時諸侯三、五年必須朝
　　　貢天子。⑥來朝見天子。⑦適、讁古今字。⑧耕種與收割。⑨解、懈
　　　古今字。
【章旨】天子對待諸侯極其寬大而不失其敎誨。

四　天命①降②監③ kam　　　天帝任命商王下凡以監督蒼生，
　　下民有嚴④ kam　　　　非常受到百姓的尊敬，
　　不僭⑤不濫⑥ kam　　　不逾越法令、不濫施刑罰，
　　不敢怠遑⑦　　　　　　不敢怠慢偷閒，
　　命⑧于下國⑨ ik　　　　冊命諸侯國，
　　封建⑩厥福 pie　　　　祝福他們分封建國。

【注】①上帝任命。②下凡。③監督。④尊敬。⑤逾越。⑥濫刑。⑦閒暇。
　　　⑧冊命。⑨諸侯國。⑩分封建國。
【章旨】商王受命於天，又分封諸侯。

五　商邑①翼翼② ik　　　　商都儼然整齊，
　　四方③之極④ kik　　　四方諸侯的榜樣。
　　赫赫⑤厥聲⑥ seng　　　商王的聲威顯赫，
　　濯濯⑦厥靈⑧ leng　　　商王的英靈昭著，
　　壽考且寧 neng　　　　高壽又平和，
　　以保我後生⑨ seng　　　能確保我們的子子孫孫。

【注】①商都。②整齊有威嚴。③各地諸侯。④準則、榜樣。⑤顯赫。⑥聲
　　　威。⑦昭著。⑧英靈。⑨後世子孫。
【章旨】帝京與商王皆足爲諸侯、後生之表率。

六　陟彼景山① san　　　　登上那座大山，
　　松柏丸丸② uan　　　　渾圓高直的松柏，

是斷 tuan 是遷 sian　　　　於是砍斷，於是搬遷，

方斲^③是虔^④ kian　　　一直用心削木，

松桷^⑤ kuk 有梴^⑥ tan　　松木方椽長長的，

旅^⑦楹^⑧ eng 有閑^⑨ kian　　眾多楹柱整齊排列著，

寢^⑩成 teng 孔安 an　　　完成可以好好安息的寢廟。

【注】①大山。②渾圓而直。③砍木。④用心。⑤方椽木。⑥木長貌。⑦眾
　　　多。⑧立柱。⑨整齊貌。⑩寢廟。

【章旨】描摹構築寢廟。

七、頌　贊

‧〈衛風‧考槃〉(56)

一　考①槃②在澗 kian　　在山澗中敲擊木盤，

　　碩人③之寬 kuan　　那位身材高大的人心胸寬闊，

　　獨寐④寤⑤言 ngian　　自個兒睡、醒和講話，

　　永矢⑥弗諼(T山ㄢ)⑦ uan　　發誓永遠不忘山中樂。

【注】①考、拷古今字，敲打。②木盤。③身材高大。④睡。⑤醒。⑥矢、
　　　誓古今字。⑦忘。

【章旨】隱者之樂。

二　考槃在阿① ka　　在高山中敲擊木盤，

　　碩人之薖(ㄎㄜ)② kua　　那位身材高大的人心胸寬大，

　　獨寐寤歌 ka　　自個兒睡、醒和唱歌，

　　永矢弗過③ kua　　發誓永遠不再與人來哉。

【注】①地之高處。②寬大。③交往、聯絡。

【章旨】重沓首章，韻字略異。

三　考槃在陸① lou　　在聳高的陸地上敲擊木盤，

　　碩人之軸(ㄉ一)② iou　　那位身材高大的人非常卓越，

　　獨寐寤宿③ sou　　自個兒睡、醒和休息，

　　永矢弗告④ kou　　發誓永遠不足為外人道也。

【注】①高而平三地。②《毛傳》以為迪之假借。迪，進，引申為卓越、進
　　　取。③止、休息。④不足為外人道。

【章旨】重沓首章，韻字略異。

· 〈小雅・白駒〉（192）

一　皎皎①白駒　　　　　　　皎潔的白駒，
　　食我場②苗③ miau　　　　吃我牧場的嫩草，
　　縶之維之④　　　　　　　緊緊拴住牠，
　　以永今朝 tiau　　　　　今天的整個上午。
　　所謂伊人　　　　　　　　所念念的那個人，
　　於ㄨ焉⑤逍遙⑥ iau　　　哦！極其閒適自在。

【注】①皎潔、白貌。②牧場。③毛，指嫩草。④縶、維同意，拴住、繫
　　　住。⑤讚歎詞，於、嗚古今字。⑥閒適自得貌。
【章旨】惜賢者。

二　皎皎白駒　　　　　　　　皎潔的白駒，
　　食我場藿ㄏㄨㄛ① hok　　　吃我牧場的豆苗，
　　縶之維之　　　　　　　　緊緊拴住牠，
　　以永今夕 tok　　　　　　今天的整個傍晚，
　　所謂伊人　　　　　　　　所念念的那個人，
　　於焉嘉客 kok　　　　　　哦！是我的上上賓。

【注】①豆苗。
【章旨】重沓首章，字韻略異。

三　皎皎白駒　　　　　　　　皎潔的白駒，
　　賁ㄅㄣ①然來思② si　　　迅速奔跑過來，
　　爾公爾侯　　　　　　　　您身為公侯，
　　逸豫③無期④ ki　　　　　永久處於安樂，
　　慎爾優游⑤　　　　　　　謹慎您優哉遊哉的生活，
　　勉⑥爾遁思 si　　　　　　專心一意去過您隱居的日子吧！

【注】①奔。②語助詞。③安樂。④永久。⑤古游、遊相通。⑥專心一意、努力。

【章旨】貴爲公侯，卻嚮往隱遁，不爲公侯折腰也。

四　皎皎白駒　　　　　　皎潔的白駒，
　　在彼空谷^① kuk　　在那深谷之中，
　　生芻^②一束 suk　　吃一束新鮮嫩草。
　　其人如玉^③ nguk　他的為人堅貞如玉之純潔，
　　毋金玉^④爾音^⑤ im　切忌不需吝惜您可貴的訊息，
　　而有遐心^⑥ sim　　而有遠離遁世的想法。

【注】①深谷。②新鮮嫩草。③譬喻人品堅貞純潔。④譬喻可貴。⑤音訊、信息。⑥遠思，遁隱之心。

【章旨】勸賢者莫離人寰。

·〈鄭風·叔于田〉(77)

一　叔^①于田^② tin　　老三去打獵，
　　巷無居人 min　　　里巷中沒有住民，
　　豈無居人 nin　　　哪是沒有住民！
　　不如叔也　　　　　而是都不如老三，
　　洵^③美且仁 nin　誠然英俊又宅心仁厚。

【注】①排行第三曰叔。②田獵、打獵。③誠。

【章旨】盛讚老三內外兼修，無與倫比。

二　叔于狩^① sou　　老三去狩獵，
　　巷無飲酒 iou　　　巷中無人飲酒，
　　豈無飲酒 iou　　　哪是無人飲酒！
　　不如叔也　　　　　而是都不如老三，

洵美且好 hou　　　　　　誠然英俊又善良。

【注】①獵。
【章旨】盛讚老三飲酒無量，不及亂。

三　叔適①野 uo　　　　　　老三出野外，
　　巷無服馬② mo　　　　　巷中無人騎馬，
　　豈無服馬 mo　　　　　　哪是無人騎馬！
　　不如叔也　　　　　　　而是都不如老三，
　　洵美且武 mo　　　　　　誠然英俊又威武。

【注】①去、往。②騎馬。
【章旨】盛讚老三善騎馬又神武。

·〈鄭風·大叔于田〉(78)

一　大①叔于田　　　　　　了不起的老三去打獵，
　　乘ㄕㄥ乘ㄕㄥ馬② mo　　搭乘四匹馬拉的車子，
　　執轡如組③ tso　　　　控制韁繩如握繩般的容易，
　　兩驂④如舞⑤ mo　　　　兩匹驂馬的步伐美如跳舞，
　　叔在藪ㄙㄡ⑥　　　　　老三進入草澤中，
　　火烈⑦具舉 uo　　　　　烈火高舉，
　　襢ㄊㄢ裼ㄒㄧ⑧暴⑨虎 ho　打著赤膊與虎搏鬥，
　　獻于公所⑩ so　　　　　獻獵到王公的地方。
　　將⑪叔無狃ㄋㄧㄡ⑫　　希望老三不要習以為常，
　　戒⑬其⑭傷女ㄖㄨ⑮ no　防備老虎傷害您。

【注】①了不起。②首乘字當動詞，乘坐，次乘字為四匹馬的單位詞。③
　　繩。④乘馬之兩側馬。⑤如舞步之美。⑥淵藪、草澤。⑦烈火之倒
　　裝。⑧裸露上身。⑨暴、搏古今字。⑩王公所在地。⑪希望的語助

詞。⑫安、習。⑬警戒、防備。⑭指老虎。⑮女、汝古今字。

【章旨】老三善騎又勇猛，唯恐受傷。

二　叔于田　　　　　　　　　　老三去打獵，

乘乘黃① kuong　　　　　　　搭乘四匹黃馬拉的車，

兩服②上襄③ niong　　　　　兩匹服馬稍駕在前，

兩驂鴈行④ kuong　　　　　　兩匹驂馬如同鴈陣的行列，

叔在藪　　　　　　　　　　　老三進入草澤中，

火烈具揚 iong　　　　　　　烈火揚起，

叔善射 to 忌⑤　　　　　　　老三精於射箭，

又良御⑥ ngo 忌　　　　　　又善於駕馬車，

抑⑦磬控⑧ kung 忌　　　　　勒馬不前，

抑縱送⑨ sung 忌　　　　　　縱馬疾奔。

【注】①指黃馬。②乘馬之居中兩馬。③前駕。④形同雁陣（人字形）。⑤語助詞。⑥御、禦古今字，駕車。⑦語助詞。⑧勒馬。⑨馳馬、驅馬。二字同意。

【章旨】老三是駕車高手。

三　叔于田　　　　　　　　　　老三去打獵，

乘乘鴇ㄅㄠˇ① pou　　　　　　搭乘四匹雜白毛的驪馬拉的車，

兩服齊首② sou　　　　　　　居中的兩匹服馬齊頭並進，

兩驂如手③ sou　　　　　　　兩旁的兩匹驂馬宛如左右手，

叔在藪　　　　　　　　　　　老三進入草澤中，

火烈具阜④ pou　　　　　　　烈火高張，

叔馬慢 man 忌　　　　　　　老三的騎坐緩下來了，

叔發⑤罕 kan 忌　　　　　　老三的射箭變少了，

抑⑥釋⑦掤ㄅㄥ⑧ ping 忌　　解下箭筒，

抑鬯⑨弓 king 忌　　　　　把弓用弓囊裝上。

【注】①雜白毛的驪馬。②言齊頭並進。③如左右手。④高山，指火焰高
張。⑤射箭。⑥語助詞。⑦解開。⑧箭筒。⑨韔的假借，弓囊，此
作動詞。
【章旨】老三打獵之躍馬揚威，並述獵畢從容收拾之狀。

·〈小雅·小宛〉(202)

一　宛①彼鳴鳩　　　　　那體小鳴叫的鳩鳥，
　　翰②飛戾③天 tin　　　高飛至天，
　　我心憂傷　　　　　　我心憂傷，
　　念昔先人④ nin　　　思念先祖，
　　明發⑤不寐　　　　　天亮猶未入眠，
　　有懷二人⑥ nin　　　又懷念父母二人。

【注】①小貌。②高。③至。④先祖。⑤天亮。⑥父母。
【章旨】通宵達旦作先祖與父母之思。

二　人之齊聖①　　　　　聰明絕頂的人，
　　飲酒溫克② kik　　　飲酒仍能溫和待人。
　　彼昏不知③　　　　　那位昏庸不智的人，
　　壹醉④日富⑤ pik　　每喝必醉之勢日漸嚴重。
　　各敬爾儀　　　　　　每一個人都須自重你的儀容，
　　天命⑥不又⑦ik　　　上帝的安排不會再來的。

【注】①與聖人平列，意指最聰明的人。②克，能。溫克，言能溫和待人。
③知、智古今字。④言一喝就醉。⑤日漸嚴重。⑥上天賦予。⑦又、
再。
【章旨】飲酒不亂，天祐之。

三　中原①有菽②　　　　田原中有大豆，
　　庶民采③ tsi 之　　　百姓在那兒採收。
　　螟蛉④有子 tsi　　　桑蟲螟蛉生下幼蟲，
　　蜾蠃⑤負 pi 之　　　土蜂蜾蠃負貟載入洞。
　　教誨爾子 tsi　　　　教導你們的子女，
　　式⑥穀⑦似 i 之　　　要好好的效法蜾蠃善養螟蛉子的愛心。

【注】①原中之倒裝。②大豆。③采、採古今字。④桑蟲。⑤土蜂。⑥語助
　　詞。⑦善。
【章旨】期許子孫們繼位後，當視民如己出。

四　題①彼脊令②　　　　看那鶺鴒鳥，
　　載飛載鳴 meng　　　邊飛邊叫。
　　我日斯邁③　　　　　我天天奔走於道，
　　而④月斯征⑤ teng　　又月月行役勞苦，
　　夙興夜寐　　　　　　早起晚睡，
　　毋忝⑥爾⑦所生⑧ seng 不致羞辱你們的父母先祖。

【注】①《魯詩》作「相」，視。②後加鳥偏旁作鶺鴒，鳥名。③遠行。④
　　又。⑤行役。⑥羞辱。⑦父母先祖。
【章旨】為公鞠躬盡瘁，不愧不怍。

五　交交①桑扈② ho　　　桑扈鳥鳴聲交交，
　　率③場④啄粟 suk　　　沿著曬穀場啄食小米。
　　哀我填⑤寡⑥ ko　　　可憐我既病且貧，
　　宜⑦岸⑧宜獄⑨ nguk　　小牢大牢都被關過。
　　握粟出卜 puk　　　　抓把小米出門求卜，
　　自何能穀⑩ kuk　　　從何時能夠改善？

【注】①鳥鳴聲。②鳥名。③循、沿。④曬穀場。⑤瘨、病。⑥貧。⑦且。
　　⑧鄉亭之獄。⑨朝廷之獄。⑩善。

【章旨】求神問卜，希望早日脫離苦海。

六　溫溫恭人　　　　　　　　為人溫和謙恭，
　　如集于木 muk　　　　　　如同群鳥棲於樹上。
　　惴惴①小心　　　　　　　恐懼小心，
　　如臨于谷 kuk　　　　　　如同身臨山谷。
　　戰戰②兢兢③ king　　　　害怕節制，
　　如履④薄冰 ping　　　　　如同踩在薄冰之上。

【注】①恐懼貌。②即顫顫，害怕之狀。③極端克制。④踩。

【章旨】盛讚其為人也溫良恭儉讓。

· 〈鄭風·清人〉(79)

一　清①人在彭② pong　　　　清邑的人來到彭邑，
　　駟③介④旁旁⑤ pong　　　披甲的四匹馬動地價響，
　　二矛重英⑥ iong　　　　　兩根矛上繫有很多纓飾，
　　河上乎翱翔⑦ iong　　　　正在黃河畔奔馳。

【注】①地名。②地名。③四匹乘馬。④盔甲。⑤狀聲詞。⑥纓帶。⑦此指
　　奔馳之狀。

【章旨】盛讚戰車馬之威。

二　清人在消① siau　　　　　清邑的人來到消邑，
　　駟介麃麃② piau　　　　　披甲的四匹馬齊同揚鑣，
　　二矛重喬③ kiau　　　　　兩根矛上繫有很多雉羽，
　　河上乎逍遙④ iau　　　　　正在黃河畔悠遊。

【注】①地名。②麃、鑣古今字，馬銜。③《韓詩》作鷸，雉名。④悠遊。
【章旨】盛讚清人逍遙遊之樂。

三　清人在軸① iou　　　　清邑的人來到軸邑。
　　駟介陶陶② iou　　　　披甲的四匹馬和樂自在，
　　左旋③右抽④ iou　　　左手執旗以指揮軍隊，右手抽矛以備攻擊。
　　中軍⑤作好⑥ hou　　　在軍中幹得好極了。

【注】①地名。②和樂自在。③左手執旗以指揮軍隊。④右手抽矛以備攻擊
　　　。⑤軍中之倒裝。⑥表現優異。
【章旨】讚美清人乃是傑出的部隊指揮官。

·〈唐風·椒聊〉（117）

一　椒聊①之實　　　　　　花椒的果子，
　　蕃衍②盈升③ sing　　　孳生繁多，
　　彼其④之子⑤　　　　　那位先生，
　　碩大無朋⑥ ping　　　　塊頭高大，無與倫比，
　　椒聊 mou 且⑦　　　　　花椒哦！
　　遠條⑧ iou 且　　　　　長長的枝條哦！

【注】①語助詞。②孳生繁多。③多到可以升量。④第三人稱。⑤男士美
　　　稱。⑥無與倫比。⑦驚歎語助詞。⑧長枝條。
【章旨】讚美其人高大，聲譽遠播。

二　椒聊之實　　　　　　　花椒的果子，
　　蕃衍盈匊① kou　　　　孳生繁多，多到可以兩手合捧。
　　彼其之子　　　　　　　那位先生，
　　碩大且篤② tou　　　　塊頭高大而又厚道，
　　椒聊 mou 且　　　　　花椒哦！

　　遠條 iou 且　　　　　　　長長的枝條。

【注】①芍、掬古今字、捧。②厚道。
【章旨】讚美其人高大又老實。

·〈魏風·伐檀〉(112)

一　坎坎①伐檀 tan 兮　　　　砍伐檀樹聲坎坎，
　　寘②之河之干 kan 兮　　　放置在黃河岸邊，
　　河水清且漣 lian 猗③　　　河水澄澈又有漣漪。
　　不稼④不穡⑤　　　　　　不從事耕種收穫的話，
　　胡⑥取禾三百廛⑦ tian 兮　何以收取三百家的田賦呢？
　　不狩不獵　　　　　　　不親身狩獵的話，
　　胡瞻爾庭有縣⑧貆⑨ uan 兮　何以看到你的庭院中懸掛貆獸呢？
　　彼君子兮　　　　　　　那位在位君子啊！
　　不素餐⑩ taan 兮　　　　絕不光吃白飯啊！

【注】①伐木聲。②置。③猗、漪古今字。④播種。⑤收穫。⑥何。⑦一家
　　的耕地。⑧縣、懸古今字。⑨獸名。⑩餐素之倒裝，吃白飯。
【章旨】讚美在位君子與民共耕同獵，不做聚斂之君。

二　坎坎伐輻① pik 兮　　　　砍伐做輻木條的樹枝聲坎坎，
　　寘之河之側 tsik 兮　　　放置在黃河畔，
　　河水清且直② tik 猗　　　河水澄澈又有直波。
　　不稼不穡　　　　　　　不從事耕種收穫的話，
　　胡取禾三百億③ ik 兮　　何以收取三百億把的穀物呢？
　　不狩不獵　　　　　　　不親身狩獵的話，
　　胡瞻爾庭有縣特④ tik 兮　何以看到你的庭院中懸掛三歲大獸呢？
　　彼君子兮　　　　　　　那位在位君子啊！

不素食 sik 兮　　　　　　絕不光吃白飯啊！

【注】①車輛中的木條。②直波。③言其多。④三年的大獸。
【章旨】重沓首章，字韻略異。

三　坎坎伐輪 luen 兮　　　　砍伐做車輪木聲坎坎，
　　寘之河之漘① son 兮　　　放置在黃河濱，
　　河水清且淪② luen 猗　　河水澄澈又有波紋，
　　不稼不穡　　　　　　　不從事耕種收穫的話，
　　胡取禾三百囷ㄐㄩㄣ③ kuen 兮　何以有三百座圓倉的糧食呢？
　　不狩不獵　　　　　　　不從事狩獵的話，
　　胡瞻爾庭有縣鶉④ tuen 兮　何以看到你的庭院中掛有鶉鳥呢？
　　彼君子兮　　　　　　　那位在位君子啊！
　　不素飧⑤ suen 兮　　　　絕不光吃白飯啊！

【注】①濱。②水紋。③圓形倉，俗名古燈笨。④鳥名。⑤熟食或夕食，
　　此泛稱食物。
【章旨】重沓首章，字韻略異。

·〈齊風·還〉(97)

一　子之還① uan 兮　　　　　你的表現傑出，
　　遭②我乎③猺ㄋㄢ④之閒⑤ kian 兮　在猺山中遇見我，
　　並驅從兩肩⑥ kian 兮　　　我們共同追趕兩頭山豬，
　　揖⑦我謂我儇ㄒㄩㄢ⑧ uan 兮　你向我打拱行禮，說我行動敏捷。

【注】①旋、表現傑出。②遇。③於、在。④山名。⑤閒、間古今字。⑥
　　豜，山豬。⑦打拱行禮。⑧機靈敏捷。
【章旨】一起打獵，相互讚許。

二　子之茂① mou 兮　　　　　你的才華出眾，
　　遭我乎猱之道 sou 兮　　　在猱山的道路上遇見我，
　　並驅從兩牡② 兮　　　　　我們共同追趕兩頭公牛，
　　揖我謂我好兮　　　　　　你向我打拱行禮，說我很行。

【注】①才華出眾。②公牛。
【章旨】重沓首章，字韻略異。

三　子之昌① tsong 兮　　　　你看來光明美好，
　　遭我乎猱之陽② iong 兮　　在猱山的南邊遇見我，
　　並驅從兩狼 liong 兮　　　我們共同追趕兩匹狼，
　　揖我謂我臧③ tsiong 兮　　你向我打拱行禮，說我心地善良。

【注】①光明美好。②山的南向。③善良。
【章旨】重沓首章，字韻略異。

·〈齊風·盧令〉(103)

一　盧①令令② lin　　　　　　獵犬佩環上的鈴聲令令作響，
　　其人③美且仁 nin　　　　　那狩獵人英俊又仁慈。

【注】①獵犬。②鈴聲。③此指獵人。
【章旨】讚美獵者內外兼修。

二　盧重環① uan　　　　　　　獵犬套上兩個鈴鐺，
　　其人美且鬈② kuan　　　　那獵人英俊又有一頭美髮。

【注】①雙環，兩個佩環。②髮好。
【章旨】讚美獵者英俊，美髮吸睛。

盧重鋂ㄇㄟˊ①　　　　　　　獵犬的佩環上又鑲兩個小鈴鐺。
其人美且偲ㄙㄞ②　　　　　　那獵人英俊且滿腮美髯。

【注】①一環貫兩小環。②偲，言滿腮美髯。
【章旨】讚美獵者是英俊的美髯公。

·〈齊風·猗嗟〉（106）

一　猗嗟①昌② tsong ㄥ　　　　哦！真了得！
　　頎ㄑㄧˊ③而長 tong ㄥ　　　身材高大，
　　抑若④揚 iong ㄥ　　　　　抑揚調弓箭，
　　美目揚 iong ㄥ　　　　　　漂亮的眼睛張得大大的，
　　巧趨⑤蹌ㄑㄧㄤ⑥ tsiong ㄥ　前進的步伐極靈巧，
　　射則臧⑦ tsiong ㄥ　　　　射得真棒哦！

【注】①贊歎詞。②善、美。③長貌。④語助詞。⑤向前跑。⑥步伐矯健。
　　⑦良、好。
【章旨】讚美善射。

二　猗嗟名① meng ㄥ　　　　　哦！名不虛傳，
　　美目清 tseng ㄥ　　　　　漂亮的眼睛多麼清秀，
　　儀②既成③ teng ㄥ　　　　射箭的儀式已備周全，
　　終日射侯④　　　　　　　　整天射靶，
　　不出正⑤ teng ㄥ　　　　　皆命中靶心，
　　展⑥我甥 seng ㄥ　　　　　真不愧是我的外甥哦！

【注】①盛名。②射儀。③完備。④箭靶。⑤靶心。⑥誠、真實。
【章旨】讚美神射。

三　猗嗟變① luan ㄥ　　　　　哦！帥勁十足，
　　清揚②婉③ uan ㄥ　　　　　眉目清秀，

舞則選④ suan ㄒ　　　舞步與音樂的節奏吻合，
射 to 則貫⑤ kuan ㄒ　　射箭的力道貫穿標靶，
四矢反⑥ pan ㄒ　　　射出的四支箭收回，
以禦亂 luan ㄒ　　　作為禦敵治亂之用。

【注】①美。②清指目美，揚謂眉美。③美。④應合一致。⑤貫穿。⑥反、
　　　返古今字，歸位、回收。
【章旨】射者力與美兼具，將可安邦定國。

·〈邶風·簡兮〉(38)

一　簡①兮簡兮　　　　鼓聲簡簡，
　　方將②萬舞③ mo　　文武聯合的盛大舞會即將開始，
　　日之方中　　　　恰是日正當中，
　　在前上處 tso　　就在宗廟前的上方。

【注】①鼓聲。②即將。③文舞武舞聯合的盛大舞會。
【章旨】萬舞的前奏，盛大可期。

二　碩人①俁俁② ngo　　身材高大魁梧的人，
　　公庭③萬舞 mo　　　在宗廟庭前秀文武合一的萬人舞，
　　有力如虎 ho　　　舞勁的力道猛如虎，
　　執轡如組 tso　　　控制轡繩嫻熟如握絲線。

【注】①身材高大，魁梧的人。②大貌。③廟庭。
【章旨】讚美武舞的氣勢如虹。

三　左手執籥①　　　　左手拿住籥，
　　右手秉翟②　　　　右手握著雉羽，
　　赫③如渥赭④　　　臉色泛紅，
　　公⑤言錫⑥爵⑦　　君王說：「賞酒。」

【注】①多孔竹製樂器。②雉羽。③大赤。④泛紅。⑤國君。⑥錫、賜古今字。⑦酒器，此指酒。

【章旨】讚美文舞之熱烈，榮獲君王賞賜。

四　山有榛①tsin　　　　　山中長有榛樹，
　　隰②有苓③lin　　　　　低濕地長有甘草。
　　云④誰之思　　　　　　思念的是誰啊？
　　西方美人⑤nin　　　　來自西土的美人，
　　彼美人nin兮　　　　　那些美人哦！
　　西方之人nin兮　　　　來自西土地區哦！

【注】①樹名。②低濕地。③甘草。④語助詞。⑤指舞者。
【章旨】讚賞來自西土的文舞美女。

・〈唐風・蟋蟀〉(114)

一　蟋蟀在堂song　　　　蟋蟀上到廳堂，
　　歲聿①其莫②mo　　　時歲將到盡端，
　　今我不樂　　　　　　現今的我是不快樂的，
　　日月③其除④uo　　　時光消逝，
　　無已⑤大⑥康kong　　不得縱樂，
　　職⑦思其居ko　　　　但念安居，
　　好樂無荒mong　　　　好行樂，卻不荒廢正務，
　　良士瞿瞿⑧ko　　　　有德之士當引以為戒。

【注】①語助詞。②莫、暮古今字。③光陰、時間。④消逝。⑤不得。⑥大、太古今字。⑦但。⑧戒慎恐懼，瞿、懼古今字。
【章旨】歲暮總檢討，惜時爲要。

二　蟋蟀在堂song　　　　蟋蟀上到廳堂，
　　歲聿其逝①tsai　　　時歲即將逝去，

今我不樂　　　　　　　現今的我是不快樂的，
日月其邁② mai　　　　時光消逝，
無已大康 kong　　　　不得縱樂，
職思其外③ nguai　　　但念外邊的事務，
好樂無荒 mong　　　　好行樂，卻不荒廢正務，
良士蹶蹶④ kuai　　　有德之士當奮力以赴。

【注】①去。②行。③居家以外之事。④勤敏勞苦。
【章旨】歲暮總檢討，當更加勤敏於外面事務。

三　蟋蟀在堂 song　　　蟋蟀上到廳堂，
役車①其休 kiou　　　公務車不開，
今我不樂　　　　　　　現今的我是不快樂的，
日月其慆② tiou　　　時光消逝，
無已大康 kong　　　　不得縱樂，
職思其憂 iou　　　　但念操心事，
好樂無荒 mong　　　　好行樂，卻不荒廢正務，
良士休休③ kiou　　　有德之士美好極了。

【注】①公務車。②過。③美好。
【章旨】讚美良士能玩又能幹活。

·〈周南·螽斯〉(5)

一　螽斯①羽　　　　　螽斯振翅，
詵詵② sen 兮　　　　詵詵作響，
宜爾③子孫振振④ sen 兮　理當你（螽斯）的子孫那麼繁多。

【注】①蝗屬，一胎九十九子。②螽斯羽翅振動聲。③此爾指螽斯。④眾盛
　　繁多貌。
【章旨】隱喻子孫繁衍眾多，乃家族之慶。

二　螽斯羽　　　　　　　　　螽斯振翅，
　　薨薨① ming 兮　　　　　　薨薨作響，
　　宜爾子孫繩繩② sing 兮　　理當你的子孫連綿不絕。

【注】①螽斯振翅聲。②連綿不絕。
【章旨】隱喻子孫永續不斷，亦家族之慶。

三　螽斯羽　　　　　　　　　螽斯振翅，
　　揖揖① tsip 兮　　　　　　揖揖作響，
　　宜爾子孫蟄蟄② tsip 兮　　理當你的子孫和睦相處。

【注】①螽斯振翅聲。②和睦相處。
【章旨】隱喻子孫和睦相處，更爲家族之慶。

·〈召南·何彼襛矣〉(24)

一　何彼襛① nung 矣　　　　什麼那般艷麗哦？
　　唐棣②之華③ uo　　　　　唐棣花，
　　曷不④肅雝⑤ ung　　　　　豈不是車上鈴鐺諧和之聲？
　　王姬⑥之車 ko　　　　　　周王女兒的馬車。

【注】①一作襛，艷麗。②花名。③華，花正俗字。④豈不。⑤肅、敬。
　　　雝、雍古今字，和。此指車上鈴聲諧和。⑥周帝王姓。
【章旨】讚美周王女之艷麗。

二　何彼襛矣　　　　　　　　什麼那般艷麗哦？
　　華如桃李 li　　　　　　　有如桃花紅李花白。
　　平王①之孫　　　　　　　　她就是周平王的外孫女，
　　齊侯②之子 tsi　　　　　　也是齊侯的女兒。

【注】①周平王。②一說齊襄公，一說齊桓公，未知孰是。
【章旨】讚美周王外孫女艷若桃李。

三　其釣維何^①　　　　　　如何釣魚？

維絲伊^②緡^③ men　　　　以絲線做釣繩。

齊侯之子　　　　　　　她是齊侯的女兒，

平王之孫 suen　　　　　也是周平王的女外孫。

【注】①如何。②語助詞。③絲繩。
【章旨】寫周王外孫女從事釣魚休閒。

· 〈邶風·凱風〉(32)

一　凱風^①自南 nim　　　　溫馨的風來自南方，

吹彼棘心^② sim　　　　　吹撫那些棘樹的嫩芽，

棘心夭夭^③ iou　　　　　棘樹嫩芽綠油油的，

母氏劬^{ㄑㄩ}勞^④ lou　　　母親（喻凱風）非常艱辛勞苦。

【注】①溫和之風，指南風。②荊棘的幼芽。③嫩綠美好。④勞若之甚。
【章旨】頌讚慈母之愛。

二　凱風自南　　　　　　溫馨的風來自南方，

吹彼棘薪 sin　　　　　　吹撫那些棘樹薪木，

母氏聖^①善　　　　　　母親叡智又善良，

我無令人^② nin　　　　我們身為子女卻無有出息。

【注】①叡智。②有出息的人。
【章旨】愧對慈母養育之恩。

三　爰有寒泉　　　　　　有清涼的泉水，

在浚^①之下 ho　　　　　位在浚地的下方，

有子七人　　　　　　　有子女七位，

母氏勞苦 ko　　　　　　母親夠勞苦了。

【注】①地名。
【章旨】養育七位子女的母親，可謂勞苦功高。

四　睍_{ㄒㄧㄢˋ}睆_{ㄏㄨㄢˇ}①黃鳥　　　美麗的黃鳥，
　　載好其音 im　　　牠叫的聲音很好聽。
　　有子七人　　　　有子女七位，
　　莫慰母心 sim　　無人能安慰慈母心。

【注】①美好貌。
【章旨】黃鳥悅耳，子女傷母心。

·〈小雅·蓼莪〉(208)

一　蓼_{ㄌㄨˋ}蓼①者莪②　　　長得高大的莪菜，
　　匪莪伊③蒿④ kau　　已經不再是莪菜，而是變成蒿草。
　　哀哀父母　　　　　可憐的父母，
　　生我劬勞 lau　　　養活我是夠艱辛的。

【注】①長大貌。②菜名。③是。④賤草。
【章旨】子自覺不成材，辜負父母恩情。

二　蓼蓼著莪　　　　　長得高大的莪菜，
　　匪莪伊蔚① uei　　已經不再是莪菜，而是變成蔚草，
　　哀哀父母　　　　　可憐的父母，
　　生我勞瘁② tsuei　養活我艱辛病倒了。

【注】①蒿之粗大者。②病。
【章旨】成長子女，犧牲父母。

一　缾①缶之罄② keng 矣　　瓶內無酒，
　　維罍③之恥 ni　　　　是罍器該感到愧疚，

鮮民④之生 seng	窮人活著，
不如死之久 ki 矣	不如早早死去。
無父 po 何怙⑤ ko	沒了父親何得依靠？
無母 mi 何恃 ti	沒了母親何得憑仗？
出則銜恤⑥ it	出門時顯出一付可憐相，
入則靡至⑦ tsit	回到家但覺不到家似的。

【注】①同瓶。②空。③貯酒器。④寡民、窮人。⑤依靠。⑥憂淒。⑦無親人。

【章旨】孤兒失去雙親的慘狀。

四	父兮生我	父親養活我，
	母兮鞠① kou 我	母親教我嬉戲，
	拊②我畜③ hou 我	撫愛我，餵我，
	長我育 iou 我	成長我，教育我，
	顧我復④ pou 我	照顧我，庇護我，
	出入腹⑤ pou 我	進進出出抱著我。
	欲報之德 tit	想要回報他們的恩德，
	昊天⑥罔⑦極⑧ tik	浩浩長大漫無極境。

【注】①《說文》：「蹋鞠也。」《廣韻》：「今通謂之毬子。」古所以練武嬉戲。②同撫。③同蓄，餵食。④同覆，庇覆。⑤作動詞解，懷抱。⑥今言浩天。⑦罔、網古今字，無。⑧屋極，此作邊界解。

【章旨】讚歎父母大恩大德，欲報無門。

五	南山烈烈① lai	南山十分險峻，
	飄風②發發③ pai	暴風發發作響，
	民莫不穀④	百姓全無遭受不幸，
	我獨何害 kai	何以唯獨我受到傷害？

【注】①險峻貌。②暴風。③風聲。④善。
【章旨】暴風下的災民。

六　南山律律①　　　　　　　南山非常高大，
　　飄風弗弗②　　　　　　　暴風弗弗作響，
　　民莫不穀　　　　　　　　百姓全無遭受不幸，
　　我獨不卒③　　　　　　　何以唯獨我不得終養父母？

【注】①山峰突起貌。②風聲。③不得終養。
【章旨】歎錯失終養父母的機會。

・〈鄭風・揚之水〉(92)

一　揚①之水　　　　　　　　激起浪花的河水，
　　不流②束楚③ so　　　　　沖不動成綑的荊棘。
　　終鮮兄弟　　　　　　　　兄弟到底是不多的，
　　維予與女④ no　　　　　　只有我和你，
　　無信人之言　　　　　　　勿信他人的話，
　　人實迋女 no　　　　　　　他人實在在騙你。

【注】①激起。②沖不走。③成綑的荊棘。④女、汝古今字。
【章旨】讚兄弟情深，不爲外人破。

二　揚之水　　　　　　　　　激起浪花的河水，
　　不流束薪① sin　　　　　沖不走成綑的薪柴。
　　終鮮兄弟　　　　　　　　兄弟到底是不多的，
　　維予二人 nin　　　　　　只有我們兩人，
　　無信人之言　　　　　　　勿信他人的話，
　　人實不信 sin　　　　　　他人確實不可信。

【注】①柴木。
【章旨】讚兄弟情深，勸勿輕信他人的挑撥。

·〈小雅·常棣〉（164）

一　常棣①之華②　　　　　　唐棣花
　　鄂③不韡ㄨㄟˇ韡④ nei　　花萼的托柎很鮮明燦爛。
　　凡今之人　　　　　　　　所有當今的人，
　　莫如兄弟 tei　　　　　　都不如兄弟之親近友愛。

【注】①花名，常亦作棠、唐。②華、花正俗字。③花萼。④光明貌。
【章旨】讚兄弟眞情，無與倫比。

二　死喪之威① uei　　　　　死亡喪身是恐怖的，
　　兄弟孔懷 tuei　　　　　兄弟之間非常關懷，
　　原隰ㄒㄧˊ裒ㄆㄡˊ② pou 矣　高原和低濕地堆積著屍體，
　　兄弟求 kiou 矣　　　　　兄弟相互尋覓。

【注】①畏。②聚集、堆積。
【章旨】積屍遍野，兄弟相求。

三　脊令①在原 nguan　　　　脊令鳥停在高原上，
　　兄弟急難 nan　　　　　　兄弟急難之際，
　　每有良朋　　　　　　　　每次都有好友相挺，
　　況也永歎 nan　　　　　　何況也只不過長歎而已。

【注】①鳥名。
【章旨】兄弟急難時，好友但爲之長歎而已，於事無補。

四　兄弟鬩①于牆②　　　　　兄弟在家中爭鬥，
　　外禦③其務④ mung　　　抵禦外來的敵人是他們共同的任務，
　　每有良朋　　　　　　　每次都有好友相挺，
　　烝⑤也無戎⑥ nung　　　長久以來也就沒有敵人了。

【注】①爭鬥。②此指家中。③抵禦外來的敵人。④任務。⑤長久。⑥此指
　　　敵人。（按：周以戎爲敵。）
【章旨】兄弟雖有不和，卻一致對外。

五　喪亂既平 peng　　　死喪戰亂已經平息下來，
　　既安且寧 neng　　　已經安定又寧靜了，
　　雖有兄弟　　　　　雖然有親兄弟，
　　不如友生① seng　　卻不如有好友。

【注】①誕生。
【章旨】言兄弟可以患難與共，卻不能同享和平。

六　儐ㄅ①爾籩豆② tu　　　陳列你們裝盛蔬果和菜肴的器冊，
　　飲酒之飫ㄩ③ ku　　　酒也喝夠了，
　　兄弟既具④ ku　　　　兄弟全到，
　　和樂且孺⑤ su　　　　融洽、快樂又親密。

【注】①陳列。②裝蔬果用竹器籩，盛菜肴用冊器豆。③饜足、飽。④具、
　　　俱古今字，全。⑤《爾雅》：「孺，屬也。」親密。
【章旨】兄弟歡聚，酒醉飯飽。

七　妻子①好合② hip　　　妻子兒女相處歡樂，
　　如鼓③瑟琴 kim　　　猶如合奏瑟琴。
　　兄弟既翕④ hip　　　兄弟既已和睦，
　　和樂且湛⑤ sim　　　融洽、快樂又有極佳的氣氛。

【注】①妻子兒女。②相處歡樂。③彈奏。④合。⑤同耽，樂之久。
【章旨】舉家和諧相處。

八　宜①爾室家 ko　　　　你們擁有安康的家庭，
　　樂爾妻帑② no　　　　你們擁有快樂的妻子兒孫，
　　是究是圖③ to　　　　深究又思量，
　　亶④其然乎 ho　　　　誠然就是如此吧！

【注】①安。②子孫。③思量。④誠然。
【章旨】讚兄弟們各自有美滿的家庭。

·〈小雅·頍弁〉(223)

一　有頍①者弁② 　　　頭抬得高高的人戴著皮帽，
　　實維伊③何 ka　　　他到底要做什麼？
　　爾酒既旨　　　　　你的酒有夠甜美，
　　爾殽既嘉 ka　　　　你的菜餚有夠美好，
　　豈伊異人　　　　　他們豈是別人，
　　兄弟匪他 ta　　　　兄弟之外，沒有他人。
　　蔦④與女蘿⑤　　　　蔦和女蘿，
　　施⁻⑥于松柏 pok　　　延生在松柏之上，
　　未見君子　　　　　未見到君子時，
　　憂心奕奕⑦ ok　　　憂心強烈，
　　既見君子　　　　　見過君子後，
　　庶幾說⁻懌⑧　　　　希望能十分高興。

【注】①舉首、抬頭。②皮帽。③他。④草名。⑤草名。⑥延生。⑦盛大
　　貌。⑧高興。說、悅古今字。
【章旨】國君兄弟宴飲之樂。

二	有頍者弁	頭抬得高高的人戴著皮帽，
	實維何期 ki	到底期望什麼？
	爾酒既旨	你的酒有夠甜美，
	爾殽既時① ti	你的菜餚有夠實在，
	豈伊異人	他們豈是別人，
	兄弟具②來 li	兄弟全到了，
	蔦與女蘿	蔦和女蘿，
	施于松上 song	延生在松樹之上。
	未見君子	未見到君子時，
	憂心怲怲③ pong	憂心忡忡，
	既見君子	見過君子後，
	庶幾有臧④ tsiong	希望一切見好。

【注】①是、實。②具、俱古今字。③憂盛貌。④善。

【章旨】重沓首章，韻字稍微變動。

三	有頍者弁	頭抬得高高的人戴著皮帽，
	實維在首 sou	到底他的腦袋在盤算什麼？
	爾酒既旨	你的酒有夠甜美，
	爾殽既阜① pou	你的菜餚有夠豐盛，
	豈伊異人	他們豈是別人，
	兄弟甥舅 kiou	都是兄弟甥舅，
	如彼雨雪	如同那下雪之時，
	先集維霰ㄒㄢ② san	先聚積而後落下霰，
	死喪無日③	死喪之日快了，
	無幾相見 kian	見面的機會不多，
	樂酒今夕	今夕快快樂樂的喝酒，

君子維宴 lan　　　　　　國君的饗宴。

【注】①豐盛。②俗謂米雪。③時日不多。
【章旨】重沓首章，韻字略異。

·〈大雅·棫樸〉(244)

一　梵[ㄈㄢ]梵①棫樸②　　　　茂盛的棫樹和樸樹，
　　薪③之槱[ㄧㄡ]④ iou 之　　供作柴木和祭祀用的篝木。
　　濟濟⑤辟王⑥　　　　　儀態美好的君主，
　　左右趣⑦ tsou 之　　　助祭在他周邊快步地忙著。

【注】①同蓬蓬，茂盛。②皆樹名。③柴火。④祭祀用的柴火。⑤美好。⑥
　　君王。⑦趨，快步走。
【章旨】盛贊周天子。

二　濟濟辟王 huong　　　儀態美好的君王，
　　左右奉①璋② song　　助祭者捧著璋玉，
　　奉璋峨峨③ nga　　　高高地捧著璋玉，
　　髦士④攸⑤宜⑥ nga　衛士一切得體。

【注】①奉、捧古今字。②玉名。③高貌。④衛士。⑤所。⑥安。
【章旨】盛贊周天子與助祭者行禮如儀。

三　淠[ㄆㄧ]①彼涇②舟　　那涇水上有許多船，
　　烝③徒楫④ tsip 之　　很多徒眾划著船。
　　周王于邁⑤　　　　　周天子御駕親征，
　　六師⑥及⑦ kip 之　　六軍隨行。

【注】①眾貌。②水名。③眾。④船槳，此指划船。⑤出征。⑥六軍，天子
　　有之。⑦隨行。
【章旨】天子御駕親征，水陸並進。

四　倬①彼雲漢②　　　　那浩瀚的天河，
　　爲章③于天 tin　　　在天空光彩奪目。
　　周王壽考④　　　　周天子高壽，
　　遐⑤不作人 nin　　哪會不培育人才呢？

【注】①大貌。②天河。③光彩。④高壽。⑤何。
【章旨】周王高壽，是造就人才的良機。

五　追①琢② tuk 其章 song　　在金玉上雕琢文彩，
　　金玉 nguk 其相③ song　　本質配金玉才能相得益彰。
　　勉勉④我王 huong　　我們的國君是多麼地勤奮，
　　綱紀⑤四方⑥ pong　　四方諸侯以他爲規範。

【注】①雕之通假字。鏤金曰雕。②治玉曰琢。③質地。④勤奮。⑤規範。
　　　⑥四方諸侯。
【章旨】周天子以己身爲諸侯之則。

·〈大雅·旱麓〉(245)

一　瞻彼旱①麓②　　　　瞻望那旱山下，
　　榛楛③濟濟④ tsei　　榛樹和楛葉十分美盛。
　　豈弟⑤君子⑥　　　　和樂友善的君王，
　　干祿⑦豈弟 tei　　　和樂友善中求福。

【注】①山名。②山腳下。③皆樹名。④美盛貌。⑤豈弟、愷悌古今字，和
　　　樂友善。⑥此指國君。⑦求福。
【章旨】嘉美國君幸福友善。

二　瑟①彼玉瓚②　　　　那鮮潔的瓚玉，
　　黃流③在中 tung　　黃色的出口設在瓚器的中央。

豈弟君子　　　　　　　和樂友善的君王，
福祿攸④降 kung　　　福祿降於其身。

【注】①瑟、璲古今字，玉鮮潔貌。②天子祭祀的酒器。③酒器出口。④所。
【章旨】讚美國君身受福祿。

三　鳶①飛戾②天 tin　　　老鷹高飛達於天際，
　　魚躍于淵 in　　　　　魚兒躍入深淵之中。
　　豈弟君子　　　　　　和樂友善的君王，
　　遐③不作人④ nin　　哪會不造就人材呢？

【注】①老鷹。②至。③何。④培育英才。
【章旨】讚美國君善於培育英才，使他們各得其所。

四　清酒① iou 旣載② tsi　　祭祀用的清酒已經裝妥，
　　騂ㄒㄧㄥ牡③旣備 pik　　祭祀用的紅色公牛已經齊備，
　　以享以祀 i　　　　　　作為獻神和祭祀之用，
　　以介ㄍㄞˋ④景⑤福 pik　作為祈求大福之用。

【注】①祭酒。②盛裝。③紅色公牛。④同匄，求。⑤大。
【章旨】祭祀以求國之大福。

五　瑟①彼柞ㄗㄨㄛˋ棫ㄩˋ②　　那鮮潔的柞木和棫木，
　　民 min 所燎③ liau 矣　　百姓所用來火祭。
　　豈弟君子　　　　　　　　和樂友善的君王，
　　神 sin 所勞④ lau 矣　　神所慰勞的對象。

【注】①瑟、璲古今字，玉鮮潔貌。②皆樹名。③燒柴祭。④慰勞。
【章旨】民行燎祭，天神慰君。

六　莫莫①葛藟② luei　　　　茂盛的葛藤，
　　施③于條枚④ mei　　　　蔓生在樹木的枝幹上，
　　豈弟君子　　　　　　　和樂友善的君王，
　　求福不回⑤ uei　　　　　求福不行邪道。

【注】①茂盛貌。②藤類。③蔓生。④樹幹。⑤邪。
【章旨】君王求福行正道。

·〈大雅·假樂〉(255)

一　假①樂君子②　　　　　國君樂極了，
　　顯顯③令德④　　　　　一再張顯美德（仁政），
　　宜⑤民 min 宜人⑥ nin　廣受百姓和官員的愛戴。
　　受祿⑦于天 tin　　　　受福於天，
　　保右⑧命 lin 之　　　　保護、佑助，賦予統治權。
　　自天申⑨ sin 之　　　　來自上天的信任。

【注】①大。②國君。③張顯。④美德，此指仁政。⑤適合。⑥群臣。⑦
　　　福。⑧右、佑古今字。⑨信。
【章旨】盛讚天子。

二　干①祿②百福 pik　　　祈求百計的福祿，
　　子孫千億 ik　　　　　子孫達千億之夥。
　　穆穆③皇皇④ huong　　為人高雅又寬宏，
　　宜君宜王 huong　　　中規中矩的君王，
　　不愆⑤不忘⑥ mong　　不犯錯又不忘先祖，
　　率由⑦舊章⑧ song　　悉遵古老的典章制度。

【注】①求。②福。③高深優雅。④寬宏。⑤過錯。⑥不忘祖訓。⑦悉尊。
　　　⑧古老的典章制度。
【章旨】讚頌當今多福多孫又遵古。

三　威儀抑抑①it　　　　　　威儀很莊重，
　　德音②秩秩③tit　　　　　談吐很有條理，
　　無怨無惡　　　　　　　不結怨又不被嫌惡。
　　率由群匹 pit　　　　　悉遵大家的意願，
　　受福無疆 kiong　　　　蒙受無止境的福祉，
　　四方之綱④kong　　　　當全國各地的領導。

【注】①莊重貌。②談吐。③有序。④領導。
【章旨】讚美天子內外兼修，堪負重任。

四　之綱之紀①ki　　　　　這位領導，
　　燕②及朋友 i　　　　　邀宴朋友，
　　百辟③卿士④li　　　　百位諸侯和卿士，
　　媚⑤于天子 tsi　　　　愛戴天子，
　　不解⑥于位 lei　　　　在位不懈怠，
　　民之攸⑦墍⏌⑧kei　　　民眾之所安靠。

【注】①領導，綱、紀同意。②同宴。③諸侯。④三公九卿。⑤愛戴。⑥
　　　解、懈古今字。⑦所。⑧安息。
【章旨】天子設宴，勉諸侯公卿勤政愛民。

·〈大雅·泂酌〉(257)

一　泂①酌②彼行潦③　　　　用勺子在那路邊的水溝中取水，
　　挹④彼注茲　　　　　　從那邊汲取而後灌注到這裡，
　　可以餴⑤饎⏋⑥hi　　　可以作為造飯蒸酒食之用。
　　豈弟⑦君子⑧　　　　　和樂友善的國君，
　　民之父母 mi　　　　　人民的父母官。

【注】①與迥同意，遠。②以勺取酒食。③路邊水溝。④汲取。⑤造飯。⑥作酒食。⑦今作愷悌，和樂友善。⑧國君。
【章旨】頌揚當今是好國君。

二　泂酌彼行潦　　　　　　用勺子在那路邊的水溝取水，
　　挹彼注茲　　　　　　　從那邊汲取而後灌注到這裡，
　　可以濯罍① luei　　　　可以作為洗滌罍器之用。
　　豈弟君子　　　　　　　和樂友善的國君，
　　民之攸②歸 tuei　　　　人民之所歸向。

【注】①酒器。②所。
【章旨】頌揚當今深獲人民的擁戴。

三　泂酌彼行潦　　　　　　用勺子在那路邊的水溝中取水，
　　挹彼注茲　　　　　　　從那邊汲取而後灌注到這裡，
　　可以濯溉① kei　　　　可以作為洗滌漆樽之用。
　　豈弟君子　　　　　　　和樂友善的國君，
　　民之攸墍① ② kei　　　民眾之所安靠。

【注】①意同概，盛酒之漆樽。②所。
【章旨】頌揚當今是人民的靠山。

‧〈大雅‧卷阿〉(258)

一　有卷①者阿② ka　　　彎曲形的巨大山陵，
　　飄風自南 nim　　　　　風打從南方吹來。
　　豈弟君子③　　　　　　快樂友善的諸侯，
　　來游④來歌 ka　　　　以歌聲到此一遊，
　　以矢⑤其音⑥ im　　　以歌聲作為誓言。

【注】①彎曲貌。②大陵。③此指諸侯。④游、遊古今字。⑤矢、誓古今字。⑥歌聲。

【章旨】諸侯朝貢天子，樂以作歌。

二 伴ㄆㄢ奐①爾游 iou 矣　　　你逍遙自在地遨遊，
　　優游②爾休 kiou 矣　　　你悠哉悠哉地休閒，
　　豈弟君子　　　　　　　快樂友善的諸侯，
　　俾③爾彌④爾性⑤　　　　你終身將美滿幸福，
　　似⑥先公⑦酋⑧矣　　　　承續先公先祖的偉大志業。

【注】①亦作「判渙」（〈周頌・訪落〉），逍遙自在。②與攸遊同意。③將、助。④彌、瀰古今字，滿。⑤性、生相通。⑥嗣、承續。⑦先祖。⑧酋、猷古今字，謀。

【章旨】天子讚美諸侯善繼先祖志業。

三 爾土宇①昄ㄅㄢ②章③　　　你的疆域遼闊又美好，
　　亦孔之厚④ hu 矣　　　　產物也豐盛，
　　豈弟君子　　　　　　　快樂友善的諸侯，
　　俾爾彌爾性　　　　　　你終身將美滿幸福，
　　百神爾主⑤ tu 矣　　　　你是眾神的主祭。

【注】①疆域。②大。③美好。④豐盛。⑤祭主。

【章旨】天子讚美諸侯地大物博，又得眾神護持。

四 爾受命①長 tong 矣　　　你受天子的冊命是長長久久的，
　　茀②祿爾康 kong 矣　　　你有福祿又安康，
　　豈弟君子　　　　　　　快樂友善的諸侯，
　　俾爾彌爾性　　　　　　你終身將美滿幸福，
　　純③嘏ㄍㄨ④爾常 song 矣　你的大福是永遠永遠的。

【注】①受天子的冊命。②福。③大。④福。
【章旨】讚美天子冊封諸侯，並得永享大福。

五　有馮①有翼② ik　　　　　憑靠有人，輔佐有人，
　　有孝有德 tik　　　　　　承孝有人，德望有人，
　　以引③以翼 ik　　　　　　以為引領，以為輔佐，
　　豈弟君子　　　　　　　　快樂友善的諸侯，
　　四方爲則④ tsik　　　　　是四方諸侯的榜樣。

【注】①馮、憑古今字，依靠。②引領。③榜樣。
【章旨】讚美天子爲諸侯的表率。

六　顒ㄩㄥ顒①卬ㄤ卬② ngiong　　威儀溫和又意氣風發，
　　如珪如璋③ song　　　　　如珪璋玉之純潔，
　　令聞令望 mong　　　　　美好的聲名和人望。
　　豈弟君子　　　　　　　　快樂友善的諸侯，
　　四方爲綱④ kong　　　　　是四方諸侯的總舵。

【注】①溫和貌。②卬、昂古今字，意氣風發貌。③珪、璋，皆是美玉。④
　　綱紀，此指總舵。
【章旨】讚美天子爲衆諸侯之總舵。

七　鳳凰于飛　　　　　　　　鳳凰正在飛翔，
　　翽ㄏㄨㄟ翽①其羽　　　　　羽毛拍動時翽翽作聲，
　　亦集爰②止 tsi　　　　　　也聚集停留在一處。
　　藹藹③王多吉士④ li　　　和藹可親的國君擁有很多善士，
　　維君子使 li　　　　　　　是諸侯的使臣，
　　媚⑤于天子 tsi　　　　　　天子非常賞識他們。

【注】①振羽翅聲。②乃。③和藹可親。④善士。⑤賞識。
【章旨】讚美諸侯擁有很多天子所賞識的人才。

八　鳳凰于飛　　　　　　　鳳凰正在飛翔，
　　翽翽其羽　　　　　　　羽毛拍動時翽翽作聲，
　　亦傅①于天 tin　　　　　也逼近天一般高了。
　　藹藹王多吉人 nin　　　和藹可親的國君擁有很多好人，
　　維君子命② lin　　　　　是諸侯的命臣，
　　媚于庶人 nin　　　　　百姓非常賞識他們。

【注】①附、逼近。②冊命之臣。
【章旨】讚美諸侯擁有很多百姓賞識的好人。

九　鳳凰鳴 meng 矣　　　　鳳凰正在鳴叫，
　　于彼高 kau 岡 kang　　在那高岡上，
　　梧桐生 seng 矣　　　　梧桐長出，
　　于彼朝 tiau 陽① iong　在那座山的東邊，
　　菶菶 pung 萋萋② tsei　蓬勃茂盛，
　　雝雝喈喈③ kei　　　　鳳凰鳴聲和諧極了。

【注】①山的東西。②非常茂盛。③鳴聲和諧。
【章旨】預測太平盛世即將降臨。

十　君子之車 ko　　　　　諸侯的馬車，
　　既庶且多① ta　　　　已經很多而又侈麗，
　　君子之馬 mo　　　　諸侯的馬車，
　　既閑②且馳 ta　　　　已經訓練有素而又奔跑快速。
　　矢③ sei 詩 ti 不多 ta　獻詩不多，
　　維 tsuei 以 i 遂歌 ta　詩歌就此打住。

【注】①多、侈古今字，侈麗。②訓練有素。③獻。
【章旨】諸侯的車馬既多又訓練有素，是勤王的支柱。

·〈周頌·武〉(291)

於①皇②武王	哦！了不起武王，
無競維烈③	彪炳勳業無與倫比。
允④文⑤文王	文王道地的文德，
克開厥後	能夠開啟他的後代，
嗣⑥武受之	子嗣武王承受文王的大業，
勝殷遏⑦劉⑧	戰勝殷商，遏止廝殺，
耆ㄓˇ⑨定爾功	老年始奠功業。

【注】①於、烏、嗚古今字。②偉大。③彪炳的功業。④信、確實。⑤文德。⑥後繼者。⑦止。⑧殺。⑨老。

【章旨】讚美武王的功業。

·〈周頌·酌〉(299)

於①鑠②王師③	哦！優越王軍，
遵④養時晦⑤	時局不好時趁勢培養實力，
時純⑥熙⑦矣	時局大好時能充分發揮影響力，
是用⑧大介⑨	這是天大好事。
我⑩龍⑪受之⑫	我王承受天寵，
蹻ㄐㄧㄠˇ蹻⑬王之造⑭	威武的君王有所作為，
載用⑮有嗣⑯	後繼有人，
實維爾公⑰允⑱師⑲	您的功業確實值得師法。

【注】①於、烏、嗚古今字，歎詞。②通爍，閃耀，此意優秀。③軍隊。④循。⑤局勢不好。⑥局勢大好。⑦光輝。⑧是以、因而。⑨善。⑩指我王。⑪龍、寵古今字。⑫指天命。⑬武貌。⑭作為。⑮是以、因而。⑯後繼者。⑰功。⑱信。⑲師法。

【章旨】盛讚周王承天命，後繼有人。

·〈周頌·桓〉(300)

綏①萬邦	平定萬國,
婁②豐年	屢屢豐年。
天命匪解③	上天旨令：不得懈怠。
桓桓④武王 huong	威武的武王,
保有厥士 to	擁有那些人才,
于以四方 pong	派任到各地侯國,
克定厥家 ko	終能底定他的邦家。
於⑤昭⑥于天	哦！上天明察,
皇⑦以閒⑧之	皇天以周隔斷商天下。

【注】①平定。②婁、屢古今字。③解、懈古今字。④武貌。⑤於、烏、嗚古今字，歎詞。⑥明。⑦皇天。⑧閒、間古今字，阻斷。

【章旨】頌揚武王建國之功業。

·〈周頌·賚〉(301)

文王既勤止 tsi	文王既已那麼勤政,
我①應受之② ti	我（指武王）理應承受他的使命,
敷③時④繹⑤思⑥ si	持續廣為布施他的德澤。
我徂⑦維求定 teng	我到處征討以求抵定局勢,
時周之命⑧ leng	這是周室的天命。
於⑨繹思 si	哦！持續以進吧！

【注】①指武王。②指文王。③布施。④這、此，指文王的使命。⑤持續。⑥語助詞。⑦往、去。⑧天命。⑨於、烏、嗚古今字，歎詞。

【章旨】頌揚武王達成文王的使命。

・〈魯頌・駉〉(303)

一　駉駉①牡馬 mo　　　　　　碩大的雄馬，
　　在坰②之野 uo　　　　　　在遙遠的原野上。
　　薄③言駉者 to　　　　　　說到碩大的馬，
　　有驈④有皇⑤ huong　　　有驈馬和皇馬，
　　有驪⑥有黃⑦ kuong　　　有驪馬和黃馬，
　　以車彭彭⑧ pong　　　　拉車極其輕快有力，
　　思⑨無疆 kiong　　　　　無止境，
　　思馬斯臧⑩ tsiong　　　馬是優越的。

【注】①碩大貌。②遠貌。③語助詞。④馬名、黑身白跨。⑤馬名，黃體雜
　　　白。⑥馬名，純黑色。⑦馬名，純黃色。⑧輕快有力貌。⑨語助詞。
　　　⑩善。
【章旨】讚美良馬。

二　駉駉牡馬 mo　　　　　　　碩大的雄馬，
　　在坰之野 uo　　　　　　　在遙遠的原野上。
　　薄言駉者 to　　　　　　　說到碩大的馬，
　　有騅①有駓②pi　　　　　有騅馬和駓馬，
　　有騂③有騏④ki　　　　　有騂馬和騏馬，
　　以車伾伾⑤pi　　　　　　拉車極其迅捷，
　　思無期 ki　　　　　　　　無期限，
　　思馬斯才⑥tsi　　　　　馬是一級棒。

【注】①馬名，蒼白雜文。②馬名，黃白雜毛。③馬名，赤黃。④馬名，靑
　　　體帶色紋。⑤迅捷貌。⑥指絕佳的馬。
【章旨】重沓首章。

三　駉駉牡馬 mo　　　　　　碩大的雄馬，

　　在坰之野 uo　　　　　　在遙遠的原野上，

　　薄言駉者 to　　　　　　說到碩大的馬，

　　有驒①有駱② kok　　　　有驒馬和駱馬，

　　有駵③有雒④ kok　　　　有駵馬和雒馬。

　　以車驛繹⑤ tok　　　　　拉車依舊善跑，

　　思無斁⑥ tok　　　　　　討好人，

　　思馬斯作⑦ tsok　　　　馬的動作很靈巧。

【注】①馬名，青黑帶鱗斑。②馬名，白身黑頸毛。③馬名，赤身黑頸毛。
　　　④馬名，黑身白頸毛。⑤善跑。⑥厭倦。⑦動作靈巧。

【章旨】重沓前二章。

四　駉駉牡馬 mo　　　　　　碩大的雄馬，

　　在坰之野 uo　　　　　　在遙遠的原野上。

　　薄言駉者 to　　　　　　說到碩大的馬，

　　有駰①有騢② ko　　　　有駰馬和騢馬，

　　有驔③有魚④ ngo　　　　有驔馬和魚馬。

　　以車祛祛⑤ ko　　　　　拉車依舊強健，

　　思無邪⑥ ngo　　　　　　不偏不斜，

　　思馬斯徂⑦ tso　　　　　馬的步伐很美妙。

【注】①馬名，陰白雜毛。②馬名，紅白雜毛。③馬名，腳毛長而白。④
　　　馬名，二目似魚目。⑤強健貌。⑥邪、斜古今字。⑦徂、且相通，
　　　往。

【章旨】重沓首章。

·〈魯頌·閟宮〉(306)

一	閟ㄅㄧˋ宮①有侐ㄒㄩˋ②	寂靜的閟廟，
	實實③枚枚④ mei	構體結實又細緻。
	赫赫⑤姜嫄⑥	功業彪炳的姜源，
	其德不回⑦ uei	她的德操不偏邪，
	上帝是依⑧ ei	上帝附身於她，
	無災無害	災害無從發生。
	彌月不遲 tei	足足懷胎十月，
	是生后稷⑨ tsik	生下后稷，
	降之百福 pik	天降百福，
	黍稷⑩重穋ㄌㄨˋ⑪ mik	黍稷和重穋，
	稙ㄓ⑫稺ㄓˋ⑬菽⑭麥	稙、稺、菽、麥，
	奄⑮有下國⑯ mik	殖遍天下諸國，
	俾民⑰稼穡⑱ sik	助民耕種收割，
	有稷有黍 so	有稷有黍，
	有稻有秬⑲ ko	有稻有秬，
	奄有下土⑳ to	遍及天下各地，
	纘ㄗㄨㄢˇ㉑禹之緒㉒ to	承續大禹的偉業。

【注】①周人女始祖姜嫄廟之名。②寂靜貌。③堅實。④細緻。⑤顯著。⑥周之女始祖，后稷之母。⑦偏邪。⑧附身。⑨文王的曾祖父。⑩穀物名。⑪穀物名。⑫穀物名。⑬穀物名。⑭大豆。⑮盡，遍。⑯天下諸國。⑰助民。⑱耕種收割。⑲黑黍。⑳天下各地。㉑繼承。㉒事業。

【章旨】讚頌周始祖之赫赫功德。

二	后稷之孫	后稷的孫子，
	實維大王①huong	就是太王（古公亶父），

居岐②之陽③ iong　　遷居到岐山之南，
實始翦④商 song　　始有滅商之心，
至于文武 mo　　迄至文王武王，
纘大王之緒 to　　繼承太王的事業，
致天之屆⑤　　達成上天誅殺之命，
于牧之野⑥ uo　　在牧野之地。
無貳⑦無虞⑧ ngo　　不得二心，無需憂慮，
上帝臨女 no　　上帝臨駕你這邊。
敦⑨商之旅 lo　　攻克殷商的軍隊，
克咸厥功　　能完成功業。
王⑩曰叔父⑪ po　　成王說：「叔父，
建爾元子⑫　　立您的長子（伯禽），
俾侯于魯 ko　　使他封侯於魯，
大啟爾宇⑬ uo　　大事開闢您的疆域，
為周室輔⑭ po　　成為周王朝的輔臣。」

【注】①后稷之孫，文王之祖父。大、太古今字。②山名。③山之南。④斷。⑤殛、誅殺。⑥牧野，地名。⑦二心、不忠。⑧憂慮。⑨或作譈，或作憝，殺伐。⑩此指成王。⑪此指周公。⑫長子。⑬疆域。⑭輔佐。

【章旨】讚頌周之建國及封魯之原由。

三　乃命①魯公② kung　　於是冊命魯公（伯禽），
俾侯于東 tung　　使他封侯在東方，
錫③之山川　　償賜他山川，
土田附庸 ung　　土地、農田、附庸國。
周公之孫　　周公的孫子，
莊公之子 tsi　　莊公的兒子，

龍旂④承祀	打著畫交龍的諸侯旗以承祭先祖。
六轡耳耳⑤ ni	六條繩很是潔亮，
春秋匪解⑥ kie	春秋祭不懈怠，
享祀不忒⑦ ik	獻祭無有差錯。
皇皇⑧后帝⑨ tsie	巍巍天帝，
皇祖后稷 tsik	偉大的先祖后稷，
享以騂犧⑩ nga	獻以純赤色的騂牛作為犧牲，
是饗⑪是宜⑫ nga	祭品有酒有肉。
降福既多 ta	賜福已夠多，
周公皇祖 tso	周公是偉大的先祖，
亦其福女⑬ no	也將降福給你們（指大眾）。

【注】①冊命。②此指周公長子伯禽。③錫、賜古今字。④畫有交龍的諸侯旗。⑤潔亮貌。⑥解、懈古今字。⑦差錯。⑧巍巍。⑨天帝。⑩純赤色犧。⑪飲食祭。⑫肉祭。⑬女、汝古今字，第二人稱。

【章旨】讚頌封魯之盛事。

四　秋而載①嘗② song	秋季行嘗祭，
夏而楅衡③ kuong	夏季時祭牛角著橫木，
白牡④騂剛⑤ kong	白色和赤色的公牛，
犧尊⑥將將⑦ tsiong	犧牲尊鏘鏘作響，
毛炰⑧胾羹⑨ kong	裹毛煮熟，切成肉片，作成肉湯，
籩⑩豆⑪大房⑫ pong	竹簜，食肉器，大的切肉板，
萬舞⑬洋洋⑭ iong	萬人舞的場面浩大，
孝孫有慶⑮ kiong	孝孫有福，
俾爾熾⑯而昌⑰ tsong	助你興旺又昌盛，
俾爾壽而臧⑱ tsiong	助你高壽又安好，
保彼東方 pong	保住東方之地。

魯邦是常⑲ song　　　魯國常在，
不虧不崩 ping　　　不虧損與崩裂，
不震不騰 ting　　　不動搖與動蕩，
三壽⑳作朋 ping　　　結交上、中、下壽的老友，
如岡如陵 ling　　　如高山峻陵之永固。

【注】①則。②秋祭名。③以橫木著牛角，衡、橫古相通。④公牛。⑤赤色公牛。剛、犅古今字，公牛。⑥犧牲形的酒器。⑦將、鏘古今字。⑧煮。⑨肉片湯。⑩竹簍。⑪食肉器。⑫大俎。⑬萬人舞，舞名。⑭盛大貌。⑮福。⑯興旺。⑰盛大。⑱安好。⑲常在。⑳壽考分三級，上壽百二十歲，中壽百歲，下壽八十歲。

【章旨】重視祭祀，國泰平安。

五　公①車千乘 sing　　　魯公擁有千輛兵車，
朱英②綠縢③ ting　　　紅矛飾，綠繩線，
二矛重弓 king　　　二矛二弓，
公徒④三萬　　　　魯公的步卒三萬，
貝冑⑤朱綅ㄒㄧㄣ⑥ tsing　　貝飾頭盔，紅色綴線。
烝⑦徒增增⑧ sing　　　步卒眾多，
戎狄是膺⑨ ing　　　戎狄受到打擊，
荊舒⑩是懲 ting　　　荊舒二國挨到懲罰，
則莫我敢承⑪ ting　　　不敢擋我車，
俾爾昌而熾 tsik　　　助你昌盛又興旺，
俾爾壽而富 pik　　　助你高壽又富有。
黃髮台背⑫ pik　　　黃髮駝背的老人，
壽胥⑬與試⑭ ik　　　高齡者參與工作，
俾爾昌而大 tai　　　助您昌盛又壯大，
俾爾耆而艾⑮ ngai　　　助您長壽又長壽，

| 萬有千歲 uai | 千萬歲， |
| 眉壽無有害 kai | 長壽無有傷害。 |

【注】①魯公。②紅色纓帶。③繩線。④步卒。⑤頭盔。⑥線。⑦衆。⑧衆
　　多。⑨擊。⑩二國名。⑪擋。⑫老壽之狀。⑬相互。⑭比。⑮東齊、
　　魯、衛之間，凡尊老謂之艾（《方言》）。

【章旨】讚美魯侯武力的豐功偉業。

六　泰山巖巖① kam　　　　泰山高峻，
　　魯邦所詹② tam　　　　魯國所瞻仰，
　　奄③有龜蒙④ mung　　含括龜、蒙二山，
　　遂荒⑤大東⑥ tung　　於是銜接遼闊遙遠的東區，
　　至于海邦 pung　　　　終至海濱諸國，
　　淮夷⑦來同⑧ tung　　淮水流域的夷族來朝歸服，
　　莫不率從 tsung　　　　無不相率聽從，
　　魯侯之功 kung　　　　這些都是魯侯的功業。

【注】①高峻貌。②詹，瞻古今字。③統轄。④皆山名。⑤奄有。⑥遼闊的
　　東方地區域。⑦淮水流域的夷族。⑧會同。

【章旨】讚美魯侯拓疆土的豐功偉業。

七　保有鳧繹① tok　　　　擁有鳧、繹二山，
　　遂荒徐宅② tok　　　　於是銜接遙遠的徐人居處，
　　至于海邦 pung　　　　終至海濱諸國，
　　淮夷蠻③貊④ kok　　　淮夷、南蠻、西貊，
　　及彼南夷　　　　　　　以及南方夷族，
　　莫不率從 tsung　　　　無不相率聽從，
　　莫敢不諾⑤ nok　　　　不敢不許下諾言，
　　魯侯是若⑥ nok　　　　這些都是魯侯搞定的。

【注】①山東兩座山名。②徐族居處。③南蠻。④西貉。⑤許諾言。⑥順從、搞定。

【章旨】讚美魯侯平定邊區民族。

八　天錫①公純嘏② ko　　　老天爺賞賜魯公大福，
　　眉壽③保魯 ko　　　　　長壽、保住魯國，
　　居常與許④ ngo　　　　　住在常與許兩地，
　　復周公之宇⑤ no　　　　收復周公的疆域，
　　魯侯燕⑥喜 hi　　　　　魯侯飲宴喜樂，
　　令⑦妻壽母 mi　　　　　美妻、高壽母，
　　宜⑧大夫庶士 li　　　　與大夫眾庶相處融洽，
　　邦國是有⑨ i　　　　　　保住邦國，
　　既多受祉⑩ tsi　　　　　承受的福祉已很多，
　　黃髮⑪兒齒 tsi　　　　　黃髮老年尚能再生幼齒。

【注】①錫、賜古今字。②大福。③長壽。④魯國地名。⑤疆域。⑥燕、宴古今字。⑦美。⑧和好。⑨保住。⑩福。⑪老年。

【章旨】魯侯承受天助。

九　徂來①之松　　　　　　徂來山的松，
　　新甫②之柏 pok　　　　新甫山的柏，
　　是斷是度 tok　　　　　依尺度加以截斷，
　　是尋③是尺 sok　　　　有八尺長的，有一尺的，
　　松桷④有舄⑤ sok　　　方形松椽相當粗大。
　　路寢⑥孔碩 sok　　　　正寢非常寬闊，
　　新廟⑦奕奕⑧ ok　　　　新築廟（閟宮）很高大，
　　奚斯⑨所作　　　　　　奚斯所創作的詩篇，
　　孔曼⑩且碩 sok　　　　非常漫長，體制宏偉，

　　萬民是若⑪nok　　　　　　萬民讚佩。

【注】①山名。②山名。③八尺曰尋。④方形椽。⑤大貌。⑥正寢。⑦新建
　　的宗廟，此指閟宮。⑧高大貌。⑨魯人，公子魚之字。⑩曼、漫古今
　　字。⑪若、諾古今字，讚佩。
【章旨】閟宮落成，奚斯賦長詩以紀之。

· 〈商頌·長發〉(310)

一　濬^⑨哲 tsai 維商 song　　睿智明哲的商王，
　　長發^② pai 其祥 iong　　他的祥瑞得以長久興發。
　　洪水芒芒^③ mong　　　　洪水遍布，
　　禹敷^④下土方 pong　　　大禹治平低窪的土地，
　　外大國^⑤是疆 kiong　　向外擴大國家的疆域，
　　幅隕^⑥旣長 tong　　　　幅員既已增加，
　　有娀^⑦方將^⑧ tsiong　有娀氏之女初長成，
　　帝立子生商 song　　　　上帝之子投胎而生下商君。

【注】①濬、睿相通，明智。②長久興發。③通茫茫廣大貌。④治平。⑤國
　　家向外擴大。⑥隕、員相通。⑦國名，契母簡狄爲有娀氏之女。⑧成
　　長之時。
【章旨】頌殷商之源。

二　玄王^①桓撥^② pai　　　契經常巡視考察，
　　受^③小國是達^④ tai　　受冊命分封小國得以平治，
　　受大國是達 tai　　　　　受冊命分封大國得以平治，
　　率^⑤履^⑥不越 uai　　　循福不逾越規範，
　　遂^⑦視旣發^⑧ pai　　　完成到處巡視，終得大治，
　　相土^⑨烈烈^⑩ lai　　　相土的功業彪炳，
　　海外^⑪有截^⑫ tsai　　連同海外之地都來歸順。

【注】①商之始祖契，來自北方。②經常考察巡視。③受命，冊封。④平治。⑤循。⑥禮。⑦成、全。⑧法，治。⑨契之孫，湯。⑩功業彪炳。⑪域外。⑫歸順。

【章旨】頌讚契湯祖孫之功業。

三　帝命不違 uei　　　　天帝授命不棄，

　　至於湯齊ㄐㄧ① tsei　　傳至湯就功德圓滿了，

　　湯降不遲 tei　　　　　湯王降生適逢其時，

　　聖敬日躋ㄐㄧ② tsei　　成聖恭敬之德逐日增進上升。

　　昭假③遲遲④ tei　　　神靈降臨久久不離，

　　上帝是祗⑤ tei　　　　上帝就是神靈，

　　帝命式⑥于九圍⑦ uei　天帝授命湯成為九州的楷模。

【注】①齊、濟古今字，成就。②升、進。③神靈出現。④久。⑤神靈。⑥楷模。⑦九州。

【章旨】湯之君權乃出於神授。

四　受①小球②大球 kiou　　　（湯）頒授小玉和大玉，

　　為下國③綴④旒ㄌㄧㄡ⑤ iou　為畿外諸侯國縫製旗游，

　　何⑥天之休⑦ kiou　　　承受上蒼的恩典，

　　不競⑧不絿⑨ kiou　　　不爭奪、不急求，

　　不剛⑩不柔⑪ iou　　　　不亢不卑，

　　敷政⑫優優⑬ iou　　　　施政寬和，

　　百祿是遒ㄑㄧㄡ⑭ iou　百樣福祿聚於他一身。

【注】①受、授古今字。②玉。③畿外諸侯國。④縫製。⑤旗游。⑥何、荷古今字。⑦恩典。⑧爭。⑨急。⑩高姿態。⑪低姿態。⑫施政。⑬寬和貌。⑭聚集。

【章旨】頌讚湯行仁政。

五　受小共①大共 kung　　　頒授大大小小的法令，
　　爲下國駿厖㲄㭁② mung　　為畿外諸侯國廣予庇護，
　　何③天之龍④ lung　　　　承受上蒼的恩寵，
　　敷⑤奏⑥其勇 ung　　　　施展他的神勇，
　　不震 sen 不動 tung　　　不威嚇、不驚動，
　　不戁㬵㬵⑦ nen 不竦⑧ sung　不恐懼、不竦動，
　　百祿是總 tsung　　　　　百樣福祿聚集他一身。

【注】①法令。②駿，大。厖，蒙。駿厖，廣予庇護。③何、荷古今字。④
　　　龍、寵古今字。⑤布。⑥告。⑦恐。⑧聳動。
【章旨】重沓上章。

六　武王①載②旆㲄㭁③ pai　　威武的湯王開始張設旗幟，
　　有虔④秉⑤鉞⑥ uai　　　士兵勇猛的秉持大斧，
　　如火烈烈⑦ lai　　　　　如同熾熱的烈火，
　　則莫我敢曷㭁⑧ kai　　誰也不敢擋過我方。
　　苞⑨有三蘗⑩ ngai　　樹根長出三枝餘芽，
　　莫遂莫達 tai　　　　　無法順利成長，
　　九有⑪有截⑫ tsai　　九州已徹底肅清掃蕩，
　　韋顧⑬旣伐 pai　　　　韋、顧兩國既已征伐，
　　昆吾⑭夏桀 kai　　　　接下來就輪到夏桀了。

【注】①威武之王，湯王。②始。③旗幟。④虎行貌。⑤持。⑥大斧。⑦熾
　　　熱。⑧曷、遏古今字，制。⑨樹根。⑩餘芽。⑪九州。⑫清理。⑬夏
　　　末兩小國。⑭夏末之小國。
【章旨】商湯伐桀之末期。

七　昔在中葉① tiap　　　　在湯王中期之前，
　　有震且業② ngiap　　　動蕩又危險，

允③也天子 tsi	名副其實的天子，
降予卿士④ li	天賜予執政大臣，
實維阿衡⑤	就是阿衡（伊尹），
實左右⑥商王	確實就是商王的輔佐之臣。

【注】①中期。葉，世。②危。③信。④執政大臣。⑤官名。⑥左右、佐、
　　　佑古今字，輔助。
【章旨】天賜伊尹助湯得天下。

·〈大雅·既醉〉(253)

一	既醉以酒	已經喝得醉醺醺了，
	既飽以德 tik	已經飽承恩德了。
	君子①萬年	天子萬萬歲，
	介②爾景③福 pik	祈求您享有大福。

【注】①此指周天子。②求。③大。
【章旨】祭後宴飲，群臣祝壽於君。

二	既醉以酒	已經喝得醉醺醺了，
	爾殽①既將② tsiong	您所賜予的肉食也已上桌了，
	君子萬年	天子萬萬歲，
	介爾昭明③ mong	祈求您政通光明。

【注】①肉食。②進。③光明。
【章旨】祭後宴飲，群臣祝君政通光明。

三	昭明 mong 有融① tung	長遠的政通光明，
	高朗②liong 令終③ tung	光明磊落終得美譽。
	令終有俶ㄔㄨˋ④ sou	終得美譽有其原始，

　　　公尸⑤嘉告⑥ kou　　　　　　天子的尸主唸著美好的祝福語。

【注】①長、高（《爾雅》）。②光明磊落。③終得美譽。④始。⑤天子的
　　　尸主（主祭）。⑥美好的祝福語。
【章旨】主祭唸祝福語。

四　其告①維何 ka　　　　　　　尸主的祝福語怎麼說的？
　　籩②豆③靜嘉④ ka　　　　　　籩和豆器很美好，
　　朋友⑤攸⑥攝⑦　　　　　　　　助祭的朋友各有所司，
　　攝以威儀 nga　　　　　　　　執行助祭時的威儀中規中矩。

【注】①指尸主的祝福語。②竹器，可盛疏果。③食肉器，可盛肉類醬湯。
　　　④美好。⑤指助祭諸臣。⑥語助詞。⑦執行。
【章旨】尸主讚美祭器與助祭群臣。

五　威儀孔時① ti　　　　　　　　（助祭）的威儀好極了，
　　君子有②孝子 tsi　　　　　　　天子又是孝子，
　　孝子不匱 tuei　　　　　　　　孝子的孝心無虞匱乏，
　　永錫③爾類 lei　　　　　　　　上蒼將永遠賜福給您的族類。

【注】①是、善。②又。③錫、賜古今字。
【章旨】上蒼將永賜孝子的族類。

六　其類維何　　　　　　　　　　他的族類如何呢？
　　室家①之壼²⁵²② kuen　　　　　皇室家族得以擴大繁衍，
　　君子萬年　　　　　　　　　　天子萬歲，
　　永錫祚胤③ en　　　　　　　　上蒼將永遠賜福給後嗣子孫。

【注】①皇室家族。②廣、擴（《毛傳》、《國語》）。③子孫、後嗣。
【章旨】上蒼將永賜皇家萬年茁壯。

七　其胤維何　　　　　　　他的後嗣子孫如何呢？
　　天被①爾祿 luk　　　　　上天將您的福祿蔭庇給他們。
　　君子萬年　　　　　　　天子萬歲，
　　景命②有僕③ puk　　　　天命天子擁有臣僕。

【注】①覆蓋。②大命、天命。③臣僕。
【章旨】天賦君權，澤被皇孫。

八　其僕維何　　　　　　　他的臣僕如何呢？
　　釐ㄌ①爾女士② li　　　　賜您的男女臣僕，
　　釐爾女士 li　　　　　　賜您的男女臣僕，
　　從③以孫子④ tsi　　　　隨侍您的子子孫孫。

【注】①賜予。②為押韻之故，士女倒裝作女士，古無女士的稱謂，此指男
　　　女臣僕。③隨侍。④為押韻之故，子孫倒裝作孫子。
【章旨】祝福皇室子子孫孫擁有男女臣僕。

八、諷　刺

· 〈鄘風·牆有茨〉(46)

一　牆有茨①　　　　　　　　牆上爬滿蒺藜，
　　不可埽②sou 也　　　　　不可能掃除掉。
　　中冓③之言④　　　　　　家中私下談話，
　　不可道 sou 也　　　　　不可說，
　　所可道 sou 也　　　　　所能說的，
　　言之醜⑤iou 也　　　　　稱之為醜聞。

【注】①蒺藜，覆牆防外侵。②與掃同。③冓、構古今字。中冓即構中的倒
　　　裝，家中。④指謠言。⑤指醜聞。
【章旨】隔壁有耳，防家醜外揚。

二　牆有茨　　　　　　　　　牆上爬滿蒺藜，
　　不可襄①niong 也　　　　不可能攘除掉，
　　中冓之言　　　　　　　　家中私下談話，
　　不可詳 iong 也　　　　　不可以說得太明白，
　　所可詳 iong 也　　　　　有所說得太明白，
　　言之長 tong 也　　　　　說來可話長了。

【注】①襄、攘古今字，除去。
【章旨】重沓首章，韻字略異。

三　牆有茨　　　　　　　　　牆上爬滿蒺藜，
　　不可束①suk 也　　　　　難以約束。

中冓之言　　　　　　家中私下談話，
不可讀② tuk 也　　　不可以覆誦說出，
所可讀 tuk 也　　　有所覆誦說出，
言之辱 nuk 也　　　是謂恥辱。

【注】①約束、限制。②反覆誦習。
【章旨】重沓首章，韻字略異。

·〈鄘風·相鼠〉(52)

一　相鼠①有皮 pa　　　相鼠有皮，
　　人而無儀② nga　　　為人而無威儀，
　　人而無儀 nga　　　為人而無威儀，
　　不死何爲 ua　　　不如去死，哪有什麼作為呢？

【注】①鼠名。②威儀、禮儀。
【章旨】諷不重不威者如同行屍走肉。

二　相鼠有齒 tsi　　　相鼠有齒，
　　人而無止① tsi　　　為人而無容止，
　　人而無止 tsi　　　為人而無容止，
　　不死何俟② i　　　不如去死，還等待什麼呢？

【注】①容止、舉止。②等待。
【章旨】諷舉止不佳者無活在世間的意義。

三　相鼠有體 lei　　　相鼠有軀體，
　　人而無禮 lei　　　為人而無禮貌，
　　人而無禮 lei　　　為人而無禮貌，
　　胡不遄ㄔㄨㄢˊ①死 sei　　何不快也死掉？

【注】①速。
【章旨】諷人而無禮如同無體，不如早死。

·〈衛風·芄蘭〉(60)

一　芄ㄨ蘭①之支② kie　　　　　芄蘭草的細枝，
　　童子佩觿ㄒ③ kie　　　　　童子當作解結的佩錐，
　　雖則佩觿 kie　　　　　　　雖然也名為佩錐，
　　能不我知④ tie　　　　　　卻不能了解我，
　　容⑤兮遂⑥ tuei 兮　　　　　佩戴容刀和璲玉，
　　垂帶悸⑦ kei 兮　　　　　　垂帶擺動著。

【注】①草名。②支、枝古今字。③用象骨製成的佩錐。④不能知我的倒
　　　裝。⑤容刀，佩戴用。⑥遂、璲古今字，瑞玉。⑦動。
【章旨】諷刺少不更事，有模有樣而已。

二　芄蘭之葉 tiap　　　　　　芄蘭草的葉子，
　　童子佩韘ㄕ① tiap　　　　　童子當作射箭的板指，
　　雖則佩韘 tiap　　　　　　雖然也名為板指，
　　能不我甲ㄒ② kap　　　　　卻不能親近我。
　　容兮遂 tuei 兮　　　　　　佩帶容刀和璲玉，
　　垂帶悸 kei 兮　　　　　　重帶擺動著。

【注】①玦，著大拇指，射箭時用以鉤弦。②甲、狎古今字，親近。
【章旨】重沓首章，韻字略異。

·〈陳風·宛丘〉(136)

一　子①之②湯③兮 iong　　　　你去逍遙遊，
　　宛丘④之上 song 兮　　　　在宛丘之上。

洵⑤有情兮　　　　　　　　真情流露，

而無望⑥ mong 兮　　　　　不敢望。

【注】①你之尊稱。②往、去。③遊蕩，即消遙遊。④地名。⑤誠、真實。
　　　⑥不敢仰望。

【章旨】濫情可畏。

二　坎①其擊鼓 ko　　　　　坎坎的擊鼓聲，

　　宛丘之下 ho　　　　　　在宛丘之下，

　　無冬無夏 ko　　　　　　不分冬夏，

　　值②其鷺羽 uo　　　　　都插上鷺鷥羽毛。

【注】①鼓聲。②植、插立。

【章旨】玩樂中有擊鼓助興。

三　坎其擊缶① pou　　　　　坎坎的擊缶聲，

　　宛丘之道 sou　　　　　　在宛丘的路上，

　　無冬無夏　　　　　　　　不分冬夏，

　　值其鷺翿ㄉㄠ② sou　　　都張著鷺鷥羽的傘。

【注】①陶器名。②翿，華蓋，今謂之傘。

【章旨】玩樂中有擊缶助興。

· 〈魏風 · 葛屨〉(107)

一　糾糾①葛屨②　　　　　　編結完好的葛草鞋，

　　可以履③霜 song　　　　　可以踩在霜地上，

　　摻ㄒㄢ摻④女手　　　　　女子纖細的手，

　　可以縫裳 song　　　　　　能夠縫製衣裳。

　　要⑤之襋ㄐㄧ⑥ kik 之　　量腰與頸項，

　　好人⑦服⑧ pik 之　　　　　美人穿上了。

【注】①編結完好。②葛草鞋。③踩。④細長貌。⑤要、腰古今字。⑥襋、
　　　領古今字。⑦美人。⑧穿著。
【章旨】美人穿上自製的衣裳和草鞋。

二　好人提提① tie　　　　　美人真美，
　　宛然②左辟ㄆ③ pie　　　衣裳左向縫口極好看，
　　佩其象掃④ tsie　　　　佩帶象牙髮簪，
　　維是褊⑤心　　　　　　心地格外偏狹，
　　是以爲刺⑥ tsie　　　　所以作此詩以爲諷刺。

【注】①同媞媞，好貌。②美貌。③衣裳左向縫口。④象牙髮簪。⑤褊、偏
　　　古今字。⑥諷刺。
【章旨】諷刺美人秀外而不能慧中。

·〈唐風·山有樞〉(115)

一　山有樞ㄕㄨ① ku　　　　山中有樞木，
　　隰ㄒ有榆② u　　　　　低濕地有榆木，
　　子有衣裳　　　　　　你有衣裳，
　　弗曳弗婁③ lu　　　　不得拖曳於地，
　　子有車馬　　　　　　你有車馬，
　　弗馳弗驅 ku　　　　　不得到處奔馳，
　　宛④其死矣　　　　　彷彿死掉似的，
　　他人是愉 u　　　　　別人可高興了。

【注】①木名。②木名。③曳婁，拖曳。④彷彿、如同、好像。
【章旨】諷刺有人幸災樂禍。

二　山有栲^{ㄎㄠ}① kou　　　　　　山中有栲木，
　　隰有杻^{ㄔㄡ}② tsou　　　　　低濕地有杻木。
　　子有廷內③　　　　　　　你有庭院堂室，
　　弗洒^{ㄒㄧ}④弗埽⑤ sou　　　不洗滌不打掃，
　　子有鐘鼓　　　　　　　你有鐘鼓，
　　弗鼓⑥弗考⑦ kou　　　　不擊鼓不敲鐘，
　　宛其死矣　　　　　　　彷彿死掉似的，
　　他人是保 pou　　　　　別人佔有了。

【注】①木名。②木名。③庭院堂堂。④洗滌。⑤掃。⑥擊鼓。⑦考、栲古
　　　今字，敲鐘。
【章旨】諷刺家中財物被掠奪。

三　山有漆 tsit　　　　　　山中有漆木，
　　隰有栗 lit　　　　　　低濕地有栗木，
　　子有酒食　　　　　　　你有酒食，
　　何不日鼓瑟 pit　　　何不天天彈奏瑟樂，
　　且以喜樂　　　　　　　姑且用來歡喜作樂，
　　且以永日① nit　　　　姑且用來終日歌唱，
　　宛其死矣　　　　　　　彷彿死掉似的，
　　他人入室 tsit　　　　別人入室奪主了。

【注】①永、詠古今字。永日，終日歌唱。
【章旨】諷刺有人喧賓奪主。

・〈唐風・采苓〉(125)

一　采①苓② lin 采苓 lin　　　　不停地採收苓草，

首陽③之巔 tin　　　　　在首陽山之上。

人之爲言④　　　　　　他人的造謠，

苟亦無信 sin　　　　　姑且也不予採信，

舍旃^{ㄓㄢ}⑤舍旃 tan　　算了吧！算了吧！

苟亦無然 nan　　　　　姑且也不以為然，

人之爲言　　　　　　　他人的造謠，

胡得⑥焉 ian　　　　　哪得當眞呢？

【注】①采、採古今字。②草名。③山名。④造謠。⑤舍、捨古今字，旃，
　　　語助詞。今言算了吧！⑥言得正確。

【章旨】惹是生非之謠，不足採信。

二　采苦① ko 采苦 ko　　　不停地採收苦菜，

　　首陽之下 ho　　　　　在首陽山下，

　　人之爲言　　　　　　他人的造謠，

　　苟亦無與② uo　　　　姑且也不予附和，

　　舍旃舍旃 tan　　　　算了吧！算了吧！

　　苟亦無然 nan　　　　姑且也不以為然，

　　人之爲言　　　　　　他人的造謠，

　　胡得焉 ian　　　　　哪得當眞呢？

【注】①苦菜。②附和、贊許。

【章旨】重沓首章，字韻略異。

三　采葑① pung 采葑 pung　　不停地採收葑草，

　　首陽之東 tung　　　　在首陽山東向，

　　人之爲言　　　　　　他人的造謠，

　　苟亦無從 tsung　　　姑且也不予聽從，

舍旃舍旃 tan　　　　　算了吧！算了吧！
苟亦無然 nan　　　　　姑且也不以為然，
人之為言　　　　　　　他人的造謠，
胡得焉 ian　　　　　　哪得當真呢？

【注】①草名。
【章旨】重沓首章，字韻略異。

·〈小雅·何人斯〉(205)

一　彼何人斯①　　　　　他是何等人物？
　　其心孔艱② ken　　　他的心地非常險惡。
　　胡③逝④我梁⑤　　　何人拆除我放的魚梁？
　　不入我門 men　　　　不到我的家門，
　　伊誰云從⑥　　　　　他跟誰在一夥，
　　維暴之云 uen　　　　只是一群暴徒而已。

【注】①語尾助詞。②險。③何人。④拆附。⑤魚梁，捕魚竹器。⑥同
　　　伴。
【章旨】暴徒欺壓良民。

二　二人從行 kuong　　　兩人一塊走著，
　　誰為此禍 kua　　　　誰惹出這件災禍，
　　胡適我梁 liong　　　何人拆除我放的魚梁，
　　不入唁①我 nga　　　不到我家來安慰我，
　　始者不如②今　　　　往昔和現在的態度迥然不同，
　　云不我可③ ka　　　　還說我的不是呢！

【注】①慰問遭遇不幸者。②不似、不像。③云我不可之倒裝。
【章旨】友人不諒，損友。

三　彼何人斯　　　　　　　　他是何等人物？
　　胡逝我陳①tin　　　　　　何人拆除我家堂前到大門的通道？
　　我聞其聲　　　　　　　　我聽到那人的聲音，
　　不見其身 sin　　　　　　沒看到那人的身軀，
　　不愧 kuei 于人 nin　　　他對人不愧疚，
　　不畏 uei 于天 tin　　　　他對天不敬畏。

【注】①堂前至大門的通道。
【章旨】交友不慎，受害無窮。

四　彼何人斯　　　　　　　　他是何等人物？
　　其爲飄風①pim　　　　　　他是一陣疾風，
　　胡不自北　　　　　　　　何不從北吹來？
　　胡不自南　　　　　　　　何不從南吹來？
　　胡逝我梁　　　　　　　　何人拆除我置放的魚梁？
　　祇②攪我心 sim　　　　　　但將我心攪得煩亂不堪。

【注】①疾風、暴風。②但、第、只是。
【章旨】損友暴行，不得安寧。

五　爾之安行①　　　　　　　你姍姍來遲，
　　亦不遑舍②uo　　　　　　也沒有閒暇稍作停留。
　　爾之亟行③　　　　　　　你來去匆匆，
　　遑脂④爾車 ko　　　　　　還有空檔為你的車添加油料。
　　壹者之來⑤　　　　　　　這一次的來訪，

云何⑥其盱⑦ uo　　　　　造成何等的震盪驚嚇哦！

【注】①徐行。②遑，閒暇。舍，止息、休息。③疾行。④作動詞，添油、
　　　加油。⑤來訪一次。⑥如何、何等。⑦也，加害。

【章旨】友人來匆匆，不如不來。

六　爾還①而入　　　　　　你返回若到我家，
　　我心易② tie 也　　　　我內心會很高興
　　還而不入　　　　　　　返回而不來我家，
　　否ㄆˇ③難知 tie 也　　　太難知其究竟了。
　　壹者之來　　　　　　　這一次來訪，
　　俾我衹④ tie 也　　　　使我安心了。

【注】①還、返相通。②悅。③否、不相通。④安。
【章旨】望斷秋水，終於等到，其樂可知矣。

七　伯氏吹壎ㄒㄩㄢ①　　　　老大吹壎樂，
　　仲氏吹篪ㄔˊ② tie　　　　老二吹篪樂，
　　及爾如貫③　　　　　　　與你如同串珠之親密，
　　諒不我知④ tie　　　　　你真的不了解我，
　　出此三物⑤　　　　　　　我獻出雞、犬、豕這三種祭品，
　　以詛ㄗㄨˇ⑥爾斯⑦ sie　　作為詛咒你之用。

【注】①陶樂名。②竹樂名。③串珠。④知我之倒裝。⑤指雞、犬、豕三種
　　　祭品。⑥詛咒。⑦語助詞。
【章旨】至友反目，良可痛也。

八　為鬼為蜮ㄩˋ① ik　　　　死後化為鬼蜮，
　　則不可得 tik　　　　　　就不可得而見之了，
　　有靦②面目　　　　　　　面目顯得慚愧的樣子，

視③人罔極④ kik　　　　　予人的觀感是無法無天，

作此好歌　　　　　　　作下這首好歌，

以極⑤反側⑥ tsik　　　　作為反覆無常的罰則。

【注】①傳說中含沙射影之鬼。②慚愧貌。③示。④無準則。⑤罰則。⑥
　　　反覆無常。

【章旨】希望作好詩以達諷諫的目的。

九、官　場

·〈周南·樛木〉(4)

一　南有樛ㄐㄩ木①　　　　南邊長有樛木，
　　葛藟② luei 纍③ luei 之　葛藟盤旋在上，
　　樂只君子④　　　　　快樂的在位君子，
　　福履⑤ lei 綏⑥ tuei 之　福祿安集在他一身。

【注】①木名。②蔓生植物名。③盤旋、纏繞。④在位君子。⑤祿。⑥安
　　集。
【章旨】在位君子福祿兩全。

二　南有樛木　　　　　南邊長有樛木，
　　葛藟 luei 荒① mong 之　葛藟掩蓋在上，
　　樂只君子　　　　　快樂的在位君子，
　　福履 lei 將② tsiong 之　福祿祐助在他一身。

【注】①掩蓋。②祐助。
【章旨】在位君子蒙天祐助。

三　南有樛木　　　　　南邊長有樛木，
　　葛藟 luei 縈① ueng 之　葛藟纏繞在上，
　　樂只君子　　　　　快樂的在位君子，
　　福履 lei 成② teng 之　福祿雙全在他一身。

【注】①纏繞。②完備。
【章旨】在位君子兼備福祿。

·〈周南·麟之趾〉(11)

一　麟①之趾② tsi　　　　　麟鹿的腳趾（不踐物），
　　振振③公子④ tsi　　　　繁多的公侯子孫，
　　于嗟⑤麟兮　　　　　　哦！麟鹿。

【注】①鹿名。②同足。③繁多貌。④公侯的子孫。⑤讚美詞。于、吁古今
　　　字。
【章旨】盛讚公侯的子孫繁多。

二　麟之定① teng　　　　　麟鹿的額頭（不牴物），
　　振振公姓② seng　　　　繁多的公侯嗣裔，
　　于嗟麟兮　　　　　　　哦！麟鹿。

【注】①額頭。②公侯的姓氏，指公侯子孫。
【章旨】盛讚公侯的後裔無窮無盡。

三　麟之角 kuk　　　　　　麟鹿的角，
　　振振公族① tsuk　　　　繁多的公侯家族，
　　于嗟麟兮　　　　　　　哦！麟鹿。

【注】①公侯的家族。
【章旨】盛讚公侯的族繁，不及備載。

·〈邶風·旄丘〉(37)

一　旄丘①之葛兮　　　　　旄丘上的葛草，
　　何誕②之節③ tsit 兮　　節目何以這麼長？
　　叔兮伯兮　　　　　　　叔叔伯伯啊！
　　何多日④ nit 也　　　　何以讓人期待這麼久呢？

【注】①疑是地名。②長。③節目。④久。
【章旨】對長輩期待久遠。

二　何其處① tso 也　　　　他何以獨處呢？
　　必有與② uo 也　　　　必有與他往來的友好吧！
　　何其久③ ki 也　　　　他何以久處不出呢？
　　必有以④ i 也　　　　必有與他交情的朋友吧！

【注】①獨處。②朋友。③指處居之久。④同與（古籍常見）。
【章旨】官場可畏，不如歸去。

三　狐裘蒙戎① nung　　　狐皮大衣有蓬鬆的毛，
　　匪車不東 tung　　　　不是車子不東來，
　　叔兮伯兮　　　　　　叔叔伯伯啊！
　　靡②所與同 tung　　　我們一無相同之處。

【注】①蓬鬆貌。②無。
【章旨】叔伯不認同，不敢東歸。

四　頊兮尾兮①　　　　　細微弱小，
　　流離②之子 tsi　　　　如同流離鳥之子，
　　叔兮伯兮　　　　　　叔叔伯伯啊！
　　褎ⓧ如③充耳④ ni　　你們老是衣著講究和佩飾充耳玉。

【注】①《朱傳》：「頊，細；尾，末也。」皆形容弱小之意。②鳥名。③
　　盛服貌。④又名瑱玉，塞耳玉。
【章旨】叔伯榮華富貴，姪兒顛沛流離。

· 〈鄘風・定之方中〉(50)

一　定①之方中 tung　　　　營室星正處中天，
　　作于楚②宮 kung　　　　在楚丘建造宮廷，
　　揆③之以日 nit　　　　　測量日影，
　　作于楚室 tsit　　　　　在楚丘營建居所，
　　樹之榛栗 lit　　　　　　栽種榛、栗，
　　椅桐梓漆④ tsit　　　　　椅、桐、梓、漆，
　　爰伐⑤琴瑟 pit　　　　　伐木製造琴瑟。

【注】①星名，亦名營室星。②地名，楚丘。③度量。④皆樹名。⑤砍伐。
【章旨】看星象以營建宮室和製作琴瑟。

二　升①彼虛② ho 矣　　　　登上廢墟，
　　以望楚 so 矣　　　　　遠望楚丘，
　　望楚與堂③ song　　　　遠望楚丘與堂邑，
　　景山④與京⑤ kiong　　　大山與高臺，
　　降觀⑥于桑⑦ song　　　鳥瞰桑林。
　　卜云⑧其吉　　　　　　卜卦上顯示吉兆，
　　終然允臧⑨ tsiong　　　果眞是好地方。

【注】①登。②虛、墟古今字。③地名。④大山。⑤人爲高臺。⑥鳥瞰。⑦
　　桑林。⑧卜卦上顯示。⑨善。
【章旨】卜測到築邑的寶地。

三　靈雨①旣零② lin　　　　甘雨已落，
　　命彼倌人③ nin　　　　命令那位常駕馬車的小臣。
　　星④言⑤夙駕　　　　　披星早早駕車，
　　說⑥于桑田 tin　　　　在桑田中休息。

匪直⑦也人 nin　　　　　　那位正直的人，
秉心⑧塞淵⑨ in　　　　　　持心誠篤，
騋^{ㄌㄞˊ}⑩牝三千 tsin　　　　擁有三千匹七尺高的大母馬。

【注】①甘霖。②落、降。③掌駕馬車的小臣。④披星。⑤語助詞。⑥休
　　　息。⑦正直。⑧持心。⑨誠篤。⑩七尺以上的巨馬。

【章旨】領導誠信，又善於養馬。

·〈衛風·淇奧〉(55)

一　瞻彼淇奧①　　　　　　　瞻望那淇水的彎曲處，
　　綠竹猗猗② ka　　　　　　綠竹非常茂盛。
　　有匪③君子　　　　　　　文質彬彬的君子，
　　如切如磋④ tsa　　　　　　如治骨之既切又磋，
　　如琢如磨⑤ ma　　　　　　如治玉之既琢又磨，
　　瑟⑥兮僩^{ㄒㄧㄢˋ}⑦ kian 兮　　既莊矜又寬大，
　　赫⑧兮喧^{ㄒㄩㄢ}⑨ uan 兮　　既顯赫又鮮明。
　　有匪君子　　　　　　　　文質彬彬的君子，
　　終⑩不可諼⑪ uan 兮　　　永遠不可能忘記他啊！

【注】①水涯彎曲處。②美盛貌。③斐然。④治骨的兩步驟。⑤治玉的兩步
　　　驟。⑥瑟音尖高，引申為莊衿貌。⑦寬大（《毛傳》）。⑧顯赫。⑨
　　　鮮明。⑩永。⑪忘。

【章旨】讚美在位君子內外兼修，百姓感恩懷念。

二　瞻彼淇奧　　　　　　　　瞻望那淇水的彎曲處，
　　綠竹青^{ㄑㄧㄥ}青① tseng　　綠竹非常青翠茂盛。
　　有匪君子　　　　　　　　文質彬彬的君子，
　　充耳②琇^{ㄒㄧㄡˋ}瑩^{ㄧㄥˊ}③ ueng　耳飾玉由琇瑩美石製成，
　　會^{ㄎㄨㄞˋ}④弁^{ㄅㄧㄢˋ}⑤如星 seng　皮帽縫處的玉飾閃爍如星。

瑟兮僩 kian 兮　　　　　　既莊矜又寬大，
赫兮喧 uan 兮　　　　　　既顯赫又鮮明。
有匪君子　　　　　　　　文質彬彬的君子，
終不可諼 uan 兮　　　　　永遠不可能忘記他啊！

【注】①青蔥茂盛。②耳飾玉，瑱。③美石名。④縫。⑤皮帽。
【章旨】重沓首章，字韻略異。

三　瞻彼淇奧　　　　　　　瞻望那淇水的彎曲處，
　　綠竹如簀^① tsie　　　　綠竹如席子般的繁密。
　　有匪君子　　　　　　　文質彬彬的君子，
　　如金如錫^② tie　　　　如同鍛鍊精純的金和錫，
　　如圭如璧^③ pie　　　　如同高貴的圭璧，
　　寬^④兮綽^⑤ tau 兮　　　寬宏不迫，
　　猗^⑥重^⑦較^⑧ kiau 兮　　倚立在車廂兩旁的踏板上，
　　善戲謔^⑨ ngiau 兮　　　善於開玩笑，
　　不爲虐^⑩ ngiau 兮　　　卻不致過火傷人。

【注】①席子，言其密。②金、錫需加鍛鍊才能成器。③兩種高貴的玉器。
　　　④寬宏。⑤綽約。⑥通倚、靠。⑦指兩邊。⑧車廂兩旁之踏板。⑨開
　　　玩笑。⑩過度、粗魯。
【章旨】讚美在位君子雍容華貴，又不失其親和力。

・〈秦風・終南〉(130)

一　終南^①何有 i　　　　　終南山蘊藏著什麼？
　　有條^②有梅 mi　　　　　有條樹和梅樹。
　　君子^③至止^④ tsi　　　　國君來到此地，
　　錦衣^⑤狐裘^⑥ ki　　　　身穿彩絲製衣服和披著狐皮大衣，

顏⑦如渥丹⑧　　　　　　臉色如擦上赤丹，

其君也哉 tsi　　　　　　他就是國君吧！

【注】①山名。②木名。③指國君。④止、此古今字。⑤彩絲製衣服。⑥狐
　　　皮大衣。⑦臉色。⑧擦飾赤丹。

【章旨】盛讚國君的容顏服飾。

二　終南何有 i　　　　　　終南山蘊藏著什麼？

有紀⑳①有堂② sung　　　有杞樹和棠樹。

君子至止 tsi　　　　　　國君來到此地，

黻⑳衣繡裳③ song　　　　身穿青色的袞衣和五色備舉的繡裳，

佩玉將將④ tsiong　　　　佩玉發出鏘鏘的撞擊聲，

壽考不忘⑤ mong　　　　萬壽無疆。

【注】①紀爲杞之通假字。②堂爲棠之通假字（見王引之，《經義述聞》）。
　　　③帝王禮服。黑與青謂之黻，五色備謂之繡（《毛傳》）。④將、鏘
　　　古今字。⑤不已，無止盡。

【章旨】重沓首章。

·〈曹風·鳲鳩〉(152)

一　鳲鳩在桑①　　　　　　鳲鳩棲息在桑樹上，

其子七② tsti 兮　　　　　生下七隻小鳥。

淑人君子③　　　　　　　國君是好人，

其儀④一⑤ it 兮　　　　　他的態度專注，

其儀一 it 兮　　　　　　他的態度專注，

心如結⑥ kit 兮　　　　　用心於國事是多麼堅定。

【注】①鳥名。②《毛傳》載布穀鳥有七子，飼子時，朝從上而下，暮從下
　　　而上，平均如一。③指國君。④態度。⑤專注。⑥堅定。

【章旨】讚美國君勤政愛民。

二　鳲鳩在桑　　　　　　鳲鳩棲息在桑樹上，
　　其子在梅 mi　　　　幼鳥停留在梅樹上。
　　淑人君子　　　　　　國君是好人，
　　其帶①伊②絲 si　　　他的腰帶是絲編成的，
　　其帶伊絲 si　　　　他的腰帶是絲編成的，
　　其弁③伊騏④ ki　　　他的皮帽是灰色帶黑條紋。

【注】①腰帶。②爲、是。③皮帽。④馬名，灰色帶黑色條紋。
【章旨】盛讚國君腰帶皮帽之美。

三　鳲鳩在桑　　　　　　鳲鳩棲息在桑樹上，
　　其子在棘 kik　　　幼鳥停留在棘樹上。
　　淑人君子　　　　　　國君是好人，
　　其儀不忒①ik　　　他的威儀沒有缺失，
　　其儀不忒 ik　　　他的威儀沒有缺失，
　　正②是四國③ ik　　　是四方諸侯國的楷模。

【注】①差錯。②長、領導、楷模。③四方諸侯國。
【章旨】讚美君王的威儀堪爲天下的表率。

四　鳲鳩在桑　　　　　　鳲鳩棲息在桑樹上，
　　其子在榛① tsin　　幼鳥停留在榛樹上。
　　淑人君子　　　　　　國君是好人，
　　正是國人 nin　　　是國人的楷模，
　　正是國人　　　　　　是國人的楷模，
　　胡②不萬年 nin　　　何不萬萬歲！

【注】①木名。②何。
【章旨】國人祝福好君王得享高壽。

‧〈小雅‧蓼蕭〉(179)

一　蓼ㄌㄨˋ①彼蕭斯②　　　那高大茂盛的蕭草，
　　零③露湑④ so ㄐ　　　　露水下得很重。
　　既見君子⑤　　　　　　已經謁見過國君了，
　　我心寫⑥ so ㄐ　　　　　我的心緒終得宣瀉，
　　燕⑦笑語 ngo ㄐ　　　　宴會時有笑有說，
　　是以有譽⑧處⑨ tso ㄐ　同此可以說是相處和樂。

【注】①長大貌。②語尾助詞。③降。④濕重貌。⑤國君。⑥寫、瀉古今
　　　字。⑦燕、宴古今字。⑧安樂。⑨相處。
【章旨】君臣之宴，和樂融融。

二　蓼彼蕭斯　　　　　　那高大茂盛的蕭草，
　　零露瀼瀼① niong　　　露水下得很盛大。
　　既見君子　　　　　　已經謁見過國君了，
　　為龍②為光③ kuong　受寵恩被，
　　其德不爽④ song　　　他的德操毫無差錯，
　　壽考不忘⑤ mong　　　萬壽無疆。

【注】①露盛貌。②龍、寵古今字。③光澤，恩被。④差錯。⑤不亡，不
　　　止，不盡。
【章旨】讚美君德，祝君萬歲。

三　蓼彼蕭斯　　　　　　那高大茂盛的蕭草，
　　零露泥泥① nei　　　　露水下得濕淋淋的。
　　既見君子　　　　　　已經謁見過國君了，
　　孔燕②豈ㄎㄞˇ弟ㄊㄧˋ③ tei　隆重的宴會中非常快活，
　　宜④兄宜弟 tei　　　　兄弟般的和諧，
　　令德⑤壽豈ㄎㄞˇ　　　美德者高壽快樂。

【注】①濡濕貌。②隆重盛大的宴會。③豈弟、愷悌古今字，快樂貌。④
　　　安。⑤美德。
【章旨】感謝國君厚禮接待。

四　蓼彼蕭斯　　　　　　　　那高大茂盛的蕭草，
　　零露濃濃① nung　　　　　露水下得很厚重。
　　既見君子　　　　　　　　已經謁見過國君了，
　　鞗ㄊㄠ革②忡忡③ tung　　彎首和彎飾金光閃閃，
　　和④鸞⑤雝雝⑥ ung　　　　軾鈴和鑣鈴的聲音極和諧，
　　萬福攸⑦同⑧ tung　　　　萬福所聚。

【注】①露重貌。②鞗、鞗古今字，彎首。革爲彎首。③或作沖沖，金光
　　　閃亮之貌。④軾鈴曰和。⑤鑣鈴曰鸞。⑥此狀鈴聲和諧。⑦所。⑧
　　　聚。
【章旨】讚美國君車馬駕之盛，祝他享有萬福。

·〈小雅·庭燎〉（188）

一　夜如何其①　　　　　　　夜晚的時辰怎麼啦？
　　夜未央② iong　　　　　　夜晚未到盡頭呢！
　　庭③燎④之光 kuong　　　　宮廷內的大火把的亮光，
　　君子至止⑤　　　　　　　國君已駕臨了，
　　鸞⑥聲將將⑦ tsiong　　　馬車鈴聲鏘鏘作響。

【注】①語尾助詞。②已、盡。③古庭、廷不分。④大燭。⑤語尾助詞。⑥
　　　彎上鈴。⑦將、鏘古今字，金石之聲。
【章旨】國君於黎明前上早朝。

二　夜如何其　　　　　　　　夜晚的時辰怎麼啦？
　　夜未艾ㄞ① ngai　　　　　夜晚尚未結束。

庭燎晣^晣晣② tsai　　宮廷內的火把非常明亮，

君子至止　　　　　國君已駕臨了，

鸞聲噦^噦噦③ uai　馬車鈴聲噦噦作響。

【注】①絕、盡。②晣、晢古今字，明。③狀聲ㄏㄨㄟˋ　ㄏㄨㄟˋ。

【章旨】重踏首章，字韻略異。

三　夜如何其　　　　　夜晚的時辰怎麼啦？

　夜鄉^晨晨① sen　夜晚漸趨清晨。

　庭燎有煇② kuen　宮廷內的火把餘煇尚存，

　君子至止　　　　　國君已駕臨了，

　言③觀其旂④ ken　可以看到代表他的交龍旗。

【注】①趨向。②煇、暉古今字。③語助詞。④周時九旗之一，以交龍為圖
　　騰，代表諸候。

【章旨】旗到代表君到，此乃夙夜匪懈之君。

·〈小雅·斯干〉(195)

一　秩秩①斯干② kan　這山澗水聲秩秩作響，

　幽幽③南山④ san　終南山極其蒼幽，

　如竹苞⑤ pou 矣　　如積密的竹叢，

　如松茂 mou 矣　　如茂盛的松林。

　兄及⑥弟矣　　　　兄弟關係，

　式相⑦好 hou 矣　互相和好，

　無相猶⑧ iou 矣　不得彼此猜忌懷疑。

【注】①狀澗水聲。②澗。③蒼翠貌。④終南山。⑤積密叢生。⑥關係。⑦
　　語助詞。⑧謀、猜忌算計。

【章旨】君王兄弟之間的和平相處。

二　似續姚祖① tso　　　　　　像是延續先祖的傳統，
　　築室百堵② to　　　　　　　建築百間宮室，
　　西南其戶 ho　　　　　　　那些窗戶都面向西南，
　　爰③居爰處 tso　　　　　　在那兒定居和休息，
　　爰笑爰語 ngo　　　　　　在那兒說笑和話敘。

【注】①泛指先祖。②一面牆爲一堵，百堵指成百的建築物。③語助詞。
【章旨】承傳先祖，營建宮室。

三　約①之閣閣② kok　　　　　捆紮建築牆板閣閣作響，
　　椓③之橐橐④ sok　　　　　打土牆橐橐作響，
　　風雨 uo 攸⑤除 uo　　　　　風雨之苦於是免除，
　　鳥鼠攸去 ko　　　　　　　鳥鼠之災於是除去，
　　君子攸芋⑥ uo　　　　　　國君於是有安居之所。

【注】①捆綁。②狀捆綁板築之聲。③擊。④狀打土牆之聲。⑤於是，因
　　　而。⑥宇之通假，居所。
【章旨】宮室築成，終得安居。

四　如跂　①斯②翼③ ik　　　　如鳥舉踵聳立齊一之狀，
　　如矢斯棘④ kik　　　　　　如箭棱角之形，
　　如鳥斯革⑤ kik　　　　　　如鳥張翅的樣子，
　　如翬　⑥斯飛 pei　　　　　如錦雉飛貌，
　　君子攸躋⑦ tsei　　　　　　國君於是登基。

【注】①企、舉踵。②語助詞。③翼然，整齊。④矢鏃之棱。⑤革、古今
　　　字，翅膀。⑥錦雉。⑦登基。
【章旨】盛讚宮室外觀之美。

五　殖殖①其庭② teng　　　　宮廷建築極其平正，
　　有覺③其楹④ eng　　　　門前柱楹直立，
　　噲噲⑤ kuoi 其正⑥ teng　正中間的廳堂非常明亮，
　　噦噦⑦ uei 其冥⑧ meng　臥室是幽暗的，
　　君子攸寧⑨ neng　　　　國君於是安定下來。

【注】①平正貌。②庭、廷古今字。③直立貌。④門前兩柱。⑤明亮貌。⑥
　　　廳堂。⑦幽暗貌。⑧臥房。⑨安居。
【章旨】盛讚宮室建築之莊嚴。

六　下莞①uan 上簟②tsim　蒲席在下，竹席在上，
　　乃安 an 斯寢 tsim　　安睡在這寢室，
　　乃寢乃興 hing　　　　睡了又起來，
　　乃占我夢 ming　　　　占卜我的夢境，
　　吉夢維何 ka　　　　　什麼好夢？
　　維熊維羆③ pa　　　　有熊有羆，
　　維虺④維蛇 ta　　　　有虺有蛇。

【注】①蒲草席。②竹席。③似熊而大。④毒蛇。
【章旨】國君得以安睡美夢。

七　大人①占②之　　　　　卜卦大人占夢：
　　維熊維羆 pa　　　　　有熊有羆，
　　男子之祥 iong　　　　男士的祥兆。
　　維虺維蛇 ta　　　　　有虺有蛇，
　　女子之祥 iong　　　　女士的祥兆。

【注】①對占卜官的尊稱。②問吉凶之兆。
【章旨】夢境呈現祥瑞之兆。

八　乃①生男子②　　　　　生下男嬰，
　　載③寢之牀 tsiong　　置睡在牀上，
　　載衣之裳 song　　　　穿上衣裳，
　　載弄④之璋⑤ song　　把玩璋玉，
　　其泣喤喤⑥ huong　　他的哭聲響亮，
　　朱芾⑦斯皇⑧ huong　赤紅的蔽膝很鮮明，
　　室家君王 huong　　　是家族未來的君王。

【注】①語助詞。②指男嬰。③語助詞。④把玩。⑤玉名，半圭曰璋。⑥洪
　　　亮。⑦蔽膝，圍兜。⑧皇、煌古今字，鮮明貌。
【章旨】王家未來的繼承人誕生了。

九　乃生女子　　　　　　生下女嬰，
　　載寢之地 ta　　　　　置睡在地上，
　　載衣之裼①　 tia　　 穿上襁褓，
　　載弄之瓦② ngua　　 把玩紡輪，
　　無非③無儀④ nga　　不惹是非和異議，
　　唯酒食是議⑤ nga　　只是談論酒食之事，
　　無父母詒⑥罹⑦ la　　絕不牽累父母。

【注】①襁褓。②紡輪。③是非。④議。⑤談論。⑥予。⑦憂。
【章旨】王家女賢淑慧中。

·〈小雅·天保〉(166)

一　天保定爾①　　　　　上天保祐您，
　　亦孔之固 ko　　　　　也是非常穩固的，
　　俾ゝ爾單②厚　　　　 使您大為厚實，
　　何福不除③ uo　　　　何福不援，

俾爾多益 使您福分更多，
以莫不庶④ so 以致無所不足。

【注】①您，此指國君。②大。③授予。④富、足。
【章旨】皇天佑助仁君。

二 天保定爾 上天保祐您，
俾爾戩①穀 kuk 使您有穀物可以收割。
罄②無不宜 luk 一切作為無不得體適當，
受天百祿③ 蒙受上天百樣的恩典，
降爾遐④福 降給您深遠的福氣，
維日不足 tsuk 時間不夠去享受。

【注】①戩、翦古今字，剪、割。②盡。③恩典。④深遠。
【章旨】君王戮力國事，不得閒暇享受上天之賜。

三 天保定爾 上天保祐您，
以莫不興① hing 因而無不興隆，
如山如阜② 如山阜之高聳，
如岡如陵③ ling 如岡陵之穩固，
如川之方至④ 如川水之湧到，
以莫不增⑤ sing 因而無不蒸蒸日上。

【注】①興隆。②比擬高聳。③比擬穩固。④比擬氣勢盛。⑤蒸蒸日上。
【章旨】言國運昌隆。

四 吉①蠲②為饎③ 吉時齋戒沐浴，備辦酒食，
是用孝享④ kiong 作為孝敬祭獻之用，
禴⑤祠烝嘗⑤ song 春夏秋冬都有祭，
于公⑥先王⑦ huong 向先公先王祭祀。

君⑧曰：　　　　　　　先君王靈說：

卜爾萬壽無疆 kiong　　卜報您能萬壽無疆。

【注】①吉日。②潔，指齋戒沐浴。③準備酒食。④獻。⑤四季祭祀的專
　　　稱，春祠、夏禴、秋嘗、冬烝。⑥先公。⑦指大王以下之國君。
　　　⑧包括先公先王。
【章旨】國君祭祀先公先王，並得福報。

五　神之弔①矣　　　　神的降臨，

詒②爾多福 pik　　　　祐您多福。

民之質③矣　　　　　民眾是質樸的，

日用④飲食 sik　　　　天天得以飲食，

群黎⑤百姓　　　　　群眾百姓，

徧爲爾德⑥ tik　　　　全面蒙霑您的恩澤。

【注】①至。②贈賜。③質樸。④以。⑤眾。⑥恩澤。
【章旨】民霑君德。

六　如月之恆① king　　如月亮之恆久常在，

如日之升② sing　　　如太陽之東昇，

如南山之壽③ sou　　　如南山之高壽，

不騫④不崩⑤ ping　　　不虧損與崩裂。

如松柏之茂⑥ mou　　　如松柏之常青，

無不爾或承⑦ ting　　　您一定後繼有人。

【注】①比擬常在。②比擬動大強。③比擬高壽。④虧損。⑤崩裂。⑥比擬
　　　常健。⑦繼承人。
【章旨】比擬國君如天行之健，永不止息。

·〈小雅·瞻彼洛矣〉(219)

一　瞻彼洛①矣　　　　　眺望那洛水，
　　維水泱泱②　　　　　水面深廣，
　　君子③至止　　　　　天子蒞臨，
　　福祿如茨④ tsei　　　福祿如蒺藜草之繁衍滋生，
　　韎⑤韐⑥有奭⑦　　　紅色皮蔽膝非常鮮赤，
　　以作⑧六師⑨ tuei　　身為六軍的統帥。

【注】①水名。②深廣貌。③此指天子。④蒺藜草，漫生。⑤染成紅色的皮
　　　革。⑥蔽膝。⑦鮮紅貌。⑧身任。⑨周制：天子有六師（軍）。

【章旨】盛讚天子戎服出巡。

二　瞻彼洛矣　　　　　　眺望那洛水，
　　維水泱泱　　　　　　水面深廣，
　　君子至止　　　　　　天子蒞臨，
　　鞞①琫②有珌③ pit　刀鞘的上下皆有飾玉，
　　君子萬年　　　　　　天子萬萬歲，
　　保其家室 tsit　　　確保他的皇室家族。

【注】①刀鞘下飾玉。②刀鞘口之飾玉。③文飾貌。

【章旨】盛讚天子軍威，足可力保皇家歷久不衰。

三　瞻彼洛矣　　　　　　眺望那洛水，
　　維水泱泱　　　　　　水面深廣，
　　君子至止　　　　　　天子蒞臨，
　　福祿既同① tung　　福祿盡聚，
　　君子萬年　　　　　　天子萬萬歲，
　　保其家邦 pung　　　確保他的家國。

【注】①盡聚、齊會。
【章旨】盛讚天子福祿兼具，足可久保家園。

·〈小雅·桑扈〉(221)

一　交交①桑扈㈥② ho　　　　叫個不停的桑扈鳥，
　　有鶯③其羽 uo　　　　　羽毛有美麗的文彩，
　　君子④樂胥⑤ so　　　　天子大樂，
　　受天之祜 ko　　　　　承蒙上天的福祐。

【注】①鳥鳴聲，今作叫叫。②鳥名。③文彩貌。④此指天子。⑤大、皆。
【章旨】天子樂承上天的福祐。

二　交交桑扈　　　　　　叫個不停的桑扈鳥，
　　有鶯其領① leng　　　頸項有美麗的文彩。
　　君子樂胥　　　　　　天子大樂，
　　萬邦之屏 peng　　　萬國的屏障。

【注】①頸項、脖子。
【章旨】天子樂爲天下的庇護者。

三　之①屏之翰②　　　　是萬國的屏障和楨榦，
　　百辟③爲憲④ hian　　凡百諸侯效法的楷模，
　　不㈥⑤戢㈥⑥不㈥難㈥⑦ nan　大規模偃息兵戈，大為人所讚美，
　　受福不㈥那㈥⑧ nan　承上天福祐特別多。

【注】①是、此。②通榦，楨榦。③君，此指諸侯。④法。⑤不、丕古今
　　字，大。⑥收兵爲和。⑦難、儺、娜古今字，美。⑧多（《毛傳》）。
【章旨】天子平息戰爭，必受大福。

四 兕觥⟨ㄙˋ⟩①其觩⟨ㄑㄧㄡˊ⟩② kiou 野牛角酒杯彎彎的，
旨酒思③柔④ iou 美酒多麼順口，
彼交 kiau 匪敖 ngau 他與人交往不傲慢，
萬福來求⑤ kiou 所有的福氣聚於他一身。

【注】①野牛角酒杯。②曲貌。③語助詞。④順口。⑤聚。
【章旨】讚天子親民，天降萬福。

·〈小雅·鴛鴦〉(222)

一 鴛鴦于飛 鴛鴦正在飛翔，
畢①之羅② la 之 用畢網和羅網捕抓。
君子萬年 天子萬歲，
福祿宜③ nga 之 安享福祿。

【注】①長柄捕獵網。②羅網。③安。
【章旨】祝福天子高壽享福。

二 鴛鴦在梁① 鴛鴦棲息在水壩上，
戢⟨ㄐㄧˊ⟩②其左翼 ik 收歛牠左翼，
君子萬年 天子萬歲，
宜其遐③福 pik 安享他的宏福。

【注】①水壩。②收歛。③遠、久、大。
【章旨】重沓首章，字韻略異。

三 乘⟨ㄕㄥˋ⟩馬①在廄⟨ㄐㄧㄡˋ⟩② 四匹馬在馬棚，
摧③之秣④ man 之 為馬割草和餵食。
君子萬年 天子萬歲，
福祿艾⑤ ngai 之 坐享福祿。

【注】①四匹馬。②馬棚。③割。④餵飼料。⑤養。
【章旨】天子坐享萬年福祿。

四　乘馬在廄　　　　　　四匹馬在馬棚，
　　秣之摧 tsuei 之　　　為馬餵食和割草。
　　君子萬年　　　　　　天子萬歲，
　　福①祿綏 tuei 之　　安享福祿。

【注】①安。
【章旨】天子安享萬年福祿。

·〈小雅·南山有臺〉(175)

一　南山有臺① ti　　　南山產薹草，
　　北山有萊② li　　　北山生萊草。
　　樂只③君子 tsi　　快樂的國君，
　　邦家之基 ki　　　國家的基柱；
　　樂只君子 tsi　　　快樂的國君，
　　萬壽無期 ki　　　萬歲無盡期。

【注】①臺、薹古今字，草名。②草名。③語助詞。
【章旨】祝頌天子為國家之本。

二　南山有桑 song　　南山產桑樹，
　　北山有楊 iong　　北山生楊樹。
　　樂只君子　　　　快樂的國君，
　　邦家之光① kuong　國家的榮耀；
　　樂只君子 tsi　　　快樂的國君，
　　萬壽無疆 kiong　萬歲無止境。

【注】①光彩、榮耀。
【章旨】祝頌天子的威望至高無上。

三　南山有杞 ki　　　　　南山產杞樹，
　　北山有李 lig　　　　　北山生李樹。
　　樂只君子 tsi　　　　　快樂的國君，
　　民之父母 mig　　　　　人民的父母官，
　　樂只君子 tsi　　　　　快樂的國君，
　　德音①不已 i　　　　　美譽不息。

【注】①美譽、口碑。
【章旨】天子愛民勤政，百姓讚譽有加。

四　南山有栲① kou　　　　南山產栲樹，
　　北山有杻② tsoun　　　北山生杻樹。
　　樂只君子　　　　　　　快樂的國君，
　　遐③不眉壽④ sou　　　那有不高壽呢？
　　樂只君子　　　　　　　快樂的國君，
　　德音是茂 mou　　　　　美譽蒸騰。

【注】①樹名。②樹名。③豈、何。④高壽。
【章旨】天子快樂，壽高、德昭。

五　南山有枸ㄐㄩ① ku　　　南山產枸樹，
　　北山有楰ㄩˊ② u　　　　北山生楰樹。
　　樂只君子　　　　　　　快樂的國君，
　　遐不黃耈ㄍㄡˇ③ ku　　那有不成為大老？
　　樂只君子　　　　　　　快樂的國君，
　　保艾④爾後 nu　　　　　您的後代子孫們會得保安的。

【注】①樹名。②樹名。③黃爲老人白髮轉黃，耈爲老人面凍黎若垢（《說文》），皆言大老。④保安。

【章旨】天子將成大老，蔭庇後世子孫。

·〈小雅·鼓鐘〉(214)

一　鼓①鐘將ㄑㄧㄤ將② tsiong　　　敲擊鐘發出鏘鏘聲，

淮水③湯ㄕㄤ湯④ iong　　　淮河聲湯湯。

憂心且傷 iong　　　　　　心憂又悲傷，

淑人君子⑤　　　　　　　國君是好人，

懷允不忘 mong　　　　　令人眞心懷念不遺忘。

【注】①撞擊。②將、鏘古今字，狀鐘聲。③淮河。④流水聲。⑤指國君。
【章旨】悼念南國諸侯駕崩。

二　鼓鐘喈喈① kei　　　　　敲擊鐘發出喈喈聲，

淮水湝湝② kei　　　　　　淮河聲湝湝。

憂心且悲 pei　　　　　　　心憂又悲傷，

淑人君子　　　　　　　　國君是好人，

其德不回③ uei　　　　　　他的德操不偏邪。

【注】①狀鐘聲。②流水聲。③偏邪。
【章旨】悼念國君南國諸侯德操高尚。

三　鼓鐘伐鼛ㄍㄠ① kiou　　　敲鐘打大鼓，

淮有三洲 tsou　　　　　　淮水之中有三處沙洲。

憂心且妯ㄔㄡ② iou　　　　內心憂愁以致抽顫，

淑人君子　　　　　　　　國君是好人，

其德不猶③ iou　　　　　　他的德操不致詐欺。

【注】①伐，擊打。鼖，大鼓。②與抽通假，顫動。③詐（《方言》）。
【章旨】好國君不詐欺百姓，人民感懷心動。

四　鼓鐘欽欽① kim　　　　　　敲擊鐘發出欽欽聲，
　　鼓瑟鼓琴 kim　　　　　　　彈瑟彈琴，
　　笙②磬③同音 im　　　　　　笙磬一齊出聲，
　　以雅④以南⑤ nim　　　　　演奏雅樂和南樂，
　　以籥⑥不僭⑦ tsim　　　　　吹奏籥樂而不亂章。

【注】①狀鐘聲。②③④⑤⑥皆樂器名。⑦亂。
【章旨】八種樂器合奏，美的交響樂。

·〈曹風·下泉〉（153）

一　冽ㄌㄧㄝ①lai 彼 pa 下 ho 泉 tsuan　　那冷冽的泉水往下流，
　　浸 tsim 彼 pa 苞 pou 稂ㄌㄤ② liong　那被浸濕含苞待放的稂草。
　　愾③ kai 我 nga 寤④ ngo 歎 nan　　我忿愾夢中的歎息，
　　念 kim 彼 pa 周 tsou 京⑤ kiong　　那令人念念不忘的周朝京都。

【注】①寒涼。②似禾的雜草名。③忿愾。④指夢中。⑤周朝的京都。
【章旨】東周人懷念已淪陷的西周京城。

二　冽 lai 彼 pa 下 ho 泉 tsuan　　　那冷冽的泉水往下流，
　　浸 tsim 彼 pa 苞 pou 蕭① sou　　那被浸濕含苞待放的蕭草。
　　愾 kai 我 nga 寤 ngo 歎 nan　　　我忿愾夢中的歎息，
　　念 kim 彼 pa 京 kiong 周② tsou　那令人念念不忘的周朝京都。

【注】①蕭草。②周京之倒裝。
【章旨】重沓首章，字韻略異。

三　冽 lai 彼 pa 下 ho 泉 tsuan　　　　那冷冽的泉水往下流，

　　浸 tsim 彼 pa 苞 pou 蓍^① kei　　那被浸濕含苞待放的蓍草。

　　愾 kai 我 nga 寤 ngo 歎 nan　　　　我忿愾夢中的歎息，

　　念 kim 彼 pa 京 kiong 師^② tuei　那令人念念不忘的周朝京都。

【注】①草名。②京都。

【章旨】重沓首章，字韻略異。

四　芃 _タ芃^①黍苗　　　　　　　美盛的黍苗，

　　陰雨膏^② kau 之　　　　　　受到陰雨的滋潤。

　　四國^③有王^④　　　　　　四方諸侯國擁戴天子，

　　郇 _{Tuh}伯^⑤勞 _{タ丸}^⑥ lau 之　　郇伯慰勞他們。

【注】①美盛貌。②滋潤。③四方諸侯國。④擁戴天子。⑤天子三公之一，
　　　即郇躒，亦知伯。⑥慰勞。

【章旨】天子受到各地諸侯的擁戴，又有郇伯爲得力助手。

·〈秦風·車鄰〉(126)

一　有車鄰鄰^① lin　　　　　　車聲轔轔，

　　有馬白顛^② tin　　　　　　馬的頭頂是白色的。

　　未見君子^③　　　　　　　尚未見到國君，

　　寺人^④之令 lin　　　　　　只聽到寺人官員的命令聲。

【注】①或作轔轔，狀車聲。②頭頂。③指諸侯。④內小臣，即宦官。寺、
　　　侍古今字。

【章旨】獲見君王前的聽聞與感受。

二　阪 _{タみ}^①有漆 tsit　　　　　　山坡上有漆樹，

　　隰^②有栗 lit　　　　　　　低濕地有栗樹。

既見君子	見過國君了，
並坐鼓瑟 pit	同坐彈瑟，
今者不樂	現在不及時行樂，
逝者③其耋ㄉㄧㄝˊ④ tsit	往後就是一位八十歲的糟老頭了。

【注】①阪、坡古今字。②低窪地。③將來。④八十曰耋，此泛指年老力
　　　衰。
【章旨】君臣及時同歡共樂。

三	阪有桑 song	山坡上有桑樹，
	隰有楊 iong	低濕地有楊樹。
	既見君子	見過國君了，
	並坐鼓簧① kuong	同坐吹動簧片。
	今者不樂	現在不及時行樂，
	逝者其亡 mong	往後就面臨死亡了。

【注】①笙、竽中之舌片。
【章旨】重沓第二章，韻字略異。

·〈秦風·駟驖〉(127)

一	駟驖ㄊㄧㄝˊ①孔阜② pou	四匹鐵色的拉車馬非常高大，
	六轡在③手 sou	六條韁繩控在手中。
	公之媚子④	秦君的愛子，
	從公于狩⑤ sou	跟隨秦君去狩獵。

【注】①鐵色馬。②高大。③韁繩。④愛子。⑤打獵。
【章旨】秦君與愛子共同打獵。

二	奉①時②辰牡③	按季節供奉雄獸，
	辰牡孔碩 sou	應時的雄獸非常壯碩，

公曰左之　　　　　　國君說：到左邊來，
舍④拔⑤則獲 huok　　一放開箭栝就射中獵物了。

【注】①供奉。②指四季。③當季的公獸。④放。舍、捨古今字。⑤箭尾
　　、箭栝。
【章旨】國君父子狩獵的狀況。

三　遊于北園 uan　　　在北園遊獵。
　　四①馬既閑② kian　駟馬的步伐閑熟自若，
　　輶ㄧㄡˊ③車鸞④鑣⑤ piau　拉輕車的馬匹銜口鐵兩邊的鈴聲響著，
　　載獫ㄒㄧㄢˇ⑥歇驕⑦ kiau　車上載有長、短喙的獵犬。

【注】①四、駟古今字。②閑熟，此指馬步美妙。③輕車。④小鈴。⑤馬口
　　的銜鐵。⑥長喙獵犬。⑦短喙獵犬。
【章旨】打獵時，犬馬之盛況。

·〈小雅·菁菁者莪〉(182)

一　菁ㄐㄧㄥ菁①者莪②　茂盛的莪草，
　　在彼中阿③ ka　　　長在那山坳中。
　　既見君子　　　　　謁見國君後，
　　樂且有儀④ nag　　很快樂且彬彬有禮。

【注】①茂盛貌。②蒿草名。③阿中之倒裝，阿，曲阜。④彬彬有禮。
【章旨】君臣相見，臣子樂且有禮。

二　菁菁者莪　　　　　茂盛的莪草，
　　在彼中沚① tsi　　長在那小洲中。
　　既見君子 tsi　　　謁見國君後，
　　我心則喜 hi　　　我內心很感欣喜。

【注】①沙洲。
【章旨】重沓首章，字韻略異。

三　菁菁者莪　　　　　　茂盛的莪草，
　　在彼中陵 ling　　　　長在那山陵間。
　　既見君子　　　　　　謁見國君後，
　　錫①我百朋② ping　　賞賜我成百串的貝錢。

【注】①錫、賜古今字。②商、周以貝爲貨幣，十貝一串爲朋。甲骨文作
　　　珏，後以同音字「朋」通假。
【章旨】承蒙國君賞賜百串貝錢。

四　汎汎①楊舟 tsou　　搖搖擺擺的楊木船，
　　載②沈載浮 pou　　忽上忽下。
　　既見君子　　　　　謁見國君後，
　　我心則休③　　　　我心就安啦！

【注】①同泛泛，飄蕩貌。②且。③安。
【章旨】獲見國君，特覺心安。

·〈小雅·吉日〉(186)

一　吉日維戊① mou　　戊辰是好日子，
　　既伯②既禱 sou　　既祭馬祖神又禱告祈福，
　　田③車既好④ hou　打獵的車子很堅固，
　　四牡孔阜 pou　　　四匹雄馬非常高大，
　　升⑤彼大阜 pou　　登上那座大山，
　　從其群醜⑥ iou　　緊隨一大群野獸。

【注】①按案下章「庚午」前推，此乃「戊辰」日。②馬祖之神。③打獵。
　　④堅固。⑤登。⑥指野獸。
【章旨】帝王擇吉日打獵去。

二　吉日庚午 ngo　　　　　　庚午是好日子，
　　既差①我馬 mo　　　　　　我已選好馬匹，
　　獸之所同② tung　　　　　野獸所聚集的地方，
　　麌ᵘ③鹿麌ᵘ麌④ ngo　　　母鹿帶著一群小鹿，
　　漆沮⑤之從⑥ tsung　　　　追逐於漆沮附近，
　　天子之所 so　　　　　　　正是天子打獵的地方。

【注】①選擇。②聚集。③母鹿。④獸衆多貌。⑤水名。⑥附近。
【章旨】陪侍天子打獵。

三　瞻彼中原①　　　　　　　瞻望原野之中，
　　其祁②孔有③ i　　　　　大獸很多，
　　儦ᵖ儦④俟俟⑤ i　　　　　有的奔跑，有的緩行，
　　或群或友⑥　　　　　　　有的成群，有的成雙。
　　悉率左右 i　　　　　　　率領所有的隨扈在左右邊，
　　以燕⑦天子 tsi　　　　　天子可樂了。

【注】①原中之倒裝，原野之中。②大。③豐多。④趨貌。⑤緩行貌。⑥
　　《毛傳》：「獸，三曰群，二曰友。」⑦樂。
【章旨】獵物群集，狩獵者多。

四　既張①我弓　　　　　　　我的弓已拉開，
　　既挾②我矢 sei　　　　　我的箭已搭在弦上，
　　發③彼小豝ᵖ④　　　　　射向那頭小野母猪，
　　殪-⑤此大兕ᵘ⑥ sei　　　殺死這條大野牛。

以御⑦賓客　　　　　　用來招待賓客，

且以酌醴⑧ lei　　　　　又酌飲甜酒。

【注】①開。②搭扣。③發射。④野猎。⑤打死。⑥野牛。⑦進奉飲食。⑧
　　甜酒。

【章旨】以獵物招待佳賓。

・〈小雅・裳裳者華〉(220)

一　裳裳①者華② uo　　　　花兒美，

　　其葉湑③ so 矣　　　　露霑葉。

　　我覯④之子⑤　　　　　我謁見這位國君，

　　我心寫⑥ so 兮　　　　我的心安了，

　　我心寫 so 兮　　　　　我的心安了，

　　是以有譽處⑦ tso 兮　　因此處於快樂狀態。

【注】①美盛貌。②華、花古今字。③露盛貌。④相會。⑤這位國君。⑥寫
　　、瀉古今字，宣瀉，安樂。⑦譽，豫、安、樂。譽處，處於安樂狀
　　態。

【章旨】謁見國君，得以懇談，樂不可支。

二　裳裳者華　　　　　　花兒美，

　　芸①其黃 kuong 矣　　芸草枯黃。

　　我覯之子　　　　　　我謁見這位國君，

　　維其有章② song 矣　　他是很有章法原則的，

　　維其有章 song 矣　　　他是很有章法原則的，

　　是以有慶③ kiong 矣　　因此全民有福了。

【注】①草名。②章法，原則。③福。

【章旨】盛讚國君行政很有章法。

三　裳裳者華　　　　　　　　花兒美，

或黃或白 pok　　　　　　　有黃有白。

我覯之子　　　　　　　　　我謁見這位國君，

乘其四駱① kok　　　　　　搭坐四匹駱馬拉的車子，

乘其四駱 kok　　　　　　　搭坐四匹駱馬拉的車子，

六轡沃若② nok　　　　　　馬車共有六條柔軟光鮮的韁繩。

【注】①黑尾黑鬃的白馬。②柔軟光澤貌。

【章旨】盛讚國君坐車之美。

四　左①之左 tsa 之　　　　　勤於佐助君王，

君子宜② nga 之　　　　　　君王得以安穩在位，

右③之右 i 之　　　　　　　勤於輔佑君王，

君子有④ i 之　　　　　　　君王得以福佑，

維其有 i 之　　　　　　　　君王得以福佑，

是以似⑤ i 之　　　　　　　因此邦家可以永續長存。

【注】①左、佐古今字。②安。③右、佑古今字。④有、佑古今字，上天
　　　賜福。⑤續，指國祚長存。

【章旨】臣勤王，王又得天助，邦家得以世代長存。

·〈小雅·采菽〉(228)

一　采①菽②采菽　　　　　　不停的採大豆，

筐③之筥④ lo 之　　　　　　用筐和筥盛裝。

君子⑤來朝⑥　　　　　　　諸侯來朝貢天子，

何錫⑦予 uo 之　　　　　　賞賜他們什麼呢？

雖無予 uo 之　　　　　　　雖然沒有賞賜什麼，

路車⑧乘馬⑨ mo　　　　　　但有輅車和四匹馬，

又何予 uo 之　　　　另外又賞賜什麼呢？
玄袞⑩及黼⑪ po　　　繡有黑色的卷龍裳和白黑相間的禮服。

【注】①采、採古今字。②大豆。③方形竹器名。④圓形竹器名。⑤此指諸
　　　侯。⑥朝貢。⑦錫、賜古今字。⑧路、輅古今字，諸侯坐車。⑨四
　　　馬，一車四馬曰乘。⑩繡有卷龍圖案的禮服。⑪繡有黑白相間的禮
　　　服。
【章旨】天子賞賜朝貢的諸侯。

二　觱沸①檻②泉　　　　泉水湧出發出觱觱沸沸之聲，
　　言③采其芹 ken　　　有人在那兒採芹菜。
　　君子來朝　　　　　　諸侯來朝貢天子，
　　言觀其旂④ ken　　　觀看代表他們的蛟龍旗，
　　其旂淠淠⑤ pei　　　代表他們的蛟龍旗很多，
　　鸞⑥聲嘒嘒⑦ suei　馬車鈴聲嘒嘒價響，
　　載驂載駟 sei　　　　有三匹和四匹馬拉的車子，
　　君子所屆⑧ kei　　　諸侯終於抵達了。

【注】①狀泉水湧現聲。②檻，濫之通假，始。③語助詞。④蛟龍旗，代表
　　　諸侯。⑤衆貌。⑥車鈴。⑦狀鈴聲。⑧至。
【章旨】大隊朝貢諸侯終於駕臨。

三　赤芾①在股 ko　　　紅色蔽膝繫於大腿，
　　邪幅②在下 ho　　　綁腿繫在蔽膝之下，
　　彼交③匪紓④ uo　　那綁腿交叉紮得緊緊的，
　　天子所予 uo　　　　天子所贈賜的。
　　樂只君子　　　　　　快樂的諸侯，
　　天子命⑤ lin 之　　　天子任命他們，
　　樂只君子　　　　　　快樂的諸侯，
　　福祿申⑥ sin 之　　　福祿重重加給他們。

【注】①蔽膝，今稱圍兜。②今稱綁腿。邪、斜古今字。③交叉。④緩、
　　鬆。⑤任命、冊封。⑥加、重。
【章旨】天子贈賜與冊封。

四　維柞①之枝　　　　　　柞樹枝，
　　其葉蓬蓬② pung　　　葉子茂盛。
　　樂只君子　　　　　　快樂的諸侯，
　　殿③天子之邦 pung　　鎮守住天子的國王。
　　樂只君子　　　　　　快樂的諸侯，
　　萬福攸④同⑤ tung　　萬福聚集於一身，
　　平平⑥左右　　　　　敏慧的左右部屬，
　　亦是率從⑦ tsung　　也都是群起相率以服從。

【注】①樹名。②茂盛貌。③鎮守。④所。⑤聚集。⑥敏慧。⑦相率服從。
【章旨】諸侯率眾服從天子。

五　汎汎①楊舟　　　　　　隨波蕩漾的楊木船，
　　紼纚②維③ tsuei 之　　繩索繫住。
　　樂只君子　　　　　　快樂的諸侯，
　　天子葵④ kuei 之　　天子考核他。
　　樂只君子　　　　　　快樂的諸侯，
　　福祿膍⑤ pei 之　　　獲賜極重的福祿。
　　優 jou 哉⑥游 iou 哉⑦　優裕閒遊啊！
　　亦是戾⑧ lei 矣　　　也就降臨了。

【注】①隨波蕩漾。②繩索。③繫。④揆之借字。⑤厚。⑥優裕。⑦閒遊。
　　⑧至。
【章旨】天子重賞諸侯。

·〈周南·兔罝〉(7)

一　肅 sou 肅①sou 兔 to 罝② tso
　　椓③之丁丁④ teng
　　赳 kiou 赳⑤kion 武 mo 夫 po
　　公侯干城⑥ teng

布下嚴密的捉兔網，
打木樁時丁丁作響。
神勇的武士，
公侯的護衛。

【注】①嚴密。②捕獸網。③擊。④狀敲打聲。⑤神勇貌。⑥干，盾。干與
　　　城用以防禦之用，此言護衛。
【章旨】頌讚武士之英勇，足堪護王。

二　肅 sou 肅 sou 兔 to 罝 tso
　　施①于中逵②kiou
　　赳 kiou 赳 kion 武 mo 夫 po
　　公侯好仇③ kiou

布下嚴密的捉兔網，
設置在道路上。
神勇的武士，
公侯的好搭檔。

【注】①設置。②逵中之倒裝，道路上。③好搭檔。
【章旨】頌讚武士是公侯的好幫手。

三　肅 sou 肅 sou 兔 to 罝 tso
　　施于中林① lim
　　赳 kiou 赳 kion 武 mo 夫 po
　　公侯腹心② sim

布下嚴密的捉兔網，
設置在樹林中，
神勇的武士，
公侯的心腹。

【注】①林中之倒裝。②心腹之倒裝。
【章旨】頌讚武士是公侯的心腹。

·〈召南·羔羊〉(18)

一　羔羊①之皮 pa
　　素絲五紽②ta

小羊皮製的大衣，
由二十五條白絲縫製而成，

退食③自公④　　　　　　從公署回家進餐，
委蛇⁻⑤ ta 委蛇 ta　　　　行逕極其慢條斯理。

【注】①小羊。②五絲爲紽。③回家進餐。④公署。⑤從容緩行之狀。
【章旨】讚美官員從容下班之狀。

二　羔羊之革 kik　　　　　小羊皮製的大衣，
　　素絲五緎⌐① ik　　　　由一百條白絲縫製而成，
　　委蛇 ta 委蛇 ta　　　　行逕極其慢條斯理，
　　自公退食 sik　　　　　從公署回家進餐。

【注】①四紽爲緎，即一百條生絲線。
【章旨】重沓首章，字韻略異。

三　羔羊之縫 pung　　　　小羊皮製的大衣，
　　素絲五總① tsung　　　由四百條白絲縫製而成，
　　委蛇 ta 委蛇 ta　　　　行逕極其慢條斯理，
　　退食自公 kung　　　　從公署回家進餐。

【注】①四緎爲總，即四百條生絲線。
【章旨】重沓首章，字韻略異。

·〈鄭風·羔裘〉(80)

一　羔裘如濡① su　　　　小羊皮大衣的色澤明亮，
　　洵②直且侯 hu　　　　眞正是正直人士，又是侯爵身分，
　　彼其③之子　　　　　他是其家的傳人，
　　舍④命不渝⑤ u　　　　犧牲生命也不致於改變志節。

【注】①色澤光潔。②誠、信。③姓氏名，古通記、紀、己。參季旭昇《詩
　　　經古義新證》187 頁。④舍、捨古今字。⑤改變。
【章旨】讚美其姓大夫忠貞正直。

二　羔裘豹飾① sik　　　　小羊皮大衣以豹為飾，
　　孔武有力 lik　　　　　顯出神武有力道，
　　彼其之子　　　　　　他是其家的傳人，
　　邦之司直② tik　　　　員責督導正人之過的國家官員。

【注】①以豹爲飾。②古有司直官，督導正人。
【章旨】讚美其姓司直官神武有力。

三　羔裘晏① an 兮　　　　小羊皮大衣很鮮明，
　　三英②粲③ tsan 兮　　　三種花樣的裝飾非常燦爛。
　　彼其之子　　　　　　他是其家的傳人，
　　邦之彦④ ngian兮　　　國家的俊傑。

【注】①鮮明貌。②落英繽紛之英，花瓣。③粲、燦古今字。④俊秀，傑出
　　　人物。
【章旨】盛讚其家傳人是治國人才。

·〈豳風·九罭〉(159)

一　九罭ㄐ①之魚　　　　用細密的魚網捕撈，
　　鱒魴 pong　　　　　捕捉到鱒和魴。
　　我覯②之子　　　　　我見到這位先生，
　　袞衣③繡裳④ song　　穿著龍彩上衣和錦繡的裳裙。

【注】①密網，即捕撈小魚之網。②見。③畫龍的彩衣，天子，上公之衣。
　　　④錦繡的裙服。
【章旨】驚見上公現身。

二　鴻 kung 飛 pei 遵①渚② to　鴻鳥沿著沙洲飛翔，
　　公 kung 歸 tuei 無所③ so　上公歸途時居無定所，

於ㄨ④女ㄖ⑤信⑥處 tso　　嗚呼！您再住一夜吧！

【注】①沿、循。②沙洲。③居無定所。④於、烏、嗚古字。⑤女、汝古
　　今字。⑥再宿。
【章旨】當地百姓不捨上公別離。

三　鴻 kung 飛 pei 遵陸 lou　　鴻鳥沿著陸地飛翔，
　　公 kung 歸 tuei 不復 pou　　上公踏上歸途，不再返回了，
　　於女信宿 sou　　　　　　　嗚呼！您再住一夜吧！

【章旨】重沓二章，字韻略異。

四　是以①有袞衣 ei 兮　　這裡曾有著龍彩衣的上公，
　　無以②i 我公歸 tuei 兮　　不讓我們的上公歸去，
　　無使③li 我心悲 pei 兮　　莫使我心為之悲戚。

【注】①此因。②不讓。③莫使。
【章旨】留不住上公，民心感傷不已。

·〈豳風·狼跋〉(160)

一　狼跋①其胡② ko　　　狼踩到自己的鬍鬚，
　　戴③疐④其尾 mei　　而且牠的尾巴有礙自如運行。
　　公孫⑤碩膚⑥ po　　王公的後世子孫壯碩美膚，
　　赤舄⑦几几⑧ kei　　穿紅色的鞋子發出几几聲。

【注】①踩。②胡、鬍古今字。③則、且、又。④不順、不通、妨害。⑤王
　　公之孫。⑥碩大美膚。⑦鞋。⑧狀聲字。
【章旨】讚美王公後代的穿著與身材。

二　狼疐其尾　　　　　　　狼的尾巴有礙自如運行，
　　載跋其胡 ko　　　　　　而且踩到自己的鬍鬚。
　　公孫碩膚 pob　　　　　　王公的後世子孫壯碩美膚，
　　德音①不瑕② ko　　　　　聲譽毫無瑕疵。

【注】①聲譽。②毫無瑕疵。
【章旨】美公孫的聲望不墜。

·〈秦風·無衣〉(133)

一　豈曰無衣 ei　　　　　　難道說沒有衣服嗎？
　　與子同袍① pou　　　　　和你穿相同的戰袍，
　　王于興師② tuei　　　　　國君即將起兵，
　　脩③我戈矛 mou　　　　　維修我的戈和矛，
　　與子同仇④ kiou　　　　　和你同仇敵愾。

【注】①戰袍、軍裝。②起兵。③修。④同仇敵愾。
【章旨】全國上下備戰狀態。

二　豈曰無衣 ei　　　　　　難道說沒有衣服嗎？
　　與子同澤① tok　　　　　和你穿相同的軍褲，
　　王于興師 tuei　　　　　　國君即將起兵，
　　脩我矛戟② kok　　　　　維修我的矛和戟，
　　與子偕作③ tsok　　　　　和你的行動一致。

【注】①澤、繹古今字。袴，褲。②有枝兵器，具有戈和矛的功能。③作
　　　爲、行動。
【章旨】重沓首章，字韻略異。

三　豈曰無衣 ei　　　　　　難道說沒有衣服嗎？
　　與子同裳① song　　　　　和你穿相同的裳袍大衣。

王于興師 tuei　　　　　國君即將起兵，

脩我甲②兵③ pong　　　維修我的盔甲和兵器，

與子偕行 kuong　　　　和你共同上前線。

【注】①連身大衣。②盔甲。③兵器。
【章旨】重沓首章，字韻略異。

·〈召南·甘棠〉(16)

一　蔽芾﹐①甘棠②　　　　陰森繁茂的甘棠樹，

勿翦③勿伐 pai　　　　切勿剪枝砍伐，

召伯④所茇﹐⑤ pai　　　召伯曾休息的處所。

【注】①陰森茂盛。②果樹名。③剪。④召穆公虎。⑤止息的草中或樹下。
【章旨】珍惜保護召穆公虎所止息的甘棠。

二　蔽芾甘棠　　　　　　陰森繁茂的甘棠樹，

勿翦勿敗① pai　　　　切勿剪枝毀壞，

召伯所憩﹐② kai　　　召伯曾在此休息。

【注】①毀。②休息。
【章旨】重沓首章，用字小異。

三　蔽芾甘棠　　　　　　陰森繁茂的甘棠樹，

勿翦勿拜① pai　　　　切勿剪枝攀登，

召伯所說﹐② tuai　　　召伯當年舍止之處。

【注】①攀登。②舍止。
【章旨】重沓首章，用字小異。

·〈召南·小星〉(21)

一　嘒① 彼小 sian 星 seng　　　那些明亮的小星星，
　　三五② ngo 在東 tung　　　三三五五閃現在東。
　　肅肅③宵 sian 征④ teng　　　夜行迅速，
　　夙夜在公 kung　　　　　　早晚都在忙於公務，
　　寔⑤命不同 tung　　　　　實在是命運不同於他人。

【注】①明亮貌。②三三五五，言稀疏散落。③疾貌。④行。⑤實。
【章旨】疲於公務，鞠躬盡瘁。

二　嘒彼小 sian 星 seng　　　那些明亮的小星星，
　　維參① sim 與昴② mou　　　是參與昴兩星座，
　　肅肅宵 sian 征 teng　　　　夜行迅速，
　　抱衾③ kim 與裯④ tsou　　　手抱綿被與短內衣，
　　寔命不猶⑤ iou　　　　　　實在是命運不如別人。

【注】①二十八星座之一。②二十八星座之一。③綿被。④短內衣。⑤若。
【章旨】重沓首章，字韻略異。

·〈召南·騶虞〉(25)

一　彼茁ㄓㄨㄛ①者 to 葭ㄐㄧㄚ② ko　　　那初長的葭草，
　　壹發③五 ngo 豝ㄅㄚ④ po　　　獵車一出行就捕獲五頭母猪，
　　于ㄩ⑤嗟乎 ho 騶ㄗㄡ⑥虞⑦ ngo　　　了得喲！獵官引導的車駕。

【注】①草初生貌。②草名。③獵車出發一次，參《周禮·大司馬》。④母
　　猪。⑤于、吁古今字。⑥御者。⑦掌君王田獵之官。
【章旨】讚美田獵官勝任稱職。

二　彼茁者 to 蓬 pung　　　　那初長的蓬草，
　　壹發五 ngo 豵^①tsung　　獵車一出行就捕獲五頭小豬，
　　于嗟乎 ho 騶虞 ngo　　　了得喲！獵官引導的車駕。

【注】①一歲豬曰豵，此言小豬。
【章旨】重沓首章，韻字略異。

·〈邶風·北門〉(40)

一　出自北門　　　　　打從北門出城，
　　憂心殷殷^① en　　　憂心孔切，
　　終窶^②且貧 pen　　　住處既已簡陋，而且貧困，
　　莫知我艱 ken　　　　無人知曉我的艱難，
　　已焉哉　　　　　　已經是如此的地步，
　　天實爲 ua 之　　　　是上天注定的，
　　謂之何 ka 哉　　　　說了也是無濟於事的。

【注】①孔切。②居處簡陋。
【章旨】一位安貧不怨的公職心聲。

二　王事^①適^② tsie 我　　　君王把要事交我處理，
　　政事^③一埤^④益^⑤ kie 我　政務也一併堆積在我身上，
　　我入自外　　　　　我從外頭回來，
　　室人交徧讁 tsie 我　官府內的人紛紛譴責我的過錯，
　　已焉哉　　　　　　已經是如此的地步，
　　天實爲 ua 之　　　　是上天注定的，
　　謂之何 ka 哉　　　　說了也是無濟於事的。

【注】①君王要事。②往。③政務。④一堆。⑤加上。
【章旨】爲公務國事而任勞任怨。

三　王事敦①tuei 我　　　　　君王把要事加諸我身，
　　政事一埤遺 tuei 我　　　政務也一併交待給我，
　　我入自外　　　　　　　我從外頭回來，
　　室人交徧摧②tsuei 我　官府內的人紛紛摧罵我，
　　已焉哉　　　　　　　　已經是如此的地步，
　　天實為 ua 之　　　　　是上天注定的，
　　謂之何 ka 哉　　　　　說了也是無濟於事的。

【注】①堆積。②摧罵。
【章旨】重沓第二章，字韻略異。

· 〈齊風 · 東方未明〉(100)

一　東方未明 mong　　　　東方的天色尚未破曉，
　　顛倒衣裳①song　　　　倒穿了衣裳，
　　顛之倒 tau 之　　　　倒穿了衣裳，
　　自公②召 tau 之　　　由於國君召喚所致。

【注】①上曰衣，下曰裳（裙）。②指國君。
【章旨】國君緊急召喚，摸黑上朝，無暇整治衣容。

二　東方未晞①hei　　　　東方未見日光，
　　顛倒裳衣 song　　　　倒穿了衣裳，
　　倒之顛 tin 之　　　　倒穿了衣裳，
　　自公令 lin 之　　　　由於國君命令所致。

【注】①日光。
【章旨】重沓首章，字韻略異。

三　折柳樊①圃② po　　　　折斷菜園籬笆的柳枝，
　　狂夫瞿╠瞿③ ko　　　　狂人瞪眼怒視，
　　不能辰④夜 o　　　　　不管清晨或夜晚，
　　不夙⑤即莫⑥ mo　　　　不問早上或傍晚。

【注】①藩，今言籬笆。②菜園。③怒目驚視。④辰、晨古今字。⑤早。
　　　⑥莫、暮古今字。
【章旨】忠臣家受盡狂人日夜的騷擾。

·〈唐風·揚之水〉(116)

一　揚①之水　　　　　　　激盪的水花，
　　白石鑿鑿② tsau　　　　鮮明的白石。
　　素衣③朱襮╠④ pau　　　白色衣服的領子繡上紅色，
　　從子于沃⑤ iau　　　　跟隨你在沃地，
　　既見君子　　　　　　　已謁見過國君，
　　云何不樂 lau　　　　　哪有不快樂呢？

【注】①沸騰、激盪。②鮮明貌。③白色衣。④衣領。⑤地名。
【章旨】君臣相見歡。

二　揚之水　　　　　　　　激盪的水花，
　　白石皓皓① kou　　　　潔白的白石。
　　素衣朱鏽 sou　　　　　白色衣服繡上紅色，
　　從子于鵠② kou　　　　跟隨你在鵠地，
　　既見君子　　　　　　　已謁見過國君，
　　云何其憂 iou　　　　　哪會有什麼憂愁呢？

【注】①潔白貌。②地名。
【章旨】君臣相見解千愁。

三　揚之水　　　　　　　激盪的水花，
　　白石粼粼① lin　　　　光彩鮮明的白石。
　　我聞有命② min　　　　我聽到令諭，
　　不敢以告人 nin　　　　不敢告訴別人。

【注】①玉石光彩貌。②令。
【章旨】君令嚴峻，絕不可洩。

·〈唐風·鴇羽〉（121）

一　蕭蕭①鴇②羽 uo　　　　鴇鳥飛時羽毛蕭蕭作響，
　　集于苞③栩④ uo　　　　聚集在茂密的栩樹叢。
　　王事⑤靡盬⑥ ko　　　　國事無有停歇之時，
　　不能蓺⑦稷⑧黍⑨ so　　不能親自種植高粱和小米。
　　父母何怙⑩ ko　　　　父母何有依靠呢？
　　悠悠蒼天　　　　　　遙遠的青天，
　　曷⑪其有所 so　　　　何時有所安身之處呢？

【注】①羽聲。②鳥名。③茂密。④樹名。⑤國事。⑥止息。⑦蓺、藝古今字，種植地。⑧高粱。⑨小米。⑩依靠。⑪何時。
【章旨】國事擺第一，私事皆可休。

二　蕭蕭鴇翼 ik　　　　　鴇鳥飛時翅膀蕭蕭作響，
　　集于苞棘 kik　　　　聚集在茂密的棘樹林。
　　王事靡盬　　　　　　國事無有停歇之時，
　　不能蓺黍稷 tsik　　　不能親自種植小米和高粱。
　　父母何食 sik　　　　父母哪有糧食呢？
　　悠悠蒼天　　　　　　遙遠的青天，
　　曷其有極① kik　　　　何時有所盡端呢？

【注】①界限。止盡。
【章旨】重沓首章，字韻略異。

三　蕭蕭鴇行 kuong　　　　鴇鳥飛時的陣列蕭蕭作響，
　　集于苞桑 song　　　　　聚集在茂密的棘樹林。
　　王事靡盬　　　　　　　國事無有停歇之時，
　　不能蓺稻粱 liong　　　　不能親自種植稻子和高粱。
　　父母何嘗① song　　　　父母哪有得吃喝呢？
　　悠悠蒼天　　　　　　　遙遠的青天，
　　曷其有常② lkik　　　　何時恢復常態呢？

【注】①嘗、嚐古今字。②常態，正常。
【章旨】重沓首章，字韻略異。

·〈秦風·黃鳥〉（131）

一　交交①黃鳥　　　　　　黃鳥鳴聲交交，
　　止於棘 kik　　　　　　止息在棘樹上。
　　誰從②穆公③　　　　　誰陪葬秦穆公呢？
　　子車奄息④ sik　　　　子車家族的奄息。
　　維此奄息 sik　　　　　這位奄息，
　　百夫之特⑤ tik　　　　百人中的傑出人物。
　　臨其穴⑥ hit　　　　　走進穆公的墓穴，
　　惴惴⑦其慄⑧ lit　　　他心生恐懼而發抖。
　　彼蒼者天 tin　　　　　那青天老爺啊！
　　殲⑨我良人 nin　　　　殲滅我們的善良人士，
　　如可贖兮　　　　　　　如果可以贖身的話，
　　人百其身 sin　　　　　一人值當百人身。

【注】①鳥鳴聲。②陪葬。③秦穆公。④子車是家族，氏。奄息是名。⑤傑
　　　出。⑥墓穴。⑦恐懼。⑧發抖。⑨滅絕。
【章旨】諷刺殉葬殘酷之狀。

二　交交黃鳥　　　　　　　　黃鳥鳴聲交交，
　　止於桑 song　　　　　　　止息在棘樹上。
　　誰從穆公　　　　　　　　誰陪葬秦穆公呢？
　　子車仲行① kuong　　　　　子車家族的仲行。
　　維此仲行 kuong　　　　　　這位仲行，
　　百夫之防② pong　　　　　　百人中的屏障。
　　臨其穴 hit　　　　　　　　走進穆公的墓穴，
　　惴惴其慄 lit　　　　　　　他心生恐懼而發抖。
　　彼蒼者天 tin　　　　　　　那青天老爺啊！
　　殲我良人 nin　　　　　　　殲滅我們的善良人士，
　　如可贖兮　　　　　　　　如果可以贖身的話，
　　人百其身 sin　　　　　　　一人值當百人身。

【注】①子車家族中的仲行。②屏障。
【章旨】重沓首章，字韻略異。

三　交交黃鳥　　　　　　　　黃鳥鳴聲交交，
　　止於楚① so　　　　　　　　止息在楚樹上。
　　誰從穆公　　　　　　　　誰陪葬秦穆公呢？
　　子車鍼虎 ho　　　　　　　子車家族的鍼虎。
　　維此鍼虎 ho　　　　　　　這位鍼虎，
　　百夫之禦② ngo　　　　　　一以當百。
　　臨其穴 hit　　　　　　　　走進穆公的墓穴，
　　惴惴其慄 lit　　　　　　　他心生恐懼而發抖。

彼蒼者天 tin   那青天老爺啊！

殲我良人 nin   殲滅我們的善良人士，

如可贖兮   如果可以贖身的話，

人百其身 sin   一人值當百人身。

【注】①灌木名。②當地，敵。

【章旨】重沓首章，字韻略異。

·〈小雅·黍苗〉(233)

一 芃芃①黍苗 miau   茂盛的黍苗，

 陰雨膏② kau 之   得到陰雨的滋潤。

 悠悠③南行   遙遠的南方之行，

 召伯④勞⑤ lau 之   榮受召穆公虎的慰勞。

【注】①草木茂盛貌。②滋潤。③此指路遙。④召穆公，姓姬名虎，爲萬、
  宣、幽三朝大臣，大有功於周室。⑤慰勞。

【章旨】召穆公虎爲部下送行。

二 我任①我輦②   我挑擔、我拉車，

 我車③我牛④ ngi   我駕車、我牽車，

 我行⑤旣集⑥   我南行的任務均已完成了，

 蓋⑦云歸哉 tsi   何時是歸期呢？

【注】①肩負。②拉車。③駕車。④牽車。⑤南行。⑥完成。⑦蓋、盍、何
  古今字，此意何時也。

【章旨】南行的任務在艱難中達成，歸期何茫茫。

三 我徒① to 我御② ngo 我徒步、我駕車，

 我師③我旅④ lo   我率領部隊，

我行既集	我南行的任務均已完成了，
蓋云歸處⑤ tso	何時可以返鄉休息呢？

【注】①徒步。②駕車。③五旅爲師，此作動詞。④五百人爲旅，此作動詞。⑤居息。

【章旨】南行軍事任務已達成，歸心似箭。

四　蕭蕭①謝②功　　　　　可敬的謝邑功業，
　　召伯營 ueng 之　　　召穆公虎所營建的。
　　烈烈③征師④　　　　威武神勇的出征部隊，
　　召伯成⑤ teng 之　　召穆公虎所訓練完成的。

【注】①可敬貌。②地名，召伯封地。③威武神勇貌。④出征部隊。⑤完成。

【章旨】謝地的營建、鋼鐵部隊的組成，全是召伯之功。

五　原①隰②既平③ peng　　高聳和低濕地已經整治妥當，
　　泉流既清④ tseng　　　泉水和河流已經疏濬好了。
　　召伯有成 teng　　　　召穆公虎功業有成，
　　王心則寧 neng　　　　天子的心情於是安寧了。

【注】①高平之地。②低濕之地。③整治。④疏濬。

【章旨】召伯整治土地與河水有功，天子得以心安。

・〈小雅・無羊〉(196)

一　誰謂爾無羊　　　　　誰說你不蓄羊？
　　三百維群 kuen　　　卻有三百頭的羊群。
　　誰謂爾無牛　　　　　誰說你不蓄牛？
　　九十其犉① tuen　　　卻有九十頭七尺高的黑脣黃牛。

爾羊來思	你的羊群歸來時，
其角濈濈②tsip	牠們的角聚集在一起。
爾牛來思	你的牛群歸來時，
其耳濕濕③sip	牠們的耳朵搖擺扇動著。

【注】①七尺高的黑脣黃牛。②聚集貌。③搖擺扇動貌。

【章旨】初爲大夫，家中蓄養龐大的牛羊群。（按：〈大學篇〉云：「畜牛羊
　　　　不察於雞豚。」注：「初爲大夫。」）

二　或降①kim 于阿②ka　　　有的（牛羊）停在高處，

或飲 kim 于池 ta	有的飲於池畔，
或寢 tsim 或訛ㄜˊ③ua	有的睡覺，有的動著。
爾牧來思	你來放牧時，
何④簑何笠	披簑衣、戴笠帽，
或負其餱⑤hu	有挑擔著乾糧。
三十維物	三十種不同顏色的牛隻，
爾牲則具 ku	你祭祀用的犧牲都備全了。

【注】①到。②高處。③動。④何、荷古今字。⑤乾糧。

【章旨】放牧鮮活的景象耀然，牛隻的品類高達三十種之多，能充分提供各種
　　　　祭祀之需。

三　爾牧來思　　　　　　　你放牧歸來時，

以①薪②以蒸③ting	帶回粗細不等的柴米，
以雌以雄 king	獵獲有雌有雄。
爾羊來思	你的羊群歸來時，
矜矜④兢兢⑤king	狀似矜持又小心，
不騫⑥不崩⑦ping	沒有減損和死亡，
麾⑧之以肱⑨king	振臂一揮，

畢來旣升⑩ sing　　　　　全數歸來又盡數入牢。

【注】①取。②粗柴。③細柴。④矜特貌。⑤戒懼。⑥減損。⑦死亡。⑧指
　　揮。⑨手臂。⑩入牢。

【章旨】讚美牧羊高手。

四　牧人乃夢　　　　　牧人作夢：

衆①維魚 ngo 矣　　　　有蝗蟲、魚類、

旐ᵍ②維旟③ uo 矣　　　有龜蛇旗、鷹集旗。

大人④占之⑤　　　　　太上官占夢：

衆維魚 ngo 矣　　　　蝗蟲、魚類，

實維豐年 min　　　　實是代表豐年；

旐維旟 uo 矣　　　　有龜蛇旗、鷹集旗，

室家溱溱⑥ tsin　　　象徵家族將人丁旺盛。

【注】①衆、蟓、蚣古今字，蝗蟲。②周九旗之一，上畫有龜蛇。③周九旗
　　之一，上畫有鷹隼。④太卜官。⑤占夢。⑥衆多。

【章旨】吉夢天成，民豐國旺。

十、征　戰

·〈豳風·破斧〉(157)

一　既破我斧　　　　　　　　我的戰斧已破損了，
　　又缺我斨ㄑ①tsiong　　　我的方柄斧頭有缺口了。
　　周公東征　　　　　　　　周公東征，
　　四國是皇②huong　　　　各國終得一統。
　　哀我人斯③　　　　　　　哀憐我們這些遠征軍，
　　亦孔之將④tsiong　　　　也是天大的美事。

【注】①方柄斧。②匡、一統。③語助詞。④美。
【章旨】東征凱旋。

二　既破我斧　　　　　　　　我的戰斧已破損了，
　　又缺我錡ㄑ①ka　　　　　我的鑿子有缺口了。
　　周公東征　　　　　　　　周公東征，
　　四國是吪ㄜ②hau　　　　各國終得感化。
　　哀我人斯　　　　　　　　哀憐我們這些遠征軍，
　　亦孔之嘉ka　　　　　　　也是非常可嘉許的。

【注】①鑿子。②同訛，感化。
【章旨】重沓首章，字韻有異。

三　既破我斧　　　　　　　　我的戰斧已破損了，
　　又缺我銶ㄑ①kiou　　　　我的鑿柄有缺口了。
　　周公東征　　　　　　　　周公東征，

四國是遒^② iou　　　　各國終得收歛。

哀我人斯　　　　　　哀憐我們這些遠征軍，

亦孔之休 kiou　　　　也是該好好的休息了。

【注】①鑿柄，一曰銶、鍬古今字。②斂、迫。

【章旨】重沓首章，字韻有異。

·〈小雅·出車〉(168)

一　我出我車 ko　　　　　我駛出兵車，

于彼牧^① mi 矣　　　　往那郊外放牧之地，

自天子所 so　　　　　　打自天子的處所，

謂^②我來 li 矣　　　　命令我趕來，

召彼僕夫^③ po　　　　召命他的駕駛，

謂之載 tsi 矣　　　　　命他載我。

王是多難　　　　　　國事多災多難，

維其棘^④ ki 矣　　　　是很棘手的。

【注】①《爾維·釋地》：「邑外謂之郊，郊外謂之牧。」此泛指城外放牧
　　之地。②使令。③駕駛。④荊棘，指難於處理。

【章旨】出征之前奏。

二　我出我車　　　　　　我駛出兵車，

于彼郊 kiau 矣　　　　往那城外郊野，

設此旐^① mau 矣　　　架設這面繪有龜蛇的旗子，

建彼旄^② tiau 矣　　　豎立那面繪有旄牛尾的旗子，

彼旟^③旐 tiau 斯　　　那面鳥隼旗和龜蛇旗，

胡不旆旆^④ pei　　　　何不隨風飄揚呢？

憂心悄悄^⑤ siau　　　　憂心如焚，

僕夫況瘁^⑥ tsuei　　　　　　駕駛都病倒了。

【注】①繪上龜蛇的旗子。②繪上旄牛尾的旗子。③繪上鳥隼的旗子。④飛
　　　揚貌。⑤憂思貌。⑥況，寒水。《說文》此搭寒苦。瘁，病。

【章旨】出征之盛況與艱苦。

三　王命南仲^①　　　　　　君王命令南仲，
　　往城^②于方^③ pong　　　　在方地築城，
　　出車彭彭^④ pong　　　　兵車出動時彭彭巨響，
　　旂^⑤旐央央^⑥ iong　　　交龍旗和龜蛇旗非常鮮明，
　　天子命我　　　　　　天子命令我，
　　城彼朔方^⑦ pong　　　　到北地築城。
　　赫赫^⑧南仲　　　　　　功名顯赫的南仲，
　　玁狁^⑨于襄^⑩ niong　　匈奴終致被驅除了。

【注】①當時兵帶兵的將領之名，亦是本詩的作者。②築城。③地名。④狀
　　　車聲。⑤交龍旗。⑥鮮明貌。⑦北地。⑧功名彪炳。⑨匈奴古稱。⑩
　　　襄、攘古今字，驅除。

【章旨】將領南仲立下戰功。

四　昔我往矣　　　　　　從前我出征時，
　　黍稷方華^① uo　　　　小米、高粱正開著花，
　　今我來思^②　　　　　如今我歸途時，
　　雨雪載^③塗^④ uo　　　雨雪滿地。
　　王事多難　　　　　　國事多災多難，
　　不遑^⑤啟居^⑥ ko　　　沒有閒暇安居，
　　豈不懷歸　　　　　　哪不想回家呢？
　　畏此簡書^⑦ to　　　　可怕的是這張徵召令啊！

【注】①華、花古今字，此當動詞，開花。②助詞。③在。④塗、途古今

字。⑤不得閒暇。⑥安居。⑦徵召令。

【章旨】王事多難，疲於奔波。

五　喓 iou 喓① iou 草 tsou 蟲 tung　　　鳴聲喓喓的草蟲，

　　趯ᵗ tou 趯② tou 阜 pou 螽ㄓㄨㄥ③ tung　跳來跳去的阜螽。

　　未見君子④　　　　　　　　　　未及謁見國君，

　　憂心忡忡⑤ tung　　　　　　　　憂心如焚；

　　既見君子　　　　　　　　　　謁見過國君，

　　我心則降⑥ kung　　　　　　　我的憂心就放下了。

　　赫赫南仲 tung　　　　　　　　聲名顯赫的南仲，

　　薄⑦伐西戎 nung　　　　　　　受命討伐西方的戎敵。

【注】①蟲鳴聲。②跳躍。③蝗蟲。④國君。⑤憂貌。⑥放下。⑦語助詞。

【章旨】南仲受命，討伐西戎。

六　春日遲遲① tei　　　　　　　　春天的太陽暖融融的，

　　卉木②萋萋③ tsei　　　　　　　百花樹木非常茂盛，

　　倉庚④喈喈⑤ kei　　　　　　　倉庚鳥鳴喈喈，

　　采⑥蘩⑦祁祁⑧ tei　　　　　　採收的蘩草很多，

　　執訊⑨獲醜⑩　　　　　　　　捉住間細和捕獲眾多的敵軍，

　　薄言⑪還⑫歸 tuei　　　　　　終得凱旋榮歸。

　　赫赫南仲　　　　　　　　　　聲名顯赫的南仲，

　　玁狁于夷⑬ tei　　　　　　　　匈奴終於擺平了。

【注】①形容陽光和暖。②百花樹木。③茂盛。④鳥名。⑤鳥鳴聲。⑥采、
　　採古今字。⑦草名。⑧眾多。⑨活口、間細。⑩敵軍，或曰眾多。⑪
　　語助詞。⑫還、旋古通用。⑬平治。

【章旨】征服匈奴後，終得凱旋榮歸。

·〈小雅·六月〉（183）

一　六月棲棲① tsei　　　　　　動蕩不安的六月天，
　　戎車②既飭ㄔˋ③ sik　　　　兵車已備妥，
　　四牡④騤ㄎㄨㄟ騤⑤ kuei　　四匹雄壯的公馬，
　　載是常服⑥ pik　　　　　　車載著軍裝的戰士，
　　玁狁孔熾⑦ tsik　　　　　　匈奴非常猖狂，
　　我是用急 kik　　　　　　　我是焦急的，
　　王于出征　　　　　　　　　天子終於下令出征，
　　以匡⑧王國 ik　　　　　　　以確保王國的統一。

【注】①栖、棲古今字，此言栖栖遑遑，動蕩不安。②兵車。③整頓、備
　　　妥。④公馬。⑤雄壯貌。⑥軍裝。⑦猖狂貌。⑧一統。
【章旨】爲確保王國的主權完整，全力備戰狀態。

二　比①物②四驪③　　　　　　四匹齊力同色的黑色馬，
　　閑④之維則⑤ tsik　　　　　動作嫻熟有章。
　　維此六月　　　　　　　　　在這六月天，
　　既成我服 pik　　　　　　　我們的戎裝已全部備妥，
　　我服既成 tong　　　　　　我們的戎裝已全部備妥，
　　于三十里⑥ li　　　　　　　一日行軍三十里。
　　王于出征 tong　　　　　　天子終於下令出征，
　　以佐天子 tsi　　　　　　　作爲協助天子。

【注】①相等。②《毛傳》：「毛物也。」《周禮·夏官校人·鄭注》：「
　　　毛馬齊其色，物馬齊其力。」③純黑色馬。④閑、嫻古今字，動作熟
　　　練也。⑤章法。⑥《毛傳》：「師日行三十里。」
【章旨】訓練整裝完備，正式出征，可以協助天子。

三　四壯脩廣①　　　　　　　四匹雄馬既脩長又壯碩，

　　其大有顒⃛②naung　　　　馬首大大的。

　　薄伐玁狁　　　　　　　　討伐匈奴，

　　以奏③膚公④kung　　　　以完成偉大的功業，

　　有嚴⑤有翼⑥ik　　　　　軍容威武又整齊，

　　共⑦武⑧之服⑨pik　　　　恭謹執行軍事任務，

　　共武之服 pik　　　　　　恭謹執行軍事任務，

　　以定王國 ik　　　　　　以維護王國的安定。

【注】①脩、修古今字。修指馬的長度與高度，廣指馬的壯碩。②大頭（
　　　《說文》）。③作、成。④偉大功業。⑤威武。⑥整齊。⑦共、恭古
　　　今字。⑧軍事任務。⑨事、用。

【章旨】討伐匈奴成功，國家賴以安定。

四　玁狁匪茹①nok　　　　　玁狁難以捉摸，

　　整②居③焦穫④nuok　　　整軍駐守在焦穫之地，

　　侵鎬⃛及方⑤pong　　　　侵入浩和方二地，

　　至於涇陽⑥iong　　　　　達到涇水的北面。

　　織文鳥章 song　　　　　旗上織有鳥的紋彩，

　　白斾⃛⑦央央⑧iong　　　白色飄帶非常鮮明。

　　元戎⑨十乘　　　　　　　大兵車十輛，

　　以先啓行 kuong　　　　　作為開路先鋒。

【注】①度，揣摩。②整軍。③駐守。④地名。⑤地名。⑥水之北面。⑦白
　　　色的旗游。⑧鮮明貌。⑨大兵車。

【章旨】匈奴已入侵，周方奮勇抵抗。

五　戎車①既安②an　　　　　兵車已經備妥，

　　如輊如軒③kau　　　　　車的前後整齊畫一，

四牡旣佶ㄐㄧˊ④　　　　　　四匹雄馬多麼健壯，

旣佶且閑⑤ kian　　　　　　既健壯又訓練有素。

薄伐玁狁　　　　　　　　　討伐匈奴

至于大原⑥ nguan　　　　　達到大原，

文武吉甫⑦　　　　　　　　文武兼備的尹吉甫。

萬邦爲憲⑧ nian　　　　　　足堪天下諸侯的楷模。

【注】①兵車。②備妥。③車後曰輕，前曰軒。④健壯。⑤嫻熟，言訓練有
　　　素。⑥地名。⑦周宣王時的大臣。⑧楷模。

【章旨】尹吉甫討伐匈奴的勳業彪炳。

六　吉甫燕①喜 hi　　　　　尹吉甫興高采烈舉行慶功宴，

旣多受祉② tsi　　　　　　已經接受許多福賜，

來歸自鎬　　　　　　　　打從鎬地返鄉，

我行③永久 ki　　　　　　我出征的時日很久，

飮御④諸友 i　　　　　　　招待朋友們喝酒，

炰⑤鱉膾⑥鯉 li　　　　　清蒸鱉、細切鯉，

侯⑦誰在矣　　　　　　　在座是誰？

張仲⑧孝友 i　　　　　　　孝友兩兼的張仲。

【注】①燕、宴相通。②福賜。③出征。④用。⑤清蒸。⑥細切肉。⑦語助
　　　詞。⑧人名，受宴貴賓之名。

【章旨】衣錦榮歸，宴食諸友。

〈小雅・采芑〉(184)

一　薄言①采②芑ㄑㄧˇ③ ki　　　　說到採芑菜，

于彼新田④ tin　　　　　在那新墾殖兩年的新田上，

于此菑ㄗ畝⑤ mi　　　　在這新墾殖一年的菑田上。

方叔⑥涖止⑦ tsi 　　　　方叔親臨，

其車三千 tsin 　　　　他擁有三千輛兵車，

師⑧干⑨之試⑩ i 　　　　操練軍隊和兵器，

方叔率止 tsi 　　　　方叔領軍，

乘其四騏⑪ ki 　　　　乘坐在四匹青底黑紋的騏馬車上，

四騏翼翼⑫ ik 　　　　四匹騏馬的陣式威武整齊，

路車⑬有奭⑭ hik 　　　　巨大車是紅色的，

簟⑮茀⑯魚服⑰ pik 　　　　座席、竹簾、魚形箭袋，

鉤⑱膺⑲鞗革⑳ lik 　　　　帶鉤、胸鉤、金飾的轡帶。

【注】①語助詞。②採、采古今字。③野菜名。④新墾二歲田的專名。⑤新墾一歲專名。⑥周宣王之大臣名。⑦語助詞。⑧軍隊。⑨盾，此為兵器之總稱。⑩操練。⑪青底黑紋之馬。⑫陳容威武整齊。⑬大馬車。⑭紅色。⑮座席。⑯竹製車簾。⑰魚形箭袋。⑱帶鉤。鉤、鈎古今字。⑲胸帶。⑳轡帶之首。

【章旨】墾田與備戰皆已完成。

二　薄言采芑 ki 　　　　說到採芑菜，

于彼新田 tin 　　　　在那新墾殖兩年的新田上，

于此中鄉① kiong 　　　　在這鄉土之中。

方叔涖止 tsi 　　　　方叔親臨，

其車三千 tsin 　　　　他擁有三千輛兵車，

旂旐②央央③ iong 　　　　畫有龍紋和龜蛇旗幟非常鮮明，

方叔率止 tsi 　　　　方叔領軍，

約軧④錯衡⑤ kuong 　　　　用皮革包紮的車轂和彩色鮮豔的轂前橫木，

八鸞瑲瑲⑥ tsiong 　　　　八個馬口邊的鈴鐺發出瑲瑲之音，

服其命服⑦ 　　　　穿上天子賞賜的官服，

朱芾斯皇⑨ huong 　　　　紅色蔽膝這麼光亮，

有瑲⑩蔥⑪珩ㄏ⑫ kuong　　翠綠色的玉佩上端之橫玉

【注】①鄉中之倒裝。②旂旗龍紋、旐旗龜蛇。③鮮明貌。④以皮纏車轂。⑤畫文彩的車前橫木。⑥狀玉聲。⑦天子賞賜的官服。⑧蔽膝。⑨鮮明貌，皇、煌古今字。⑩瑲然，綠色貌。⑪蔥，綠色。⑫玉佩上端之橫玉。

【章旨】軍容壯盛。

三　鴥ㄩ①彼飛隼ㄓㄨㄣ②　　那疾飛的鷹隼，
　　其飛戾③天 tsi　　高飛至天，
　　亦集爰④止 tsi　　也聚集棲息。
　　方叔涖止　　方叔親臨，
　　其車三千 tsin　　他擁有三千輛兵車，
　　師干之試 i　　操練軍隊和兵器，
　　方叔率止　　方叔領軍，
　　鉦ㄓㄥ⑤人伐鼓 ko　　擊鉦人敲鼓
　　陳師⑥鞠ㄐㄩ旅⑦ lo　　布陣軍隊後誓師，
　　顯允⑧方叔　　顯赫誠信的方叔，
　　伐鼓⑨ ko 淵淵 in　　敲鼓之聲淵淵，
　　振旅⑩闐ㄊㄧㄢ闐⑪ tin　　整飾軍隊之聲闐闐。

【注】①疾飛貌。②鷹屬之鳥名。③至。④語助詞。⑤樂器名。⑥佈陣軍隊。⑦旅，告，此指誓師。⑧顯赫誠信。⑨狀鼓聲。⑩整飾軍隊。⑪狀軍隊齊步行進聲。

【章旨】方叔誓師出征。

四　蠢①爾蠻荊②　　你們這些蠢蠢欲反的蠻夷楚國，
　　大邦③為讎④ sou　　敢與周大國為仇敵。
　　方叔元老⑤ lou　　方叔是國之大老，
　　克壯其猶⑥ iou　　能有遠大的謀略，

方叔率止	方叔領軍，
執訊⑦獲醜⑧ iou	捕捉到許多間細和俘虜，
戒車⑨嘽嘽⑩	兵車響聲嘽嘽，
嘽嘽焞焞⑪ tuei	嘽嘽焞焞之聲，
如霆⑫如雷 lai	迅如疾雷、聲大如雷，
顯允方叔	顯赫信實的方叔，
征伐玁狁	征戰討伐匈奴之後，
蠻荊來威⑬ uei	現在又來威服楚國南蠻。

【注】①愚行。②南蠻楚國。③指周國。④讎、仇古今字。⑤大老。⑥謀略。⑦間細。⑧敵人。⑨兵車。⑩狀車聲。⑪狀車聲。⑫疾雷。⑬畏服、攝服。

【章旨】方叔北討南征均大告成功。

〈小雅・車攻〉(185)

一	我車既攻① kung	我的兵車已經夠堅固，
	我馬既同② tung	我的駟馬已經整齊畫一，
	四牡龐龐③ lung	四匹雄馬非常強壯，
	駕言④徂東⑤ tung	駕著兵車東征去。

【注】①堅固。②品種相同。③高大強壯。④語助詞。⑤往。
【章旨】戰備完成，意在東征。

二	田①車既好 hou	田獵的馬車已經夠堅固，
	四牡孔阜② pou	四匹雄馬非常高大，
	東有甫草③ tsou	東方有廣闊的草原，
	駕言行狩④ sou	駕車打獵去。

【注】①田、畋古今字，打獵。②非常高大。③廣闊的草原。④打獵之行。
【章旨】行獵之名，實爲東征。

三　之子①于苗② miau　　　　這位君王打獵時，
　　選徒③囂囂④ ngau　　　　挑選隨從之聲極吵雜，
　　建旐⑤設旄⑥ mau　　　　豎立龜蛇旗、架設牛尾旗，
　　搏獸⑦于敖⑧ ngau　　　　在敖地與獸徒手搏戰。

【注】①指周王。②狩獵之通稱。③挑選隨從。④吵雜聲。⑤龜蛇旗。⑥牛
　　尾旗。⑦徒手搏獸。⑧地名。
【章旨】寫狩獵搏獸之情狀。

四　駕彼四牡　　　　　　　駕駛四匹雄馬的車子，
　　四牡奕奕① ok　　　　　四匹雄馬神采飛揚，
　　赤芾②金舃③ sok　　　　紅色護膝和金色鞋子，
　　會④同⑤有繹⑥ tok　　　不定期和定期接見絡繹不絕。

【注】①神采飛揚。②護膝。③鞋子。④不定期之會見。⑤定期之會見。⑥
　　絡繹不絕。
【章旨】衣錦榮歸之狀。

五　決①拾②既佽③ tsei　　已經有象骨弦鈎和護臂皮套袖的輔助，
　　弓失既調　　　　　　　弓箭已經調好，
　　射夫既同④　　　　　　射手都已會合，
　　助我舉柴⑤ tsei　　　　助我舉起柴火。

【注】①鈎弦，以象骨爲之，著於右大拇指。②套袖，著於左臂。③助。④
　　會合。⑤火把。
【章旨】備妥狩獵。

六　四黃①既駕 ka　　　　　四匹黃色帶赤的馬當座車駕，
　　兩驂②不猗③ ka　　　　　兩匹驂馬的步伐不偏不倚，
　　不失④其馳⑤ ta　　　　　快速馳驅而不亂，
　　舍矢⑥如破⑦ pa　　　　　箭無虛發（箭箭破的）。

【注】①黃色雜赤之馬。②四馬拉大馬，兩旁的稱驂。③猗、倚古今字，偏。④不亂。⑤馬快速奔跑。⑥放箭、射箭。舍、捨古今字。⑦破的、深深的正中目標。

【章旨】狩獵的成效極佳。

七　蕭蕭① sou 馬鳴 meng　　馬鳴聲蕭蕭，
　　悠悠② iou 旆㐲③旌④ seng　繫於羽飾旗上的旗游長長的，
　　徒⑤御⑥不驚 keng　　　　走卒和駕駛毫不慌亂，
　　大庖⑦不丕⑧盈 eng　　　偌大的御廚放滿獵物。

【注】①狀馬嘶聲。②修長。③旗游。④羽飾旗。⑤走卒。⑥駕駛。⑦御廚。⑧不、丕古今字，大。

【章旨】狩獵大獲豐收。

八　之子于征 teng　　　　　這位君王出征時，
　　有聞無聲① seng　　　　聽王到行軍的驚亂聲，
　　允②矣君子　　　　　　確實是好君王，
　　展③也大成 teng　　　　真的是大告成功。

【注】①指上章的徒御不驚。②信。③誠。

【章旨】君王御駕親征，大告成功。

〈小雅·漸漸之石〉（238）

一　漸漸①之石　　　　　　峭拔的山石，
　　維其高 kau 矣　　　　　是多麼高聳啊！

山川悠遠　　　　　　　　遙遠的山川，

維其勞 lau 矣　　　　　　（行於其間）是非常勞苦的，

武人②東征　　　　　　　軍人東征，

不③皇④朝⑤tiau 矣　　　　一晨的閒暇都沒有啊！

【注】①嶄嶄，高貌。漸、嶄古今字。②軍人。③沒有閒暇。④皇、遑古今
　　　字，閒暇。⑤清晨。

【章旨】軍人東征，山高路遠，備極艱辛。

二　漸漸之石　　　　　　峭拔的山石，

維其卒①tsuet 矣　　　　是多麼險峻啊！

山川悠遠　　　　　　　遙遠的山川，

曷②其沒③met 矣　　　　何時能走到盡端呢！

武人東征　　　　　　　軍人東征，

不皇出④tsuet 矣　　　　沒有閒暇外出走動啊！

【注】①卒、崒古今字，高。②何時。③盡處。④外出。

【章旨】軍人東征，無暇休閒。

三　有豕白蹢ㄉㄧ①　　　有白蹄豬，

烝②涉波 pa 矣　　　　涉水而過。

月離③于畢④　　　　　月球附麗到畢星座，

俾滂沱⑤ta 矣　　　　導致下大雨。

武人東征　　　　　　軍人東征，

不皇他⑥ta 矣　　　　沒有閒暇顧及別的事情了。

【注】①蹢、蹄古今字。②語助詞。③離、麗古今字，附麗。④星座名。⑤
　　　大雨。⑥他顧。

【章旨】軍人東征，路程艱困，無暇他顧。

十一、刺失政

·〈邶風·式微〉(36)

一　式微 mei 式微 mei　　　　微弱不時顯出，
　　胡不歸 tuei　　　　　　　何不返國呢？
　　微君①之故 ko　　　　　　若不是為君王的緣故，
　　胡爲乎中露② ko　　　　　何以身陷餐風露宿之中。

【注】①指國君。②露中之倒裝。
【章旨】忠臣爲弱君王忍受苦楚。

二　式微 mei 式微 mei　　　　微弱不時顯出，
　　胡不歸 tuei　　　　　　　何不返國呢？
　　微君之躬① kung　　　　　若不是為君王本身，
　　胡爲乎泥中tung　　　　　何以身陷泥淖之中。

【注】①自身、本身。
【章旨】忠臣爲弱君王身陷泥淖之苦。

·〈鄘風·鶉之奔奔〉(49)

一　鶉①之奔奔②　　　　　　鶉鳥是那麼兇猛，
　　鵲③之彊彊④ kiong　　　鵲鳥是那麼吵噪。
　　人之無良 liong　　　　　那人壞透了，
　　我以爲兄 huong　　　　　卻是我的兄長。

【注】①鳥名。②《左傳》、《禮記》、《呂氏春秋》引此詩皆作「賁賁」

，兇猛。③鳥名。④吵噪聲。
【章旨】不齒兄長爲非作歹。

二　鵲之彊彊 kiong　　　鵲鳥是那麼吵噪，
　　鶉之奔奔　　　　　鶉鳥是那麼兇猛。
　　人之無良 liong　　　那人壞透了，
　　我以爲君① kuen　　　卻是我的君王。

【注】①國君。
【章旨】不齒兄長爲一國之君。

‧〈陳風‧墓門〉(141)

一　墓門①有棘　　　　　墓道門前長滿荊棘，
　　斧以斯② sie 之　　　用斧頭砍除掉。
　　夫③也不良　　　　　有一非善類的人物，
　　國人知 tie 之　　　　舉國人都知道。
　　知而不已④ i　　　　知道而不能制止，
　　誰昔⑤然矣 i　　　　從前就是如此啊！

【注】①墓道之門。②砍、劈。③人。④止。⑤昔（《爾雅‧釋言》）。
【章旨】刺君不君。

二　墓門有梅　　　　　　墓道門前有梅樹，
　　有鴞ㄒㄧㄠ萃① tsuei 止　有鴞鳥聚集著。
　　夫也不良　　　　　　有一非善類的人物，
　　歌以訊② tsuei 之　　　用歌唱訊問他，
　　訊予不顧③ ho　　　　他不理睬我的訊問，
　　顛倒④思予 uo　　　　及至國家動盪不安才想到我的諄諄告誡。

【注】①聚集。②訊問告誡。③不顧予訊之倒裝。④國家動蕩不安。
【章旨】刺國君不聽忠告，導致國家動蕩不安。

·〈魏風·汾沮洳〉(108)

一　彼汾①沮洳㴝②no	在那汾水流域的低濕地，
言③采④其莫⑤mo	採收莫菜。
彼其之子	那位小子，
美無度⑥to	但有漂亮的外表，缺乏節度禮儀，
美無度 to	但有漂亮的外表，缺乏節度禮儀，
殊異乎公路⑦ko	與一般掌管國君輅車的官員有
	很大的差別。

【注】①水名。②低顯地。③語助詞。④采、採古今字。⑤菜名。⑥缺乏節
　　度禮儀。⑦掌君王輅車的官員。路、輅古今字。
【章旨】刺在位官員之無行。

二　彼汾一方① pong	在那汾水的一個岸邊，
言采其桑 song	採收桑葉。
彼其之子	那位小子，
美如英② iong	花樣般的美，
美如英 iong	花樣般的美，
殊異乎公行③ kuong	與一般掌管國君公務車的官員有
	很大差別。

【注】①岸邊。②花。③掌君王公務車的官員。
【章旨】刺在位官員虛有其表。

三　彼汾一曲① kuk	在那汾水的一個彎曲處，
言采其藚㵒② tuk	採收藚菜。

彼其之子　　　　　　那位小子，

美如玉 mguk　　　　玉石般的美，

美如玉 mguk　　　　玉石般的美，

殊異乎公族③ tsuk　　與一般掌管國君宗族的官員有很大
　　　　　　　　　　的差別。

【注】①水彎處。②野菜名。③國君宗族。
【章旨】重沓上章，字韻有異。

· 〈秦風 · 權輿〉(135)

一　於① uo 我 nga 乎 ho　　　唉！我啊！

　　夏屋②渠渠③ ko　　　　住在嶄新的大房子，

　　今也每食④無餘⑤ uo　　現在每頓飯都不夠吃，

　　于 uo 嗟 tsa 乎 ho　　　唉！唉！唉！

　　不承⑥權輿⑦ uo　　　　今不如初了。

【注】①歎詞。於、嗚古今字。②豪宅。夏，大。③嶄貌。④指三餐。⑤不
　　　足。⑥續、繼。⑦始（古語）。
【章旨】失寵之歎。

二　於 uo 我 nga 乎 ho　　　唉！我啊！

　　每食四簋⑴ kiou　　　每頓飯都有四簋的食物，

　　今也每食不飽 pou　　現在每頓飯都吃不飽，

　　于 uo 嗟 tsa 呼 ho　　　唉！唉！唉！

　　不承權輿 uo　　　　　今不如初了。

【注】①盛食器名。
【章旨】重沓首章，字韻略異。

· 〈小雅·伐木〉（165）

一　伐木丁丁① teng　　　　　伐木叮叮聲，
　　鳥鳴嚶嚶 eng　　　　　　鳥鳴嚶嚶聲，
　　出自幽谷 kuk　　　　　　從幽暗的山谷飛出，
　　遷于喬木 muk　　　　　　遷居到高大的樹上，
　　嚶其鳴 meng 矣　　　　　嚶嚶的叫，
　　求其友聲 seng　　　　　　是尋求同伴的聲音。
　　相②彼鳥矣　　　　　　　看那隻鳥兒，
　　猶求友聲 seng　　　　　　尚發出尋求同伴的聲音，
　　矧③伊④人矣　　　　　　　何況是人呢！
　　不求友生 seng　　　　　　難道不去尋求助友活下去之方？
　　神之聽 seng 之　　　　　　祈求天神聽著：
　　終和且平 peng　　　　　　終究是和平收場。

【注】①丁、叮古今字。②看。③何況。④語助詞。
【章旨】鳥兒知道尋友，可以人而不如鳥乎？

二　伐木許˪許① ngo　　　　　伐木聲許許，
　　釃ˊ酒②有藇③ uo　　　　　過濾酒非常甜美芳香。
　　既有肥羜④ to　　　　　　肥美的羔羊已備有，
　　以速⑤諸父⑥ po　　　　　用來召請父執輩們，
　　寧適不來　　　　　　　　他們寧可離去不過來，
　　微⑦我弗顧 ho　　　　　　不是我不照顧他們。
　　於ˣ⑧粲⑨洒⑩掃 sou　　　　哦！進餐，灑掃，
　　陳饋⑪八簋⑫ kiou　　　　擺出八個簋的食物，
　　既有肥牡 mou　　　　　　肥美的公牛已備有，
　　以速諸舅⑬ kiou　　　　　用來召請舅舅們，

寧適不來 kiou　　　他們寧可離去不過來，

微我有咎 kiou　　　不是我的過失。

【注】①伐木聲。②過濾酒。③味美。④羔羊。⑤召請。⑥父執輩。⑦非
也。⑧於、嗚古今字，讚美聲。⑨粲、餐古今字。⑩酒、灑古今字。
⑪食物。⑫盛食器。⑬舅舅們。

【章旨】備有豐盛的食物，卻得不到長輩的光臨。

三　伐木于阪^{ㄅㄢ}① pan　　　在山坡上伐木，

釃酒有衍② kan　　　已過濾的酒滿滿的，

籩豆③有踐④ tsian　　盛食器排列整齊的。

兄弟無遠 uan　　　　兄弟莫疏遠，

民之失德　　　　　　百姓已失去德操，

乾餱⑤以愆^{ㄑㄧㄢ}⑥ kan　因為施政錯誤，致使人民以乾糧度日。

有酒湑⑦ so 我　　　　有酒，我來斟滿。

無酒酤⑧ ko 我　　　　無酒，我來買酒，

坎坎⑨鼓 ko 我　　　　坎坎聲，我在擊鼓，

蹲^{ㄘㄨㄣ}蹲⑩舞 mo 我　迴旋又迴旋，我在跳舞，

迨⑪我暇 ko 矣　　　　等到我有閒暇時，

飲此湑 so 矣　　　　　將喝下這滿滿的酒。

【注】①阪、坡古今字。②溢。③籩為裝疏果器、豆為裝肉器。④行列整齊
貌。⑤乾糧。⑥錯誤。⑦滿。⑧買酒。⑨鼓聲。⑩迴旋貌。⑪及。

【章旨】施政有誤，民風日下，慶幸執政者及時改正。

‧〈小雅‧沔水〉（189）

一　沔^{ㄇㄧㄢ}①彼流水 suei　那滿滿的流水，

朝宗于海 mi　　　　　歸向大海。

鴥①②彼飛隼 tuei	那疾飛的隼鳥，
載飛載止 tsi	時而飛起，時而棲息。
嗟我兄弟 tei	我的兄弟們啊！
邦人諸友 i	國人和諸多友人，
莫肯念亂	無人願意為動亂而擔憂，
誰無父母 mi	誰無父母呢？

【注】①水滿貌。②鳥疾飛貌。
【章旨】舉國上下，鮮少關心國家之安危。

二	沔彼流水 suei	那滿滿的流水，
	其流湯湯① iong	流聲湯湯。
	鴥彼飛隼 tuei	那疾飛的隼鳥，
	載飛載揚② iong	時而振飛，時而飄浮。
	念彼不蹟③	想到那些不循正途的人，
	載起載行 kuong	時而站起，時而走動，
	心之憂矣	心是憂戚的，
	不可弭④忘 mong	萬萬不可止息與忘懷。

【注】①流水聲。②飄浮。③迹。不蹟，不循正軌。④止。
【章旨】不法之徒干政，志士憂心如焚。

三	鴥彼飛隼	那疾飛的隼鳥，
	率彼中陵① ling	沿著那座山陵。
	民之訛言②	百姓的謠言，
	寧③莫之懲④ ting	乃無從禁止懲戒，
	我友⑤敬⑥矣	我等志同道合的友人要戒慎啊！
	讒言其興 hing	讒言即將滿天飛。

【注】①陵中之倒裝。②謠言。③乃。④懲戒、查禁。⑤指志同道合的友
　　人。⑥戒慎、小心。
【章旨】謠言可畏，戒慎待之。

·〈小雅·祈父〉(191)

一　祈父①　　　　　　　　祈父官，
　　予　　　　　　　　　　我，
　　王之爪牙② ngo　　　　　君王的勇猛侍衛，
　　胡③轉予于恤④　　　　　何以陷我處於憂患之中，
　　靡所止居 ko　　　　　　沒有休止的居所。

【注】①官名。②勇猛侍衛。③何。④憂。
【章旨】君王的侍衛身陷憂患之中。

二　祈父　　　　　　　　　祈父官，
　　予　　　　　　　　　　我，
　　王之爪士① li　　　　　君王的勇士，
　　胡轉予于恤　　　　　　何以陷我處於憂患之中，
　　靡所底ㄉㄧˇ②止③ tsi　沒有安定的歇身地方。

【注】①勇士。②安定。③歇息。
【章旨】重沓首章，字韻略異。

三　祈父　　　　　　　　　祈父官，
　　亶ㄉㄢˇ①不聰② tsung　誠然不通達人情，
　　胡轉予于恤　　　　　　何以陷我處於憂患之中，
　　有母之尸③饔④ ung　　有誰能為老母陳獻熟食呢？

【注】①誠然。②通達。③祭主，此當動詞，陳獻。④熟食。
【章旨】蒙遭祈父官之害，不能親自侍老母。

·〈小雅·節南山〉(197)

一　節①彼南山　　　　　　　高聳的南山，
　　維石巖巖② kam　　　　　山石陡峭，
　　赫赫師尹③　　　　　　　聲名顯赫的太師尹氏，
　　民具④爾瞻⑤ tam　　　　全民所仰望，
　　憂心如惔ㄊㄢ⑥ tam　　　憂心忡忡，
　　不敢戲談⑦ tam　　　　　不敢戲言，
　　國⑧旣卒⑨斬⑩ tsam　　　國家已經猝然間滅絕，
　　何用不監⑪ kam　　　　　何以不引以為鑑呢？

【注】①高聳貌。②陡峭貌。③師指太師，官名。尹為太師之名。④具、俱
　　　古今字。⑤瞻爾之倒裝，仰慕您。⑥憂也（《說文》）。⑦戲言。⑧
　　　指西周。⑨卒、猝古今字，突然間。⑩滅絕。⑪監、鑑古今字。

【章旨】諷刺師尹治國失職。

二　節彼南山　　　　　　　　高聳的南山，
　　有實①其猗② ka　　　　　長滿茂盛的草木，
　　赫赫師尹　　　　　　　　聲名顯赫的太師尹氏，
　　不平謂何③ ka　　　　　　為何不公？
　　天方薦④瘥ㄘㄨㄛ⑤ tsa　　上天一再的降下災禍，
　　喪亂弘多 ta　　　　　　　喪亡災亂大又多，
　　民言無嘉 ka　　　　　　　百姓的議論沒有好感，
　　憯ㄘㄢ⑥莫懲嗟 tsa　　　沒有比這個更為慘痛的懲罰吧！

【注】①指草木繁茂。②古與阿通，茂盛。③為何。④呈現。⑤病，此指災
　　　難。⑥痛。

【章旨】諷刺師尹治民不公，導致災難不斷。

三　尹氏大師 tuei　　　　　　尹氏太師，
　　維周之氐ㄉ^① tei　　　是周朝的重臣，
　　秉^②國之均^③ sin　　掌管國家大權，
　　四方是維^④ tsuei　　四方諸侯靠他維繫，
　　天子是毗^⑤ pei　　　天子的輔弼，
　　俾^⑥民不迷 mei　　　使百姓不致迷惑，
　　不弔^⑦昊ㄏ天^⑧ tin　老天不幸，
　　不宜空^⑨我師^⑩ tuei　不應架空太師的實權。

【注】①氐、柢古今字，根本。②掌管。③均、鈞古今字，此指大權。④維
　　繫。⑤弼，輔助。⑥使。⑦淑、善、幸。⑧長天、老天。⑨架空。⑩
　　指太師。
【章旨】諷刺國家人民失去中心領導。

四　弗躬弗親 sin　　　　　　不躬親視事，
　　庶民弗信 sin　　　　　　得不到百姓的信任。
　　弗問弗仕^① li　　　不肯請教詢問和實地做事，
　　勿罔^②君子^③ tsi　必毋欺騙國君，
　　式^④夷^⑤式已^⑥ i　要治平政務和制止邪惡，
　　無小人殆^⑦ i　　　勿使小人危害，
　　瑣瑣^⑧姻^⑨亞^⑩　小小的親家和連襟關係，
　　則無膴ㄨ仕^⑪　　不該因而得到高官厚祿。

【注】①做事。②罔、網古今字，欺騙蒙蔽。③指國君。④用、以。⑤平
　　治。⑥制止。⑦危害。⑧小貌。⑨親家。⑩連襟。⑪高官厚祿。
【章旨】諷刺太師亂搞裙帶政治，又不躬親政務。

五　昊天不傭^① ung　　　老天不公平，
　　降此鞠訩^② hung　　降臨這個大災亂；

昊天不惠③ tei	老天不仁，
降此大戾④ lei	降臨這個大壞蛋。
君子如屆⑤ kei	在位者如果盡心盡力為之，
俾民心闋⑥ kuei	使百姓心裡平息，
君子如夷⑦ tei	在位者如果行政公允，
惡怒是違⑧ uei	怨惡懷怒就會遠離。

【注】①均、平。②鞫、窮。訕，凶。③不仁。④戾，曲。⑤極。⑥息。⑦
　　　平。⑧離。

【章旨】在位者如能公允盡力，便可逢凶化吉。

六　不弔昊天	不幸老天，
亂靡有定 teng	紛亂一直沒有平定，
式①月斯②生 seng	每個月都發生，
俾民不寧 neng	致使百姓不得安寧，
憂心如酲ℓ③ teng	憂心如同酒醉似的。
誰秉國成④ teng	誰在掌握國家全權？
不自為政 teng	不肯躬親處理政務，
卒勞⑤百姓 seng	卻讓百姓遭受災難瘁勞。

【注】①用、以。②此。③醉酒。④全。⑤卒、瘁古今字，病。

【章旨】在位者有失職責，導致百姓遭殃。

七　駕彼四牡	駕駛四匹雄馬拉的車子，
四牡項①領 leng	四匹雄馬的脖子極其粗大。
我瞻四方	我瞻望四方，
蹙蹙②靡所騁 peng	國土日漸狹小，無所馳騁。

【注】①大。②縮小貌。

【章旨】國土日漸狹小，有志難伸。

八　方茂爾惡 ok　　　　你正惡貫滿盈，
　　相爾矛 mou 矣　　　專注你的戰矛。
　　旣夷旣懌 tok　　　　多麼稱心滿意，
　　如相醻① sou 矣　　　如相互敬酒把歡。

【注】①互相敬酒。
【章旨】諷師尹乃好戰之徒。

九　昊天不平 peng　　　老天不公平，
　　我王不寧 neng　　　我周天子不得安寧，
　　不懲其①心　　　　　不懲治大師尹氏的居心，
　　覆怨其②正 teng　　　反而埋怨那些正直之士。

【注】①指師尹。②指忠貞之士。
【章旨】小人得志，君子道消。

十　家父①作誦② ung　　　王家的族長創作這篇詩歌，
　　以究③kiou 王訩④ hung　作為追究天子致災之因，
　　式⑤訛⑥爾⑦心　　　　用來感化改變你（師尹）的居心，
　　以畜⑧hou 萬邦 pung　作為安撫全天下。

【注】①王家的族長。②詩歌。③追究。④君王的災禍。⑤用。⑥感化、變
　　　動。⑦指師尹。⑧養，此作安撫解。
【章旨】家父作誦的用意有三（即後三句）。

·〈小雅·正月〉(198)

一　正月①繁霜 song　　正陽之月多霜，
　　我心憂傷 iong　　　我心憂傷。
　　民之訛言②　　　　　人民的謠言，

亦孔之將③ tsiong　　　　　也是很嚴重的，

念我獨兮　　　　　　　我獨自想著，

憂心京京④ kiong　　　　憂心萬分，

哀我小心　　　　　　　可憐我小心翼翼，

癙ㄕㄨ憂⑤以痒ㄧㄤ⑥ iong　憂思成疾了。

【注】①正陽之月，夏曆四月。②謠言。③大。④憂貌。⑤憂思。⑥病。

【章旨】謠言紛紛，孤臣憂瘁。

二　父母生我　　　　　　父母生我，

胡俾我瘉ㄩ① u　　　　何以使我遭受痛苦？

不自我先　　　　　　　不在我生前，

不自我後 hu　　　　　不在我死後。

好 hou 言自口 ku　　　　美言出自悠悠之口，

莠ㄧㄡ②言自口 ku　　　壞話出自悠悠之口，

憂心愈愈③ u　　　　　憂心愈演愈烈，

是以④有侮 mu　　　　　是因受人欺侮。

【注】①病、痛。②惡言。③愈演愈烈。④因。

【章旨】自喻天生苦命。

三　憂心慘ㄘㄢ慘①　　　　憂心忡忡，

念我無祿② luk　　　　我想我沒福氣，

民之無辜③　　　　　　人民是無罪的，

幷④其臣僕⑤ puk　　　併為奴隸僕人，

哀我人斯⑥　　　　　　我們真可憐，

于何從祿 luk　　　　　福氣從何來？

瞻烏爰止　　　　　　　瞻望烏鴉停何處？

于誰之屋 uk　　　　　停在誰的屋頂上？

【注】①憂思貌。②此指福氣。③罪。④幷、併古今字。⑤臣的古意爲奴
　　　隸，僕爲僕人。⑥語助詞。
【章旨】無福消受，殃及百姓。

四　瞻彼中林①　　　　　　瞻望那片樹林之中，
　　侯②薪③侯蒸④ ting　　樹木有大有小，
　　民今方殆⑤　　　　　　人民如今正遭危難，
　　視天夢夢 ming　　　　仰看濛濛的上天，
　　旣克有定⑥　　　　　　旣然能夠下定決心，
　　靡人⑦弗勝 ting　　　無敵不摧的，
　　有皇⑧上帝　　　　　　偉偉上帝，
　　伊⑨誰云憎 sing　　　有誰敢說一個恨字呢？

【注】①林中之倒裝。②語助詞。③大木。④小木。⑤危。⑥下定決心。⑦
　　　此指敵人。⑧偉大。⑨語助詞。
【章旨】下定決心勘亂，必得天助。

五　謂山蓋①卑　　　　　　何以把高山說成低下之地？
　　爲岡爲陵 ling　　　　明明兼有山脊和高地。
　　民之訛言　　　　　　　百姓的謠言，
　　寧莫之懲 ting　　　　乃不受到懲罰。
　　召彼故老　　　　　　　召集那些故舊和老臣，
　　訊之占夢② ming　　　訊問占夢官，
　　具曰予聖③　　　　　　他們都說：「我洞澈通曉。」
　　誰知烏之雌雄 king　　其實有誰能分辨烏鴉的雌雄呢？

【注】①蓋、盍、何相通。②官名。③通。
【章旨】製造謠言的元凶難以捉拿懲治。

六　謂天蓋高　　　　　　何以把天說成那麼高？
　　不敢不局①　　　　　　仍然不敢不彎身前行。
　　謂地蓋厚　　　　　　把大地說成那麼厚，
　　不敢不蹐② tsie　　　仍然不敢不小步慢走。
　　維號③斯言　　　　　　大聲呼喊這些話，
　　有倫有脊④ tsie　　　有道理存在的。
　　哀今之人　　　　　　可憐當今的人，
　　胡為虺蜴⑤ tie　　　何以有毒害之心呢？

【注】①曲身。②小步。③呼號。④道理。⑤毒蛇蜥蜴。
【章旨】生於亂世，必當處處小心。

七　瞻彼阪田①　　　　　　瞻望那片山坡地，
　　有菀②其特③ tik　　　有成長良好的公牛。
　　天之抧④我　　　　　　老天折磨我，
　　如不我克 kik　　　　好像勝不了我，
　　彼求我則⑤　　　　　　他們在我的習慣中吹毛求疵，
　　如不我得 tik　　　　好像找不到我的缺失，
　　執我仇仇⑥　　　　　　視我為仇敵般的捉我，
　　亦不我力⑦ lik　　　也不接受我的苦心經營。

【注】①山坡地。②茂。③公牛。④折磨。⑤習慣。⑥以仇敵視之。⑦我的
　　　用心努力。
【章旨】孤臣無力可回天。

八　心之憂矣　　　　　　內心的憂傷，
　　如或結之　　　　　　有如打結一般。
　　今茲之正①　　　　　　現今從政者，
　　胡然②厲③ lai 矣　　何以如是暴虐？

燎④之方揚　　　　　　野火正旺，

寧⑤或滅 mai 之　　　　仍有滅熄的一天，

赫赫⑥宗周⑦　　　　　　顯盛的西周，

褒姒⑧威⑨ mai 之　　　　被褒姒滅亡了。

【注】①正、政古今字。②何以。③暴虐。④野火。⑤乃、仍。⑥顯盛貌。
　　　⑦西周。⑧幽王后。⑨威、滅古今字。

【章旨】憂心東周將步西周滅亡的後塵。

九　終其永懷　　　　　　始終不斷的思念宗周，

　　又窘①陰雨 uo　　　　又為陰雨所困，

　　其車既載　　　　　　車子已經滿載，

　　乃棄爾②輔③ po　　　於是棄置車兩旁的立板，

　　載輸④爾載　　　　　所載的貨物墜落下來，

　　將⑤伯⑥助予 uo　　　請伯伯們向我伸出援手。

【注】①困、迫。②語助詞。③車廂兩旁的立板。④墜落。⑤請。⑥指長
　　　輩。

【章旨】西周東遷，逃離流落之狀。

十　無棄爾輔　　　　　　不要棄置車廂邊的立板，

　　員①于爾輻② pik　　　貨物將隕落在車輪的輻條上。

　　屢顧爾僕③　　　　　經常照顧你的駕駛，

　　不輸爾載 tsik　　　　不致使你的載貨掉落。

　　終踰絕險　　　　　　終將踰越危險關頭，

　　曾④是不意⑤ ik　　　（你）老是不在意。

【注】①員、損古今字，落。②車輪上的木條。③駕駛。④乃。⑤不在意、
　　　不在乎。

【章旨】諷執政者不能體恤部屬。

十一　魚在于沼① tau　　　　　魚在池塘裡，

　　　亦匪克樂 au　　　　　　也不能快活，

　　　潛雖伏矣②　　　　　　雖然潛伏在池底下，

　　　亦孔之炤③ tau　　　　　也是很明顯的。

　　　憂心慘慘④ sau　　　　　憂心戚戚，

　　　念國之為虐⑤ ngiau　　想到國家正處於暴亂之中。

【注】①池塘。②雖潛伏矣之倒裝。③明。④戚戚。⑤暴亂。

【章旨】苦於虐政方艱。

十二　彼有旨酒　　　　　　　他們有美酒，

　　　又有嘉殽　　　　　　　又有好菜，

　　　洽①比②其鄰 len　　　　與鄰居融洽親近，

　　　昏③姻孔云④ uen　　　　婚姻關聯很密切，

　　　念我獨兮　　　　　　　想到孤單的我，

　　　憂心慇慇⑤ en　　　　　憂心痛切。

【注】①融洽。②親密。③昏、婚古今字。④云、芸古今字，多。⑤痛切。

【章旨】自窮沒有裙帶關係，備感痛心。

十三　佌佌①彼有屋 uk　　　　那些人擁有華麗的美宅，

　　　蔌蔌②方③有穀④ kuk　　並車而行聲蔌蔌。

　　　民今之無祿⑤ luk　　　　百姓現無福祿，

　　　天夭⑥是椓⑦ tuk　　　　年輕人受到殘害。

　　　哿⑧矣富人　　　　　　　享樂的有錢人，

　　　哀此惸⑨獨 tuk　　　　　可憐這些孤獨無依者。

【注】①華麗貌。②狀車疾行聲。③並。④轂、車軸木。⑤福祿。⑥此指年輕人。⑦害。⑧樂。⑨孤獨，通煢。

【章旨】呼籲富人濟貧。

‧〈小雅‧十月之交〉(199)

一　十月之交　　　　　　　十月之際，
　　朔日①辛卯 mou　　　　初一辛卯時分，
　　日有食②之　　　　　　日蝕發生了，
　　亦孔之醜③iou　　　　　也算是很大的惡耗。
　　彼月而微④mei　　　　　那月光是幽微的，
　　此日而微 mei　　　　　這陽光是幽微的。
　　今此下民　　　　　　　現在這些賤民，
　　亦孔之哀 ei　　　　　　也算是非常悲哀的。

【注】①初一。日或作月。②食、蝕古今字。③凶兆。④幽微。
【章旨】日蝕之兆可畏。

二　日月告凶①　　　　　　日月顯示凶兆，
　　不用②其行③kuong　　　不循正軌運行。
　　四國④無政⑤　　　　　四方諸侯均無善政，
　　不用其良 liong　　　　不聽從採納賢良之士的政見。
　　彼月而食　　　　　　　月蝕的發生，
　　則維其常⑥song　　　　則是常態，
　　此日而食　　　　　　　日蝕的發生，
　　于何不臧⑦tsiong　　　是何等的不吉祥！

【注】①顯示凶兆。②由、循。③指星球的運行軌道。④各地諸侯。⑤無善
　　政。⑥常態。⑦不吉祥。
【章旨】日蝕出現，乃知缺乏善政。

三 爗ᵞ爗①震②電 sin 　　閃閃的雷電，
　　不寧不令③ lin 　　　不安寧、不吉利，
　　百川沸騰 ting 　　　所有的河川都波濤洶湧，
　　山冢④崒⑤崩 ping 　　山頂突然崩頹，
　　高岸爲谷 　　　　　高岸陷爲深谷，
　　深谷爲陵 ling 　　　深谷凸爲山陵。
　　哀今之人 　　　　　哀憐當今的人，
　　胡憯ᵗᵃⁿ⑥莫懲 ting 　　何以痛苦而不懲治在位者呢？

【注】①電光閃閃。②雷。③不吉利。④山頂。⑤卒、猝，突然。⑥痛。
【章旨】風雲變色，大地銜悲，百姓受痛，即將造反。

四 皇父①卿士② li 　　　皇父官拜卿士，
　　番③維司徒④ to 　　　番氏是司徒官，
　　家伯⑤維宰⑥ tsi 　　家伯是冢宰官，
　　仲允⑦膳夫⑧ po 　　　仲允是主廚官，
　　棸ᵗˢᵉᵘ子⑨內史⑩ li 　　棸子是內史官，
　　蹶ᵏᵘᵉⁱ⑪維趣馬⑫ mo 　　蹶氏是走馬官，
　　楀ᵘ⑬維師氏⑭ ti 　　　楀氏是師氏官，
　　豔妻⑮煽方處⑯ tso 　　豔妻褒姒在王所正力圖挑撥離間。

【注】①③⑤⑦⑨⑪⑬等皆是幽王時人。②④⑥⑧⑩⑫⑭等皆是周時官名。
　　　⑮指褒姒。⑯居於王所。
【章旨】褒姒在幽王前挑撥離間。

五 抑①此皇父 　　　　　這位皇父，
　　豈曰②不時③ ti 　　　豈可不配合農時，
　　胡爲④我作⑤ 　　　　何以令我服勞役，

不即我謀⑥ mi　　　　　　不與我商量，
徹⑦我牆屋　　　　　　　拆除我的牆壁和房子，
田卒⑧汙⑨萊⑩ li　　　　農田終致成為長滿雜草的沼澤地。
曰予不戕⑪　　　　　　　還說：「我不傷害你，
禮⑫則然矣 i　　　　　　法律使然。」

【注】①語助詞。②語助詞。③不合農時。④何以。⑤服役。⑥商量。⑦同
　　　撤。⑧盡。⑨沼澤地。⑩雜草。⑪傷害。⑫法律、禮制。

【章旨】皇父使民不配合農時，終致田地荒蕪。

六　皇父孔聖　　　　　　皇父非常英明，
　　作都①于向② song　　　在向地建都，
　　擇三有事③　　　　　　挑選三司之官，
　　亶ㄉㄢ④侯⑤多藏ㄗ尢⑥ tsiong　誠然大多很有才能，
　　不憖ㄋ⑦遺一老　　　　大老一個都不肯留住，
　　俾守我王 huong　　　　好讓他守護君王，
　　擇有車馬　　　　　　　挑選擁有車馬的人，
　　以居徂⑧向 song　　　　以備前往向地定居。

【注】①建都。②地名。③有司，官名。④誠。⑤語助詞。⑥良、善。
　　　⑦肯、願。⑧往。

【章旨】皇父偏私而忘公。

七　黽勉①從事②　　　　　努力做事，
　　不敢告③勞 lau　　　　不敢訴苦。
　　無罪無辜　　　　　　　沒有犯法與過錯，
　　讒口④囂ㄠ囂⑤ ngau　　壞話從四面八方紛至，
　　下民之孽⑥　　　　　　百姓的罪過，
　　匪降自天 tin　　　　　不是從天降下，

噂⑦沓⑧背憎 在一起時和好，背地卻相憎，

職競⑨由人 nin 全是出於人的爭先恐後之所致。

【注】①敏勉、努力。②做事。③訴說。④說壞話。⑤壞話滿天飛。⑥罪狀。⑦聚。⑧合。⑨爭先恐後。

【章旨】努力做事，反而遭殃。

八　悠悠我里① li 我的病情拖得久遠，

亦孔之痗②mi 也算是大病。

四方有羨③ 四面八方的人欣喜了，

我獨居憂 iou 我獨自處於憂之中。

民莫不逸④ 百姓都已安逸，

我獨不敢休 kiou 我獨自不敢安息。

天命不徹⑤ tit 上天賦予的使命不可廢除，

我不敢傚 it 我不敢仿效那些欣喜安逸的人，

我友自逸 it 我的友人都已自安了。

【注】①里、痙古今字，病。②病。③欣喜。④安。⑤徹、撤古通用，廢除。

【章旨】眾人皆安，我獨憂。

· 〈小雅·雨無正〉(200)

一　浩浩①昊天② tin 廣闊的皇天，

不駿③其德 tik 施德不善，

降喪饑饉④ kin 降下喪亂糧荒，

斬伐⑤四國⑥ ik 傷害到各地的諸侯國，

旻天⑦疾威⑧ uei 皇天發威施暴，

弗慮弗圖 to 不經過思慮與磋商，

舍⑨彼有罪 tsei　　　　　　放掉那些有罪的人，

既伏⑩其辜 ko　　　　　　　已經隱惹他們的過失，

若此無罪 tsei　　　　　　　像這些無罪的人，

淪胥⑪以鋪⑫ po　　　　　　相繼陷入於痛苦之中。

【注】①廣大貌。②皇天。③駿、俊古今字，美、善。④糧荒。⑤傷害。⑥
　　　四方諸侯國。⑦意同昊天。⑧指暴虐。⑨舍、捨古今字。⑩隱惹。⑪
　　　相互淪陷。⑫痛苦。

【章旨】天子降災於諸侯與百姓。

二　周宗①既滅　　　　　　　鎬京（周王京城）已經毀滅了，

靡②所止戾③ lei　　　　　　無所措手足了，

正④大夫離居　　　　　　　大夫長遷離居所了，

莫知我勩┐⑤ ngei　　　　　不知我的勞苦。

三事⑥大夫　　　　　　　　三司的大夫們，

莫肯夙夜⑦ ok　　　　　　　早晚都不勤勞國事；

邦君⑧諸侯　　　　　　　　天子諸侯們，

莫肯朝夕⑨ tok　　　　　　　一天到晚都不戮力國事。

庶⑩曰⑪式⑫臧⑬　　　　　　希望他們有所改善，

覆⑭出為惡 ok　　　　　　　反而出來幹壞事。

【注】①亦作宗周，周之京畿（鎬京）。②無、沒。③到。④長、首。⑤
　　　勞苦。⑥三司（司徒、司空、司馬）。⑦指日夜辛勞。⑧指天子。⑨
　　　意同夙夜。⑩希望。⑪語助詞。⑫語助詞。⑬改善。⑭反。

【章旨】西周被滅，君臣交相墮，忠臣無力可回天。

三　如何昊天 tin　　　　　　怎麼辦？老天。

辟言①不信 sin　　　　　　　君王的話不被信任，

如彼行邁②　　　　　　　　就像行遠路，

則靡所臻③ tsin　　　不知目的地在哪？

凡百君子④　　　　所有在位官員，

各敬⑤爾身 sin　　　你們自身各得敬業，

胡不相畏⑥　　　　何不互相敬畏呢？

不畏于天 tin　　　連老天都不敬畏啊！

【注】①君言。②走遠路。③目的地。④所有在位官員。⑤敬業。⑥敬畏。

【章旨】諷刺在位官員無天無君。

四　戎①成不退 tuei　　　犬戎的目的已達(殺幽王)，卻不退兵，

饑成不遂② tuei　　　饑荒已形成，造成不安，

曾③我摯御④　　　　連我這個貼身侍臣，

憯憯⑤日瘁 tsuei　　　憂心導致日漸生病。

凡百君子　　　　　所有在位官員，

莫肯用訊⑥ tsuei　　都不肯移尊訊問，

聽言⑦則答　　　　中聽的話就有回應，

譖言則退 tuei　　　認為是詆毀的話就斥退。

【注】①犬戎。②安。③乃。④摯、褻古今字。摯御，褻臣、貼身近侍之臣。⑤憂貌。⑥問。⑦順耳之言。

【章旨】諷刺百官於兵荒民飢時，仍然離心離德。

五　哀哉不能言　　　悲哀啊！不可說，

匪舌是出① tsuet　　不是舌頭笨拙，

維躬是瘁② tsuet　　而是說話者的本身遭殃。

哿⁓③矣能言　　　能言善道者可樂了，

巧言如流 liou　　　如流水般的花言巧語，

俾躬處休④ kiou　　有助於他本身得到好處。

【注】①出、拙古今字。②遭殃、傷害。③可、樂。④美好、益處。
【章旨】慎言者遭殃，巧言者得利。

六　維曰于仕①li　　　　　說到當官，
　　孔棘②且殆i　　　　　非常棘手又危險。
　　云不可使li　　　　　若不聽使喚，
　　得罪于天子tsi　　　　得罪于天子，
　　亦云可使li　　　　　若聽使喚，
　　怨及朋友i　　　　　受到朋友的埋怨。

【注】①當官。②棘手。
【章旨】當官或不當官皆進退兩難。

七　謂①爾遷于王都②to　　話說您遷居到京城，
　　曰余未有室家③ko　　說：「我還沒有居家。」
　　鼠④思泣血⑤it　　　　憂傷而淚盡出血，
　　無言不疾⑥tsit　　　　說話無不被厭惡，
　　昔爾出居⑦　　　　　從前您離家居外時，
　　誰從作爾室tsit　　　誰跟隨您？又為您造房舍呢？

【注】①話說。②京城。③住家。④鼠、癙古今字，憂。⑤淚盡血出。⑥厭
　　惡，疾、嫉古今字。⑦離家居外。
【章旨】哀隨侍效忠主人而見嫉。

・〈小雅・小旻〉(201)

一　旻ᵇ天①疾②威　　　　昊天具有強烈的威力，
　　敷③于下土④to　　　影響整個大地。
　　謀猶⑤回遹ᵇ⑥　　　偏邪不正的謀略，
　　何日斯沮ᵇ⑦tso　　何時才能停止？

謀臧⑧不從 tsung　　　好的謀略不被採納，
不臧覆⑨用 ung　　　反而採行不好的。
我視謀猶　　　　　　我檢視謀略，
亦孔之邛ㄑㄩㄥˊ⑩ kung　　弊端可大了。

【注】①昊天。②烈。③影響。④大地。⑤謀略。⑥邪惡。⑦止。⑧善。⑨反而。⑩弊端。

【章旨】諷刺政策的弊端嚴重。

二　潝ㄒㄧˋ潝①訿ㄗˇ訿② tsei　　時而和好，時而相訿，
　　亦孔之哀 ei　　　　　也是夠悲哀的。
　　謀之其臧　　　　　　好謀略，
　　則具是違 uei　　　　大家就背離；
　　謀之不臧　　　　　　不好的謀略，
　　則具是依 ei　　　　大家就依從。
　　我視謀猶　　　　　　我檢視謀略，
　　伊③于胡底ㄓˇ④ tei　　到底在搞什麼玩意嘛？

【注】①相和。②互訿。③是。④至。

【章旨】諷刺小人顛倒是非，行事無準則。

三　我龜①既厭②　　　　　我卜龜的次數已太多，
　　不我告猶③ iou　　　不告訴我該當何謀了，
　　謀夫孔多　　　　　　謀夫多多，
　　是用不集④ tsiou　　以致意見沒有交集。
　　發言盈庭⑤　　　　　發言充斥於庭，
　　誰敢執其咎⑥ kiou　　誰敢捉住對方的缺失呢？
　　如匪⑦行邁謀　　　　如同問謀於行路人，
　　是用不得于道 sou　　以致找不到正路。

【注】①動詞用，卜龜。②太多。③「不告我猶」之倒裝。④交集。⑤廷、
　　　庭古通用。⑥缺失。⑦彼。
【章旨】叫天天不靈，求人人無方，無所適從。

四　哀哉為猶　　　　　　　設計謀略真可悲啊！
　　匪先民①是程② teng　　不以古人為法則，
　　匪大猶是經③ keng　　不以大謀略為經緯。
　　維邇言④是聽 seng　　聽從膚淺之言，
　　維邇言是爭 tseng　　爭辯膚淺之言。
　　如彼築室于道謀⑤　　就像某人蓋房子而商量於路人，
　　是用不潰⑥于成 teng　因此蓋不成房子。

【注】①古人。②法。③經緯、架構。④膚淺之言。⑤諮商於路人。⑥遂。
【章旨】治國者乏經國之宏謀。

五　國雖靡止① tsi　　　　國家雖然不安，
　　或聖②或否 pi　　　　通達與不通達之人皆有，
　　民雖靡膴ˇ③ mi　　　民眾雖然不多，
　　或哲④或謀 mi　　　　明智與善謀之人皆有，
　　或肅或艾⑤ ngai　　　嚴謹者與善於治理者皆有，
　　如彼泉流⑥　　　　　如像那泉水之豐沛，
　　無淪胥⑦以敗 pai　　切莫相率敗亡。

【注】①定、安。②通達。③眾多。④明智。⑤治理，通人。⑥喻豐沛。⑦
　　　相率、輪替。
【章旨】言人才濟濟，可以多難興邦。

六　不敢暴虎①　　　　　不敢與虎搏鬥，
　　不敢馮河② ka　　　　不敢靠近黃河，

人知其一　　　　　　　　人們只知其中一個理由，
莫知其他 ta　　　　　　　不知還有其他原因。
戰戰兢兢③ king　　　　　要小心謹慎，
如臨深淵　　　　　　　　好像瀕臨深潭似的，
如履④薄冰 ping　　　　　好像踩在薄冰上似的。

【注】①與虎搏鬥。②瀕臨黃河。馮、憑古今字，靠近。③小心謹慎。④踩
　　上。

【章旨】治國不能衝動耍狠，小心謹慎為要。

·〈小雅·小弁〉(203)

一　弁ㄆㄢˊ①彼鸒ㄩˋ②斯③ sie　　那雙翼拍飛作響的鸒鳥，
　　歸飛提ㄊˊ提④ tie　　　群飛歸巢。
　　民莫不穀⑤　　　　　　人們都是好好的，
　　我獨于罹⑥ la　　　　　我獨自遭殃。
　　何辜⑦于天　　　　　　何處得罪於老天呢？
　　我罪伊何 ka　　　　　我的罪過是啥？
　　心之憂矣　　　　　　　內心之憂愁，
　　云如之何 ka　　　　　該如何是好呢？

【注】①鳥飛振翅聲。②鳥名。③語助詞。④群飛貌。⑤善。⑥遭殃。⑦得
　　罪。

【章旨】眾人皆樂，我獨悲，束手無策。

二　踧ㄉˊ sou 踧①周② tsou 道 sou　　平坦的大道，
　　鞫ㄐㄩˊ③ kou 為茂 mou 草 tsou　　長滿茂盛的草，
　　我心憂傷　　　　　　　我心憂傷，
　　惄ㄋ一ˋ④焉如擣⑤ sou　　　餓得腹痛如絞，

假寐永歎	裝睡長歎，
維憂用⑥老 lou	憂傷以致衰老，
心之憂矣	心是憂傷的，
疢⑦如疾首 sou	發燒似乎頭痛了。

【注】①平坦。②大、寬廣。③或作鞠、盈。④飢意。⑤心腹病。⑥以。⑦發燒。

【章旨】飢病交加，加速衰老，終夜不眠。

三	維桑與梓①tsi	對待桑與梓，
	必恭敬止 tsi	必恭必敬。
	靡瞻匪父	眼瞻盡是父親的身影，
	靡依匪母 mi	依戀全在母親的懷裡，
	不屬②于毛	皮毛不再相連屬，
	不罹③于裏 li	裏外不再相附麗。
	天之生我	上天生下我，
	我辰④安在 tsi	我的時運在何處？

【注】①《五代史》王建立曰：「桑以養生，梓以送死，此桑梓必恭之義也。」②連屬。③附麗。④時運。

【章旨】歎時運不濟，父母已經雙亡，不禁哀思。

四	菀①彼柳斯	那茂密的柳樹，
	鳴蜩②嘒嘒③suei	蟬叫嘒嘒。
	有漼④者淵	潭水很深的樣子，
	萑葦⑤淠淠⑥pei	蘆葦鬱鬱蒼蒼。
	譬彼舟流	譬若那順水舟，
	不知所屆⑦kei	不知將飄至何處？
	心之憂矣	內心之憂愁，

不遑⑧假寐 mei　　　　　連裝睡的時間都沒有。

【注】①茂盛貌。②蟬。③狀蟬鳴聲。④深貌。⑤蘆葦。⑥鬱鬱蒼蒼。⑦
　　至。⑧沒有閒暇。

【章旨】歎命運飄泊，無安息之處。

五　鹿斯①之奔　　　　　鹿在奔跑時，
　　維足伎⸢伎② kie　　　腳疾速奔騰。
　　雉之朝雊③　　　　雉雞在清晨鳴叫，
　　尚求其雌 tsie　　　期盼尋求母雉。
　　譬彼壞木　　　　譬若那不好的樹木，
　　疾用④無枝 kie　　生病以致沒有枝條。
　　心之憂矣　　　　內心之憂愁，
　　寧⑤莫之知 tie　　難道無人知曉。

【注】①語助詞。②速跑。③雉叫聲。④以。⑤乃。
【章旨】陷入孤獨，無人知。

六　相①彼投②兔　　　　看那投網的兔子，
　　尚或先③ sen 之　　期盼有人早些釋放牠。
　　行④有死人　　　　道上有行屍，
　　尚或墐⑤ ken 之　　期盼有人掩埋他。
　　君子⑥秉心⑦　　　君王的居心，
　　維其忍⑧ nen 之　　是殘忍的。
　　心之憂矣　　　　內心憂愁，
　　涕既隕⑨ uen 之　　眼淚早已隕落了。

【注】①視。②投網。③早些。④道路。⑤埋。⑥在位者。⑦居心。⑧殘
　　忍。⑨落。
【章旨】諷統治者殘酷，忠臣憂心落淚。

七　君子信讒　　　　　　君主相信讒言，
　　如或醻_{彳又}① sou 之　　就像有人敬酒必回敬。
　　君子不惠②　　　　　君王不仁愛，
　　不舒③究 kiou 之　　　不放慢考究事情的原委。
　　伐木掎_{ㄐㄩ}④ ka 矣　伐木得牽引拉倒，
　　析薪扡_{ㄔㄜ}⑤ ta 矣　砍柴得順木理劈下。
　　舍⑥彼有罪 ta　　　　放任那有罪的人，
　　予之佗⑦ ta 矣　　　卻由我來承當。

【注】①醻、酬古今字，敬酒。②仁愛。③緩慢。④牽引。⑤順木理劈柴。
　　⑥舍、捨古字。⑦承當。

【章旨】諷國君不明究理，誤信讒言，冤枉忠臣。

八　莫高匪①山 san　　　沒有高過那座山，
　　莫浚②匪泉 tsuan　　沒有深過那股泉。
　　君子無易由言③ ngian　君子不可輕易出言。
　　耳屬④于垣⑤ uan　　隔壁有耳。
　　無逝⑥ tsai 我梁⑦　不要移開我的捕魚石障，
　　無發⑧我笱⑨ ku　　不要舉起我的捕魚竹器，
　　我躬⑩不閱⑪ tuai　我本身不得歡心，
　　遑⑫恤⑬我後⑭ hu　那有閒空去顧及我的子孫呢？

【注】①彼、那。②深。③出言。④聯、附。⑤牆。⑥去。⑦捕魚石障。
　　⑧舉起。⑨笱，捕魚竹器。⑩本身。⑪通悅，⑫閒暇。⑬體恤。⑭
　　子孫。

【章旨】自己是泥菩薩過江，顧不到子孫了。

·〈小雅·巧言〉(204)

一　悠悠昊天　　　　　　久遠遼闊的天，

　　曰父母且_① tso　　父母親啊！

　　無罪無辜　　　　　　沒有犯罪著錯，

　　亂如此憮_② mo　　災亂竟這般大。

　　昊天已威 uei　　　　皇天已發威了，

　　予愼無罪 tsei　　　　我謹愼無罪。

　　昊天泰_③憮 mo　　皇天浩浩，

　　予愼無辜 ko　　　　　我謹愼不犯錯。

【注】①曰、且皆語助詞。②大。③或作太，或作大，三者皆通。
【章旨】亂世當危言危行，以免遭無妄之災。

二　亂之初生　　　　　　禍亂初起，

　　僭_①始既涵_② kam　譖言開始已被接受，

　　亂之又生　　　　　　禍亂一再發生，

　　君子_③信讒 tsam　　國君相信讒言了，

　　君子如怒 no　　　　國君如果震怒，

　　亂庶_④遄_⑤沮_⑥ tso　禍亂就有迅速停歇的希望，

　　君子如祉_⑦ tsi　　國君如果福喜依然，

　　亂庶遄已_⑧ i　　　禍亂就有迅速消失的希望。

【注】①通譖。②接受。③國君。④希望。⑤速。⑥漸息。⑦福、喜。⑧
　　　停止、消失。
【章旨】譖言讒言紛擾之際，國君的態度決定國家的安危。

三　君子屢盟_① mong　　國君常簽訂盟約，

　　亂是用長_② tong　　禍亂因而增加。

君子信盜 tou　　　　　國君相信盜賊，
亂是用暴③ pau　　　　禍亂因而更加激烈。
盜言孔甘 kam　　　　　盜賊的話很甜美，
亂是用餤④ tam　　　　禍亂因而更增多。
匪⑤其止⑥共⑦ kung　　他們有足夠的恭敬，
維王之邛⑧ kung　　　是君王的隱憂。

【注】①訂盟約。②增加。③激烈。④進食，此指加多。⑤彼，指盜賊。⑥
　　　足。⑦共、恭古今字。⑧錯失，隱憂。缺失。
【章旨】國君信任小人，國家終於大亂。

四　奕奕①寢廟②　　　　巍巍的陵寢和宗廟，
　　君子③作④ tsok 之　　國君所築建。
　　秩秩⑤大猷⑥　　　　井然有條理的大謀略，
　　聖人⑦莫⑧ mok 之　　通人的計謀，
　　他人有心⑨　　　　　別人有所思，
　　予忖度⑩ tok 之　　　我揣測得到。
　　躍躍⑪毚兔⑫　　　　跳躍的狡兔，
　　遇犬獲 huok 之　　　遇到獵犬就會被捉。

【注】①大貌。②陵寢與宗廟。③國君。④建築。⑤井然有秩。⑥大謀略。
　　　⑦通人、達人。⑧莫、謀古今字。⑨有所思。⑩揣測。⑪善跳。⑫狡
　　　兔。毚、讒古今字。
【章旨】大人明察秋毫。

五　荏染①柔木　　　　　軟軟的柔木，
　　君子樹② su 之　　　國君種的，
　　往來行言③　　　　　流言紛紛，
　　心焉數④ lu 之　　　心中哪能數得清。

蛇蛇⑤碩言⑥	欺人的大話，
出自口 ku 矣	出自口中，
巧言如簧⑦	花言巧語如簧片之鼓動，
顏之厚 hu 矣	臉皮好厚唷！

【注】①柔貌。②種植。③流言。④算。⑤同訑訑，欺言。⑥大話。⑦笙笛
　　　上的簧片，此言鼓動。
【章旨】謠言滿天飛，厚顏無恥。

六	彼何人斯①	那是誰呀？
	居河之麋② mei	住在黃河之濱。
	無拳無勇 ung	拳頭小，勇氣乏，
	職③爲亂階 kei	只配當禍亂的階石。
	旣微且尰ㄓㄨㄥˇ④ tung	已經夠渺小了，且又腳腫病，
	爾勇伊 ei 何 ka	你的勇氣在何處？
	爲猶⑤將多 ta	製造餿點子特別多，
	爾居⑥徒幾 kei 何 ka	你現有的爪牙有多少呢？

【注】①語助詞。②湄、濱。③但、特。④腫，此言腳痛。⑤猷，欺詐。⑥
　　　現今。
【章旨】諷今非昔比。

·〈小雅·巷伯〉(206)

一	萋①sei 兮斐② pei 兮	繁複的文彩，
	成是貝錦③ kim	編成這疋貝圖的錦緞。
	彼譖人者	那位搬弄是非的人，
	亦已大④甚 sim	也算是太過分了。

【注】①茂盛。②文彩。③貝圖錦緞。④大、太古今字。
【章旨】諷刺天花亂墜的讒言，已造成傷害。

二　哆ᵗᵃ① ta ㄒ侈② ta ㄒ　　口張得開開的，
　　成是南箕③ ki　　　　構成南箕星座。
　　彼譖人者　　　　　　那位搬弄是非的人，
　　誰適與謀 mi　　　　有誰去與他共謀呢？

【注】①張開大口。②大心。③星座名。
【章旨】諷刺譖人有同謀的在位者。

三　緝緝①翩ㄆㄢ翩② pin　　附耳輕聲細語，極盡巧言，
　　謀欲譖人 nin　　　　商量要去說別人的壞話。
　　愼爾言也　　　　　　你說話得要謹慎，
　　謂爾不信 sin　　　　他們說你是不可信賴的人。

【注】①《說文》引作咠咠，附言私小語。②當作諞諞，便巧言。
【章旨】讒人搬弄是非之狀，得慎言防備。

四　捷捷①幡ㄈㄢ幡② pan　　言語便給、態度反覆，
　　謀欲譖言 ngian　　　計畫想要進讒言，
　　豈不爾受③　　　　　哪有不接受你的讒言呢？
　　既其女遷④ sian　　　終究還是將你遷貶了。

【注】①便給。②反覆。③受爾之倒裝。④遷女（汝）之倒裝。
【章旨】害人者反遭殃。

五　驕 kian 人好好① hou　　驕縱者得意忘形，
　　勞 lau 人草草② tsou　　憂勞者操心愁苦，
　　蒼天蒼天 tin　　　　老天！老天！

視彼驕 kiau 人 nin　　　看看那驕縱者，
矜此勞 lau 人 nin　　　憐憫這位憂勞者。

【注】①得意忘形。②操心愁苦。
【章旨】驕者與勞者強烈對比，寄望老天有眼。

六　彼譖人者　　　　　那位搬弄是非的人，
　　誰適與謀 mo　　　誰去與他共謀呢？
　　取彼譖人　　　　　捉住那位搬弄是非的人，
　　投畀①豺虎 ho　　　丟給豺虎，
　　豺虎不食 sik　　　豺虎不吃，
　　投畀有北 pik　　　棄置到極寒的北方，
　　有北不受 tsou　　　北方容不了他，
　　投畀有昊② kou　　　丟給上天處理了。

【注】①與。②上天。
【章旨】譖人為天地人所不容。

七　楊園①之道　　　　　通往楊園的道路，
　　猗②于畝丘③ ki　　　靠近畝丘。
　　寺人④孟子⑤ tsi　　　侍御小臣孟子，
　　作為此詩 ti　　　　創作這首詩。
　　凡百君子⑥ tsi　　　全體百官，
　　敬而聽之 ti　　　　敬請聽我道來。

【注】①園名。②猗、倚相通，靠近。③地名。④御侍官名。寺、侍古今
　　字。⑤此詩作者。⑥在位官員。
【章旨】本詩作者道白此詩的宗旨。

・〈小雅・大東〉(209)

一　有饛②①簋②殘③　　　　　簋器上滿滿的盛著熟食，
　　有捄④棘匕⑤pei　　　　　曲而長的棘木勺子。
　　周道如砥⑥ tei　　　　　通往周京的道路平如磨刀石，
　　其直如矢 sei　　　　　　路如同箭般的直，
　　君子所履 lei　　　　　　在位官員所行的專用道，
　　小人所視 tei　　　　　　百姓只有看的份，
　　睠⑦言⑧顧之　　　　　　回頭反顧，
　　潸⑨焉出涕 tei　　　　　潸然淚下。

【注】①盛器滿貌。②盛飯器。③熟食。④曲長貌。⑤勺子。⑥磨刀石。⑦
　　　回顧。⑧語助詞。⑨淚下貌。
【章旨】官員邊哭邊行於官路上。

二　小東大東① tung　　　　　小東與大東之間，
　　杼②柚③其空 kung　　　　織布機梭上的線空空如也。
　　糾糾葛屨　　　　　　　葛草鞋上的交纏圖樣，
　　可以履霜 song　　　　　可以作為踩霜之用。
　　佻佻④公子　　　　　　輕佻的公子哥兒，
　　行彼周行 kuong　　　　走在那通往周京的大道。
　　既往既來 li　　　　　　來來去去，
　　使我心疚⑤ ki　　　　　使我心坎痛苦不堪。

【注】①地名。②織布機上的梭子。③同軸，織布機上的大軸。④輕佻。⑤
　　　心病。
【章旨】東方民不聊生，地方官員極其輕佻。

三　有冽①lai 氿泉② tsuan　　從旁冒出的泉水是冰冷的，
　　無浸穫薪 sin　　　　　　不讓泉水浸濕所穫的柴木。

契契③寤歎 nan   醒來歎聲契契，

哀我憚(ㄉㄢ)④人 nin   可憐我這個憂勞人。

薪是穫薪 sin   所斬穫的這些柴木，

尚可載 tsik 也   尚可載走，

哀我憚人 nin   可憐我這個憂勞人，

亦可息 sik 也   也該可以休息了。

【注】①寒涼貌。②從旁側冒出的泉水。③歎息聲。④憂勞。

【章旨】樵人憂歎不得歇息。

四   東人之子 tsi   東土人士，

職①勞不來(ㄌㄞ)②li   只有辛勞不獲安慰；

西人之子 tsi   西土人士，

粲粲③衣服 pik   穿著鮮麗；

舟④人之子 tsi   周家人士，

熊羆⑤是裘⑥ ki   擁有熊羆的皮大衣；

私人⑦之子 tsi   家臣人士，

百僚⑧是試⑨ ik   佔盡國家百官的職位。

【注】①但。②安慰。③鮮麗。④當作周。⑤大熊。⑥皮大衣。⑦家臣。⑧百官。⑨用。

【章旨】東土人士受到不平等待遇。

五   或以其酒   有人喝酒，

不以其漿 tsiong   不飲漿湯。

鞙(ㄒㄩㄢ)鞙①佩璲②   佩帶美好的璲玉，

不以③其長④ tong   不因他有何長處。

維天有漢⑤   上天有銀河，

監⑥亦有光 kuong   閃閃發光俯照大地。

跂⑦彼織女⑧	企足瞻望那織女星，
終日⑨七襄⑩ niong	一整天打從七個星座中移動。

【注】①玉美貌，或作瑲。②瑞玉。③因、用。④長處。⑤銀河。⑥俯視。
　　⑦企足。⑧星名。⑨整天。⑩《鄭箋》：「襄，駕也。」《朱傳》：
　　「駕謂更其肆也。」座落所在。

【章旨】諷在位者好吃穿，整日尸位素餐，不務正業。

六	雖則七襄 niong	(織女星)雖然一日打從七個星座中移動，
	不成報①章② song	編織不成美麗的布帛。
	睆③彼牽牛④	看那牽牛星，
	不以服⑤箱⑥ song	不能用來駕車。
	東有啓明⑦ mong	東方有啓明星。
	西有長庚⑧ kong	西方有長庚星。
	有捄⑨天畢⑩	網狀的天上畢星，
	載⑪施⑫之行 kuong	星球行列中的一顆星而已！

【注】①報，反覆，謂織布時反覆來往。②文章，此謂美麗的布帛。③視。
　　④星名。⑤駕。⑥車。⑦星名。⑧星名。⑨盛，此指網狀。⑩星名
　　，網狀。⑪語助詞。⑫置。⑬行列。

【章旨】諷在位者徒具虛名，極不務實。

七	維南有箕①	南方有箕星，
	不可以簸②揚 iong	不可用作揚米去糠；
	維北有斗③	北方有南斗星，
	不可以挹④酒漿 tsiong	不能用作挹取酒漿。
	維南有箕	南方有箕星，
	載翕⑤其舌 sai	伸出舌頭來；
	維北有斗	北方有南斗星，

西柄之揭⑥ kai　　　　　　西向高高舉起。

【注】①星名。②揚米去糠的竹器。③南斗星。④酌取。⑤吸引。⑥高舉。
【章旨】諷執政者不切實際，一無用處。

·〈小雅·青蠅〉(225)

一　營營①青蠅　　　　　　青蠅營營作響，
　　止於樊② pan　　　　　　停留在籬笆上。
　　豈ㄎㄞ弟ㄊ③君子④　　　　和樂友愛的國君，
　　無信讒言 ngian　　　　　不要相信讒言。

【注】①狀聲詞。②籬笆。③豈弟、愷悌古今字，和樂友愛。④國君。
【章旨】勸君王如要和樂大愛，勿信讒言。

二　營營青蠅　　　　　　　青蠅營營作響，
　　止於棘① kik　　　　　　停留在荊棘上。
　　讒人罔極② kik　　　　　讒人無所不用其極，
　　交亂③四國④ ik　　　　　攪亂四方各國的友誼關係。

【注】①荊棘。②無所不用其極。③攪亂。④四方諸國。
【章旨】諷讒人亂國。

三　營營青蠅　　　　　　　青蠅營營作響，
　　止於榛① tsin　　　　　　停留在榛樹上，
　　讒人罔極　　　　　　　讒人無所不用其極，
　　構②我二人③ nin　　　　構陷我們君臣兩人。

【注】①樹名。②構陷、挑撥。
【章旨】諷讒人挑撥君臣的關係。

·〈小雅·菀柳〉(230)

一　有菀①者柳 mou　　　　有茂盛的柳樹，
　　不尚②息 kai 焉　　　　誰不希望在樹下休息呢？
　　上帝甚蹈③ tiou　　　　上帝跳腳震怒，
　　無自暱④ nik 焉　　　　勿使自己太親近祂。
　　俾⑤予靖⑥之　　　　　上帝賦我治理蒼生的使命，
　　後予極⑦ kik 焉　　　　最後我卻遭受極重的懲罰。

【注】①茂盛。②希望。③跳腳動怒。④親暱。⑤使令。⑥治理。⑦通殛，
　　　重刑。

【章旨】諷統治者遭受天譴。

二　有菀者柳 mou　　　　有茂盛的柳樹，
　　不尚愒ㄑ①kai 焉　　　誰不希望在樹下休息呢？
　　上帝其蹈　　　　　　上帝跳腳震怒，
　　無自瘵ㄓㄞˋ② tsai 焉　勿使自己受到傷害。
　　俾予靖之　　　　　　上帝賦我治理蒼生的使命，
　　後予邁③ mai 焉　　　最後我卻遭受到遠逐的懲治。

【注】①息。②病、憂。③放逐遠地。

【章旨】重沓首章，字韻略異。

三　有鳥高飛　　　　　　有高飛的鳥，
　　亦傅①于天 tin　　　　也將逼近天上了。
　　彼人②之心　　　　　那人的心地，
　　于何③其臻④ tsin　　　其目的何在？
　　曷予⑤靖之　　　　　何以在我治理蒼生時，
　　居⑥以凶矜⑦ lin　　　居心是如此的殘酷。

【注】①逼近。②指陰謀者。③何在。④至，此指目的。⑤何以。⑥居心。
　　⑦殘酷。
【章旨】刺君王背後另有陰謀人。

·〈小雅·角弓〉(229)

一　騂ㄒㄧ騂①角弓②　　　　　赤黃色的獸角弓，
　　翩③其反④pan 矣　　　　　向相反的方向彎曲。
　　兄弟昏⑤姻　　　　　　　　兄弟結婚之後，
　　無胥⑥遠 uan 矣　　　　　　不可互相疏遠。

【注】①赤黃色（據《毛傳》）。②獸角調製的弓。③反貌。④反方向。⑤
　　昏、婚古今字。⑥互相。
【章旨】兄弟親情，不容分化。

二　爾之遠 uan 矣　　　　　　您疏遠兄弟的情誼，
　　民胥然① mon 矣　　　　　百姓都已認同了。
　　爾之敎 hiau 矣　　　　　您的敎導方式，
　　民胥傚② kiau 矣　　　　　百姓都爭相效法了。

【注】①認同。②傚、效相通。
【章旨】諷刺上行下效，有樣學樣。

三　此令①兄弟　　　　　　　　這些好兄弟們，
　　綽綽②有裕③ ku　　　　　　彼此感情極為融洽。
　　不令兄弟　　　　　　　　　失和的兄弟們，
　　交相爲瘉ㄩ④ u　　　　　　交相指責批評。

【注】①美善。②寬裕貌。③饒足。④病。
【章旨】不因在位，導致兄弟失和。

四　民①之無良 liong　　　　不善良的人，
　　相怨一方② pong　　　　為片面的理由而相互埋怨。
　　受爵③不讓 niong　　　　接受官位絕不謙讓，
　　至于己斯亡④ mong　　　輪到自身拜官時就忘掉謙讓了。

【注】①人。②單方面、片面。③官位。④忘。
【章旨】諷在位者寬以待己，嚴以責人。

五　老馬反為駒① ku　　　　驅使老馬反而當小馬用，
　　不顧其後② hu　　　　　不顧慮會有後遺症。
　　如食宜③餧ㄩ④ ku　　　如吃太飽，
　　如酌⑤孔取⑥ tsu　　　　如喝酒的數量過多。

【注】①二歲馬，此指幼馬。②指後遺症。③且。④飽。⑤斟酌，此指飲
　　　酒。⑥大量取酒。
【章旨】指君不知節制，花天酒地。

六　毋敎猱ㄋㄠ①升木② muk　毋須敎導猱猴爬樹，
　　如塗塗③附 puk　　　　　好比以泥土塗泥土（多此一舉）。
　　君子④有徽猷⑤　　　　　國君有宏謀，
　　小人⑥與屬⑦ tuk　　　　百姓自然會歸順依附。

【注】①猴屬。②爬樹。③上字為名詞，下字為動詞。④國君。⑤宏謀。⑥
　　　百姓。⑦投靠、依附。
【章旨】敎民不如導民。

七　雨雪瀌瀌① piau　　　　　降雪盛大，
　　見②晛ㄒㄧㄢ③曰④消 siau　日氣出現就融化了。
　　莫肯下遺ㄨㄟ⑤　　　　　不肯餽贈給屬下，
　　式⑥居⑦婁⑧驕 kiau　　　平居時常顯驕態。

【注】①雪盛貌。②見、現古今字。③日氣。④語助詞。⑤饋贈。⑥語助詞。⑦平時。⑧經常。

【章旨】在位者吝嗇又驕傲。

八　雨雪浮浮① pou　　　　　降雪盛大，
　　見晛曰流 liou　　　　　日氣出現就化為流水。
　　如蠻②如髦③　　　　　　國君如南方和西方的落後民族，
　　我是用憂 iou　　　　　　我因此憂心忡忡。

【注】①雪盛貌。②南方落後民族之通稱。③西方落後民族之通稱。
【章旨】憂心國君不知禮儀。

·〈大雅·桑柔〉(263)

一　菀ㄩˋ①彼桑柔② iou　　　那柔嫩的桑葉很是茂盛，
　　其下侯③旬④ sin　　　　桑樹下的蔭影十分均勻，
　　捋采⑤其劉⑥ mou　　　　摘採桑葉之後呈現殘枝敗葉，
　　瘼⑦此下民 min　　　　　在這棵樹下納涼的人可就苦了。
　　不殄ㄊㄧㄢˇ⑧心憂 iou　無止盡的憂心，
　　倉ㄘㄤ兄ㄎㄨㄤˋ⑨塡⑩ tin 兮　悵恨塡膺，
　　倬⑪彼昊天⑫ tin　　　　那光明廣大的皇天，
　　寧⑬不我矜⑭ lin　　　　何不可憐我呢？

【注】①茂盛貌。②指桑葉柔嫩。③侯，語助詞。④旬，均勻。⑤採桑葉。⑥指殘枝敗葉。⑦病。⑧盡絕。⑨即愴悅，悵恨。⑩塡膺，積滿心中。⑪光明廣大貌。⑫皇天。⑬何。⑭矜我之倒裝，可憐我。
【章旨】刺民困之極。

二　四牡骙(ㄎㄨㄟ)骙① kuei　　　　　四匹雄馬頗為強壯，
　　旟②旐(ㄓㄠ)③有翩④ pin　　　畫鷹鳥與龜蛇的旗子飄動不已。
　　亂生不夷⑤ tei　　　　　　戰亂發生不得平息，
　　靡國不泯⑥ min　　　　　　國家沒有不亡的。
　　民靡有黎⑦ lei　　　　　　民眾為數不多，
　　具⑧禍以燼 tsin　　　　　　全都遭受災禍化為灰燼了。
　　於乎⑨有哀 ei　　　　　　鳴呼哀哉，
　　國步⑩斯頻⑪ pin　　　　　國勢已走到這般危急了。

【注】①馬壯貌。②畫鷹之旗。③畫龜蛇之旗。④飄動貌。⑤平息。⑥滅。
　　　⑦眾。⑧具、俱古今字。⑨於乎、鳴呼古今字。⑩國勢。⑪急。
【章旨】災禍頻生，國家將亡。

三　國步蔑①資② tsei　　　　　國勢無從救濟，
　　天不我將③ tsiong　　　　　上天不幫助我，
　　靡所止疑④ ngei　　　　　沒有安身棲息之地，
　　云徂⑤何往 huong　　　　　何處是歸向？
　　君子⑥實⑦維⑧ tsuei　　　國君是賴，
　　秉心⑨無競⑩ kiong　　　　存心無所爭，
　　誰生厲⑪階 kei　　　　　　誰在製造禍端？
　　至今為梗⑫ kong　　　　　迄今仍是絆腳石。

【注】①無。②救濟。③助。④疑、凝古字，定所。⑤往。⑥指國君。⑦
　　　是。⑧繫靠。⑨存心。⑩爭。⑪毒，惡。⑫作梗，防礙。
【章旨】刺國內有人製造事端。

四　憂心慇慇① en　　　　　　心憂如焚，
　　念我土宇② uo　　　　　　思念我的鄉國，

我生不辰③ sen	我生逢亂世，
逢天僤ㄉㄢˋ怒④ no	遭遇上天盛怒，
自西徂東	從西方到東方，
靡所定處⑤ tso	沒有安身居處之地，
多我覯ㄍㄡˋ痻ㄇㄣˊ⑥ men	我碰上很多痛苦，
孔棘⑦我圉⑧ ngo	我國的邊疆形勢非常險惡。

【注】①憂心貌。②指鄉國。③指亂世。④盛怒。⑤固定的居處。⑥遇見痛苦。⑦通急。⑧邊疆。

【章旨】邊疆告急，鄉國不保。

五	為謀為毖① pit	計畫得謹慎，
	亂況②斯削 siau	亂狀就會減少，
	告爾憂恤 it	稟告您得憂心體恤百姓，
	誨爾序爵③ tsiau	教導您官位程序之道，
	誰能執熱	誰能握住熱物，
	逝④不以濯 tau	不需以水沖洗，
	其何能淑⑤ tiau	如何使他改善呢？
	載⑥胥⑦及溺 niau	反而互相陷溺。

【注】①謹慎。②亂狀。③指官位大小高低的順秩。④語助詞。⑤善。⑥語助詞。⑦互相。

【章旨】為政如探湯、小心至上。

六	如彼遡ㄙㄨˋ風① pim	像那迎面吹來的風，
	亦孔之僾ㄞˋ② ei	很致人呼吸困難。
	民有肅心③ sim	百姓有所戒心，
	荓ㄆㄧㄥˊ④云⑤不逮⑥ tei	導致不能順遂。

好是稼穡 sik　　　　　　樂於耕種和收藏，

力民⑦代食⑧ sik　　　　辛苦的百姓有人代為食用，

稼穡 sik 維寶 pou　　　　耕種和收藏是可貴的，

伐食 sik 維好⑨ hou　　　代替食用當作嗜好。

【注】①迎面風。②氣不舒。③戒心。④使。⑤語助詞。⑥不順遂。
　　　⑦辛苦的百姓。⑧指剝削者。⑨嗜好。

【章旨】執政者與百姓處於對立狀態。

七　天降喪亂　　　　　　上天降下死亡亂象。

滅我立①王 huong　　　　消滅我們在位的君王，

降此蟊ㄇㄠˊ賊② tsik　　　降下害蟲，

稼穡卒痒ㄒㄧㄤ③ iong　　農作物盡遭破壞，

哀恫ㄊㄨㄥˊ④中國⑤ ik　　國中哀痛之聲，

具贅⑥卒荒⑦ mong　　　　連年盡是饑饉，

靡有旅力⑧ lik　　　　　沒有力氣了，

以念穹蒼⑨ tsiong　　　　唯念上天之助了。

【注】①立、位古今字。②吃根苗的害蟲。③病、危害。④痛。⑤國中之倒
　　　裝。⑥屬，連接。⑦饑饉。⑧旅，指體力。⑨天。

【章旨】孤臣無力可回天。

八　維此惠君①　　　　　這位愛民之國君，

民人所瞻 tong　　　　　人民所仰望。

秉心②宣猶③　　　　　　持心宣達謀略，

考慎其相 song　　　　　考察慎選他的輔佐大臣，

維彼不順　　　　　　　那些大臣不順民意，

自獨俾臧 tsiong　　　　自以為是，

自有肺腸④ iong
俾民卒狂 huong

自有自己的想法，
致使百姓終於抓狂。

【注】①愛民之君。②持心。③謀略。④指想法。
【章旨】好君搭配惡相。

九　瞻彼中林① lim
　　甡ㄕ甡② 其鹿 luk
　　朋友已譖ㄗㄣˋ③ tsim
　　不胥④以穀⑤ kuk
　　人亦有言
　　進退維谷⑥ kuk

瞻望那片樹林，
許多鹿子，
朋友已經詐欺相待，
不能相得益彰，
也有人說道：
進退兩難。

【注】①林中之倒裝。②眾多貌。③欺詐。④互相。⑤善。⑥山谷，喻進退
　　兩難。
【章旨】朋友之信，蕩然不存。

十　維此聖人
　　瞻言①百里② li
　　維彼愚人
　　覆狂以喜 hi
　　匪言不能 i
　　胡③斯④畏忌 ki

這位聖人，
高瞻遠矚。
那位愚人，
反覆狂妄為樂。
不是能力問題，
何以這般害怕顧忌呢？

【注】①助詞。②喻眼光高遠。③何。④這般。
【章旨】畏首畏尾，難成大事。

十一　維此良人
　　　弗求弗迪① iou
　　　維彼忍心

這位善良人士，
不去請教與進用。
那位殘忍人士，

是顧是復②pou　　　　　一再眷顧他。

民之貪亂　　　　　　　百姓走向貪亂，

寧爲荼毒tou　　　　　　寧可去幹爲非作歹之事。

【注】①進用。②再、重複。
【章旨】遠君子，親小人，民風大亂。

十二　大風有隧　　　　　　強大的風有其出口隧道，

　　　有空①大谷kuk　　　寬闊的大谷就是。

　　　維此良人　　　　　這位善良人士，

　　　作爲式②穀③kuk　　作爲良善。

　　　維彼不順　　　　　那位不順從的人，

　　　征④以中垢⑤kuk　　行役在塵垢之中。

【注】①寬闊貌。②語助詞。③善。④行役。⑤垢中之倒裝。
【章旨】小人當道。

十三　大風有隧tuei　　　　強大的風有其出口隧道，

　　　貪人敗類①lei　　　貪人傷害同僚，

　　　聽言②則對tuei　　　順聽的話就會回應，

　　　誦言③如醉tsuei　　歌功頌德的話就會陶醉其中，

　　　匪用其良　　　　　不用賢良，

　　　覆④俾⑤我悖⑥pei　　反而要我違背常理。

【注】①傷害同僚。②順聽之言。③歌功頌德之言。④反而。⑤使。⑥違背
　　　常理。
【章旨】刺貪贓者居上位。

十四　嗟爾①朋友　　　　　朋友啊！

　　　予豈不知而②作tsok　我哪會不知道你的作爲，

如彼飛蟲③ 　　　　　像那些飛鳥，

時④亦弋獲⑤ huok 　　時常也會遭箭射中。

既之⑥陰⑦女⑧ 　　　既然有人暗中庇護你，

反予來赫⑨ sok 　　　反而對我施加恫嚇。

【注】①嗟呼，歎辭。②你。③飛鳥，鳥類謂之羽蟲。④經常。⑤遭箭射
中。⑥語助詞。⑦覆蔭、庇護。⑧女、汝古今字。⑨來赫予之倒裝，
赫、嚇古今字。

【章旨】朋友設計陷害。

十五　民之罔極① kik 　　　人民無法無天，

職②涼③善背④ pik 　　但務刻薄好反。

為民⑤不利 　　　　　治民不佳，

如云不克⑥ kik 　　　有如不勝，

民之回遹ㄩˋ⑦ 　　　　人民邪惡詭詐，

職競⑧用力⑨ lik 　　　乃爭相逼迫所致。

【注】①無準則規矩。②但。③刻薄。④好反。⑤治民。⑥勝。⑦邪僻狡
詐。⑧爭相。⑨逼迫。

【章旨】刺官逼民反。

十六　民之未戾① 　　　　人民未能安定下來，

職盜為寇 　　　　　　但為強盜與流寇，

涼曰不可 ka 　　　　說是不可刻薄人民，

覆背善詈ㄌㄧˋ② la 　　卻反而在背後痛罵他們，

雖曰匪予 　　　　　　雖然說：「不是我。」

既作爾歌 ka 　　　　已為你作下這首詩歌了。

【注】①到、安。②罵。

【章旨】為民喉舌而作。

·〈大雅·召旻〉(271)

一　旻①天疾威　　　　廣闊的上天非常嚴厲，
　　天篤②降喪 song　　上天降下重大的喪亂，
　　瘨ㄉ一ㄢ③我饑饉④　我們的農作物發生病蟲害以致欠收不熟，
　　民卒⑤流亡 mong　　人民全部走散逃亡，
　　我居圉ㄩˇ⑥卒荒 mong　我們居住的範圍全部陷於荒癈。

【注】①廣闊。②厚重。③病蟲害。④穀不熟曰饑、蔬不熟曰饉。⑤盡。⑥範圍、國境。

【章旨】天降災禍饑饉，人民流離失所，國土荒廢。

二　天降罪罟①　　　　上天降下法網，
　　蟊賊②內訌ㄏㄨㄥˊ③ kung　弄權之臣自相傾軋內鬥，
　　昏椓ㄓㄨㄛˊ④靡共⑤ kung　昏亂造謠不謙恭，
　　潰潰⑥回遹ㄩˋ⑦　　昏亂邪僻，
　　實⑧靖夷⑨我邦⑩ pung　是他們來治理我們的周王國。

【注】①法網。②吃農作物的害蟲，此指貪官污吏。③自相攻擊。④昏亂造謠。⑤共、恭古今字。⑥亂貌。⑦邪僻。⑧語助詞。⑨治理。⑩指周王國。

【章旨】小人亂政殃國。

三　皋ㄍㄠ皋①訕ㄕㄢˋ訕②　有人互相欺詐毀謗，
　　曾③不知其玷ㄉㄧㄢˋ④ tiap　竟然不知他們的缺失，
　　兢兢業業⑤ ngiap　小心戒慎，
　　孔填ㄉㄧㄢˋ⑥不寧　非常擔憂而不得安寧，
　　我位孔貶 pap　　　我的官位且將猛降。

【注】①相欺。②毀謗。③竟然。④缺失。⑤戒慎恐懼。⑥瘨、病、憂。
【章旨】小人公然爲非作歹，君子憂懼失位。

四　如彼歲 nei 旱　　　　　像那乾旱的歲月，
　　草不潰 tuei 茂①　　　草不繁茂，
　　如彼棲② tsei 苴③　　猶如那些寄生樹上的枯草。
　　我相④此 tsei 邦　　　我看這個國家，
　　無不潰 tuei 止　　　　樣樣都分崩離析了。

【注】①繁茂。②寄生。③枯草。④看。
【章旨】國家將亡的前奏。

五　維昔之富 pi　　　　　從前是富裕的，
　　不如時① ti　　　　　如今更富了。
　　維今之疚② ki　　　　現今的痛苦，
　　不如茲③ tsi　　　　　以此時爲最。
　　彼疏④斯粺⑤　　　　　那些粗食者現在精食了，
　　胡不自替⑥ tsin　　　何不自我引退下臺？
　　職⑦兄⑧斯⑨引⑩ in　　況且還這樣相互拉拔呢！

【注】①斯時、此時。②病痛。③此時。④疏、蔬古今字，粗食。⑤精食、
　　美食。⑥退位。⑦語助詞。⑧兄、況古今字。⑨如此、這般。⑩拉
　　長，拉拔。
【章旨】刺在位者之鄙行圖私慾。

六　池之竭 kai 矣　　　　池塘乾涸，
　　不云自頻①　　　　　不是從濱畔開始，
　　泉之竭 kai 矣　　　　泉水乾涸，
　　不云自中② tung　　　不是從內部起，

溥③斯害 kai 矣　　　　而是受害已很普及了，

職兄斯弘 kung　　　　況且還在擴大中，

不裁④我躬 kung　　　　我本身不也受害嗎？

【注】①濱。②內部。③普遍。④同災。

【章旨】冰凍三尺，非一日之寒，遲早會加害自己。

七　昔先王①受命②　　　　從前先王承天命為天子，

　　有如召公③　　　　　　就像召康公奭，

　　日辟④國百里 li　　　天天拓疆闢地百里地，

　　今也日蹙⑤國百里 li　當今天天削減國土百里。

　　於⑥乎哀哉　　　　　　嗚呼哀哉！

　　維今之人　　　　　　　現今的在位者，

　　不尙有舊⑦ ki　　　　舊有的典範不也尚在嗎？

【注】①昔王。②承天意。③指召康公奭。④辟、闢古今字。⑤縮小。⑥於
　　　、烏、嗚古今字。⑦謂舊章。

【章旨】諷當今為政者大不如前。

十二、行役之苦

·〈小雅·四牡〉(162)

一　四牡①騑騑② pei　　　四匹不停蹄的雄馬，
　　周道③倭遲④ tei　　　彎曲又遙遠的大道，
　　豈不懷歸 tuei　　　哪會不想返鄉呢？
　　王事⑤靡盬⑥　　　國事不休止，
　　我心傷悲 pei　　　我心悲傷啊！

【注】①四匹雄馬。②行不止之貌。③大道。④歷遠之貌，或曰路斜曲。⑤
　　　國事。⑥不休止。
【章旨】行役在外，有家歸不得。

二　四牡騑騑 pei　　　四匹不停蹄的雄馬，
　　嘽嘽①駱馬② mo　　白耳黑鬣的駱馬喘息著，
　　豈不懷歸 tuei　　　哪會不想返鄉呢？
　　王事靡盬 ko　　　國事不休止，
　　不遑③啟④處⑤ tso　　沒有安居的閒暇。

【注】①馬喘息聲。②白身黑鬣之馬。③不得閒暇。④跪。⑤居。
【章旨】行役在外，不得安居。

三　翩翩①者鵻② 　　　飛行中的雛鳥，
　　載③飛載下 ho　　　上上下下飛著，
　　集于苞④栩⑤ uo　　聚集在茂盛的栩樹上。
　　王事靡盬 ko　　　國事不休止，

　　不遑將父 po　　　　　　　沒有奉養父親的閒暇。

【注】①飛貌。②鳥名。③語助詞。④茂盛。⑤樹名。
【章旨】行役在外，錯失奉養父親的機會。

四　翩翩者鵻　　　　　　　　飛行中的雛鳥，
　　載飛載止 tsi　　　　　　時飛時停，
　　集于苞杞①ki　　　　　　聚集在茂盛的杞樹上。
　　王事靡盬　　　　　　　　國事不休止，
　　不遑將母 mi　　　　　　沒有奉養母親的閒暇。

【注】①樹名。
【章旨】行役在外，錯失奉養母親的機會。

五　駕彼四駱　　　　　　　　駕著那四匹白身黑鬣的馬車，
　　載①驟②駸‹駸③tsim　　疾速奔馳。
　　豈不懷歸　　　　　　　　哪有不想回家呢？
　　是用作歌　　　　　　　　因此創作這首詩歌，
　　將④母來諗⑤kim　　　　用來思念母親。

【注】①則。②疾速。③疾馳貌。④語助詞。⑤念。
【章旨】說明創作這首詩歌的動機。

·〈小雅·皇皇者華〉(163)

一　皇皇①者華② uo　　　　豔麗的花，
　　于彼原③隰④ sip　　　　在那高原和低濕之地。
　　駪‹駪⑤征夫⑥ po　　　眾多的行役官員，
　　每懷靡及 kip　　　　　每每想到任務未達成。

【注】①皇、煌古今字。②華、花正俗字。③高原。④低濕地。⑤眾多貌。⑥行役官員。

【章旨】行役者唯恐任務未達成。

二　我馬維駒① ku　　　　　我的馬是六尺高的駒馬，
　　六轡②如濡③ su　　　　六條轡繩如洗過般的光潔，
　　載④馳載驅 ku　　　　　飛奔馳驅，
　　周⑤爰⑥咨諏⑦ tsu　　　到處去諮商訪談。

【注】①馬六尺高曰駒。②轡繩。③光澤貌。④則。⑤遍。⑥於是。⑦諮商。咨、諮古今字。

【章旨】官員到處訪談諮商，備極艱辛。

三　我馬維騏① ki　　　　　我的馬匹是帶黑色條紋的灰馬，
　　六轡如絲 si　　　　　　六條轡繩如絲帶般的色澤，
　　載馳載驅　　　　　　　飛奔馳驅，
　　周爰咨謀② mi　　　　　到處去諮商討論。

【注】①帶黑色條紋的灰馬。②討論。

【章旨】重沓前章，用韻有別。

四　我馬維駱① kok　　　　我的馬匹是黑尾黑鬃的白馬，
　　六轡沃若② nok　　　　六條轡繩非常柔軟，
　　載馳載驅　　　　　　　飛奔馳驅，
　　周爰咨度③ tok　　　　到處去諮商探討。

【注】①黑尾黑鬃的白馬。②柔軟潤澤貌。③探討。

【章旨】重沓二、三章，用韻有別。

五　我馬維駰① in　　　　我的馬匹是淺黑略帶白毛的馬，
　　六轡既均② sin　　　　六條轡繩非常調和，

載馳載驅 　　　　　　　　飛奔馳驅，

周爰咨詢③ sin 　　　　　到處去諮商詢問。

【注】①淺黑雜毛之馬。②調和。③詢問。

【章旨】重沓二、三、四章，用韻有別。

· 〈小雅·采薇〉(167)

一　采①薇②采薇 mei 　　　　不斷地採著薇菜，

　　薇亦作③ tsok 止④ 　　　薇菜還是再冒出新芽。

　　曰歸曰歸 tuei 　　　　　回家吧！回家吧！

　　歲亦莫⑤ mek 止 　　　　歲末即將降臨。

　　靡⑥室靡家 ko 　　　　　沒有室家的感覺，

　　玁狁⑦之故 ko 　　　　　玁狁叩邊的緣故，

　　不遑⑧啓居⑨ ko 　　　　無暇安居，

　　玁狁之故 ko 　　　　　玁狁叩邊的緣故。

【注】①采、採古今字。②野菜名。③生。④語助詞。⑤莫、暮古今字。⑥
　　　無。⑦殷時之鬼方，秦漢已後謂之匈奴。⑧無暇。⑨安居。啓，跪
　　　，古以跪爲坐。

【章旨】戍役西北，局勢緊張。

二　采薇采薇 mei 　　　　　不斷地採著薇菜，

　　薇亦柔 iou 止 　　　　　薇菜還是很柔嫩的。

　　曰歸曰歸 tuei 　　　　　回家吧！回家吧！

　　心亦憂 iou 止 　　　　　心中還是憂愁的。

　　憂心烈烈① lai 　　　　　憂心強烈，

　　載②飢載渴 kai 　　　　　又飢又渴。

　　我戍未定③ teng 　　　　我戍守的地方尚未安寧，

靡使歸聘④ peng　　　　　無法派人回家問候。

【注】①強烈貌。②則、又。③安寧。④問候。
【章旨】前方吃緊，無心顧家。

三　采薇采薇 mei　　　　　不斷地探著薇菜，
　　薇亦剛 kong 止　　　　薇菜也變得剛硬了。
　　曰歸曰歸 tuei　　　　　回家吧！回家吧！
　　歲亦陽① iong 止　　　　歲月也已進入十月了。
　　王事靡盬 ko　　　　　　國事不得休止，
　　不遑啓處② tso　　　　　沒有可安居的間暇，
　　憂心孔疚③ ki　　　　　　心憂至痛，
　　我行④不來⑤ li　　　　　我行役在外，無法歸來。

【注】①十月。②居。③病。④行役。⑤歸來。
【章旨】行役忙，不得歸來。

四　彼爾①維何　　　　　　那盛開的是什麼？
　　維常②之華③ uo　　　　是棠棣之花。
　　彼路④斯何　　　　　　那輛大車是何人的？
　　君子⑤之車 ko　　　　　權貴的馬車。
　　戎車⑥既駕　　　　　　兵車業已開出，
　　四牡業業⑦ ngiap　　　四匹公馬雄糾糾的，
　　豈敢定居　　　　　　　哪敢安居？
　　一月三捷 tsiap　　　　一個月中有三次勝仗。

【注】①爾、薾古今字，花盛開。②常、棠古今字，花樹名。③華、花正俗
　　　字，亦古今字。④大車。⑤權貴之士。⑥兵車。⑦壯盛貌。
【章旨】前線捷報連連。

五　駕彼四牡　　　　　　駕著那四匹公馬，

　　四牡騤騤① kuei　　　　四匹壯碩的公馬，

　　君子所依② ei　　　　　權貴賴以出行，

　　小人③所腓④ pei　　　　士兵賴以蔽矢石，

　　四牡翼翼⑤ ik　　　　　四匹公馬的陣仗整齊，

　　象弭⑥魚服⑦ pik　　　　飾象牙的弓和魚形箭袋，

　　豈不日戒 kik　　　　　能不天天警戒嗎？

　　玁狁孔棘⑧ kik　　　　　玁狁的侵犯非常緊急。

【注】①馬強壯貌。②倚。③此指兵卒。④蔽。⑤行列整齊貌。⑥象牙飾之
　　　弓。⑦魚形之箭袋。⑧急迫。

【章旨】敵情嚴峻。

六　昔我往①矣　　　　　　從前我出征時，

　　楊柳依依② ei　　　　　楊柳繁茂枝垂，

　　今我來思　　　　　　　現在我歸來了，

　　雨雪③霏霏④ pei　　　　降下大雪。

　　行道遲遲⑤ tei　　　　　緩慢行於道路上，

　　載渴載飢 kei　　　　　又渴又飢，

　　我心傷悲 pei　　　　　我心悲傷，

　　莫知我哀 ei　　　　　　沒人知我為何哀愁。

【注】①此指出征。②枝條繁茂下垂。③下雪。④大雪。⑤緩慢。

【章旨】行役歸來，飢渴交加。

·〈小雅·杕杜〉(169)

一　有杕①之杜② to　　　　孤單的杜樹，

　　有睆③其實 sit　　　　　果實纍纍。

王事靡盬④ ko　　　　　國事永無休止，
繼嗣⑤我日 nit　　　　　我行役的日子持續下去，
日月⑥陽⑦ iong 止　　　日子漸漸和暖了，
女心傷 iong 止　　　　為婦的心情是悲傷的，
征夫遑⑧ huong止　　　行役者應該有假可休了。

【注】①孤單貌。②樹名。③果實貌。④止。⑤續。⑥歲月。⑦和暖。⑧閒
　　暇。

【章旨】妻盼夫能有空閒返家。

二　有杕之杜 to　　　　　孤單的杜樹，
　　其葉萋萋① tsei　　　樹葉繁茂，
　　王事靡盬 ko　　　　　國事永無休止，
　　我心傷悲 pei　　　　我心悲傷，
　　卉木萋 tsei 止　　　百花樹木都很茂盛，
　　女心悲 pei 止　　　為婦悲傷，
　　征夫歸 tuei 止　　　行役者回家吧！

【注】①繁茂。
【章旨】重沓首章，韻則不同。

三　陟①彼北山　　　　　　登上那座北山，
　　言采②其杞③ ki　　　採收杞樹葉。
　　王事靡盬　　　　　　國事永無休止，
　　憂我父母 mi　　　　我擔心的父母，
　　檀車④幝幝⑤ tan　　檀木車輪已經磨損不堪，
　　四牡痯痯⑥ kuan　　四匹公馬業已疲憊，
　　征夫不遠 uan　　　　行役人即將返鄉了。

【注】①登。②采、採古今字。③木名。④古車輪以檀木爲之。⑤車敝貌。
　　　⑥疲憊貌。
【章旨】車敝馬困，征夫即將返鄉。

四　匪載① tsi 匪來 li　　　　不接載就不回來，
　　憂心孔疚② ki　　　　　　憂心至痛，
　　期逝不至 tsit　　　　　　期約已過，卻未到達，
　　而多爲恤③ it　　　　　　仍然多所憂愁，
　　卜④筮⑤偕 kei 止　　　　龜甲蓍草的卜問都用上，
　　會言⑥近 kei 止　　　　　綜合卜筮之言，都說歸期已近，
　　征夫邇 nei 止　　　　　　行役人快到家了。

【注】①乘車。②病痛。③愁。④龜卜。⑤蓍草問神。⑥綜合之言。
【章旨】問鬼神都說行役人即將回家。

·〈小雅·鴻鴈〉(187)

一　鴻鴈①于飛　　　　　　　大大小小的雁正在飛翔，
　　肅肅②其羽 uo　　　　　　羽毛發出肅肅之聲。
　　之子③于征④　　　　　　　這人正在行役途中，
　　劬勞⑤于野 uo　　　　　　在郊野是非常辛苦的。
　　爰及矜人⑥　　　　　　　　說到可憐的人，
　　哀此鰥⑦寡⑧ ko　　　　　這些鰥夫寡婦是可悲的。

【注】①大曰鴻，小曰鴈。鴈、雁相通。②羽聲。③這人。④行役。⑤勞
　　　苦。⑥可憐蟲。⑦老而無妻曰鰥。⑧老而無夫曰寡。
【章旨】行役途中極其艱辛。

二　鴻鴈于飛　　　　　　　　大大小小的雁正在飛翔，
　　集于中澤① tok　　　　　　聚集在沼澤之中。

之子于垣②　　　　　　這人正在築牆，
百堵③皆作 tsok　　　　百面牆都已築起，
雖則劬勞　　　　　　　雖然非常辛苦，
其究④安宅 tok　　　　　終究有所安居的地方。

【注】①澤中之倒裝。②牆。③計牆數之單位名，今言面。④終究。
【章旨】行築牆役，備極艱難，終究解決住的問題。

三　鴻鴈于飛　　　　　　大大小小的雁正在飛翔，
　　哀鳴嗸ˊ嗸① ngau　　　發出哀鳴敖敖之聲。
　　維此哲人②　　　　　這位聰慧之士，
　　謂我劬勞 lau　　　　 說我非常辛苦，
　　維彼愚人　　　　　　那位愚笨傢伙，
　　謂我宣驕③ kiau　　　說我撒野驕慢。

【注】①哀鳴聲。②聰慧之士。③撒野驕慢。
【章旨】知我者哲人，罪我者愚人。

· 〈小雅・北山〉(211)

一　陟彼北山　　　　　　登上那座北上，
　　言①采②其杞 ki　　　　採收枸杞。
　　偕偕③士子④ tsi　　　健壯的低階官員，
　　朝夕從事 li　　　　　日晚忙於公務，
　　王事靡盬　　　　　　國事沒有休止的時候，
　　憂我⑤父母 mi　　　　我擔心不及奉養父母。

【注】①語助詞。②采、採古今字。③強健貌。④低階官員。士、仕古今
　　　字。⑤我憂之倒裝。
【章旨】公而忘私。

二　溥^①天之下 ho　　　普天之下，

莫非王土 to　　　都是君王的領土；

率^②土之濱 pin　　　四海之內，

莫非王臣^③ in　　　都是君王的臣僕。

大夫不均^④ sin　　　大夫之間勞逸不公，

我從事獨賢^⑤ in　　　我做的事務特別多。

【注】①溥、普古今字，遍。②循、沿。③臣的本義是奴隸、僕人，後演
　　　變爲君臣之臣，此當本義解。④公平。⑤多。

【章旨】勞逸不均，忍者多勞。

三　四牡彭彭^① pong　　　四匹公馬非常強壯，

王事傍傍^② pong　　　國事至爲繁雜。

嘉^③我未老　　　嘉許我還不老，

鮮我方將^④ tsiong　　　我這樣健壯是少有的。

旅^⑤力方剛 kong　　　體力剛強，

經營四方 pong　　　治理全國各地。

【注】①強健貌。②繁雜貌。③稱讚。④壯。⑤脊骨。

【章旨】年輕力壯，有爲之時。

四　或燕燕^①居息 sik　　　有人舒舒服服的居家休息，

或盡瘁^②事國 ik　　　有人盡心盡力爲國做事；

或息偃^③在牀 tsiong　　　有人休憩安息在牀上，

或不已于行 kuong　　　有人不休止的在路上奔波。

【注】①安樂貌。②勞苦。③仰臥。

【章旨】居官者勞逸不均。

五　或不知叫號 hou　　　有人不知為哪樁叫號，
　　或慘慘①劬勞 lou　　　有人憂戚勞苦，
　　或棲遲②偃仰③ ngiong　有人遊憩安居，
　　或王事鞅掌④ song　　　有人為國事而奔波。

【注】①憂戚。②遊憩。③俯仰。④奔波忙碌。
【章旨】在位者不知民間疾苦。

六　或湛ㄉㄢ樂①飲酒 iou　　有人縱樂飲酒，
　　或慘慘畏咎② kiou　　　有人憂戚怕錯，
　　或出入風議③ nga　　　有人到處大放厥詞，
　　或靡事不為 ua　　　　有人每事都得做。

【注】①耽樂、縱樂。②過錯。③議論風發、大放厥詞。
【章旨】在位者各走極端。

·〈小雅·緜蠻〉(236)

一　緜蠻①黃鳥　　　　　鳴叫緜蠻聲的黃鳥，
　　止于丘阿② ka　　　　停留在丘陵高處。
　　道之云遠　　　　　　路途遙遠，
　　我勞如何 ka　　　　　我是何等的辛勞啊！
　　飲之食 si 之　　　　　給喝給吃，
　　敎之誨 mi 之　　　　　教導誨勸，
　　命彼後車　　　　　　命我跟在車後，
　　謂③之載 tsi 之　　　　呼喚我上他的車子。

【注】①鳥鳴聲。②高處。③呼喚。
【章旨】行役的艱辛。

二　緜蠻黃鳥　　　　　　鳴叫緜蠻聲的黃鳥，
　　止于丘隅①ngu　　　　停留在丘陵的角落。
　　豈敢憚②行　　　　　豈敢怕走路？
　　畏不能趨③tsu　　　　擔心不能快走。
　　飲之食 si 之　　　　　給喝給吃，
　　敎之誨 mi 之　　　　教導誨勸，
　　命彼後車　　　　　　命我跟在車後，
　　謂之載 tsi 之　　　　呼喚我上他的車子。

【注】①角落。②怕。③快走。
【章旨】行役者舉步維艱。

三　緜蠻黃鳥　　　　　　鳴叫緜蠻聲的黃鳥，
　　止于丘側 tsik　　　　停留在丘陵的山麓，
　　豈敢憚行　　　　　　豈敢怕走路？
　　畏不能極①kik　　　　擔心不能達成。
　　飲之食 si 之　　　　　給喝給吃，
　　敎之誨 mi 之　　　　教導誨勸，
　　命彼後車　　　　　　命我跟在車後，
　　謂之載 tsi 之　　　　呼喚我上他的車子。

【注】①達成。
【章旨】行役者憂患使命不達。

‧〈小雅‧何草不黃〉(240)

一　何草不黃 kuong　　　哪有不變黃色的草？
　　何日不行①kuong　　　哪天不為公務奔波？
　　何人不將②tsiong　　　哪些人能不遠行？

經營③四方④ pong　　　　　　到各地處理事務。

【注】①行役，服公務。②出門遠行。③處理事務。④各地。
【章旨】行役者到各地處理公務，極盡艱辛。

二　何草不玄①　　　　　　哪有不變黑色的草？
　　何人不矜②　　　　　　哪有不曾過獨居生活的人？
　　哀我征夫③　　　　　　可憐我這個行役人，
　　獨爲匪④民　　　　　　獨自過著那般生活的人。

【注】①黑色。②同鰥、老而無妻者。③行役人。④彼。
【章旨】行役者有家歸不得，如同鰥夫一般。

三　匪①兕②匪虎 ho　　　　那些青牛和老虎，
　　率③彼曠野 uo　　　　　循行在那曠野之中，
　　哀我征夫 po　　　　　　可憐我這個行役人，
　　朝夕不暇 ko　　　　　　早晚不得閒暇。

【注】①彼。②青牛。③循行。
【章旨】行役者忙得不可開交，禽獸不如。

四　有芃①者狐 ko　　　　　毛茸茸的狐狸，
　　率彼幽 iou 草　　　　　循行在那幽深的草地上。
　　有棧之車② ko　　　　　有輛竹木製作的役車，
　　行彼周 tsou 道③ sou　　行在大道上。

【注】①茂盛貌。②以竹木製作的役車。③大道。
【章旨】役車不得閒，馳驅於大道上。

十三、憂　思

·〈邶風·柏舟〉(26)

一　汎①彼柏舟 tsou　　　　　　那漂浮的柏木船，
　　亦汎其流 liou　　　　　　　也漂浮在流水中。
　　耿耿②不寐　　　　　　　　耿耿不安以致無法入睡，
　　如有隱憂 iou　　　　　　　像有不可告人的憂愁。
　　微③我無酒 iou　　　　　　我不是沒酒喝，
　　以敖④以遊 iou　　　　　　為的是出外遨遊。

【注】①漂浮。②不安之狀。③非。④敖、遨古今字。
【章旨】準備搭舟出遊以解憂。

二　我心匪鑒①　　　　　　　　我的心不像鏡子，
　　不可以茹② no　　　　　　　不可以揣度捉摸。
　　亦有兄弟　　　　　　　　　也有兄弟，
　　不可以據③ ko　　　　　　　不可以信賴依靠。
　　薄言④往愬ㄙ⑤ ngo　　　　前往向他們訴苦衷，
　　逢彼之怒 no　　　　　　　遭致他們怒言相向。

【注】①鑒、鏡古今字。②揣度。③依靠。④語助詞。⑤訴苦。
【章旨】但問是非善惡，不問兄弟親情。

三　我心匪 sok 石　　　　　　　我心與石不同，
　　不可轉 tuan 也　　　　　　不可以轉來轉去。
　　我心匪席 sok　　　　　　　我心與席子有別，

不可卷①kuan 也　　　　　不可以捲來捲去。

威儀棣棣②　　　　　　　威儀是那麼端莊嫻雅，

不可選ᵉ③suan 也　　　　不容隨便挑剔的。

【注】①卷、捲古今字。②端莊嫻雅。③挑剔。
【章旨】自視穩重堅貞，無可挑剔。

四　憂心悄悄①siau　　　　內心十分愁苦，

　　慍②于群小 siau　　　　受到一群小人所惱怒。

　　覯ᵉ閔③既多　　　　　遭遇之痛已經夠多，

　　受侮不少 siau　　　　受到侮辱不少。

　　靜言④思之　　　　　靜下來想想，

　　寤⑤辟⑥有摽⑦piau　　醒時譬若有所重擊。

【注】①憂貌。②惱怒。③遭逢痛苦。④語助詞。⑤醒。⑥辟、譬古今字。
　　　⑦擊。
【章旨】幾為小人之公敵，痛苦不堪。

五　日居①ko 月諸②to　　日來月往，

　　胡迭ᵈ③而微④mei　　何以更迭暗淡下來？

　　心之憂矣　　　　　　內心憂傷，

　　如匪澣⑤衣 ei　　　　如同未經洗濯的衣裳。

　　靜言思之　　　　　　靜下來想想，

　　不能奮飛⑥pei　　　　不能像鳥之振翅飛去。

【注】①來。②往。③更迭。④暗淡。⑤洗濯。⑥振翅而飛。
【章旨】絕望至極，想一走了之。

·〈邶風·二子乘舟〉(44)

一　二子乘舟　　　　　　　有兩個人搭船，
　　汎汎①其景②kiong　　影波盪漾。
　　願③言④思子　　　　　掛念懷想這兩位，
　　中心⑤養養⑥iong　　　心中極為不安。

【注】①漂盪貌。②景、影古今字。③掛念。④語助詞。⑤心中之倒裝。⑥
　　　不安貌。
【章旨】離情依依。

二　二子乘舟　　　　　　　有兩個人搭船，
　　汎汎其逝①tsai　　　　消逝在盪漾的波浪中。
　　願言思子　　　　　　　掛念懷想這兩位，
　　不瑕②有害 kai　　　　不致有任何傷害。

【注】①消失。②或作遐，不致。
【章旨】祝福一帆風順。

·〈衛風·河廣〉(61)

一　誰謂河①廣　　　　　　誰說黃河寬廣，
　　一葦②杭 kong 之　　　清一色的葦草船即可渡過；
　　誰謂宋③遠　　　　　　誰說宋地遙遠，
　　跂予④望 mong 之　　　我踮起腳就可望到。

【注】①黃河的專稱。②清一色的葦草船。③古國名。④予跂之倒裝，跂同
　　　企、舉踵。
【章旨】咫尺天涯，思鄉之作。

二　誰謂河廣　　　　　　　　誰說黃河寬廣，
　　曾不容 ung 刀① tau　　　甚至連一條小船都無法容納；
　　誰謂宋遠　　　　　　　　誰說宋地遙遠，
　　曾不崇 tsung 朝② tiau　甚至不需要一個早上就可到達。

【注】①《說文》引詩作「周」，小船，刀爲借字。②崇爲終之借字，崇
　　　朝，整個早上。
【章旨】時空不是關鍵，在乎人爲。

· 〈王風 · 黍離〉(65)

一　彼黍①離離② la　　　　　那是結穗纍纍的小米，
　　彼稷③之苗 miau　　　　　那是高梁的幼苗。
　　行邁④靡靡⑤ ma　　　　　無精打采的遠行，
　　中心搖搖 iau　　　　　　心中異常激動。
　　知我者謂我心憂 iou　　　了解的人說我心憂，
　　不知我者謂我何求 kiou　不了解我的人說我求什麼？
　　悠悠⑥蒼天 tin　　　　　漫無邊際的青天老爺，
　　此何人 nin 哉　　　　　這人到底是誰啊？

【注】①小米。②穗粒纍纍。③高梁。④遠行。⑤無精打采。⑥長貌。
【章旨】哀行人百般愁殺。

二　彼黍離離 la　　　　　　　那是結穗纍纍的小米，
　　彼稷之穗 tei　　　　　　那是高梁的穗實。
　　行邁靡靡 ma　　　　　　無精打采的遠行，
　　中心如醉① tsuei　　　　心中昏迷如醉。
　　知我者謂我心憂 iou　　　了解我的人說我心憂，
　　不知我者謂我何求 kiou　不了解的人說我求什麼？

悠悠蒼天 tin　　　　　　漫無邊際的青天老爺，

此何人 nin 哉　　　　　　這人到底是誰啊？

【注】①譬喻昏迷之狀。
【章旨】哀行人憂心如焚。

三　彼黍離離 la　　　　　　那是結穗纍纍的小米，

彼稷之實 sit　　　　　　那是高粱的穗粒。

行邁靡靡 ma　　　　　　無精打采的遠行，

中心如噎① it　　　　　　心中氣悶不暢。

知我者謂我心憂 iou　　　了解我的人說我心憂，

不知我者謂我何求 kiou　不了解我的人說我求什麼？

悠悠蒼天 tin　　　　　　漫無邊際的青天老爺，

此何人 nin 哉　　　　　　這人到底是誰？

【注】①呼吸不順暢。
【章旨】哀行人胸悶氣塞。

·〈王風·兔爰〉(70)

一　有兔爰爰①　　　　　　兔子動作遲緩，

雉離②于羅③ la　　　　　雉雞被網子網住。

我生之初尚無爲④ ua　　我出生當初還算平靜無爭，

我生之後逢此百罹⑤ la　我出生以後遭逢這些數以百計的
　　　　　　　　　　　　災難，

尚寐⑥無吪ㆍ⑦ ua　　　　還能安寢不為所動嗎？

【注】①爰、緩古今字。②離，被網住。③捕鳥獸魚之網。④指平靜無爭。
　　　⑤罹，指災難。⑥寐。⑦吪、動。
【章旨】歎生不逢時，痛苦萬分。

二　有兔爰爰　　　　　　　　兔子動作遲緩，
　　雉離于罦①pou　　　　　　雉雞被網車網住。
　　我生之初尙無造②kou　　　我出生當初還算沒有事端，
　　我生之後逢此百憂 iou　　　我出生以後遭逢數以百計的憂患，
　　尙寐無覺 kou　　　　　　　還能安寢不有所覺醒嗎？

【注】①捕鳥獸的網車。②事端。
【章旨】重沓首章，字韻略異。

三　有兔爰爰　　　　　　　　兔子動作遲緩，
　　雉離于罿①tung　　　　　　雉雞被罿網網住。
　　我生之初尙無庸②ung　　　我出生當初還算沒什麼變化，
　　我生之後逢此百凶③hung　我出生以後遭逢數以百計的禍害，
　　尙寐無聰④tsung　　　　　還能安寢不有所聽聞嗎？

【注】①同罦，《韓詩》：「施羅於車上曰罿。」②無更、無變化。③指
　　　禍害。④聽聞。
【章旨】重沓首章，字韻略異。

·〈王風·葛藟〉(71)

一　緜緜①mian 葛藟②luei　　綿延不絕的葛藟藤，
　　在河③ka 之滸④ngo　　　　生長在黃河畔。
　　終⑤遠 uan 兄弟 tei　　　　長久遠離兄弟，
　　謂⑥他 ta 人父 po　　　　　呼喚別人為爹，
　　謂他 ta 人父 po　　　　　呼喚別人為爹，
　　亦莫我顧⑦ho　　　　　　　也沒有人關照我。

【注】①綿延不絕之貌。②藤類。③黃河。④水畔。⑤長久。⑥稱謂。⑦顧
　　我之倒裝。
【章旨】長久漂泊異鄉，思親之作。

二　緜緜 mion 葛藟 uei　　　　綿延不絕的葛藟藤，
　　在河 ka 之涘①i　　　　　　生長在黃河邊。
　　終遠 uan 兄弟 tei　　　　　長久遠離兄弟，
　　謂他 ta 人母 mi　　　　　　呼喚別人為娘，
　　謂他 ta 人母 mi　　　　　　呼喚別人為娘，
　　亦莫我有②i　　　　　　　　也沒有人接納我。

【注】①水畔。②有我之倒裝，接納。
【章旨】重沓首章，字韻略異。

三　緜緜 mian 葛藟 luei　　　　綿延不絕的葛藟藤，
　　在河 ka 之漘① sen　　　　　生長在黃河岸。
　　終遠 uan 兄弟 tei　　　　　長久遠離兄弟，
　　謂他 ta 人昆② kuen　　　　呼喚別人為大哥，
　　謂他 ta 人昆 kuen　　　　　呼喚別人為大哥，
　　亦莫我聞③ men　　　　　　 也沒有人慰問我。

【注】①水岸。②大哥。③聞我之倒裝。聞，問。
【章旨】重沓首章，字韻略異。

·〈魏風·園有桃〉(109)

一　園有桃 tiau　　　　　　　　園中有桃樹，
　　其實之殽ㄠ① hiau　　　　　桃果可食。
　　心之憂矣　　　　　　　　　心中憂愁，
　　我歌且謠② iau　　　　　　　我隨樂歌唱或清唱。

不我知者	不了解我的人，
謂我士③也驕 kiau	說我的官員驕傲，
彼人是哉 tsi	那人對否？
子曰何其 ki	你說怎麼辦呢？
心之憂矣 i	心中憂愁，
其誰知之 ti	有誰了解呢？
其誰知之 ti	有誰了解呢？
蓋④亦勿思 si	何能不去想呢？

【注】①食。②析言之，合樂曲而唱曰歌，清唱曰謠。③士、仕古今字，指官員。④盍、何。

【章旨】部屬受冤遭難，憂懼有加。

二　園有棘① kik	園中有棗樹，
其實之食 sik	棗果可食。
心之憂矣	心中憂愁，
聊以行國② ik	姑且行於國中。
不知我者	不了解我的人，
謂我士也罔極③ kik	說我的官員不像樣，
彼人是哉 tsi	那人對否？
子曰何其 ki	你說怎麼辦呢？
心之憂矣 i	心中憂愁，
其誰知之 ti	有誰了解呢？
其誰知之 ti	有誰了解呢？
蓋亦勿思 si	何能不去想呢？

【注】①棘、棗古同。②行於國中。③不像樣。

【章旨】重沓前章，字韻略異。

·〈魏風·陟岵〉(110)

一　陟①彼岵⑳②ko 兮　　　　　登上那草木茂盛的岵山顛，
　　瞻望父 po 兮　　　　　　瞻望父親，
　　父曰嗟　　　　　　　　父親說：「唉！
　　予子 tsi 行役③　　　　　我兒在外服公務，
　　夙夜無巳④i　　　　　　早晚無暇停息，
　　上⑤慎旃ㄓㄢ哉⑥　　　　希望要謹慎啊！
　　猶來無止 tsi　　　　　　還得歸來，切勿滯留他鄉。」

【注】①登。②草木茂盛之山。③在外服公職。④止。⑤尚、希望。⑥之。
【章旨】人子行役在外，思念父親送行贈語。

二　陟彼屺① ki 兮　　　　　登上那光禿禿的屺山，
　　瞻望母 mi 兮　　　　　瞻望母親，
　　母曰嗟　　　　　　　　母親說：「唉！
　　予季② tei 行役　　　　　我的么兒外服公務，
　　夙夜無寐 mei　　　　　早晚無暇睡覺，
　　上慎旃哉　　　　　　　希望要謹慎啊！
　　猶來無棄 kei　　　　　還得歸來，切勿棄逝於他鄉。」

【注】①山無草木。②么兒。
【章旨】人子行役在外，思念母親送行贈語。

三　陟彼岡① kong 兮　　　　登上那高岡，
　　瞻望兄 hung 兮　　　　瞻望哥哥。
　　兄曰嗟　　　　　　　　哥哥說：「唉！
　　予弟 tei 行役　　　　　我的弟弟外服公務，
　　夙夜必偕② kei　　　　　早晚必須與友朋和好，

上慎旃哉　　　　　　　　希望要謹慎小心啊！

猶來無死 sei　　　　　　還得歸來，切勿客死他鄉。」

【注】①岡、崗古今字。②和好、融洽。

【章旨】弟行役在外，思念哥哥送行贈語。

·〈唐風·杕杜〉(119)

一　有杕①之杜② to　　　　有棵孤單的杜樹，

其葉湑湑③ so　　　　　樹葉很肥美。

獨行踽踽④ uo　　　　　孤獨的行人，

豈無他人　　　　　　　難道就沒有其他的伴侶嗎？

不如我同父 po　　　　不像我與父為伴。

嗟行⑤之人　　　　　　路上的行人唉！

胡不比⑥ pei 焉　　　　何不親近他人呢？

人無兄弟　　　　　　　沒有兄弟的人，

胡不佽⑦ tsei 焉　　　　何不協助他呢？

【注】①孤單。②樹名。③肥美。④獨行貌。⑤道路。⑥親近。⑦協助。

【章旨】哀獨行人。

二　有杕之杜　　　　　　有棵孤單的杜樹，

其葉菁菁① tseng　　　樹葉很茂盛。

獨行睘睘② ueng　　　　孤獨無依的行人，

豈無他人　　　　　　　難道就沒有其他的伴侶嗎？

不如我同姓③ seng　　不像我與同宗為伴。

嗟行之人　　　　　　　路上的行人唉！

胡不比 pei 焉　　　　　何不親近他人呢？

人無兄弟　　　　　　　沒有兄弟的人，

胡不佽 tsei 焉　　　　　何不協助他呢？

【注】①茂盛貌。②《釋文》作㟥㟥，無所依貌。③同宗。
【章旨】重沓首章，字韻略異。

·〈小雅·無將大車〉(212)

一　無將①大車②　　　　不要讓牛車往前行，
　　祇ᵢ③自塵④ tin 兮　　　但使自己沾上塵土。
　　無思百憂　　　　　　不要多愁善感，
　　祇自底ᵈ⑤ tin 兮　　　但自己病倒了。

【注】①前進。②牛車。③適、只。④蒙塵。⑤病。
【章旨】多愁善感，有害無益。

二　無將大車　　　　　　不要讓牛車往前行，
　　維塵冥冥① meng　　　天昏地暗的飛塵。
　　無思百憂　　　　　　不要多愁善感，
　　不出于熲ᵍ② keng　　心中老是耿耿不安。

【注】①昏暗。②耿，不安之貌。
【章旨】多愁善感，內心極度不安。

三　無將大車　　　　　　不要讓牛車往前行，
　　維塵雝① ung 兮　　　飛塵到處壅塞遮蔽。
　　無思百憂　　　　　　不要多愁善感。
　　祇自重② tung 兮　　　徒然自我增加勞累而已。

【注】①雝、壅古今字，遮蔽。②加重勞累。
【章旨】多愁善感，無助有害。

·〈曹風·蜉蝣〉(150)

一　蜉蝣①之羽 uo　　　　　蜉蝣的羽翼，
　　衣裳楚楚② so　　　　　如同鮮豔的衣裳。
　　心之憂矣　　　　　　　內心是憂愁的，
　　於ₓ③我歸處④ tso　　　唉！我即將退隱返鄉。

【注】①飛蟲名。②鮮麗貌。③歎詞、於、鳴古今字。④退隱返鄉。
【章旨】光鮮亮麗極其短暫，不如歸去。

二　蜉蝣之翼 ik　　　　　蜉蝣的翅膀，
　　采采①衣服 pik　　　　如同美麗的衣服，
　　心之憂矣　　　　　　　內心是憂愁的，
　　於我歸息 sik　　　　　唉！我即將退休返鄉。

【注】①采、彩古今字，指色澤鮮美。
【章旨】穿美麗的衣服而勞碌，不如退休安息。

三　蜉蝣掘閱⒯①tuai　　　蜉蝣掘穴而出，
　　麻衣如雪②suai　　　　羽翼如雪白的麻衣。
　　心之憂矣　　　　　　　內心是憂愁的，
　　於我歸說③tuai　　　　唉！我即將獲得解脫。

【注】①穴之通假。②譬喻蜉蝣的羽翼。③脫、解脫。
【章旨】寄望脫胎換骨，以求早日解脫。

·〈小雅·黃鳥〉(193)

一　黃鳥黃鳥　　　　　　　黃鳥啊！黃鳥啊！
　　無集于穀① kuk　　　　不得聚集在穀樹上，
　　無啄我粟 suk　　　　　不得啄食我的小米。

此邦之人　　　　　　　這國度的人，
不我肯穀②kuk　　　　不肯善待我，
言③旋④言歸　　　　　打道回家，
復我邦族 tsuk　　　　回到我的邦國家族。

【注】①樹名。②善。③語助詞。④還。
【章旨】居外不易，不如返鄉。

二　黃鳥黃鳥　　　　　　黃鳥啊！黃鳥啊！
　　無集于桑 song　　　　不得聚集在桑樹，
　　無啄我粱 liong　　　 不得啄食我的高粱。
　　此邦之人　　　　　　這國度的人，
　　不可與明①mong　　　不可與他們結盟互信，
　　言旋言歸　　　　　　打道回家，
　　復我諸兄 huong　　　回到我的眾兄身邊。

【注】①明、盟古今字，訂約結盟。
【章旨】結盟困難，不如回到眾兄處。

三　黃鳥黃鳥　　　　　　黃鳥啊！黃鳥啊！
　　無集于栩①uo　　　　不得聚集在栩樹上，
　　無啄我黍②so　　　　 不得啄食我的黃米。
　　此邦之人　　　　　　這國度的人，
　　不可與處 tso　　　　不可與他們平和安處，
　　言旋言歸　　　　　　打道回家，
　　復我諸父③po　　　　回到我的父執輩身邊。

【注】①樹名。②又稱黃米。③父執輩。
【章旨】異邦人難共處，不如回到父執輩處。

· 〈小雅‧四月〉(210)

一　四月維夏① ko　　　　四月是夏季了，
　　六月徂②暑 to　　　　六月進入盛夏，
　　先祖匪③人　　　　　那些先祖，
　　胡寧④忍予 uo　　　　何以忍心我的處境呢？

【注】①此指周曆。②到達、進入。③彼。④何以。
【章旨】酷暑之痛。

二　秋日淒淒① tsei　　　　秋日寒意濃，
　　百卉具腓②ᵇ pei　　　各種花草全都枯萎。
　　亂離瘼③ᵇ矣　　　　　離亂致人病倒，
　　爰④其適⑤歸 tuei　　　要投靠到哪裡呢？

【注】①寒涼貌。②病，此指枯萎。③病。④語助詞，或作奚（《家語》引詩）。⑤往。
【章旨】秋意深，百花殘，人民處於亂離之痛。

三　冬日烈烈① lai　　　　冬日寒意冽冽，
　　飄風發發② pai　　　　飄風潑潑作響，
　　民莫不穀③　　　　　民眾都好，
　　我獨何害 kai　　　　何以唯獨我受害？

【注】①同冽冽，寒意貌。②同潑潑，狀風聲。③善。
【章旨】天冷風惡，眾人都好，獨我受害。

四　山有嘉卉　　　　　　山中有美好的花卉，
　　侯栗侯梅 mi　　　　　有栗樹和梅樹。
　　廢爲殘賊①　　　　　被殘酷的賊人毀壞，
　　莫名②其尤③ i　　　　花卉栗梅無以說出罪狀在哪兒？

【注】①爲殘賊廢之倒裝。②道出。③罪過。
【章旨】好人常受冤屈。

五　相①彼泉水　　　　　　看那泉水，
　　載清載濁 tuk　　　　時清時濁。
　　我日構②禍　　　　　我天天遭遇災禍，
　　曷③云能穀④ kuk　　　何時能有好運道呢？

【注】①看。②溝、遭遇。③何時。④善。
【章旨】泉水非常濁，也有清之時，盼望自己也能轉運。

六　滔滔①江漢　　　　　　波濤洶湧的長江和漢水，
　　南國②之紀③ ki　　　是南方諸侯國治理的重點。
　　盡瘁④以仕⑤ li　　　不辭辛勞以從事政務，
　　寧⑥莫我有 i　　　　我乃一絲絲都不保留。

【注】①水大貌。②南方侯國。③綱紀、重點。④勞苦。⑤公職、政務。
　　　⑥乃。
【章旨】鞠躬盡瘁於國事。

七　匪①鶉⒯②匪鳶③　　　那鶉鳥和鳶鳥，
　　翰④飛戾天 tin　　　高飛至大；
　　匪鱣⒯⑤匪鮪⒯⑥　　那鱣魚和鮪魚，
　　潛逃于淵 in　　　　潛逃在深淵裡。

【注】①彼。②鳥名。③鳥名。④高。⑤魚名。⑥魚名。
【章旨】鳥知高飛，魚懂深潛，己則無所容身。

八　山有蕨薇① mei　　　山中有蕨薇兩種野菜，
　　隰有杞桋② tei　　　低濕地有杞夷兩種大樹，

君子③作歌　　　　　身為官員創作這首詩歌，

維以告④哀 ei　　　　用來傾訴哀愁。

【注】①兩種野菜名。②兩種大樹名。③仕者、官員。④傾訴。

【章旨】官員訴說這首詩的創作動機：告哀。

·〈大雅·瞻卬〉(270)

一　瞻卬①昊②天　　　　仰望皓天，

　　則不我惠③ tai　　　何不憐愛我？

　　孔填²⁴不寧 neng　　大災害不得安寧，

　　降此大厲⑤ lai　　　降下這個大壞蛋，

　　邦靡有定 teng　　　國家無法安定，

　　士民其瘵³⁵⑥ tsai　士卒百姓入憂患之中，

　　蟊⑦賊蟊疾⑧ tsit　如同蟊蟲為害一般，

　　靡有夷⑨屆⑩ kit　　沒有平息之時，

　　罪罟⑪不收 kiou　　罪網不收，

　　靡有夷瘳⁴⁵⑫ mou　沒有止病痊癒之期。

【注】①卬、仰古今字。②昊、皓古今字。③憐愛。④瘨、病。⑤惡。⑥
　　病。⑦害苗蟲。⑧賊害。⑨平。⑩到。⑪網。⑫痊癒。

【章旨】天降大災難之憂患。

二　人有土田 tin　　　土田有主人，

　　女①反有②之　　　　你反而據為己有；

　　人有民人③ nin　　　奴隸有主人，

　　女覆奪 tuai 之　　　你反而奪取他們。

　　此宜無罪　　　　　這人應該沒罪，

　　女反收④之　　　　　你反而拘捕他；

彼宜有罪　　　　　　　　那人應該有罪，

女覆說⑤ tuai 之　　　　　你反而開脫他。

哲⑥夫成 teng 城 teng　　聰明的男士能築好城堡，

哲婦傾 keng 城 teng　　　聰明的婦女能毀敗城堡。

【注】①女、汝古今字，你。②佔有。③民、氓古今字，奴隸。④拘捕。
　　⑤脫。⑥智慧。

【章旨】哲婦有傾國之憂。

三　懿①厥哲婦　　　　　　那位聰明的婦女好美，

　　爲梟爲鴟② tei　　　　　如梟似鴟，

　　婦有長舌③　　　　　　長舌婦，

　　維厲④之階 kei　　　　　禍亂的階梯，

　　亂匪降自天 tin　　　　　禍亂非從天降，

　　生自婦人 nin　　　　　　從婦人處滋生，

　　匪敎匪誨 mi　　　　　　不聽從敎誨，

　　時維婦寺⑤ ti　　　　　　近身侍從婦女是也。

【注】①美。②貓頭鷹之屬，惡鳥。③譬喻搬弄是非。④禍亂。⑤寺、侍古
　　今字。

【章旨】哲婦亂國。

四　鞫⑪人忮⑫忒③ ik　　　　逼人問狀的手段狠毒，

　　譖⑭始竟⑤背⑥ pik　　　　最初的毀謗之言竟然與事實相反，

　　豈曰不極⑦ kik　　　　　豈能沒有準則呢？

　　伊⑧胡⑨爲慝⑩ mik　　　　她何以如此邪惡呢？

　　如賈⑪ ko 三倍⑫ pi　　　　像淨利三倍的商人，

　　君子⑬ tsi 是識⑭ tsik　　　國君應有這種體認，

　　婦無 mo 公事⑮ li　　　　禁止婦女干政，

休其 ki 蠶織 tsik　　　　婦女將休止養蠶織布的本務。

【注】①窮究。②狠。③惡。④毀謗。⑤終就。⑥違反。⑦準則。⑧此指第三人稱——她。⑨何。⑩惡。⑪商人。⑫三倍淨利。⑬此指國君。⑭體認。⑮政事。

【章旨】呼籲不讓婦女干政。

五　天何以刺①tsie　　　　上天用何種方式來譴責呢？
　　何神不富②pi　　　　　神何以不賜福？
　　舍③爾介④狄⑤tie　　　把您丟給強大的狄人，
　　維予胥⑥忌 ki　　　　　對我相為忌恨，
　　不弔⑦不祥 iong　　　　不弔慰、不獲祥，
　　威儀不類⑧lei　　　　　威儀不善，
　　人⑨之云亡 mong　　　　人民逃亡，
　　邦國殄⁺ᶦᵃⁿ⑩瘁⑪tsuei　　國家幾乎消滅殆盡。

【注】①譴責。②厚福。③舍、捨古今字。④大。⑤北方敵族之通稱。⑥相互。⑦問慰。⑧善。⑨百姓。⑩盡。⑪病。

【章旨】亡國前奏之憂。

六　天之降罔①mong　　　　上天降下罪網，
　　維其優②iou 矣　　　　是寬厚的。
　　人之云亡 mong　　　　人民逃亡。
　　心之憂 iou 矣　　　　我心憂傷。
　　天之降 mong 罔　　　　上天降下罪網，
　　維其幾③kei 矣　　　　是少又少的。
　　人之云亡 mong　　　　人民逃亡，
　　心之悲 pei 矣　　　　我心悲傷。

【注】①罔、網古今字，此指罪網。②寬厚。③鮮少。
【章旨】天作孽猶可逃，人作孽，不可活。

七　觱沸①檻②泉　　　　　　泛濫的泉水湧出如沸，

　　維其深 sim 矣　　　　　那泉水很深。

　　心之憂矣　　　　　　　我心憂傷，

　　寧③自今 kim 矣　　　　乃從現在開始。

　　不自我先　　　　　　　不始於我之前，

　　不自我後 hu　　　　　不起於我之後，

　　藐藐④昊天　　　　　　高遠的長天，

　　無不克鞏⑤ ku　　　　任何狀況都能穩定下來。

　　無忝⑥皇⑦祖　　　　　不得辱及偉大的先祖，

　　式⑧救爾後 hu　　　　用來救助您的後代子孫。

【注】①泉湧貌。②通濫。③乃。④高遠貌。⑤穩固。⑥辱。⑦偉大。⑧以
　　，用。
【章旨】承先啓後的重責，一肩扛。

十四、風土民謠

·〈周南·芣苢〉(8)

一 采采①芣芑苢② i   漂亮的芣苢，
   薄言③采④ tsi 之   採收去吧！
   采采芣苢 i   茂盛的芣苢，
   薄言有⑤ i 之   已經有所採穫了。

【注】①采、彩古今字。②植物名，苢、苡古今字。③語助詞。④采、採古
      今字。⑤收成。
【章旨】採收芣苢的初期。

二 采采芣苢   漂亮的芣苢，
   薄言掇ㄉㄨㄛ① tsuai 之   撿拾去吧！
   采采芣苢   茂盛的芣苢，
   薄言捋ㄌㄨㄛ② luai 之   成串捋下芣苢子。

【注】①拾取。②成串抹取。
【章旨】採收芣苢的盛期。

三 采采芣苢   漂亮的芣苢，
   薄言袺ㄐㄧㄝ① kit 之   貯入衣袖裏，
   采采芣苢   茂盛的芣苢，
   薄言襭② kit 之   置於在衣襟上。

【注】①《廣雅》：「袺，胡也。」衣袖。②《廣雅》：「襭，還也。」衣襟。

【章旨】袖裡懷中塞滿芣苢。

·〈鄭風·蘀兮〉(85)

一　蘀①兮蘀 tok 兮　　　　　樹皮樹葉落滿地，
　　風其吹 tsua 女②　　　　風吹送這些皮葉。
　　叔兮伯 pok 兮　　　　　　叔叔伯伯，
　　倡③予和 hua 女　　　　　您們唱，我來和。

【注】①落地的樹皮和葉。②女、汝古今字，你。③同唱。
【章旨】秋風掃落葉，伯叔和於樹下。

二　蘀兮蘀 tok 兮　　　　　　樹皮樹葉落滿地，
　　風其漂① piau 女　　　　　風飄動這些皮葉。
　　叔兮伯 pok 兮　　　　　　叔叔伯伯，
　　倡予要② iau 女　　　　　　您們唱，我來終結。

【注】①飄。②成，曲終為成。
【章旨】重沓首章。

·〈豳風·七月〉(154)

一　七月流① liou 火② huei　　到了七月，火星移位下沈，
　　九月授③ tsou 衣④ ei　　　到了九月，發放冬衣。
　　一之日⑤觱⑥ pit 發 pai　　一月天，寒風吹，
　　二之日栗⑦ lit 烈 lai　　　二月天，天寒地凍。
　　無衣⑧無褐⑨ kai　　　　　缺乏冬衣與粗布衣，
　　何以卒歲⑩ uai　　　　　　如何過完年呢？

三之日于耜⑪ i　　　　三月天，開始犁田，
四之日舉趾⑫ tsi　　　四月天，抬腳下田耕種。
同我⑬婦子 tsi　　　　我同婦女孩子，
饁⑭彼南畝 mi　　　　送飯食到那南面的田地，
田畯⑮至喜 hi　　　　督導田地的官員極為高興。

【注】①移動、下沈。②火星。③發放。④指寒衣。⑤一月天。⑥寒氣。⑦
　　　寒冷。栗、慄古今字。⑧指寒衣。⑨粗布衣。⑩過年。⑪犁田。⑫指
　　　下田耕種。⑬我同之倒裝。⑭送飯。⑮督導耕作官員。

【章旨】豳地農村的四季謠。

二　七月流 liou 火 huei　　　到了七月，火星移位下沈，
　　九月授 tsou 衣 ei　　　　到了九月，發放冬衣。
　　春日載①陽② iong　　　　春天的太陽是和暖的，
　　有鳴倉庚③ kong　　　　有倉庚鳥啼叫，
　　女執懿④筐 huong　　　　姑娘攜帶很美的竹簍，
　　遵⑤彼微行⑥ kuong　　　沿著那小路行走，
　　爰⑦求柔桑⑧ song　　　　為的尋找柔嫩的桑葉。
　　春日遲遲⑨ tei　　　　　春天的太陽令人舒暖意洽，
　　采⑩蘩祁祁⑪ tei　　　　美麗的蘩草極茂盛。
　　女心傷悲 pei　　　　　　姑娘的心是傷悲的，
　　殆及⑫公子⑬同歸⑭ tuei　擔心被公子逼婚。

【注】①語助詞。②暖和。③鳥名。④美。⑤循、沿。⑥小路。⑦語助詞。
　　　⑧嫩桑葉。⑨意舒貌。⑩采、彩古今字。⑪茂盛貌。⑫擔心、恐怕。
　　　⑬統治階級之子。⑭搶親、逼婚。

【章旨】特權階級行搶親逼婚的惡狀。

三　七月流火 huei　　　　　到了七月，火星移位下沈，
　　八月萑葦① uei　　　　　到了八月，萑葦草成熟了，

蠶月②條桑③ song　　　　　養蠶之月，桑樹抽枝舒條。

取彼斧斨（ㄑㄧㄤ）④ tsiong　　拿著那圓方形的斧頭，

以伐遠揚⑤ iong　　　　　　用來砍伐分布四散的枝條。

猗⑥彼女桑⑦ song　　　　　那些繁茂的小桑樹，

七月鳴鵙（ㄐㄩㄝ）⑧ kie　　七月天，鵙鳥鳴叫其間，

八月載⑨績⑩ tsie　　　　　到了八月，可以紡織了，

載⑪玄⑫載黃 kuong　　　　有黑的，有黃的，

我朱孔陽⑬ iong　　　　　　我紅色的特別明亮，

爲公子裳 song　　　　　　為公子做衣裳。

【注】①草名。②養蠶之月。③桑樹長出枝條。④方形斧。⑤指長枝條。⑥茂盛。⑦小桑樹。⑧鳥名。⑨始。⑩紡織。⑪語助詞。⑫黑色。⑬明亮。

【章旨】狀養蠶織布與做衣裳。

四　四月秀①葽（ㄧㄠ）② iou　　葽草在四月開花，

五月鳴蜩（ㄊㄧㄠ）③ tsou　　蟬在五月鳴叫，

八月其穫 huok　　　　　　　收割在八月。

十月隕蘀（ㄊㄨㄛ）④ tok　　皮葉落地在十月。

一之日于貉（ㄏㄜ）⑤ kok　　獵貉在一月。

取彼狐狸 li　　　　　　　　剝取狐狸的皮毛，

爲公子裘 ki　　　　　　　　製作公子的皮外套。

二之日其同⑥ tung　　　　　會眾共同狩獵在二月，

載⑦纘（ㄗㄨㄢ）⑧武功⑨ kung　接下來操練武功軍事，

言⑩私⑪其豵（ㄗㄨㄥ）⑫ tsung　小豬歸私有，

獻豜（ㄐㄧㄢ）⑬于公 kung　　大豬獻給公有。

【注】①花開。②草名。③蟬。④草木的皮葉落地。⑤獸名。⑥會合。⑦語

助詞。⑧繼，接下來。⑨軍事。⑩語助詞。⑪私有。⑫一歲豬，指小
豬。⑬三歲豬，指大豬。

【章旨】一年四季，各有所司。

五　五月斯螽ㄓㄨㄥ①動股 ko　　　　螽斯在五月抖動大腿，

　　六月莎ㄙㄨㄛ雞②振羽 uo　　　　莎雞在六月振動羽毛，

　　七月在野 uo　　　　　　　　　七月在田野，

　　八月在宇③ uo　　　　　　　　八月在簷下，

　　九月在戶 ho　　　　　　　　　九月在門戶，

　　十月蟋蟀入我牀下 ho　　　　蟋蟀進入我的牀下是十月。

　　穹窒④熏鼠 so　　　　　　　　清口塞洞以便熏鼠，

　　塞向⑤墐ㄐㄧㄣ戶⑥ ho　　　　用泥巴塞住朝北的門戶。

　　嗟我婦子　　　　　　　　　　我的婦孺啊！

　　曰⑦為改歲⑧　　　　　　　　即將過年了，

　　入此室處⑨ tso　　　　　　　　進住這個房間吧！

【注】①亦名螽斯，蟲名。②蟲名。③屋簷。④清理和塞住洞口。⑤北向的
　　門戶。⑥用泥巴塗抹門戶。⑦語助詞。⑧過年。⑨住。

【章旨】年前一片繁忙景象。

六　六月食鬱①及薁ㄩ② ou　　　　吃鬱和薁在六月，

　　七月亨③葵④及菽⑤ sou　　　　烹煮葵和菽在七月，

　　八月剝棗 tsou　　　　　　　　剝棗在八月，

　　十月穫稻 tiou　　　　　　　　收割稻米在十月，

　　為此春酒 iou　　　　　　　　釀製這種春酒，

　　以介⑥眉壽⑦ sou　　　　　　　以求高壽。

　　七月食瓜 ko　　　　　　　　　食瓜果在七月，

　　八月斷壺⑧ ho　　　　　　　　瓟蘆斷蒂在八月，

　　九月叔⑨苴⑩ tso　　　　　　　撿拾麻子在九月。

采⑪荼薪樗ㄕㄨ⑫ uo　　　採收苦菜和伐樗為薪，

食⑬我農夫 po　　　　　使我的農夫有得吃。

【注】①果名。②果名。③亨、烹古今字。④菜名。⑤豆。⑥句，求。⑦
　　　高壽。⑧斷葫蘆之蒂。壺，瓠或葫之借字。⑨撿拾。⑩麻子。⑪采
　　　、採古今字。⑫以樗木為薪。⑬動詞，供食。

【章旨】各月有各月的農產品，賴以養活農夫。

七　九月築場①圃② po　　　　九月在菜園上建築曬穀場，

　　十月納③禾④稼⑤ ko　　　十月收藏要播種的種籽，

　　黍⑥稷⑦重⑧穋ㄌㄨ⑨ mik　小米、高粱，早熟和晚熟的農作物，

　　禾麻菽⑩麥 mik　　　　　五穀、麻、豆、麥子。

　　嗟我農夫　　　　　　　　我的農夫啊！

　　我稼既同⑪ tung　　　　我要播種的種籽已經匯集了，

　　上⑫入執宮⑬功⑭ kung　進入宮廷表功，獻上執於手中的農產
　　　　　　　　　　　　　　品。

　　晝爾⑮于⑯茅 mou　　　白天整理茅草，

　　宵爾索⑰綯ㄊㄠ⑱ iou　夜晚搓製草繩。

　　亟⑲其乘⑳屋 uk　　　　急忙登上屋頂，

　　其始播百穀 kuk　　　　播種各類作物的時間快開始了。

【注】①曬穀場。②菜園。③收藏。④五穀總稱。⑤播種。⑥小米。⑦高
　　　粱。⑧早熟作物。⑨晚熟作物。⑩豆類。⑪聚集。⑫獻上。⑬拿著穀
　　　物進入宮殿。⑭表功。⑮語助詞。⑯動詞，此代表整理。⑰搓製。⑱
　　　繩子。⑲急。⑳登。

【章旨】狀秋收冬藏之忙碌。

八　二之日鑿冰沖沖① tim　二月天，鑿冰之聲沖沖，

　　三之日納于凌陰② kim　三月天，將冰塊收藏在冰室，

　　四之日其蚤③ tsou　　　四月天的大早，

獻羔祭韭 kiou 　　　　　　獻祭小羊和韭菜。

九月肅 sou 霜④ song 　　　九月降嚴霜，

十月滌 iou 場⑤ iong 　　　十月清掃曬穀場，

朋酒⑥斯饗 kiong 　　　　　兩樽酒作為饗飲，

曰殺羔羊 iong 　　　　　　宰殺小羊，

躋⑦彼公堂⑧ song 　　　　立上辦公廳，

稱⑨彼兕觥⑩ song 　　　　舉起那兕角杯，

萬壽無疆 kiong 　　　　　萬歲無盡期。

【注】①鑿冰聲。②藏冰室。③蚤、早古今字。④嚴霜。⑤清掃穀場。⑥兩樽酒。⑦登、送上。⑧辦公廳。⑨舉。⑩兕角杯。

【章旨】冬藏過年的景象。

·〈豳風·鴟鴞〉(155)

一　鴟ㄔ鴞ㄒㄧㄠ①鴟鴞 　　　貓頭鷹！貓頭鷹！

　　既取我子 　　　　　　已經抓走我的小鳥，

　　無毀我室 　　　　　　不要毀損我的巢窩。

　　恩② en 斯③勤④ ken 斯 　恩愛啊！憂勞啊！

　　鬻子⑤之閔⑥ men 斯 　　稚子可憐啊！

【注】①貓頭鷹。②恩愛。③語助詞。④憂勞。⑤稚子（《毛傳》）。⑥閔、憫古今字。

【章旨】鳥語詩歌。

二　迨①天之未陰雨 uo 　　　趁老天未及陰雨，

　　徹②彼桑土③ to 　　　　剝取那些桑樹根，

　　綢繆④牖戶 ho 　　　　將門戶通口纏繞好。

　　今女⑤下民⑥ 　　　　　如今你們樹下的人，

或敢侮予 uo　　　　　　　　有誰敢欺侮我呢？

【注】①趁。②取。③桑根（《毛傳》）。土、杜古今字，《方言》：「東
　　　齊謂根曰杜。」④纏繞。⑤女、汝古今字。⑥樹下的人。
【章旨】鴟鴞所攻擊的鳥，及早修護巢窩。

三　予手拮据① ko　　　　　　我（指遭鴟鴞傷害的母鳥）的手
　　　　　　　　　　　　　　緊緊抓住，

　　予所捋②荼③ uo　　　　　　我所採摘的是茅草花，
　　予所蓄④租⑤ tso　　　　　　我所累積下來當墊子用。
　　予口卒瘏⑥ to　　　　　　　我的嘴巴病了，
　　曰予未有室家⑦ ko　　　　　我尚未有自己的居家呢！

【注】①緊緊抓住。②摘取。③茅草花。④累積。⑤茅藉（《說文》），
　　　即墊子。⑥病。卒、瘁古今字。⑦居家。
【章旨】受害母鳥，積勞成疾，期盼早日修復巢穴。

四　予羽譙譙① tsiau　　　　　我的羽毛變枯黃，
　　予尾翛翛② iau　　　　　　我的尾巴漸萎禿，
　　予室翹翹③ ngiau　　　　　我的居家挺危險，
　　風雨所漂④搖 iau　　　　　在風雨中飄搖，
　　予維音嘵嘵⑤ ngiau　　　　我的鳴叫帶恐懼。

【注】①譙、憔相通，枯黃貌。②禿萎貌。③高危貌。④漂、飄相通。⑤恐
　　　懼聲。
【章旨】描述母鳥受害的慘狀。

十五、贈　賜

·〈秦風·渭陽〉（134）

一　我①送舅氏②　　　　　我送行舅舅家氏，
　　曰③至渭陽④ iong　　到達渭水北岸。
　　何以贈之　　　　　　拿什麼贈送他們呢？
　　路車⑤乘黃⑥ kuong　諸侯乘坐的大車和四匹純黃的馬。

【注】①或云指秦康公爲穆公子時。②或云晉公子重耳，穆公夫人乃重耳之
　　　姊。③語助詞。④渭水之北。⑤諸侯乘坐的大車。⑥四匹純黃的馬。
【章旨】諸侯對諸侯行贈物。

二　我送舅氏　　　　　　我為舅舅家氏送行，
　　悠悠①我思 si　　　　我的思情深長。
　　何以贈之　　　　　　拿什麼贈送他們呢？
　　瓊②瑰③玉佩④ pi　　紅玉、玫瑰石和玉佩。

【注】①深長。②紅玉。③玫瑰石。④玉石的佩飾。
【章旨】重沓首章，字韻略異。

·〈唐風·無衣〉（122）

一　豈曰無衣七① tsit 兮　豈是說：沒有侯伯七種彩繪的禮服，
　　不如子②之衣　　　　而是不如天子的衣裳，
　　安③且吉④ kit 兮　　既舒適又美好。

【注】①侯伯禮服有七種彩繪。②指周天子。③舒適。④美好。
【章旨】晉武公覬覦周天子贈賜天子的禮服（〈詩序〉）。

二　豈曰無衣六①lou ㄌㄡ　　　　豈是說：沒有卿大夫六層摺疊的禮
　　　　　　　　　　　　　　　　服，

　　不如子之衣　　　　　　　　而是不如天子的衣裳，

　　安且燠ㄩˋ②ou ㄡ　　　　　　既舒適又暖和。

【注】①《毛傳》：「天子之卿六命，車騎衣服，以六爲節。」②暖和。
【章旨】重沓首章，字韻略異。

·〈大雅·江漢〉(268)

一　江①漢②浮浮③pou　　　　　長江、漢水的水量滿滿的，

　　武夫④滔滔⑤tiou　　　　　　戰士的士氣高亢，

　　匪安匪遊 iou　　　　　　　　不謀安樂與出遊，

　　淮夷⑥來求 kiou　　　　　　　為尋求淮水流域的夷人而來，

　　旣出我車 ko　　　　　　　　我方的兵車已出動，

　　旣設我旟⑦uo　　　　　　　　我方的隼鳥旗已架設，

　　匪安匪舒　　　　　　　　　　不求安樂與快適，

　　淮夷來鋪⑧po　　　　　　　　為討伐淮水流域的夷人而來。

【注】①長江。②漢水。③水漲貌。④戰士。⑤指士氣高昂。⑥淮水流域的
　　　夷人。⑦畫隼鳥之旗。⑧討伐。
【章旨】征討淮夷的士氣高昂。

二　江漢湯湯①iong　　　　　　　長江、漢水的水流浩大，

　　武夫洸ㄍㄨㄤ洸②kuong　　　　戰士顯得威武，

　　經營四方 pong　　　　　　　　出征全國各地，

　　告成于王 huong　　　　　　　向周王報告已完成使命。

　　四方旣平 peng　　　　　　　　全國各地已經平定，

　　王國庶③定 teng　　　　　　　周王國大抵安定，

時④靡有爭 tseng　　　從此沒有戰爭了，
王心載⑤寧 neng　　　周王內心得以安寧了。

【注】①巨大的流水聲。②威武貌。③幾乎、接近。④是、此。⑤則。
【章旨】征伐已大告凱旋。

三　江漢之滸① ngo　　　長江、漢水的濱畔，
　　王命召虎② ho　　　周王任命召虎，
　　式③辟④四方　　　　開闢各地疆域，
　　徹⑤我疆土 to　　　在我國的疆上頒行十一稅制，
　　匪疚⑥匪棘⑦ kik　　不擾民、不迫民，
　　王國來極⑧ kik　　　以周王國作為準則，
　　于疆于理⑨ li　　　　擘畫疆界，
　　至于南海 mi　　　　達到南方海域。

【注】①水邊。②召穆公名，即召伯，文王之子。③語助辭。④辟、闢古
　　　今字。⑤十一稅制名。⑥病。⑦通急，困急。⑧準則。⑨疆、理當動
　　　詞用。
【章旨】周王任命召虎治理疆土。

四　王命召虎　　　　　周王冊命召虎，
　　來旬①來宣② uan　　到各地巡視和宣布王令。
　　文武受命　　　　　文王、武王接受天命為王，
　　召公維翰③ kam　　召公是國之棟樑。
　　無曰予小子 tsi　　　無須說：我是小人物。
　　召公是似④ i　　　　召公是後繼者，
　　肇⑤敏⑥戎公⑦　　　勤於武略，
　　用錫⑧爾⑨祉 tsi　　因而獲賜周王的福祿。

【注】①旬、徇、巡古今字。②示。③楨榦、棟樑。④通嗣，後繼。⑤語助

詞。⑥勤勉。⑦軍事。⑧錫、賜古今字。⑨語助詞。

【章旨】召虎可能是未來的接班人。

五　釐①爾圭瓚②　　　　　　償賜你圭玉柄的勺，

　　秬鬯③一卣④　　　　　　一卣黑黍酒，

　　告于文人⑤ nin　　　　　　向美德的先祖行告祭。

　　錫山土田 tin　　　　　　償賜山、地、田，

　　于周⑥受命 lin　　　　　　在周京接受冊封令，

　　自召祖⑦命 lin　　　　　　以祖先召公奭之禮任命召虎。

　　虎拜稽首⑧　　　　　　　召虎雙手及地行叩頭之禮，

　　天子萬年 nin　　　　　　天子萬萬歲。

【注】①償賜。②玉柄酒勺。③黑黍酒。④酒器。⑤美德先祖。⑥周京。⑦指召公奭。⑧叩頭。

【章旨】召虎拜受冊命與償賜。

六　虎拜稽首 sou　　　　　　召虎雙手及地行叩頭之禮，

　　對①揚王休② kiou　　　　稱頌讚揚周王的美政，

　　作召公考③ kou　　　　　作召公先祖的追孝之祭，

　　天子萬壽 sou　　　　　　天子萬萬歲，

　　明明④天子 tsi　　　　　賢明的天子，

　　令聞⑤不已 i　　　　　　美譽不休，

　　矢⑥其文德⑦ tik　　　　宣誓他的德澤，

　　洽⑧此四國 ik　　　　　與四方諸侯國和睦相處。

【注】①稱頌。②美政。③先祖。④賢明。⑤美譽。⑥矢、誓古今字。⑦美政。⑧諧和。

【章旨】頌揚天子的美政。

十六、宴　樂

·〈小雅·鹿鳴〉（161）

一　呦ㄧㄡ呦①鹿鳴 meng　　　　鹿鳴呦呦之聲，

食野之苹② peng　　　　在野地上吃苹草。

我③有嘉賓　　　　　　我有嘉賓來訪，

鼓④瑟吹笙 seng　　　　彈瑟吹笙以示歡迎，

吹笙鼓⑤簧⑥ kuong　　　吹笙時舌片振動。

承⑦筐⑧是將⑨ tsiong　　奉送裝禮物的竹筐。

人⑩之好我　　　　　　嘉賓待我很好，

示我周行⑪ kuong　　　提示我一番大道理。

【注】①鹿鳴聲。②草名。③此指主人。④彈奏。⑤振動。⑥簧片、舌片。
　　　⑦裝載。⑧竹器。⑨進、奉上。⑩指嘉賓。⑪大道理。

【章旨】宴樂嘉賓。

二　呦呦鹿鳴　　　　　　鹿鳴呦呦之聲，

食野之蒿① kau　　　　在野地上吃蒿草。

我有嘉賓　　　　　　我有嘉賓來訪，

德音②孔昭③ tau　　　他的德行聲譽極其顯赫，

視民④不恌ㄊㄧㄠ⑤ tiau　治理百姓不苟刻，

君子⑥是則是傚 kiau　　是在位君子效法的榜樣。

我有旨酒　　　　　　我有美酒，

嘉賓式⑦燕⑧以⑨敖⑩ ngau　用來宴饗嘉賓和供他出遊。

【注】①草名。②德行聲譽。③顯赫。④治民。⑤刻薄。⑥有德的在位者。
　　　⑦用。⑧燕、宴古今字。⑨與。⑩敖、遨古今字。
【章旨】重沓首章，字韻略異。

三　呦呦鹿鳴　　　　　　鹿鳴呦呦之聲，
　　食野之芩①kim　　　　在野地吃芩草。
　　我有嘉賓　　　　　　我有嘉賓來訪，
　　鼓瑟鼓琴 kim　　　　彈琴彈瑟以示歡迎，
　　鼓瑟鼓琴　　　　　　彈琴彈瑟以示歡迎，
　　和樂且湛ㄉㄢ②sim　　 和諧快樂的氣氛久久不止。
　　我有旨酒　　　　　　我有美酒，
　　以燕樂嘉賓之心 sim　 用來宴饗助興嘉賓的心情。

【注】①草名。②樂之久。
【章旨】重沓首章，字韻略異。

·〈小雅·魚麗〉(170)

一　魚麗①于罶ㄌㄧㄡ②mou　　魚兒被罶器捕捉到，
　　鱨ㄔㄤ鯊③sa　　　　　　鱨魚和鯊魚。
　　君子有酒 iou　　　　　在位主管有酒，
　　旨且多 ta　　　　　　美味又量多。

【注】①罹、捕捉。②捕魚器名。③二者皆魚名。
【章旨】在位主管以美酒和魚招待部屬。

二　魚麗于罶 mou　　　　　魚兒被罶器捕捉到，
　　魴鱧①lei　　　　　　 魴魚和鱧魚。
　　君子有酒 iou　　　　　在位主管有酒，
　　多且旨 kei　　　　　　量多又美味。

【注】①二者皆魚名。
【章旨】重沓首章，字韻略異。

三　魚麗于罶 mou　　　　　　魚兒被罶器捕捉到，
　　鰋鯉① li　　　　　　　　鰋魚和鯉魚。
　　君子有酒 iou　　　　　　在位主管有酒，
　　旨且有② i　　　　　　　美味又充裕。

【注】①二者皆魚名。②充裕。
【章旨】重沓首章，字韻略異。

四　物①其多 ta 矣　　　　　食物豐盛，
　　維其嘉 ka 矣　　　　　都是美好的。

【注】①指食物。
【章旨】食物量多質精。

五　物其旨 kei 矣　　　　　美好的食物，
　　維其偕① kei 矣　　　　是齊全完備的。

【注】①齊全。
【章旨】美好的食物備妥齊全。

六　物其有 i 矣　　　　　　食物充裕，
　　維其時① ti 矣　　　　　合乎節令。

【注】①合乎節令。
【章旨】切合時令的食物至爲充裕。

‧〈小雅‧南有嘉魚〉(174)

一　南有嘉魚　　　　　　　南方產好魚，
　　烝然①罩罩② tau　　　　撈捕很多。
　　君子有酒　　　　　　　在位主管備有美酒，
　　嘉賓式③燕以樂④ lau　　作為宴饗嘉賓快樂之用。

【注】①眾。②《說文》或作籗。《淮南子‧說林篇》談到各種捕魚法，罩
　　　乃抑之捕魚法。③以、用。④燕、宴古今字。
【章旨】在位君子撈捕好魚，搭配美酒，以饗樂嘉賓。

二　南有嘉魚　　　　　　　南方產好魚，
　　烝然汕汕① san　　　　群魚水中游。
　　君子有酒　　　　　　　在位主管備有美酒，
　　嘉賓式燕以衎ㄎㄢˋ② kan　作為宴饗嘉賓取樂之用。

【注】①群魚游水貌。②樂。
【章旨】重沓首章，字韻略異。

三　南有樛ㄐㄡ木①　　　　南方植有樛木，
　　甘瓠ㄏㄨˋ②纍 luei 之　　甜瓠瓜的果實纍纍。
　　君子有酒　　　　　　　在位主管備有美酒，
　　嘉賓式燕綏③ tuei 之　　作為宴饗嘉賓安樂之用。

【注】①樹名。②瓠瓜。③安樂。
【章旨】甜瓠配美酒以宴嘉賓。

四　翩翩①者鵻②　　　　　疾飛的鵻鳥，
　　烝然來 li 思③　　　　很多聚集而來。
　　君子有酒　　　　　　　在位主管備有美酒，
　　嘉賓式燕又④ i 思　　　作為宴饗勸酒之用。

【注】①疾飛貌。②鳥名。③語尾助詞。④又、侑古今字，勸酒。
【章旨】雛鳥肉配美酒以宴嘉賓。

·〈小雅·湛露〉(180)

一　湛湛① sim 露 ko 斯　　　　濃濃的露水，
　　匪陽不晞② hei　　　　　　不見陽光就乾不了。
　　厭厭③ im 夜 o 飲　　　　　晚宴時喝個夠，
　　不醉無歸 tuei　　　　　　　不醉不歸。

【注】①濃厚貌。②晒乾。③厭、饜古今字，飽足。
【章旨】露重夜宴時，喝酒爛醉。

二　湛湛 sim 露 ko 斯　　　　　濃濃的露水，
　　在彼豐草 tsou　　　　　　　在那豐縟的草上。
　　厭厭 im 夜 o 飲　　　　　　晚宴時喝個夠，
　　在宗①載②考③ kou　　　　　在宗廟中行落成之禮。

【注】①宗廟。②語助詞。③落成禮。
【章旨】宗廟落成禮上，夜飲喝多。

三　湛湛露斯　　　　　　　　　濃濃的露水，
　　在彼杞①棘②　　　　　　　在那杞棘樹上。
　　顯③允④君子⑤　　　　　　顯赫誠信的國君，
　　莫不令德 tik　　　　　　　無不兼具各種美好的德操。

【注】①樹名。②樹名。③顯赫。④誠信。⑤國君。
【章旨】盛讚國君具備美好的德操。

四　其桐①其椅② ka　　　　　桐樹和椅樹，
　　其實離離③ la　　　　　　果實纍纍。
　　豈弟④君子　　　　　　　快樂友善的國君，
　　莫不令儀 nga　　　　　　無不兼具各種美好的容儀。

【注】①樹名。②樹名。③纍纍。④豈弟、愷悌古今字。
【章旨】盛讚國君具備美好的容儀。

·〈小雅·彤弓〉(181)

一　彤ㄊㄨㄥˊ弓①弨ㄔㄠ② 兮　　紅色弓的弦鬆開，
　　受言③藏 tsiong 之　　　（諸侯）將受贈的彤弓收藏起來。
　　我有嘉賓　　　　　　　我（天子）有嘉賓，
　　中心④貺ㄎㄨㄤˋ⑤ huong 之⑥　把出自內心的話賜福給他，
　　鐘鼓既設　　　　　　　鐘鼓皆已架設，
　　一朝⑦饗⑧ kiong 之　　　整個早上都在宴饗他。

【注】①丹飾的弓。②弓弛貌。③語助詞。④心中之倒裝。⑤贈賜。⑥指嘉
　　賓。⑦終朝。⑧宴饗。
【章旨】天子贈彤弓給諸侯，並為之設宴。

二　彤弓弨兮　　　　　　　紅色弓的弦鬆開，
　　受言載① tsi 之　　　　（諸侯）將受贈的彤弓運載回去。
　　我有嘉賓　　　　　　　我（天子）有嘉賓，
　　中心喜 hi 之　　　　　心中喜歡他，
　　鐘鼓既設　　　　　　　鐘鼓皆已架設，
　　一朝右② i 之　　　　　整個早上都在設宴招待他。

【注】①載之以歸（《毛傳》）。②右、侑古今字，設宴招待。
【章旨】重沓首章，字韻略異。

三　彤弓弨兮　　　　　　　　紅色弓的弦鬆開，
　　受言櫜ㄍㄠ① kiou 之　　（諸侯）將受贈的彤弓裝入袋中。
　　我有嘉賓　　　　　　　　我（天子）有嘉賓，
　　中心好 hou 之　　　　　　心中對他好感，
　　鐘鼓既設　　　　　　　　鐘鼓皆已架設，
　　一朝醻ㄔㄡ② sou 之　　　整個早上都在互相敬酒。

【注】①裝弓矢的袋子。②醻、酬古今字，意為互相敬酒。
【章旨】重沓首章，字韻略異。

·〈小雅·魚藻〉(227)

一　魚在在藻 sou　　　　　　魚在水藻之中，
　　有頒①其首 sou　　　　　頭大大的。
　　王在在鎬ㄏㄠ② kau　　　天子在鎬京之中，
　　豈ㄎㄞ③樂飲酒 iou　　　和樂暢快的飲酒。

【注】①大。②西周京城。③豈、愷古今字，和樂。
【章旨】頌揚太平盛世的景象。

二　魚在在藻 sau　　　　　　魚在水藻之中，
　　有莘ㄕㄣ①其尾 mei　　　尾巴長長的。
　　王在在鎬 kau　　　　　　天子在鎬京之中，
　　飲酒樂豈ㄎㄞ kei　　　　和樂暢快的飲酒。

【注】①長貌。
【章旨】重沓首章，字韻略異。

三　魚在在藻 sau　　　　　　魚在水藻之中，
　　依于其蒲① po　　　　　　依附在蒲草之下。

王在在鎬 kau　　　　　　天子在鎬京之中，
有那②其居 ko　　　　　　王宮居所非常富麗堂皇。

【注】①水草名。②那、娜古今字，此言富麗堂皇。
【章旨】盛讚王宮之美。

·〈小雅·賓之初筵〉(226)

一　賓之初筵①　　　　　　賓客剛剛就坐席位，
　　左右秩秩②　　　　　　左右整齊分開，
　　籩③豆④有楚⑤ so　　　　籩器和豆器為數眾多，
　　殽⑥核⑦維旅⑧ lo　　　　肉食和乾果陳列出來，
　　酒既和⑨旨⑩ kei　　　　酒已調出美味，
　　飲酒孔偕⑪ kei　　　　喝酒的氣氛十分和諧，
　　鐘鼓既設 sit　　　　　鐘鼓已擺設妥當，
　　舉醻⑫逸逸⑬ it　　　　舉杯敬酒顯得非常高興，
　　大侯⑭既抗⑮ kong　　　巨大的箭靶已經張設，
　　弓矢斯張⑯ tong　　　　箭搭在弓上，
　　射夫既同⑰ tung　　　　射手已經聚集，
　　獻爾發功⑱ kung　　　　獻上你們射箭成績，
　　發彼有的⑲ tau　　　　射中那些靶心，
　　以祈⑳爾爵㉑ tsiau　　　以求你們該得的賜酒。

【注】①座席。②整齊貌。③盛果竹器名。④盛肉器名。⑤多貌。⑥肉食。
　　⑦乾果。⑧陳設。⑨調酒。⑩美味。⑪通諧。⑫醻、酬古今字，敬
　　酒。⑬樂貌。⑭射靶。⑮張設。⑯引弓。⑰聚集。⑱射箭的成績。⑲
　　靶心。⑳求。㉑酒杯，此指賜酒。
【章旨】在位官員射箭飲酒之禮。

二 簫①舞笙鼓 ko　　　　　　有簫有舞有笙有鼓，
　　樂既和奏　　　　　　　　樂器已經齊同演奏，
　　烝②衎ㄎㄢˋ③烈祖④ tso　　　豐功偉業的先祖都感欣喜快樂，
　　以洽⑤百禮　　　　　　　　配合數以百計的禮儀，
　　百禮既至⑥　　　　　　　　數以百計的禮儀已經一一行過，
　　有壬⑦ nim 有林⑧ lim　　其規模盛大又繁多，
　　錫⑨爾純嘏⑩　　　　　　　賜你們天大的福氣，
　　子孫其湛⑪ sim　　　　　　子孫蒙受蔭庇，
　　其湛曰樂　　　　　　　　　那蔭庇就是快樂。
　　各奏爾能⑫ i　　　　　　　你們一一呈獻射箭的本事，
　　賓載⑬手仇⑭　　　　　　　賓客中有射箭的敵手。
　　室人⑮入又⑯ i　　　　　　主人再次進入會場，
　　酌彼康爵⑰　　　　　　　　酌滿象徵福康的酒杯，
　　以奏⑱爾時⑲ ti　　　　　　你們進獻時宜的貢品。

【注】①多管竹樂器名。②語助詞。③樂。④豐功偉業的先祖。⑤合。⑥指行禮。⑦大。⑧指繁多。⑨錫、賜古今字。⑩大福。⑪蔭庇。⑫指射箭的本事。⑬語助詞。⑭敵手。⑮主人。⑯又入之倒裝。⑰象徵福康的酒杯。⑱進。⑲季節性的產品。

【章旨】國君賜宴的熱鬧場景。

三 賓之初筵　　　　　　　　　賓客剛剛就坐席位，
　　溫溫其恭　　　　　　　　　非常溫和恭敬。
　　其未醉止　　　　　　　　　他尚未喝醉，
　　威儀反反① pan　　　　　　威儀非常的好。
　　曰既醉止　　　　　　　　　喝醉之後，
　　威儀幡ㄈㄢ幡② pan　　　　威儀極其不安，
　　舍③其坐遷 sian　　　　　　離開他的坐位而轉往別處，

屢舞僊[T一ㄢ]僊④ sian	屢屢翩翩起舞。
其未醉止	他尚未喝醉，
威儀抑抑⑤ it	威儀極其莊重。
曰既醉止	喝醉之後，
威儀怭[ㄅ一ˋ]怭⑥ pit	威儀輕薄媟慢。
是曰既醉	這表示喝醉之後，
不知其秩⑦ tit	渾然不知禮數規矩了。

【注】①《經典釋文》引《韓詩》作「皈皈」。皈，大，引伸爲善。②不
　　　安貌。③舍、捨古今字。④僊、仙古今字，僊僊，輕舉貌。⑤莊重
　　　貌。⑥輕薄不恭貌。⑦指禮數規矩。

【章旨】言賓客醉前醉後，判若兩人。

四	賓既醉止	賓客醉了之後，
	載號①載呶[ㄋㄠˊ]②	又呼喊又喧鬧，
	亂我籩豆	把我的籩器和豆器都弄亂了，
	屢舞僛僛③ ki	屢屢歪歪扭扭的起舞。
	是曰既醉	這表示喝醉之後，
	不知其郵④ i	渾然不知過錯了。
	側弁⑤之俄⑥ nga	歪著帽子的樣子，
	屢舞傞[ㄙㄨㄛ]傞⑦ tsa	屢屢不停的起舞。
	既醉而出	喝醉離場，
	並受其福 oik	都蒙受到國君的福賜。
	醉而不出	喝醉不離場，
	是謂伐德⑧ tik	這叫做敗德。
	飲酒孔嘉 ka	喝酒是件好事，
	維其令儀⑨ nga	但要有良好的酒品。

【注】①呼叫。②喧嘩。③傾側之狀。④尤之通假。⑤皮帽。⑥傾貌。⑦舞
　　不止。⑧敗德。伐，浮誇、吹牛。⑨此指好酒品。

【章旨】賓客酒醉失態。

五　凡此飲酒　　　　　　凡是喝酒，
　　或醉或否 pi　　　　　有醉的，有不醉的。
　　既立之監①　　　　　已經設立監察官，
　　或佐之史② li　　　　有記事官以助記言。
　　彼醉不臧　　　　　　那些喝醉的是不好，
　　不醉反恥 ni　　　　　不醉反而是可恥的，
　　式③勿從謂　　　　　不要從而勸酒，
　　無俾大怠 i　　　　　不致使令飲酒者益加怠慢。
　　匪言勿言　　　　　　不該講的就不說，
　　匪由④勿語 ngo　　　不合理的就不談。
　　由醉之言　　　　　　由於醉言醉語，
　　俾出童⑤羖⑥ ko　　致使說出公羊無角，
　　三爵不識 tsik　　　　三杯下肚會使人醉茫茫，
　　矧⑦敢多又⑧ ik　　　哪敢多勸酒呢？

【注】①監飲之官。②史、吏古今字。③語助詞。④循、式、法。⑤禿。⑥
　　公羊。⑦何。⑧又、有、侑古今字，勸酒。

【章旨】多喝易出亂子，小心為要。

·〈小雅·瓠葉〉(237)

一　幡[ㄈㄢ]幡①瓠[ㄏㄨ]葉　　翻動瓠瓜葉，
　　采②之亨③ kiong 之　　採下瓠瓜，烹而享之。
　　君子④有酒　　　　　國君有酒，
　　酌言⑤嘗⑥ song 之　　淺酌又品嚐瓠瓜。

【注】①翻動貌。②采、採古今字。③亨、烹、享古今字。④指國君。⑤語
　　　助詞。⑥嘗、嚐古今字。

【章旨】臣獻瓜，君供酒，君臣宴饗之樂。

二　有兔斯①首　　　　　　割下兔子頭，
　　炮ㄆㄠ②之燔ㄈㄢ③ pan 之　　裹泥後加以燒烤。
　　君子有酒 iou　　　　　國君有酒，
　　酌言獻 ngian 之　　　淺酌後，將兔首獻給君王。

【注】①《說文》：「斯，析也。」《陳風・墓門》：「墓門有棘，斧以斯
　　　之。」此斯當本義解。②裹泥燒之。③燒。

【章旨】臣獻兔，君供酒，君子宴饗之樂。

三　有兔斯首　　　　　　割下兔子頭，
　　燔之炙① tsok 之　　　燒之烤之，
　　君子有酒　　　　　　國君有酒，
　　酌言酢② tsok 之　　　淺酌後，以酒回敬君王。

【注】①烤肉。②客人以酒回敬君王。

【章旨】客人以酒回敬君王。

四　有兔斯首 sou　　　　割下兔子頭，
　　燔之炮 pou 之　　　　裹泥後加以燒烤。
　　君子有酒 iou　　　　國君有酒，
　　酌言醻① sou 之　　　淺酌後，再復酌自飲。

【注】①主人自飲以謝賓客。

【章旨】國君酌飲後，再自飲，以謝賓客。

·〈大雅·行葦〉(252)

一　敦①彼行②葦③ uei 　　　　　　長滿在那道路邊的蘆葦，
　　牛羊勿踐履 lei 　　　　　　　不讓牛羊去踐踏，
　　方④苞⑤方體⑥ lei 　　　　　　正在打包與成形，
　　維葉泥泥⑦ nei 　　　　　　　葉子很茂盛。
　　戚戚⑧兄弟 tei 　　　　　　　兄弟之親，
　　莫遠具⑨爾⑩ nei 　　　　　　不要遠離，聚集近處，
　　或肆⑪之筵⑫ 　　　　　　　　陳設筵席有之，
　　或授之几⑬ kei 　　　　　　　擺下食桌有之。

【注】①聚集貌。②道路。③蘆葦。④即將。⑤苞、包古今字。⑥成形。⑦
　　　茂盛貌。⑧親情。⑨具、俱古今字。⑩爾、邇古今字。⑪陳設。⑫竹
　　　席。⑬桌子。

【章旨】兄弟親情，設宴相聚。

二　肆筵設席 sok 　　　　　　　陳設座席，
　　授几有緝御① ngok 　　　　　擺下食桌，並有一排侍者，
　　或獻②或酢③ tsok 　　　　　　有向客人敬酒，有向主人回敬，
　　洗爵④奠⑤斝⑥ kok 　　　　　洗爵再敬客人，客人受而置放斝器，
　　醓醢以⑦薦⑧ 　　　　　　　　承上肉湯和肉醬，
　　或燔⑨或炙⑩ tsok 　　　　　　有燒肉和烤肉，
　　嘉殽脾⑪臄⑫ kuok 　　　　　上等的肉食是脾胃和上脣肉，
　　或歌或咢⑬ ngok 　　　　　　有的高歌、有的擊鼓。

【注】①整排的侍者。②進酒於賓。③客回敬酒於主人。④小酒器。⑤置
　　　放。⑥大酒器。⑦肉汁曰醓、肉醬曰醢。⑧進。⑨燒肉。⑩烤肉。⑪
　　　脾臟。⑫口上肉。⑬擊鼓。

【章旨】盛宴之狀。

三　敦弓^①既堅^② in　　　　　天子所用的弓非常堅靭，
　　四鍭^③既鈞^④ sin　　　　四支箭鏑完全相同，
　　舍矢^⑤既均 sin　　　　　射箭全已中的，
　　序賓以賢^⑥ in　　　　　賓客的排次以賢才為原則。
　　敦弓既句^⑦ ku　　　　　天子所用的弓已經拉滿，
　　既挾^⑧四鍭 hu　　　　　已挾帶四支箭鏑，
　　四鍭如樹^⑨ su　　　　　四支箭鏑如樹般挺立著，
　　序賓以不侮^⑩ mu　　　　賓客的排次以不辱對方為原則。

【注】①天子所使用弓的專名。②堅靭。③箭鏑。④均勻。⑤射箭。⑥賢
　　　才。⑦句、彀古今字，張弓引滿。⑧挾帶。⑨比喻挺立。⑩侮辱。
【章旨】天子宴的賓次以比射來排定。

四　曾孫維主^① tu　　　　　曾孫為主祭，
　　酒醴^②維醹^③ su　　　　酒美又醇厚，
　　酌^④以大斗^⑤ tu　　　　用大枓斟酒，
　　以祈黃耇^⑥ ku　　　　　以祈求高壽，
　　黃耇台背^⑦ pik　　　　　高壽者是大老，
　　以引^⑧以翼^⑨ ik　　　　牽他扶他，
　　壽考維祺^⑩　　　　　　高齡代表吉利，
　　以介^⑪景福^⑫ pik　　　祈求他享大福。

【注】①祭主。②美酒。③酒味醇厚。④斟酒。⑤斗、枓古今字。⑥老人髮
　　　白而復黃，此指壽考。⑦台、鮐古今字，老人背皮如鮐魚，此指大
　　　老。⑧牽引。⑨扶持。⑩吉。⑪求。⑫大福。
【章旨】祭畢祝壽宴。

·〈大雅· 鳧鷖〉(254)

一 　鳧_{ㄈㄨ}①鷖-②在涇③ keng　　鳧鷖鳥出現在涇水上，
　　公尸④來⑤燕來寧 neng　　君王的祭主參加宴會時，很安寧，
　　爾酒旣淸 tseng　　　　　君王的賜酒很純淨，
　　爾殽⑥旣馨 keng　　　　　君王的賜肉夠芳香，
　　公尸燕飲　　　　　　　　君王的祭主在宴會時飲酒，
　　福祿來成⑦ teng　　　　　福祿完備。

【注】①水鳥名。②水鳥名。③水名。④君王的祭主。⑤是。⑥賜肉。⑦完
　　　備。
【章旨】君王同參宴飲。

二 　鳧鷖在沙 sa　　　　　　鳧鷖出現在沙洲上，
　　公尸來燕來宜① nga　　　君王的祭主參加宴會，很得體，
　　爾酒旣多 ta　　　　　　　君王的賜酒已很多，
　　爾殽旣嘉 ka　　　　　　　君王的賜肉夠美好，
　　公尸燕飲　　　　　　　　君王的祭主在宴會時飲酒，
　　福祿來爲② ua　　　　　　福祿獲致。

【注】①得體。②取、得。
【章旨】君王福祿俱得。

三 　鳧鷖在渚① to　　　　　　鳧鷖出現在水中小沙洲上，
　　公尸來燕來處② tso　　　　君王的祭主參加宴會，並且留下，
　　爾酒旣湑③ so　　　　　　君王的賜酒已是經過去滓的，
　　爾殽伊脯④ po　　　　　　君王的賜肉是肉乾，
　　公尸燕飲　　　　　　　　君王的祭主在宴會時飲酒，
　　福祿來下⑤ ho　　　　　　福祿得降。

【注】①水中小沙洲。②留止。③去滓之酒釀。④肉乾。⑤降。
【章旨】重沓上章。

四　鳧鷖在潨^① tung　　　鳧鷖出現在小水入大水的交匯處，
　　公尸來燕來宗^② tsung　君王的祭主參加宴會，甚受敬重，
　　既燕于宗^③ tsung　　已在宗廟中參加宴會，
　　福祿攸^④降 kung　　福祿乃得以降臨，
　　公尸燕飲　　　　君王的祭主在宴會時飲酒，
　　福祿來崇^⑤ tsung　福祿得以積厚。

【注】①小水入大水的交匯處。②敬重。③增厚。④乃。⑤積厚。
【章旨】君王的福祿增厚。

五　鳧鷖在亹^① men　　　鳧鷖出現在河邊，
　　公尸來止熏熏^② huen　君王的祭主到此喝得醉醺醺的，
　　旨酒欣欣^③ ken　　美酒的芳香四溢，
　　燔^④炙^⑤芬芬^⑥ pen　燒肉和烤肉噴噴的，
　　公尸燕飲　　　　君王的祭主在宴會時飲酒，
　　無有很艱^⑦ ken　君王日後再也沒有災難了。

【注】①湄、水邊。②熏、薰、醺古今字。③此指香氣四溢。④燒肉。⑤烤肉。⑥香噴噴。⑦災難。
【章旨】主祭加持，災難無門。

·〈周頌·有客〉(290)

一　有客有客　　　　客人來了！客人來了！
　　亦白其馬 mo　　他騎白馬，
　　有萋^①有且^② tso　隨從眾多，
　　敦^③琢其旅^④ lo　他的隨從都是精挑細選出來的。

有客宿宿⑤	客人住兩夜，
有客信信⑥	客人住四夜，
言授之縶⑦	交出絆馬繩，
以縶⑧其馬 mo	絆住他們的馬。
薄言⑨追⑩ tuei 之	精挑細選的隨從，
左右綏⑪ tuei 之	得到天子大臣的安慰，
既有淫威⑫ uei	大德俱在，
降福孔夷⑬ tei	天降大福。

【注】①盛貌。②多貌。③雕琢其隨從，言隨從的素質高。④衆人。⑤兩夜
曰宿。⑥再宿曰信，信信，四夜。⑦絆馬繩。⑧絆。⑨語助詞。⑩隨
從。⑪安。⑫大德。⑬大。

【章旨】描述客祭之德。

·〈魯頌·有駜〉(304)

一 有駜ㄅ一ˋ①有駜	擁有壯碩的馬！擁有壯碩的馬！
駜彼乘ㄕㄥˋ黃② kuong	那四匹壯碩的黃馬，
夙夜在公	早晚為公務忙碌，
在公明明③ mong	在辦公廳上非常努力。
振振④鷺	鷺鷥飛的振振有聲，
鷺于下 ho	鷺鷥正朝下飛。
鼓咽ㄩㄢ咽⑤	鼓聲咽咽，
醉言舞 mo	醉中起舞，
于⑥胥⑦樂兮	哦！大家同樂。

【注】①馬肥壯貌。②四匹黃馬。③同勉勉，勤奮。④振翅聲。⑤鼓聲。⑥
于、吁古今字，讚歎聲。⑦皆。

【章旨】戮力公務後，起舞同樂。

二　有駜有駜　　　　　　　　擁有壯碩的馬！擁有壯碩的馬！

　　駜彼乘牡① mou　　　　　那四匹壯碩的雄馬。

　　夙夜在公　　　　　　　　早晚為公務忙碌，

　　在公飲酒 iou　　　　　　在辦公廳上喝酒。

　　振振鷺　　　　　　　　　鷺鷥飛的振振有聲，

　　鷺于飛 pei　　　　　　　鷺鷥正在飛翔。

　　鼓咽咽　　　　　　　　　鼓聲咽咽，

　　醉言歸 tuei　　　　　　　醉中歸去，

　　于胥樂兮　　　　　　　　哦！大家同樂。

【注】①此指公馬。

【章旨】戮力公務後，同飲共樂。

三　有駜有駜　　　　　　　　擁有壯碩的馬！擁有壯碩的馬！

　　駜彼乘駽① kuan　　　　　那四匹壯碩的青黑色馬，

　　夙夜在公　　　　　　　　早晚為公務忙碌，

　　在公載燕② ian　　　　　　在辦公廳上宴飲。

　　自今以始　　　　　　　　從現在開始，

　　歲其有③ i　　　　　　　歲歲豐收，

　　君子有穀④　　　　　　　國君積德行善，

　　詒⑤孫子 tsi　　　　　　　遺蔭留給子孫，

　　于胥樂兮　　　　　　　　哦！大家同樂。

【注】①青黑色之馬。②通宴。③有年，豐收。④善。⑤貽、遺留。

【章旨】君臣宴飲，慶豐年。

・〈魯頌・泮水〉(305)

一　思①樂泮水②　　　　　　泮水邊洋溢著喜樂的氛圍，

薄③采④其芹⑤ ken 　　　　有人正在採收水芹菜。

魯侯戾⑥止 　　　　　　魯侯駕臨，

言⑦觀其旂⑧ ken 　　　看到代表他的交龍旗，

其旂茷茷⑨ pai 　　　　交龍旗迎風飛揚，

鸞⑩聲噦噦⑪ uai 　　　鈴聲噦噦作響，

無小無大⑫ tai 　　　　不分大小尊卑，

從公⑬于邁⑭ mai 　　　跟隨魯公向前行。

【注】①語助詞。②水名。③語助詞。④采、採古今字。⑤植物名，可食。
　　⑥到。⑦語助詞。⑧交龍旗，代表諸侯。⑨旗飛揚貌。⑩車鈴。⑪狀
　　聲詞。⑫沒有大小之分。⑬此指魯侯。⑭進。

【章旨】魯侯至泮，與民同樂。

二　思樂泮水 　　　　　泮水邊洋溢著喜樂的氛圍，

　　薄采其藻 sau 　　　有人正在採收水藻。

　　魯侯戾止 　　　　　魯侯駕臨，

　　其馬蹻蹻① kiau 　　他的駕馬非常強健，

　　其馬蹻蹻 kiau 　　　他的駕馬非常強健，

　　其音昭昭② tau 　　　他的音調非常響亮，

　　載③色④載笑 siau 　　和顏悅色，面帶笑容，

　　匪怒伊敎 kia 　　　他不帶怒氣的教導人。

【注】①強健貌。②音調響亮。③則、且。④和顏悅色。

【章旨】形容魯侯的言語舉止至為貼切。

三　思樂泮水 　　　　　泮水邊泮溢著喜樂的氛圍，

　　薄采其茆① mou 　　有人正在採收茆菜。

　　魯侯戾止 　　　　　魯侯駕臨，

在泮飲酒 iou　　　　　在泮水邊喝酒，
既飲旨酒 iou　　　　　喝完美酒之後，
永錫難老^② lou　　　　　永久賜他不老，
順彼長道 sou　　　　　沿著那條漫長的道路，
屈^③此群醜^④ iou　　　　征服這一大群的惡敵。

【注】①榮名。②不老。③征服。④惡。

【章旨】魯侯征戰勝利，慶功祝福。

四　穆穆^①魯侯　　　　　修養高深的魯侯，
　　敬明^②其德 tik　　　　專注勤勉於德行之上，
　　敬慎威儀　　　　　專注謹慎於威儀之上，
　　維民之則^③ tsik　　　是人民的楷模，
　　允^④文允武 mo　　　　確實文武兼備，
　　昭假^⑤烈祖 tso　　　　感昭降臨功業彪炳的先祖之靈，
　　靡有不孝　　　　　沒有不孝之行，
　　自求伊^⑥祜^⑦ ko　　　他的福祿是自己求得的。

【注】①幽深貌。②勉。③楷模。④信、確實。⑤降、至。⑥是、此。⑦福。

【章旨】魯侯做到上行下效，自求多福。

五　明明^①魯侯　　　　　勤勉的魯侯，
　　克明其德 tik　　　　能在他的德業上下功夫，
　　既作泮宮　　　　　泮宮築成了，
　　淮夷攸服^② pik　　　　淮夷也就歸服，
　　矯矯^③虎臣^④　　　　威武的猛將，
　　在泮獻馘^⑤　　　　在泮宮呈獻敵人的左耳，

淑問⑥如皋陶⑦ iou　　　　如同皋陶之善於審訊，
在泮獻囚⑧ siou　　　　在泮宮呈獻俘虜。

【注】①勤勉。②是。③武貌。④指猛將。⑤敵人左耳。⑥善於審訊。⑦舜
　　　臣，善於聽訟。⑧俘虜。
【章旨】盛讚魯侯之賢。

六　濟濟①多士　　　　　　衆多的賢士，
　　克廣②德心 sim　　　　能夠把德心擴而大之，
　　桓桓③于征　　　　　　威武的出征軍容，
　　狄④彼東南 nim　　　　整治東南方，
　　烝烝⑤皇皇⑥ huong　　軍旅盛大，
　　不吳⑦不揚 iong　　　　不喧嘩、不揚威，
　　不告于訩[ㄒㄩㄥ]⑧ hung　不窮逼凶惡的敵人，
　　在泮獻功 kung　　　　在泮宮呈獻功勳。

【注】①衆多貌。②廣、懭古今字。③武貌。④治。⑤多貌。⑥盛貌。⑦喧
　　　嘩。⑧凶惡。
【章旨】頌揚魯侯功勳。

七　角弓①其觩② kiou　　　獸角弓彎彎的，
　　束矢③其搜④ sou　　　成綑的箭堆積著。
　　戎車⑤孔博⑥ pok　　　兵車很多，
　　徒⑦御⑧無斁⑨ tok　　　步卒和馬車夫無有懈怠。
　　既克淮夷　　　　　　　既然征服了淮夷，
　　孔淑不逆 ngok　　　　淮夷很善良不叛逆。
　　式⑩固⑪爾猶⑫　　　　堅持您的謀略，
　　淮夷卒獲⑬ huok　　　淮夷之戰獲致最後勝利。

【注】①獸角弓。②曲貌。③成綑之箭。④聚貌。⑤兵車。⑥多。⑦步卒。
　　　⑧駕駛兵。⑨厭倦。⑩語助詞。⑪堅持。⑫謀略。⑬獲得最後勝利。

八　翩①彼飛鴞ㄒㄧㄠ②　　　　　那些飛行的貓頭鷹，
　　集于泮林 lim　　　　　　　聚集在泮水旁的樹林，
　　食我桑黮③ sim　　　　　　啄食我的桑葚。
　　懷我好音④ im　　　　　　　懷念我的善意，
　　憬⑤彼淮夷　　　　　　　　那些淮夷覺悟了，
　　來獻其琛⑥ sim　　　　　　獻來他們的寶玉，
　　元⑦龜象齒⑧　　　　　　　大龜、象牙，
　　大賂⑨南金 kim　　　　　　大量贈送南地的黃金。

【注】①飛貌。②貓頭鷹。③今作葚。④善意。⑤覺悟。⑥寶玉。⑦大。⑧
　　　今稱象牙。⑨饋贈。
【章旨】淮夷歸順朝貢。

十七、農　事

·〈小雅·甫田〉(217)

一	倬^{ㄓㄨㄛ}①彼甫田② tin	那遼闊的廣大田地，
	歲取十千 tsin	每年微收千分之十的農產。
	我取其陳③ tin	我拿出陳舊的藏穀，
	食我農人 nin	給我的農人食用，
	自古有年 nin	自古以來已行之有年了。
	今適南畝 mi	現今到南邊的田地，
	或耕④或耔⑤ tsi	有在除草、有在培土根上，
	黍稷薿薿⑥ ngi	黍稷非常茂盛。
	攸⑦介⑧攸止 tsi	於是停下來休息，
	烝⑨我髦士⑩ li	接見農業官員。

【注】①廣大貌。②大面積的田地。③舊糧。④除草。⑤培土於根處。⑥茂
盛。⑦乃。⑧休息。⑨進、接見。⑩農業官員。

【章旨】豐收的農村景象。

二	以我齊^{ㄗㄞ}明① mong	用我齋戒明潔之心。
	犧②我犧羊③ iong	供奉我的純色羊，
	以社④以方⑤ pong	用來祭祀社神和四方諸神。
	我田旣臧 tsiong	我的田地豐收。
	農夫之慶 kiong	農夫的大福氣。
	琴瑟擊鼓 ko	琴瑟合奏、擊打鼓樂，
	以御⑥田祖⑦ tso	用來迎祭田祖之神，

以祈甘雨⑧ uo　　　　　　用來祈求及時雨，

以介⑨我稷黍 so　　　　　用來求助我的稷黍豐收，

以穀⑩我士女 no　　　　　用來養活我的衛士和婦女。

【注】①齋戒明潔之心，〈中庸〉：「齊明盛服。」齊、齋古今字。②供
　　　奉。與、舉古今字。③純色之牲。④社神，後世稱土地、土地公。⑤
　　　四方眾神。⑥迎。⑦指神農或契。⑧甘霖。⑨求。⑩生、養。

【章旨】豐年祭。

三　曾孫①來止 tsi　　　　　子子孫孫都來到，

　　以②其婦子 tsi　　　　　率同他們的妻室女兒。

　　饁③彼南畝 mi　　　　　送飯食到南邊的田地，

　　田畯④至喜 hi　　　　　田官至為高興。

　　攘⑤ niong 其左右 i　　　撤除他們的侍從，

　　嘗⑥ song 其旨否 po　　　嚐嚐飯食甘美否？

　　禾易⑦長畝 mi　　　　　禾類經除草後，長滿田地中，

　　終善⑧且有⑨ i　　　　　既好又多。

　　曾孫不怒　　　　　　　子子孫孫不用生氣，

　　農夫克敏⑩ mi　　　　　農夫很能勤耕。

【注】①子子孫孫。曾、增古今字。②與。③送飯食。④田官。⑤撤除。⑥
　　　嘗、嚐古今字。⑦治、除草。⑧美。⑨多。⑩勉、勤。

【章旨】勤耕豐收。

四　曾孫之稼① ko　　　　　子子孫孫所種的農作物，

　　如茨② tsei 如梁③ liong　高如屋頂和梁柱。

　　曾孫之庾④ uo　　　　　子子孫孫的積穀場，

　　如坻⑤如京⑥ kiong　　　高如山坡和人為高丘。

　　乃求千斯倉 tsiong　　　於是尋求成千數的糧倉，

乃求萬斯箱⑦ song　　　　　　於是尋求數以萬計的穀箱。

黍稷稻粱 liong　　　　　　　有黍、稷、稻、粱，

農夫之慶 kiong　　　　　　　農夫的大福氣。

報以介⑧福　　　　　　　　　上天回報以大福氣，

萬壽無疆 kiong　　　　　　　萬壽無疆。

【注】①播種。②屋頂。③梁柱。④露天穀倉。⑤山坡。⑥人爲高丘。⑦穀
　　　箱。⑧大。

【章旨】百姓豐收，君王獲得福報。

·〈小雅·大田〉(218)

一　大田①多稼②　　　　　　廣闊的田上有許多農作物，

　　既種③既戒④ ki　　　　　　已經選好種籽和備妥農具，

　　既備乃事⑤ li　　　　　　　既然備妥那些事務，

　　以我覃ㄊ耜ㄙ⑥　　　　　　用我的利犁，

　　俶ㄔ⑦載⑧南畝 mi　　　　　開始在南面的田上動土，

　　播厥⑨百穀　　　　　　　　播種各色各樣的穀物，

　　既庭⑩且碩 sok　　　　　　長得挺立又高大，

　　曾孫⑪是若⑫ nok　　　　　衆孫叫好。

【注】①廣大的田地。②泛指農作物。③選種籽。④戒、械今字，指農具。
　　　⑤指農事。⑥利犁。⑦始。⑧在。⑨其。⑩庭、梃古今字。⑪衆孫。
　　　⑫若、諾古今字，叫好。

【章旨】春耕忙。

二　既方①既皁ㄗㄠ② tsou　　　已經開花結果了，

　　既堅③既好④ hou　　　　　穀粒已經堅硬成熟了，

　　不稂ㄌㄤ⑤不莠ㄧㄡ⑥ siou　不讓稂莠雜草孳生，

去其螟螣⑦ tik　　　　　　除去害蟲螟螣，

及其蟊賊⑧ tsik　　　　　　和啃噬根節的蟊賊，

無害我田稚⑨ tei　　　　　不得損害我田中的幼苗，

田祖⑩有神⑪　　　　　　　神農有靈，

秉畀⑫炎火⑬ huei　　　　高舉火焰燒掉以上的害蟲吧！

【注】①方、放古今字，此指開花。②初結果。③指穀粒硬。④指穀粒成熟。⑤雜草名，似禾。⑥雜草名，似苗。⑦食苗心的害蟲曰螟、食葉的害蟲曰螣。⑧食根的害蟲曰蟊、食節的害蟲曰賊。⑨幼苗。⑩神農氏。⑪靈。⑫高舉。⑬大火。

【章旨】除害蟲忙。

三　有渰①萋萋② tsei　　　烏雲密布，

　　興雨祁祁③ tei　　　　雨水大作，

　　雨我公田　　　　　　　降雨落在我們的公田上，

　　遂④及我私⑤ sei　　　接著延伸到我們的私田上。

　　彼⑥有不穫稚 tei　　　公田上留有不收割的幼苗，

　　此⑦有不斂穧⑧ tsei　私田上留有不收割的農作物。

　　彼有遺秉⑨　　　　　　公田上留有成把的穀物，

　　此有滯穗⑩ tei　　　　私田上留有放滯的穀穗，

　　伊⑪寡婦之利 lei　　　是寡婦拾利品。

【注】①雲興貌。②盛。③眾盛貌。④乃。⑤私田。⑥指公田。⑦指私田。⑧泛指農作物。⑨把。⑩滯放之穗。⑪是。

【章旨】雲調雨順，豐收之餘，分享給孤寡無助者。

四　曾孫來止 tsi　　　　　子孫們來到此地，

　　以①其婦子 tsi　　　　會同他們的妻室子女，

　　饁②彼南畝 mi　　　　送飯到那南邊的農地，

田畯③至喜 hi　　　　　田官極為高興。

來方④禋⑤祀⑤ i　　　　來者向著四方諸神祭祀，

以其騂⑥黑⑦ hik　　　　會合紅毛牛和黑色豬作為犧牲，

與其黍稷 tsik　　　　　和同他們的小米和高粱，

以享⑧以祀　　　　　　作為進獻和祭祀，

以介⑨景福⑩ pik　　　以求神賜宏福。

【注】①與。②送飯食到田地。③田官。④四方。⑤祭祀。⑥紅毛牛。⑦黑
　　　色豬。⑧進獻。⑨求。⑩宏福。

【章旨】收割後，祭神以求福。

·〈小雅·苕之華〉(239)

一　苕①之華②　　　　　苕草的花朵，

　　芸③其黃 kuong 矣　　黃色又茂盛。

　　心之憂矣　　　　　內心的憂愁，

　　維其傷 iong 矣　　　只有憂傷罷了。

【注】①草名。②華、花為古今字。③盛貌。
【章旨】感時濺淚。

二　苕之華　　　　　　苕草的花朵，

　　其葉青青 tseng　　　苕草葉非常青翠。

　　知我如此①　　　　早知如此命運，

　　不如無生 seng　　　不如不要降生於世。

【注】①下有表示痛楚的歇後語。
【章旨】痛不欲生。

三　牂¹羊①墳②首 sou　　瘦母羊的頭大大的，
　　三星③在罶④ mou　　參星倒影在魚筍上。
　　人可以食　　　　　人可以有食物可吃，
　　鮮可以飽 pou　　　很少人可以吃得飽。

【注】①母羊。②大。③星宿名，又名參星。④魚筍。
【章旨】瘦及母羊，何況是人。

·〈周頌·臣工〉(282)

　　嗟嗟臣工① kung　　　　唉唉！群臣百工，
　　敬爾在公② kung　　　　敬業你們的公務，
　　王釐③爾成④　　　　　君王福賜你們得以豐收，
　　來咨⑤來茹⑥ no　　　　親自來諮商和探討。
　　嗟嗟保介⑦ kai　　　　唉唉！保護農田的官員，
　　維莫⑧之春　　　　　　暮春之際，
　　亦又何求 kiou　　　　　又將有何需求？
　　如何新⑨畬⑩ uo　　　　開發三年的農地如何呢？
　　於⑪皇⑫來牟⑬ mou　　　哦！美好的小麥和大麥，
　　將受厥明⑭　　　　　　將獲得豐收。
　　明昭上帝　　　　　　　光明昭信的上帝，
　　迄⑮用康年⑯ nin　　　　乞求給予豐年，
　　命我眾人⑰ nin　　　　命令我眾多的農人，
　　庤⑱乃錢⑲鎛⑳ po　　　齊備鏟子和鋤頭，
　　奄㉑觀銍㉒艾㉓ ngai　　不久即將看到收割的成果。

【注】①群臣百工。②公務。③賜福。④豐收。⑤咨、諮古今字。⑥度量。

⑦農官。⑧莫、暮古今字。⑨已開發兩年的農地。⑩已開發三年的農
地。⑪於、烏、鳴古今字。⑫美好。⑬來為小麥，牟、麳古今字，大
麥。⑭豐收。⑮乞求。⑯豐年。⑰指農人。⑱具備。⑲鏟子。⑳鋤
頭。㉑不久。㉒短鐮刀。㉓艾、刈古今字。

【章旨】周代的農業大觀。

· 〈周頌·噫嘻〉（283）

噫嘻①成王	成王拉長聲音：
旣昭假②爾③ nei	你（神靈）已經大駕降臨，
率時④農夫	帶領這些農夫，
播厥百穀 ku	播種百穀，
駿⑤發爾私⑥ sei	廣為開墾你們的私有田地，
終⑦三十里	可達三十里地，
亦服⑧爾耕	也該盡力你們的耕作，
十千⑨維耦 ngu	萬人齊力並耕。

【注】①章太炎，《新方言》：「短言曰噫，長言曰噫嘻。」②降。③祢（神
之第二人稱）。④是、此。⑤疾。⑥私田。⑦長達。⑧勤勞。⑨萬。
【章旨】成王祈神助耕。

· 〈周頌·載芟〉（296）

載①芟②載柞③ tsok	除草砍樹，
其耕澤澤④ tok	耕作鬆土，
千耦其耘 uen	兩千人除草，
徂隰⑤徂畛⑥ ten	往濕地和田界移動。
侯⑦主⑧侯伯⑨	君王與嫡長子，

侯亞⑩侯旅⑪	仲叔與子弟，
侯彊⑫侯以⑬ i	強健的農夫和助耕人，
有嗿ㄊㄢˇ⑭其饁ㄧㄝˋ⑮ mei	在田野吃飯菜聲。
思媚⑯mei 其婦 pi	美麗可愛的婦女，
有依 ei 其士⑰ li	依偎在男士身上，
有略⑱其耜 i	鋒利的犁頭，
俶載⑲南畝 mi	從南畝開始起土。
播厥百穀	播種各穀物，
實⑳函㉑斯活㉒ kuai	飽滿的種子都活了，
驛驛㉓其達㉔ tai	接連不斷的由地冒出，
有厭㉕其傑㉖ kai	最先冒出的非常好看。
厭厭㉗其苗 miau	嫵媚的禾苗，
綿綿㉘其麃ㄆㄠˊ㉙ piau	禾苗開花，
載穫濟濟㉚ tsei	收穫滿滿的，
有實㉛其積㉜ tsei	堆積的穀物，
萬億㉝及秭ㄗˇ㉞ tsei	萬億至兆之多。
為酒㉟為醴㊱ lei	釀作清酒和甜酒，
烝㊲畀ㄅㄧˋ㊳祖妣 pei	豐祭進奉先祖先妣，
以洽㊴百禮 lei	以迎合百禮之需。
有飶㊵其香 kiong	祭品芳香四溢，
邦家之光 kuong	邦家的榮耀，
有椒㊶其馨 keng	祭酒醇香，
胡考㊷之寧 neng	大老得以安寧。
匪且ㄐㄩ㊸有且	不是此地才有豐年祭，
匪今斯今	不是現在才有豐年祭，
振古㊹如茲	從古以來都是這樣的。

【注】①則、又、且。②除草。③砍樹。④鬆土。⑤濕地。⑥田界。⑦語助詞。⑧此指國君。⑨此指嫡長子。⑩仲叔。⑪子弟。⑫健農。⑬助耕。⑭飲食聲。⑮送往田野的食物。⑯美。⑰丈夫。⑱利。⑲始。⑳種子。㉑通含。㉒生。㉓出生貌。㉔出生。㉕厭、饜古今字，好。㉖特出。㉗嬰嬰。㉘茂密。㉙苗始開花。㉚多。㉛果實，此指穀物。㉜堆積。㉝萬萬曰億。㉞萬億曰秭。㉟清酒。㊱甜酒。㊲進奉。㊳奉獻。㊴合。㊵香。㊶香。㊷大老。㊸此。㊹自古。

【章旨】豐年祭。

·〈周頌·良耜〉(297)

畟ㄘㄜˋ畟①良耜ㄙˋ②i	鋒利的好犁頭，
俶載③南畝 mi	從南畝開始耕作，
播厥百穀	播種百穀，
實④函⑤斯活⑥	飽滿的種子都活了。
或⑦來瞻女 no	有人來探望你，
載筐⑧及筥⑨ lo	用方筐和圓筥裝載，
其饟ㄒㄧㄤ⑩伊黍 so	送給你的是黍米粥。
其笠伊糾⑪ kiou	你繫斗笠，
其鎛ㄅㄛˊ⑫斯趙⑬ tsou	用鋤頭鏟草，
以薅ㄏㄠ⑭荼⑮蓼ㄌㄧㄠˇ⑯ mou	鏟收荼和蓼，
荼蓼朽 kou 止	荼蓼腐朽，
黍稷茂 mou 止	黍稷茂盛，
穫之挃ㄓˋ挃⑰ tsit	收割之聲挃挃，
積之栗栗⑱ lit	堆積的穀物眾多，
其崇如墉⑲	高似城牆，
其比⑳如櫛㉑ tsit	排列密如梳齒。
以開百室 tsit	打間數以百計的倉儲，

百室盈 eng 止　　　　　數以百計的倉儲，
婦子寧 neng 止　　　　婦孺安心了。
殺時㉒犉㉓牡㉓　　　　宰殺這頭大公牛，
有捄㉔其角 kuk　　　　牛角彎曲，
以似㉕以續 tuk　　　　代代延續下去，
續古之人㉖　　　　　　延續古來的祖傳。

【注】①鋒利貌。②犁頭。③始。④種子。⑤通含。⑥生。⑦有人。⑧方形
　　　竹器。⑨圓形竹器。⑩同餉，贈食。⑪纏結。⑫鋤頭。⑬鏟除。⑭
　　　拔草。⑮草名。⑯草名。⑰收割聲。⑱衆多貌。⑲城牆。⑳密。㉑梳
　　　子。㉒是、此。㉓大公牛。㉔曲。㉕嗣。㉖先祖。

【章旨】豐年祭。

十八、史 詩

·〈大雅·文王〉(241)

一 文王①在上②　　　　文王的神靈在天，
　於③昭④于天⑤ tin　　哦！上帝非常信任他，
　周雖舊邦　　　　　　周雖然是古國，
　其命⑥維新 sin　　　上帝最近賦予新使命，
　有周不⑦顯　　　　　周國因而顯盛，
　帝命不時⑧ ti　　　天帝授命於這大時代，
　文王陟降⑨　　　　　文王來到，
　在帝⑩左右 i　　　　在天帝的身邊。

【注】①周文王。②天上。③於、烏、嗚古今字，盛讚詞。④信任。⑤天帝。⑥授命。⑦不、丕古今字，大。⑧大使伐。⑨降臨。⑩天帝。

【章旨】文王受命於天。

二 亹亹①文王　　　　　勤勉的文王，
　令聞②不已③ i　　　美譽不墜，
　陳④錫⑤哉⑥周　　　一再賜福於周國，
　侯⑦文王孫子 tsi　　文王的子子孫孫，
　文王孫子 tsi　　　　文王的孫孫子子，
　本⑧支⑨百 pok 世 tai　嫡傳宗子和旁系庶子都能百代相延，
　凡周之士⑩ li　　　　凡屬於周國的人士，
　不顯亦 ok 世⑪ tai　　代代都能大大的昌盛。

【注】①勤勉貌。②美譽。③止。④申、布施。⑤錫、賜古今字。⑥在、於。哉、在古今字。⑦語助詞。⑧嫡長子，宗子。⑨旁系血親。⑩人。⑪奕世。奕，豐多。

【章旨】文王積德，蔭庇後世。

三　世之不顯　　　　　　　　世世代代得以昌盛，
　　厥猶①翼翼② ik　　　　　　他們足智多謀，
　　思皇③多士　　　　　　　許多偉大的人士，
　　生此王國 ik　　　　　　　在這王國誕生，
　　王國克生 seng　　　　　　王國賴以維繫下去，
　　維周之 ti 楨④ teng　　　　是周朝的棟梁，
　　濟濟多士　　　　　　　　人才多多，
　　文王以 i 寧 neng　　　　　文王因而獲得安心。

【注】①謀略。②盛貌。③偉大。④棟梁。
【章旨】周朝人才濟濟，國家必然興旺。

四　穆穆①文王　　　　　　　文質彬彬的文王，
　　於②緝③熙④敬止⑤ tsi　　　哦！條理清楚、光明磊落、恭敬
　　　　　　　　　　　　　　待人，
　　假⑥哉天命　　　　　　　上天授命到他身上，
　　有⑦商孫子 tsi　　　　　　統轄商的子孫，
　　商之孫子　　　　　　　　商的孫孫子子，
　　其麗⑧不億⑨ ik　　　　　　其數量不止億萬，
　　上帝既命　　　　　　　　上帝已經授命了，
　　侯于周服⑩ pik　　　　　　臣服於周室吧！

【注】①文質彬彬。②讚辭。③治絲，此指有條理。④光明。⑤語助詞。⑥至、降。⑦保有。⑧數目。⑨不止億數。⑩服周之倒裝，臣服於周。
【章旨】天之曆數已降於周。

五　侯服于周　　　　　　　　　臣服於周室，

天命靡常① song　　　　　　　天授命不是恆久不變的，

殷士② li 膚敏③ mi　　　　　　殷人非常勤於祭祀，

祼⁽ㄍㄨㄢ⁾④將⑤ tsiong 于京 kiong　在京城中行祼祭，

厥作祼將　　　　　　　　　　　他們行祼祭時，

常服黼⑥冔⁽ㄒㄩ⁾⑦ uo　　　　　經常穿戴殷朝的衣冠，

王之藎臣⑧　　　　　　　　　　已是周王的忠臣，

無念爾祖 tso　　　　　　　　　不得追思你們的先祖了。

【注】①不常。②殷人。③非常勤敏。④祭名，祭主受酒注於地，以降神。
　　　⑤奉、進。⑥祭服名。⑦禮冠名。⑧忠臣。

【章旨】警告殷人不得貳心。

六　無念爾祖　　　　　　　　　　不得追思你們的先祖，

聿①修 iou 厥德 tik　　　　　　但修德性，

永言②配命　　　　　　　　　　永遠向天命看齊，

自求 kiou 多福 pik　　　　　　自行追求諸般福祿。

殷之未喪師③　　　　　　　　　殷商在尚未喪失民心時，

克配④上帝 tsie　　　　　　　　夠吻合上帝的指令，

宜鑒⑤于殷　　　　　　　　　　殷商是很好的借鏡，

駿命⑥不易 tie　　　　　　　　天命不容易掌握住。

【注】①語助詞。②語助詞。③大眾。④吻合。⑤鑒、鏡古今字。⑥大命
　　　、天命。

【章旨】殷鑑不遠，民心首務。

七　命之不易　　　　　　　　　　天命不容易掌握住，

無遏①爾躬② sin　　　　　　　不要斷送在你自己身上，

宣昭③義④問⑤　　　　　　　　宣示昭告美好的聲聞，

有虞⑥殷自天 tin　　　　擔心殷又得到天命，

上天之載⑦　　　　　　上天的運行，

無聲無臭 tsiou　　　　　不發聲、無味道，

儀⑧刑⑨文王　　　　　　效法文王，

萬邦作孚⑩ pou　　　　　作為所有國家之信賴。

【注】①絕。②本身。③宣揚昭示。④義、儀古今字，美好。⑤聞，聲譽。
　　　⑥擔心。⑦事、在。⑧效法。⑨法則。⑩信賴。

【章旨】以文王為則，天命可保。

·〈大雅·大明〉(242)

一　明明①在下②　　　　　在人間是好王，

　　赫赫③在上④ song　　　在天上的聲名顯赫，

　　天難忱⑤斯⑥ sie　　　　上天難以信賴，

　　不易維 tsuei 王 huong　當盟主可不簡單，

　　天位⑦殷適⑧ tsie　　　　上天立殷商為繼位者，

　　使不挾⑨四 sei 方 pong　使殷商不能完全統轄全天下。

【注】①昭顯。②指人間。③顯赫。④天上。⑤信賴。⑥語助詞。⑦立、位
　　　相通。⑧適、嫡相通。⑨有。

【章旨】周興殷衰乃天意。

二　摯①仲氏任②　　　　　摯國任姓的二女兒，

　　自彼殷商 song　　　　　打從殷商之地，

　　來嫁于周　　　　　　　嫁到周國，

　　曰嬪③于京 kiong　　　　嫁到京都來，

　　乃及④王季⑤　　　　　　終於和王季成婚，

　　維德之行 kuong　　　　　兩人的德操並列，

大任⑥有身⑦	太任懷孕了，
生此文王 huong	生下文王。

【注】①殷畿內國名。②姓氏。③嫁。④成婚。⑤文王父。⑥即太任。大、
　　　太古今字。⑦懷孕。
【章旨】文王的出身不凡。

三 維此文王	這位文王，
小心翼翼① ik	小心謹慎，
昭事②上帝	眞誠事奉天帝，
聿③懷④多福 pik	累積很多福祿，
厥德不回⑤	他的德操無邪，
以受方國⑥	接受四方諸侯的愛戴。

【注】①持謹貌。②眞心事奉。③語助詞。④積藏。⑤邪。⑥各地諸侯。
【章旨】文王德望動天地人。

四 天監在下	上天垂照蒼生，
有命旣集 tsip	天命已經聚集，
文王初載①	文王初登王基，
天作之合② hip	上天為他湊合配偶。
在洽③之陽④	一位在洽水之北，
在渭⑤之涘⑥ i	一位在渭水之畔，
文王嘉⑦止	文王風度翩翩，
大邦有子⑧ tsi	大國的名門閨秀。

【注】①登基。②配合。③水名。④水之北。⑤水名。⑥水邊。⑦美。⑧指
　　　名閨秀。
【章旨】文王與太姒乃天作之合。

五　大邦有子　　　　　　　　大國的名門閨秀，
　　俔（ㄒㄧㄢˋ）①天之妹② mei　宛若天上的美少女，
　　文定厥祥 iong　　　　　文王決定那樣祥瑞的日子，
　　親迎于渭 kuei　　　　　親自在渭水畔迎接，
　　造舟爲梁 liong　　　　　造船築橋，
　　不（ㄆㄧ）③顯其光 kuong　大大顯耀新人的光彩。

【注】①宛如。②少女。③大。
【章旨】文王與大姒新婚。

六　有命自天 tin　　　　　　授命來自上天，
　　命此文王 huong　　　　授命給這位文王，
　　于周于京 kiong　　　　在周的京都所在，
　　纘（ㄗㄨㄢˇ）①女維莘（ㄒㄧㄣ）② sin　隨即與莘國的女子完婚，
　　長子③維行④ kuong　　　長子誕生，
　　篤生武王 huong　　　　又生下健壯的武王，
　　保右⑤命爾⑥　　　　　保護、佑助、授命，
　　燮（ㄒㄧㄝˋ）伐⑦大商 song　統領討伐強大的殷商。

【注】①繼、隨即。②國名。③指伯邑考。④出世。⑤右、佑古今字，助。
　　⑥語助詞。⑦襲。
【章旨】文武皆由天授。

七　殷商之旅① lo　　　　　　殷商的軍隊，
　　其會②如林③ lim　　　　他們密密麻麻屯聚著。
　　矢④于牧野⑤ uo　　　　（武王）在牧野誓師，
　　維予侯⑥興 im　　　　　「我將興起，
　　上帝臨女⑦ no　　　　　上帝站在你們這邊，
　　無貳爾心 sim　　　　　你們不得心存不忠。」

【注】①軍隊。②聚集。③言其多。④矢、誓古今字。⑤地名。⑥語詞。⑦
　　　女、汝古今字，第二人稱。
【章旨】武王在牧野誓師。

八　牧野洋洋① iong　　　　　寬闊的牧野，
　　檀車 ko 煌煌② huong　　鮮明的檀木兵車，
　　駟騵③彭彭④ pong　　　　四匹騵馬的蹄聲彭彭，
　　維師⑤尚父⑥　　　　　　太師尚父。
　　時⑦維鷹揚⑧ iong　　　　如此的威武，
　　涼⑨彼武王 huong　　　　輔佐武王，
　　肆伐⑩大商 song　　　　　大舉討伐強盛的商朝，
　　會⑪朝清明 mong　　　　　會戰的早上天色清明。

【注】①寬闊貌。②鮮明貌。③馬名，白腹黑尾赤身。④馬蹄聲。⑤官名，
　　　太師。⑥呂尚，又稱姜子牙，號太公望。⑦是、此。⑧威武貌。⑨輔
　　　助。⑩大舉討伐。⑪會戰。
【章旨】牧野會戰。

·〈大雅·緜〉(243)

一　緜緜①瓜瓞ㄉㄧㄝˊ② tit　　綿延不絕的大小瓜，
　　民之初生　　　　　　　人類誕生以來也就如此。
　　自③土④沮⑤漆⑥ tsit　　發祥地始於沮、漆兩河，
　　古公亶父⑦　　　　　　太王——古公亶父，
　　陶⑧復⑨陶穴 hit　　　　挖掘山窯和地洞，
　　未有家室 tsit　　　　　尚未有家室的建築。

【注】①延續不絕。②大曰瓜、小曰瓞。③始。④發祥地。⑤水名。⑥水
　　　名。⑦周之先祖太王。⑧挖掘。⑨地室。
【章旨】捻出周之先祖——古公亶父。

二　古公亶父 po　　　　　太王──古公亶父，
　　來朝_{ㄓㄠ}走馬① mo　　一大早就驅馬，
　　率②西水滸③ ngo　　沿著西向的水邊，
　　至于岐④下 ho　　　抵達岐山下，
　　爰⑤及⑥姜女 no　　與姜家女結婚，
　　聿⑦來胥⑧宇⑨ uo　　同來觀察居所。

【注】①驅馬。②循、沿。③水邊。④山名。⑤於是。⑥婚配。⑦語助詞。
　　　⑧相、察看。⑨居所。
【章旨】太王遷居和結婚。

三　周原①膴膴② mi　　　周原的土地肥沃，
　　菫_{ㄐㄧㄣ}荼③如飴④ i　　連苦菜也是甜美的，
　　爰始 i 爰謀 ni　　　於是開始謀畫，
　　爰契⑤我龜⑥ ki　　於是在我的龜片上刻畫，
　　曰止曰時⑦ ti　　　(卜兆上)說：可以在此居留下來，
　　築室于茲⑧ tsi　　可以在周原蓋房子。

【注】①地名，在岐山下。②肥美貌。③皆苦菜名。④麥芽糖。⑤刻畫。⑥
　　　龜片。⑦是、此。⑧此，指周原。
【章旨】決定定居於周原。

四　迺①慰迺止 tsi　　　於是欣慰定居下來，
　　迺左迺右 i　　　　於是形成左鄰右舍，
　　迺疆迺理② li　　　於是畫定疆界溝道，
　　迺宣③迺畝④ mi　　於是以宣和畝作為田地的單位，
　　自西徂⑤東　　　　從西方到東方，
　　周爰執事 li　　　周的制度終得通行。

【注】①乃。②溝道。③周代長度的單位名，《周禮》車人：「半矩謂之宣。」④秦田二百四十步為一畝。⑤往。

【章旨】經營岐周。

五　乃召司空①　　　　　　　於是召集員責營建的司空官員，
　　乃召司徒② to　　　　　於是召集員責徒役勞動的司徒官員。
　　俾③立室家 ko　　　　　讓他們建築住宅，
　　其繩④則直 tik　　　　　準繩測量得平直，
　　縮⑤版⑥以載⑦ tsik　　　捆束築牆版以裝載泥土，
　　作廟翼翼⑧ ik　　　　　小心謹慎的蓋好宗廟。

【注】①官名，掌營建。②官名，掌徒役勞動。③使。④準繩。⑤束。⑥版模。⑦載泥土。⑧謹慎。

【章旨】營建住宅與宗廟。

六　捄⑪①之陾陾② ning　　　搬土車發出陾陾之聲，
　　度③之薨薨④ ming　　　　填土聲薨薨，
　　築⑤之登登⑥ ting　　　　搗土聲登登，
　　削⑦屢馮馮⑧ ping　　　　削除高出的土壤馮馮作響，
　　百堵皆興 hing　　　　　數以百計的牆都興建起來，
　　鼛⑨鼓⑨ ko 弗勝 ting　　大鼓聲勝不過上述之聲。

【注】①運土車。②狀聲詞。③填土。④狀聲詞。⑤搗土。⑥狀聲詞。⑦降高土。⑧狀聲詞。⑨大鼓。

【章旨】大興土木之狀。

七　迺立皋門①　　　　　　　於是建立廓門，
　　皋門有伉② kong　　　　廓門高高的，
　　迺立應門③　　　　　　　於是建立王宮正門，

應門將將④ tsiong　　　　　王宮正門非常莊嚴。

迺立冢土⑤　　　　　　　　於是建立群姓大社，

戎醜⑥攸行 kuong　　　　　西戎混夷終於遠離。

【注】①廓門。②高大貌。③宮殿正門。④莊嚴貌。⑤群姓大社。⑥西戎惡
　　類，指混夷。

【章旨】新都築成，戎敵遠離。

八　肆①不殄ㄊㄧㄢ②ten 厥③愠④uen　　混夷的怒氣不消，

亦不隕⑤uen 厥問⑥men　　也不中斷對他們的關切聘訪。

柞ㄗㄨㄛˋ棫⑦拔 pai 矣　　拔掉柞棫二木，

行道兑⑧tuai 矣　　行道暢通了，

混夷⑨駾ㄊㄨㄟ˙⑩tuai 矣　　混夷奔竄了，

維其喙ㄏㄨㄟ˙⑪suai 矣　　他們疲憊了。

【注】①語助詞。②絕。③指混夷。④怒。⑤斷。⑥聘問。⑦皆木名。⑧
　　通。⑨鬼方，西北族名之一。⑩奔突。⑪困頓貌。

【章旨】肅清西北少數民族。

九　虞芮ㄖㄨㄟˋ①質②厥成③teng　　虞、芮二國要求仲裁爭田之事，

文王蹶ㄍㄨㄟˋ④厥生⑤seng　　文王感動他們的本性，

予曰有疏附⑥pu　　我說：「有疏遠者來親附。」

予曰有先後⑦hu　　我說：「親附者有先後。」

予曰有奔奏⑧tsu　　我說：「有奔走侍侯之臣。」

予曰有禦侮⑨mu　　我說：「有抵禦外侮之臣。」

【注】①兩小國名。②正、仲裁。③平。④感動。⑤生、性古今字。⑥疏遠
　　者來親附。⑦此指親附者不絕。⑧奔者侍奉之臣。⑨抵禦外侮之臣。

【章旨】文王崛起。

‧〈大雅‧思齊〉(246)

一　思①齊[ㄗㄞ]②tsei 大[ㄊㄞ]任③　　端莊的太任，
　　文王之母 mi　　　　　　　文王的母親。
　　思媚④mei 周姜　　　　　美麗的周太姜，
　　京室之婦 pi　　　　　　　京城王室的夫人。
　　大姒嗣徽音⑤im　　　　　太姒繼承美好的聲譽，
　　則百斯男 nim　　　　　　因此有數以百計的男丁。

【注】①語助詞。②端莊，齊、齋古今字。③文王之母。④美。⑤美譽。
【章旨】周室開國三母。

二　惠①于宗公②kung　　　　愛及先祖先公，
　　神罔時③怨　　　　　　　天神無所怨恨，
　　神罔時恫[ㄊㄨㄥ]④tung　　天神無所悲傷，
　　刑⑤于寡妻 tsei　　　　　王妻的模範，
　　至于兄弟 tei　　　　　　擴至作為兄弟的表率，
　　以御⑥于家邦 pung　　　作為治理家族和邦國之用。

【注】①愛。②先公先祖。③所。④悲傷。⑤模範。⑥用。
【章旨】文王先齊家而後國治。

三　雝 ung 雝①ung 在宮 kung　在宮廷中和睦，
　　肅 sou 肅②sou 在廟 miou　在宗廟中嚴肅，
　　不[ㄆㄧ]顯③亦臨④lung　　顯盛的氛圍中神靈降臨，
　　無射[一]⑤亦保⑥pou　　　保民無厭。

【注】①和睦。②敬肅。③顯盛，不、丕古今字。④降臨。⑤射、斁古今
　　字，厭倦。⑥保民。
【章旨】三母顯靈保民。

四　肆①戎疾②不殄ㄊㄧㄢˇ③　　戎敵之患不盡絕，
　　烈假④不瑕⑤　　　　　偉大的功業不無瑕疵，
　　不ㄆㄧˊ⑥聞亦式⑦　　擴大視聽並加採納，
　　不ㄆㄧˊ諫亦入　　　　忠諫亦得入耳聽取。

【注】①語助詞。②戎敵之患。③絕斷。④列，功業。假，大。⑤缺失。
　　⑥大。⑦用。
【章旨】外禦強敵，察納雅言。

五　肆成人①有德　　　　大人有德操，
　　小子有造②　　　　　童幼有所造就，
　　古之人③無斁ˋ④　　古代的先公先王不曾被怠慢過，
　　譽⑤髦⑥斯士　　　　這些俊傑之士獲得稱譽與提拔。

【注】①大人，成年人。②造就。③古代的先公先王。④厭倦、怠慢。⑤稱
　　譽。⑥提拔。
【章旨】周初人才濟濟。

·〈大雅·皇矣〉(247)

一　皇①矣上帝　　　　　偉大的上帝，
　　臨下有赫② sok　　　極有威嚴的蒞臨天下，
　　監觀四方　　　　　　監督觀察各地，
　　求民之莫③ mok　　　探尋民間的疾苦，
　　維此二國④　　　　　夏商這兩國，
　　其政不獲⑤ huok　　政治不得民心，
　　維彼四國⑥　　　　　那些四方諸國，
　　爰究⑦爰度⑧ tok　　經過探究與揣度，
　　上帝耆⑨之　　　　　上帝震怒了，

憎其式⑩廓⑪ kuok　　　　　憎恨他們耍大顛頊，
乃眷⑫西顧⑬　　　　　　　於是乎回頭看顧西方，
此維與宅⑭ tok　　　　　　這個國家是可以安居了。

【注】①大。②威嚴貌。③莫、瘼古今字，病。④此指夏、商。⑤得民心。
　　　⑥四方諸國。⑦探究。⑧揣謀。⑨怒。⑩語助詞。⑪大。⑫回首看。
　　　⑬此指在西方的周。⑭共居。

【章旨】上帝決定周為接班國。

二　作①之屏② peng 之　　　拔樹清除，
　　其菑ᵖ③其翳˙④ ei　　　有枯立和倒下的，
　　修之平 peng 之　　　　加以修剪割平。
　　其灌⑤其枸ˡ⑥ lei　　　灌木和栁木，
　　啓⑦之辟⑧ pie 之　　　加以剖開和劈開。
　　其檉ᵉ⑨其椐ᵘ⑩ ko　　　檉木和椐木，
　　攘⑪之剔⑫ tie 之　　　攘開和剔除。
　　其檿ᵖ⑬其柘ᵘ⑭ so　　　改種山桑和黃桑。
　　帝遷⑮明德⑯　　　　　上帝遷往修有良德者，
　　串夷⑰載⑱路⑲ ko　　　混夷遁逃滿路，
　　天立厥配⑳　　　　　　天作之合，
　　受命既固㉑ ko　　　　承受天賦之命已經確立了。

【注】①除木。②屏、摒古今字，摒棄。③直立的枯木。④倒下的枯木。⑤
　　　權木。⑥樹名。⑦剖開。⑧辟、劈古今字。⑨樹名。⑩樹名。⑪推
　　　開。⑫削斷。⑬山桑。⑭黃桑。⑮徙而就之。⑯高德。⑰混夷。⑱
　　　在。⑲道。⑳配偶。㉑確立。

【章旨】周原的大建設。

三　帝省其山① 　　　　　　　　天帝省視岐山，

柞棫②斯拔 pai 　　　　　　　柞棫二樹被拔除了，

松柏斯兌③ tuai 　　　　　　　松柏可以暢茂了，

帝作邦④作對⑤ tuei 　　　　　天帝建立周國和兩位人才，

自大伯王季 tei 　　　　　　　從太伯和王季兩兄弟，

維此王季 　　　　　　　　　　這位王季，

因⑥心則友 　　　　　　　　　有愛心又友善，

則友其兄 huong 　　　　　　　友愛他的兄長，

則篤⑦其慶⑧ kiong 　　　　　天帝償于厚厚的福祿，

載錫⑨之光 kuong 　　　　　　又賜予光彩，

受祿無喪 song 　　　　　　　承受的福祿不致喪失，

奄⑩有四方 pong 　　　　　　擁有全天下。

【注】①指岐山。②皆樹名。③兌、悅古今字，暢盛。④建國。⑤兩位，指
　　　太伯和王季。⑥因、姻古今字，有愛意。⑦厚。⑧福。⑨錫、賜古今
　　　字。⑩奄、掩古今字，擁有。

【章旨】太伯和王季是文王的奠基。

四　維此王季 tsim 　　　　　　這位王季，

帝度①其心 sim 　　　　　　　天帝揣測他的用心，

貊②其德音③ im 　　　　　　　壯大他的聲譽，

其德克明 　　　　　　　　　　他的德能夠充分發揚，

克明克類④ lei 　　　　　　　能夠充分發揚到族群，

克長⑤克君⑥ 　　　　　　　　足堪為族長和國君，

王此大邦 　　　　　　　　　　君臨這個大國，

克順克比⑦ pei 　　　　　　　做到安順和親近百姓。

比于⑧文王 huong 　　　　　　迄至文王，

其德靡悔⑨ mi 　　　　　　　他的德操毫無瑕疵，

既受帝祉 tsi　　　　　已承受天帝的福賜，
施⑩于孫子 tsi　　　　延續到子子孫孫。

【注】①揣測。②食鐵獸，引申爲壯大。③名聲。④族類。⑤族長。⑥國
　　　君。⑦親近。⑧迄至。⑨遺恨、瑕疵。⑩延。

【章旨】王季和文王是周的開國明君。

五　帝謂文王　　　　　　天帝告訴文王：
　　無然畔①援② uan　　「無須擴張疆界，
　　無然歆羨③ sian　　無須喜好貪欲，
　　誕④先登于岸⑤ kan　先登高地。」
　　密⑥人不恭 kung　　密國人不恭敬，
　　敢距⑦大邦⑧ pung　敢與大國抗衡，
　　侵阮⑨徂⑩共⑪ kung　侵略阮國又進兵共國。
　　王赫⑫斯怒 no　　　文王為之大怒，
　　爰整其旅⑬ lo　　　於是整頓他的軍隊，
　　以按⑭徂旅⑮ lo　　以壓制進兵旅地的密國，
　　以篤⑯于周祜⑰ ko　以鞏固周朝的福祉，
　　以對⑱于天下 ho　　以顯揚於天下。

【注】①疆界。②擴張。③喜悅貪欲。④語助詞。⑤高地。⑥國名。⑦抗
　　　衡。⑧指周。⑨國名。⑩進兵。⑪國名。⑫盛怒貌。⑬軍隊。⑭壓
　　　抑。⑮國名。⑯增加。⑰福。⑱顯揚。

【章旨】文王伐密之戰。

六　依①其在京② kiong　　（密人）倚仗居高臨下的地勢，
　　侵自阮③疆 kiong　　　首先侵犯阮國的疆界，
　　陟我高岡 kong　　　　攀登我國的高嶺，
　　無矢④我陵　　　　　　不得陣兵在我國的山陵之上，

我陵我阿⑤ ka	山陵和高山是我國的，
無飲我泉	不得飲用我國的山泉水，
我泉我池 ta	山泉和池塘屬於我國。
度⑥其鮮原⑦	勘察鮮原地區，
居岐之陽 iong	位在岐山之南，
在渭之將⑧ tsiong	在渭水之濱，
萬邦之方⑨ pong	萬邦的模範，
下民⑩之王 huong	天下蒼生的君王。

【注】①倚、據。②人為的高地。③國名。④陣兵。⑤大山。⑥勘察。⑦地
　　名。⑧濱。⑨楷模。⑩天下蒼生。

【章旨】抵禦外侮。

七	帝謂文王	天帝告訴文王：
	予懷①明德② tik	我懷念具備好德操的人，
	不大聲以③色 sik	不誇張言語與外表，
	不長④夏⑤以革⑥ kik	不擅長用鞭子和皮鞭，
	不識⑦不知⑧	不鑽牛角尖和知識，
	順帝⑨之則 tsik	順從自然的法則。
	帝謂文王 huong	天帝告訴文王：
	詢⑩爾仇⑪方⑫ pong	與你的同盟國磋商，
	同爾弟兄 huong	聯合你的兄弟，
	以爾鉤⑬援⑭	使用你的鉤梯和攀具，
	與爾臨⑮衝⑯ tung	和你的樓車與衝撞車，
	以伐崇⑰墉⑱ ung	用來攻打崇國的城牆。

【注】①懷念。②良德。③與。④擅長。⑤夏、榎古今字，木鞭。⑥皮鞭。
　　⑦計較。⑧察明。⑨自然。⑩磋商。⑪匹、配，此指同盟國。⑫邦

國。⑬鉤梯。⑭攀具。⑮樓車。⑯衝撞車。⑰國名。⑱城牆。

【章旨】天帝讚美與指使文王。

八　臨 lung 衝 tung 閑閑① kian　　樓車和衝撞車極其盛壯，
　　崇 tsung 墉 ung 言言② ngian　崇國的城牆非常高大，
　　執訊③ 連連④ lian　　　　　擒獲的間細成群結隊，
　　攸⑤ 馘⑥ 安安⑦ an　　　　很輕易就把敵人的左耳割下，
　　是類⑧ lei 是禡⑨　　　　　出征祭天、師止祭地，
　　是致⑩ tsei 是附⑪ pu　　　敵人來投降和投靠，
　　四方以無悔⑫ mu　　　　　各地諸侯不敢輕慢。
　　臨 lung 衝 tung 茀茀⑬ pet　樓車和衝撞車極其強大，
　　崇 tsung 墉 ung 仡仡⑭ ket　崇國的城牆非常堅固，
　　是伐⑮ pai 是肆⑯　　　　　展開攻擊和突擊，
　　是絕 tsua 是忽⑰ met　　　斷絕和消滅敵人，
　　四方以無拂⑱ pet　　　　　各地諸侯不敢背叛。

【注】①盛壯貌。②高大貌。③間細。④成群結隊。⑤語助詞。⑥割下敵人左耳。⑦輕易貌。⑧出征祭天。⑨駐師地之祭。⑩投降。⑪依附。⑫輕慢。⑬盛壯貌。⑭堅固貌。⑮攻擊。⑯突襲。⑰滅。⑱背叛。

【章旨】滅崇國之戰。

·〈大雅·靈臺〉(248)

一　經① keng 始 i 靈 leng 臺② ti　開始籌畫建造靈臺，
　　經 keng 之 ti 營 ueng 之 ti　籌畫營建，
　　庶民攻③ 之　　　　　　　百姓來營建，
　　不日④ 成 teng 之 ti　　　沒多久就完成了。

【注】①籌劃。②文王觀臺名。③建造。④不久。
【章旨】百姓樂於籌建文王的觀臺。

二　　經始勿亟① kik　　　　　　建造靈臺不用急切，

　　　庶民子來 li　　　　　　　百姓來營建有如子女孝敬父母一般，

　　　王在靈囿② i　　　　　　　君王在靈臺的畜牧區，

　　　麀̮③鹿攸④伏⑤ pik　　　　母鹿自在地爬伏著。

【注】①急。②畜牧區。③母鹿。④自由自在。⑤爬伏。
【章旨】百姓自動自發來營建君王的休憩處所。

三　　麀鹿濯̮濯①　　　　　　　母鹿的色澤亮麗，

　　　白鳥翯̮翯② kau　　　　　鷺鷥的羽毛潔白，

　　　王在靈沼 tsau　　　　　　君王在靈臺的池塘畔，

　　　於̮牣̮③魚躍 iau　　　　　哦！滿池的魚兒跳來跳去。

【注】①色澤美好。②潔白貌。③滿。
【章旨】君王享受靈臺之美。

四　　虡̮①業②維樅̮③ tsung　　腳架、大版和崇牙，

　　　賁④鼓維鏞⑤ ung　　　　大鼓和大鐘，

　　　於̮⑥論⑦鼓鐘 tung　　　哦！井然有序的鼓和鐘，

　　　於樂辟廱⑧ ung　　　　　哦！和樂的天子學宮。

【注】①鐘磬的腳架。②大版。③崇牙。④大。⑤大鐘。⑥讚詞。⑦倫、
　　　次第。⑧天子之學的專名。
【章旨】天子太學的樂教。

五　　於論鼓鐘 tung　　　　　哦！井然有序的鼓和鐘，

　　　於樂辟廱 ung　　　　　　哦！和樂的天子學宮。

鼉①鼓逢逢② pung 　　　　　鱷魚皮鼓發出逢逢之聲，

矇瞍③奏公④ kung 　　　　　盲瞎樂師正在演奏樂章。

【注】①鱷魚。②鼓聲。③盲瞎人。④公、功、工古通用，事，此指樂章。
【章旨】在天子太學演奏。

·〈大雅·文王有聲〉(250)

一　文王有聲① seng 　　　　　文王有好名聲，

遹ㄩ②駿③有聲 seng 　　　　至高大的好名聲，

遹求厥寧 neng 　　　　　　追求天下安寧，

遹觀④厥成 teng 　　　　　　期盼目標達成，

文王烝⑤哉 　　　　　　　　文王的聲望蒸蒸日上啊！

【注】①聲望。②聿，語助詞。③大。④期盼。⑤蒸蒸日上。
【章旨】文王致力天下安寧的名聲昌隆。

二　文王受命① 　　　　　　　文王承受天命，

有此武 mo 功② kung 　　　　有了這些勳業，

既伐于③ uo 崇④ tsung 　　　討伐于、崇之後，

作邑于 uo 豐⑤ pung 　　　　建都在豐地，

文王烝哉 　　　　　　　　　文王的聲望蒸蒸日上啊！

【注】①承受天命。②指勳業。③國名，于、邘古今字。④國名。⑤地名。
【章旨】文王承受天命乃建立勳業。

三　築城伊淢ㄩ① it 　　　　　築城牆和護城河，

作豐②伊匹③ pit 　　　　　　建豐都以配合。

匪棘④其 ki 欲 kou 　　　　　不急於私欲，

遹⑤追⑥來 li 孝 hou　　　　追祭以達孝思，

王后⑦烝哉　　　　　　　　君王的聲望蒸蒸日上啊！

【注】①護城河。②豐都。③搭配。④急。⑤語助詞。⑥追祭。⑦君王。

【章旨】建築堅固的都邑。

四　王公①伊濯②　　　　　　君王的功業彪炳，

　　維豐之垣③ uan　　　　　興建豐都的城牆，

　　四方攸同④　　　　　　　各地諸侯齊聚，

　　王后維翰⑤ kan　　　　　這些諸侯是君王的楨幹，

　　王后烝哉　　　　　　　　君王的聲望蒸蒸日上啊！

【注】①功、功業。②美、大。③城牆。④會合。⑤楨幹。

【章旨】文王的功業彪炳，四方諸侯視爲盟主。

五　豐水①東注　　　　　　　豐水東流注入渭河，

　　維禹之績 tsie　　　　　是禹治水的功績，

　　四方攸同　　　　　　　　各地諸侯齊聚，

　　皇②王維辟③ pie　　　　大王是表率，

　　皇王烝哉　　　　　　　　大王的聲望蒸蒸日上啊！

【注】①水名。②大。③法則。

【章旨】大王已露盟主的跡象。

六　鎬京①辟廱② ung　　　　周都鎬京設立天子的大學，

　　自西自東 tung　　　　　從西到東，

　　自南自北 pik　　　　　　從南到北，

　　無思不服③ pik　　　　　無不歸順，

　　皇王烝哉　　　　　　　　大王的聲望蒸蒸日上啊！

【注】①西周京都。②天子大學的專名。③歸順。
【章旨】周初的盛況。

七　考①卜②維王 huong　　稽考卜問者是君王，
　　宅③是④鎬京 kiong　　定居在這鎬京，
　　維龜⑤正⑥ teng 之　　有龜甲上的兆紋得到證實，
　　武王成⑦ teng 之　　武王完成建都大業，
　　武王烝哉　　　　　　武王的聲望蒸蒸日上啊！

【注】①稽考。②問。③居。④此。⑤龜甲。⑥證實。⑦完成。
【章旨】武王定都鎬京。

八　豐水 suei 有 i 芑ㄑ① ki　　豐水濱生有芑菜，
　　武王豈 kei 不 pi 仕② li　　武王哪是無所作為呢？
　　詒③ i 厥孫謀④ mi　　把規畫留給子孫，
　　以 i 燕⑤翼⑥子 tsi　　作為安輔兒子，
　　武王烝哉　　　　　　武王的聲望蒸蒸日上啊！

【注】①野菜名。②事。③遺留。④規畫。⑤安。⑥輔助。
【章旨】武王遷都豐的理由。

·〈大雅·生民〉(251)

一　厥①初生民②　　　　周的開山始祖，
　　時③維姜嫄④　　　　就是姜嫄。
　　生民如何　　　　　　開山始祖如何呢？
　　克禋⑤克祀⑥ i　　能行潔祭和無蛇之祭，
　　以弗⑦無子⑧ tsi　　以除卻無子之憂，
　　履⑨帝武⑩敏⑪歆⑫　　欣喜踩到上帝的腳印，

攸⑬介⑭攸止 tsi   於是停下來休息，

載震⑮載夙⑯ sou   不久就懷孕了，

載生載育 iou   接著是誕生和養育，

時維后稷⑰ sou   這人就是后稷。

【注】①其，此指周國。②始祖。③是。④后稷之母。⑤潔祭。⑥無已祭，已，蛇。⑦弗、拂古今字，被除不祥。⑧無子之憂。⑨踐踏。⑩足跡。⑪足大指。⑫欣。⑬於是。⑭息。⑮娠。⑯早。⑰名棄，堯之稷官，周之始祖。

【章旨】周始祖之來由。

二　誕①彌厥月② mguai   姜嫄妊娠月數已滿，

先生③如達④ tai   頭胎順利誕生

不坼ㄔㄜ不副ㄆㄛ⑤   母體沒有撕裂傷，

無菑⑥無害 kai   無有災情傷害，

以赫⑦厥靈 leng   以顯示后稷的神靈，

上帝不ㄆㄟ⑧寧 neng   上帝祐助他非常安寧，

不康⑨禋祀 i   大大安於潔祭和無蛇祭，

居然生子 tsi   竟然生下后稷。

【注】①語助詞。②滿妊娠十個月數。③頭胎。④誕生。⑤不有撕裂傷。⑥災。⑦顯示。⑧大。⑨安。

【章旨】后稷誕生之奇。

三　誕寘①之隘巷   棄置嬰兒在狹隘的巷子，

牛羊腓ㄈㄟ②字③之   牛羊庇護和愛護；

誕寘之平林   棄置嬰兒在平地的樹林中，

會伐平林   巧遇砍伐平地樹林的人；

誕寘之寒冰   棄置嬰兒在寒冰上，

鳥覆翼④之	鳥兒以羽翼覆蓋他。
鳥乃去 ko 矣	鳥兒飛離時，
后稷呱⑤ ko 矣	后稷呱呱大叫，
實⑥覃⑦實訏⑧ uo	聲音長而又大，
厥聲載路 ko	聲音傳遍於路上。

【注】①置。②庇。③愛。④以羽翼覆蓋。⑤嬰兒哭聲。⑥是。⑦長。⑧
　　大。

【章旨】后稷名棄的傳奇。

四	誕實①匍匐 pik	在地上爬行，
	克岐②克嶷③ ngik	能站立、能懂事，
	以就④口食 sik	為達到口糧，
	蓻⑤之荏菽⑥ sik	播種大豆，
	荏菽旆旆⑦ pei	大豆長得茂盛，
	禾役⑧穟穟⑨ tuei	五穀的行列美極，
	麻麥幪幪⑩ mung	麻麥茂密，
	瓜瓞⑪唪唪⑫ pung	大小瓜結實纍纍。

【注】①是。②跂、站立。③小兒有知貌。④達到。⑤蓻、藝古今字，播
　　種。⑥大豆。⑦茂盛。⑧五穀的行列。⑨美盛貌。⑩茂密貌。⑪小
　　瓜。⑫多實。

【章旨】后稷精於栽種。

五	誕后稷之穡①	后稷對於農業，
	有相②之道 sou	有助長的辦法：
	茀③厥豐草 tsou	拔除那些茂盛的雜草，
	種之黃茂④ mou	種下的穀物越加繁茂，
	實方⑤實苞⑥ pou	初生結苞、

實種實褎⑦ iou	播種成長、
實發⑧實秀⑨ siou	開花吐穗、
實堅實好 hou	穀硬美好、
實穎⑩實栗⑪ lit	禾穗下垂、
即有邰ㄊㄞˊ⑫家室 tsit	這就是有邰氏之家。

【注】①包含嫁與穡，指農業。②助。③茀、拂古今字，拂除。④盛茂。
　　⑤始。⑥結苞。⑦長。⑧開花。⑨吐穗。⑩禾穗下垂。⑪穀成熟。⑫
　　姜嫄之國。

【章旨】后稷耕作步步為營。

六　誕降嘉種　　　　　　　天賜好的種籽，
　　維秬ㄐㄩˋ①維秠ㄆ①ˇ② pi　黑黍、雙粒米，
　　維穈ㄇㄣˊ③維芑ㄑㄧˇ④ ki　赤苗、白苗。
　　恆之秬秠 pi　　　　　　長久播種黑黍和雙粒米，
　　是穫是畝⑤ mi　　　　　收穫時可以畝為計算單位。
　　恆之穈芑 ki　　　　　　長久播種赤苗和白苗，
　　是任⑥是負 pi　　　　　收穫有抱持和肩挑，
　　以歸⑦肇⑧祀 i　　　　　回到家即開始祭祀。

【注】①黑黍。②雙粒米。③赤苗。④白苗。⑤以畝為計算單位。⑥抱。⑦
　　回家。⑧開始。

【章旨】作物多元化，並做豐年祭。

七　誕我祀如何　　　　　　我如何行豐年祭呢？
　　或舂①或揄ㄩˊ② iou　　有舂穀、有稻穀，
　　或簸③或蹂④ iou　　　　有揚米去糠、有搓揉去糠，
　　釋⑤之叟叟⑥ sou　　　　有淘米叟叟聲，
　　烝之浮浮⑦ pou　　　　　蒸煮浮浮聲，

載謀載惟⑧ tsuei　　　　商量思維之後，

取蕭⑨祭脂⑩ kei　　　　拿蕭草合脂燃燒之祭，

取羝ㄉ⑪以軷ㄆ⑫ pai　　拿公羊作為路祭，

載燔ㄈ⑬載烈⑭ lai　　　又燒又烤，

以興嗣歲⑮ uai　　　　以求來年興旺。

【注】①舂米。②從臼中取米。③揚米之糠。④搓揉。⑤淘米。⑥淘米聲。
　　　⑦蒸米聲。⑧思維。⑨雜草。⑩祭油。⑪公羊。⑫路祭。⑬燒烤。⑭
　　　烈火。⑮明年。

【章旨】豐年祭的項目。

八　卬ㄤ①盛ㄔ②于豆②　　我盛祭品于豆器中，

于豆于登③ ting　　　于豆器和登器中，

其香始升 sing　　　祭品的香氣開始上升，

上帝居④歆⑤ im　　　天帝來饗，

胡⑥臭⑦亶⑧時⑨ ti　　濃厚的氣味真好，

后稷肇⑩祀 i　　　　后稷是首位的豐祭創始，

庶無罪悔⑪ mi　　　希望沒有罪過，

以迄于今 kim　　　以至於今。

【注】①我。②器名。③器名。④在。⑤饗。⑥大。⑦氣味。⑧誠。⑨善。
　　　⑩始。⑪過失。

【章旨】豐年祭。

·〈大雅·公劉〉(256)

一　篤①公劉②　　　　厚道的公劉，

匪居匪康③ kong　　不能安居和安康，

迺埸ㄧ tie 迺疆④ kiong　　於是畫訂疆界，

迺積 tsie 迺倉⑤ tsiong　　　於是屯糧和建倉，
迺裹餱糧⑥ liong　　　　　於是包裹乾糧，
于橐⑦于囊⑧ niong　　　　糧食放在橐囊袋中，
思輯⑨用光⑩ kuong　　　　收糧很多，
弓矢斯張⑪ tong　　　　　拉弓搭箭，
干戈戚⑫揚 iong　　　　　高舉干、戈和大斧，
爰方啓行⑬ kuong　　　　於是開跋。

【注】①厚道。②周之先祖。③不得安居與安康。④畫訂疆界。⑤存糧與建
　　倉。⑥乾糧。⑦無底袋。⑧有底袋。⑨集。⑩廣、多。⑪拉弓。⑫
　　大斧。⑬開路，出發。

【章旨】公劉遷都于豳。

二　篤公劉　　　　　　　　厚道的公劉，
　　于胥①斯原② nguan　　　觀察這塊原野，
　　既庶既繁 pan　　　　　既富庶又產物多，
　　既順迺宣③ uan　　　　民心歸順又愉悅，
　　而無永嘆 nan　　　　　而無長歎聲，
　　陟則在巘⑭ ngian　　　登上山峰，
　　復降在原 nguan　　　　又再下到原野，
　　何以舟⑤之瑲　　　　　餽贈他們什麼呢？
　　維玉及瑤 iau　　　　　玉和瑤石，
　　鞞⑥琫容刀⑦ tau　　　刀鞘上下的裝賜和佩刀。

【注】①觀察。②原野。③愉悅。④小山。⑤餽濟。⑥刀鞘上下的裝飾。⑦
　　佩刀。

【章旨】公劉在豳廣為贈賜。

三　篤公劉　　　　　　　　　厚道的公劉，
　　逝①彼百泉 tsuan　　　　往那百泉之地，
　　瞻彼溥②原 nguan　　　　瞭望那廣闊的高原，
　　迺陟南岡 kong　　　　　登上南邊的山頂，
　　乃覯③于京 kiong　　　　看到京都的所在地，
　　京師④之野 uo　　　　　京邑的原野，
　　于時處處⑤ tso　　　　　到處都是居所，
　　于時廬旅⑥ lo　　　　　定居下來，
　　于時言言⑦　　　　　　大家說個不停，
　　于時語語⑧ ngo　　　　大家討論不止。

【注】①往。②廣大。③觀。④京邑。⑤居所很多。⑥寄居。⑦說不止息。
　　　⑧一再討論。

【章旨】公劉苦心規畫，遷居豳地。

四　篤公劉　　　　　　　　　厚道的公劉，
　　于京斯依① ei　　　　　就在京都住下，
　　蹌(ㄑㄤ)蹌②濟濟③ tsei　很多人也跟著搶著住下，
　　俾筵俾几 kei　　　　　擺好筵席桌子，
　　既登④乃依⑤ ei　　　　登上座席和依憑小几，
　　乃造⑥其曹⑦ tsou　　　來到豬槽，
　　執豕于牢 lou　　　　　就在牢中抓豬，
　　酌之用匏 pou　　　　　使用匏勺酌酒，
　　食之飲 ung 之　　　　　招待佳賓吃喝，
　　君之宗⑧ tsung 之　　　共立公劉為君王和宗主。

【注】①住下。②爭先恐後之貌。③眾人。④坐上席位。⑤憑几。⑥往、
　　　到。⑦曹、槽古今字。⑧立宗主。

【章旨】公劉遷豳之慶。

五　篤公劉　　　　　　　　厚道的公劉，

　　既溥①既長 tong　　　　所居之地既廣又長，

　　既景②迺岡 kong　　　　以山岡的影子測量方向，

　　相其陰③陽④ iong　　　省察山北山南，

　　觀其流泉 tsuan　　　　觀察流泉的分布，

　　其軍三單⑤ tan　　　　他的軍隊經過多次戰鬥，

　　度⑥其隰⑦原⑧ nguan　測量隰地和高原，

　　徹⑨田爲糧 liong　　　開徵田地的十一糧稅，

　　度其夕陽 iong　　　　度測夕陽，

　　豳居允⑩荒⑪ mong　　豳地可居之地實在遼闊。

【注】①廣。②景、影古今字。③山北。④山南。⑤單、戰古今字。⑥測量。⑦隰地。⑧高原。⑨十一稅制。⑩信。⑪大。

【章旨】公劉經營豳地。

六　篤公劉　　　　　　　　厚道的公劉，

　　于豳斯館① kuan　　　在豳地建造館舍，

　　涉渭爲亂② luan　　　築砂石以渡渭水，

　　取厲③取鍛④ tuan　　採集大小石塊，

　　止⑤基迺理 li　　　　治理居住的家園，

　　爰眾爰有⑥ i　　　　人口增多、財富漸有，

　　夾其皇⑦澗 kian　　　在皇澗兩岸發展，

　　遡⑧其過澗 kian　　　溯溪過澗，

　　止旅⑨迺密 pit　　　定居的群眾逐漸密集，

　　芮鞫⑩鞫⑪之即 tsit　水灣內外即可住下來。

【注】①建館舍。②以石絕流。③粗石。④細石。⑤止、址古今字，居所。

⑥富有。⑦大。⑧逆流而上。⑨寄居。⑩水灣之內。⑪水灣之外。
【章旨】豳地發展概況。

·〈大雅‧蕩〉(261)

一　蕩蕩①上帝 tsie　　　偉大的上帝，
　　下民之辟② pie　　　　百姓的君王，
　　疾威③上帝 tsie　　　嚴厲的上帝，
　　其命多辟④ pie　　　　天命多所偏激。
　　天生烝⑤民　　　　　　上天生下眾民，
　　其命匪諶⑥ sung　　　天命不可信賴。
　　靡⑦不有初　　　　　　萬事皆有個開頭，
　　鮮克有終 tung　　　　很少能達到終點。

【注】①偉大之貌。②君王。③嚴厲貌。④辟、僻古今字。⑤眾。⑥信賴。
　　⑦無。
【章旨】上帝不仁，以萬物爲芻狗。

二　文王曰咨①　　　　　　文王感歎說：
　　咨女②殷商　　　　　　「你，殷商啊！
　　曾是彊禦③　　　　　　竟然如此強暴！
　　曾是掊克④ kik　　　竟然如此聚歛！
　　曾是在位⑤　　　　　　竟然如此統治！
　　曾是在服⑥　　　　　　竟然如此執政！
　　天降滔德⑦ tik　　　上天降下橫禍，
　　女興⑧是力 lik　　　你們殷商曾邁力助長。」

【注】①歎詞。②女、汝古今字。③強橫。④聚歛。⑤統治。⑥執政。⑦惡
　　德。⑧助長。
【章旨】文王數落殷商諸罪行。

三　文王曰咨　　　　　　　　　文王感歎說：

咨女①殷商　　　　　　　　　「你，殷商啊！

而②秉③義類④ lei　　　　　　你所用的好人，

彊禦多懟⑤ tuei　　　　　　　多被強橫之臣怨恨，

流言⑥以對⑦ tuei　　　　　　對他們散布不實的謠言，

寇攘⑧式⑨內⑩ nei　　　　　　在府中遭受侵犯與排斥，

侯作⑪侯祝⑫ tsau　　　　　　欺詐與詛咒他們，

靡屆⑬靡究⑭ kiou　　　　　　無所不用其極。」

【注】①女、汝古今字。②爾、你。③用。④善人。⑤埋怨。⑥不實之言。
　　　⑦對待。⑧侵犯排斥。⑨語助詞。⑩國內、府內。⑪作、詐古今字，
　　　欺詐。⑫祝、咒古今字，詛咒。⑬至。⑭盡。
【章旨】殷王親小人，遠賢臣。

四　文王曰咨　　　　　　　　　文王感歎說：

咨女殷商　　　　　　　　　　「你，殷商啊！

女㷀㷀（ㄒㄧㄠ）然①于中國② ik　　你驕縱怒吼於京畿，

歛怨以爲德 tik　　　　　　　聚歛怨恨當作恩德，

不明③爾德 tik　　　　　　　不修練你的德行，

時④無背無側⑤ tsik　　　　　周身沒有善臣，

爾德不明 mong　　　　　　　你的德行不修練，

以無陪無卿⑥ kiong　　　　　以致沒有大臣輔佐。」

【注】①今作咆哮，驕縱怒吼。②國之中，指京畿。③修練。④是。⑤背側
　　　指周遭。⑥陪卿指大臣。
【章旨】殷王已衆叛親離。

五　文王曰咨　　　　　　　　　文王感歎說：

咨女殷商　　　　　　　　　　「你，殷商啊！

天不湎_{ㄇㄧㄢˇ}①爾以酒　　　上天不准你耽溺於酒，

不義②從③式④i　　　不宜縱酒的榜樣，

既愆⑤爾止⑥tsi　　　你的容止已錯了，

靡明⑦靡晦⑧mi　　　不分晝夜，

式號⑨式呼ho　　　驚吼呼叫，

俾⑩晝作夜o　　　晝夜顛倒。」

【注】①耽溺。②宜。③從、縱古今字。④榜樣。⑤過。⑥舉止。⑦白天。
　　⑧黑夜。⑨吼叫。⑩使。

【章旨】殷王耽酒誤國。

六　文王曰咨　　　文王感歎說：

咨女殷商　　　「你，殷商啊！

如蜩_{ㄊㄧㄠˊ}如螗①tong　　　如大小蟬之噪人，

如沸如羹kong　　　如沸羹之逼人，

小大②近喪song　　　老少幾乎死光，

人③尚乎由行kuong　　　獨夫尚且持續惡行，

內奰_{ㄅㄧˋ}④于中國　　　內激怒於京畿方，

覃⑤及鬼方⑥pong　　　延及遙遠鬼方。」

【注】①蟬之大小專名。②猶老少。③一人。獨夫。④激怒。⑤延。⑥三代
　　北方民族之一。

【章旨】一人無慶，兆民反叛。

七　文王曰咨　　　文王感歎說：

咨女殷商　　　「你，殷商啊！

匪上帝不時①ti　　　不是上帝不給機會，

殷不用舊②ki　　　殷商不用舊典，

雖無老成人③　　　國之大老雖已不存在，

尚有典刑④ tseng　　　　尚有重要的法律規章，

曾是莫聽 seng　　　　就是不聽，

大命⑤以傾 keng　　　　國祚即將傾覆。」

【注】①不給機會。②舊典。③大老。④重要的法規。⑤國祚。

【章旨】殷王目無法紀。

八　文王曰咨　　　　　文王感歎說：

咨女殷商　　　　　　「你，殷商啊！

人亦有言　　　　　　有人這麼說：

顛沛①之揭② ka　　　　『樹倒根翹，

枝葉未有害 kai　　　　枝葉好端端的，

本③實④先撥⑤ pai　　　樹根和果實先行毀壞。』

殷鑒⑥不遠　　　　　殷商的借鏡不古，

在夏后⑦之世 tai　　　夏帝時代即是。」

【注】①跌倒。②翹起。③根。④果實。⑤敗壞。⑥鑒、鏡古今字。⑦帝。

【章旨】史跡斑斑，前事不忘，後事之師。

·〈大雅·崧高〉(265)

一　崧①高維嶽　　　　　崇高的山嶽，

駿②極③于天 tin　　　　聳峻參天，

維嶽降神 sin　　　　　山嶽降神，

生甫④及伸⑤　　　　　生下甫及伸二人，

維伸及甫　　　　　　只有伸及甫二人，

維周之翰⑥ kan　　　　是周國的棟樑之臣，

四國于蕃⑦ pan　　　　周邊國家作為藩籬，

四方于宣⑧ uan　　　　　　四方諸國作為牆垣。

【注】①崈、嵩、崇古今字，高。②駿、峻古今字，大。③至。④仲山甫，
　　　宣王時賢諸侯。⑤伸伯，宣王時賢諸侯。⑥棟樑。⑦蕃、藩古今字，
　　　藩籬、屏障。⑧牆垣。

【章旨】盛讚伸、甫二侯之賢。

二　亹ㄨ亹①伸伯 pok　　　　勤奮的伸伯，
　　王纘②之事 li　　　　　繼承王位的事業，
　　于邑③于謝④ tok　　　　建都於謝地，
　　南國是式⑤ i　　　　　作為南國的榜樣，
　　王命召伯⑥ pok　　　　周王命令召伯，
　　定⑦伸伯之宅 tok　　　選定伸伯的住宅，
　　登⑧是南邦 pung　　　　進駐南方諸地，
　　世執其功 kung　　　　世世代代執守伸伯的功業。

【注】①勤勉貌。②繼承。③建都。④地名。⑤式、榜樣。⑥昭穆公。⑦選
　　　定。⑧進駐。

【章旨】伸伯將承王業。

三　王命伸伯　　　　　　　國王命令伸伯，
　　式是南邦 pung　　　　作為南方諸國的典範，
　　因①是謝人　　　　　　憑靠這些謝地百姓，
　　以作爾庸② ung　　　　建築你的城堡。
　　王命召伯 pok　　　　　周王任命召伯，
　　徹③伸伯土田 tin　　　在伸伯田地上行十一稅制。
　　王命傳御④ ngok　　　　周王任命家臣總管，
　　遷其私人⑤ nin　　　　作為伸伯的家臣。

【注】①憑靠。②庸、墉古今字，城堡。③十一稅制。④家臣總長。⑤家

臣。

【章旨】周王作命申召二侯治理南邦。

四　伸伯之功① 　　　　　　　伸伯的功業，
　　召伯是營② ueng 　　　　　是召伯經營規畫的，
　　有俶③其城④ teng 　　　　城堡築好了，
　　寢廟⑤旣成 teng 　　　　　寢室宗廟完成了，
　　旣成藐藐⑥ mou 　　　　　已完成的工事很雄偉美觀。
　　王錫⑦申伯 　　　　　　　周王賞賜伸伯：
　　四壯蹻蹻⑧ kiau 　　　　　四匹健壯氣昂的雄馬，
　　鉤膺⑨濯濯⑩ tau 　　　　　光鮮亮麗的馬胸鉤帶。

【注】①功業。②經營規畫。③善。④城堡。⑤宗廟之前曰廟，後曰寢。
　　⑥雄偉貌。⑦錫、賜古今字。⑧健壯貌。⑨馬胸前之鉤帶。⑩光潔
　　貌。

【章旨】伸伯建立功業，周王有所賞賜。

五　王遣伸伯 　　　　　　　　周王遣送伸伯，
　　路車① ko 乘馬② mo 　　　乘坐四匹馬拉的大車，
　　我圖③ to 爾居 ko 　　　　我（周王）規畫你（伸伯）的居所，
　　莫如 no 南土 to 　　　　　最好在南方之地。
　　錫爾介④圭⑤ 　　　　　　贈賜你大奎玉，
　　以作爾寶 pou 　　　　　　作為你的鎮國之寶，
　　往近⑥王舅⑦ kiou 　　　　周王的舅父去吧！
　　南土是保 pou 　　　　　　保護南方之地。

【注】①大馬車。②四匹馬。③規畫。④大。⑤諸侯之圭玉。⑥語助詞。⑦
　　此指伸伯為宣王之舅。

【章旨】宣王派遣母舅（伸伯）鎮守南疆。

六　伸伯信①邁②　　　　　　伸伯隔日出發，
　　王餞于郿ㄇㄟ③ mei　　　周王在郿地餞送。
　　申伯還南　　　　　　　　伸伯南歸，
　　謝④于誠歸 tuei　　　　　眞正南歸於謝地。
　　王命召伯　　　　　　　　周王命令召伯：
　　徹伸伯土疆 kiong　　　　在伸伯的疆域行徹稅。
　　以峙ㄓ⑤其糧ㄌㄧㄤ⑥ tong　儲備行糧，
　　式遄ㄔㄨㄢ⑦其行 kuong　快快出發。

【注】①再宿。②行。③地名。④地名。⑤儲備。⑥糧。⑦速。
【章旨】伸伯南歸，周王餞行。

七　伸伯番ㄆㄛ番① pan　　　　勇武的伸伯，
　　旣入于謝　　　　　　　　終於進入謝地，
　　徒②御③嘽ㄊㄢ嘽④ tan　　步卒車夫都喘聲不止，
　　周邦咸喜　　　　　　　　周邦舉國歡騰，
　　戎⑤有良翰⑥ kan　　　　您(宣王)擁有優秀的楨榦大臣，
　　不⑦顯伸伯　　　　　　　伸伯盛名，
　　王之元舅　　　　　　　　周王的大舅，
　　文武是憲⑧ hian　　　　　文韜武略都是大家的典範。

【注】①勇武貌。②步卒。③車夫。④喘息聲。⑤你。⑥好棟樑。⑦不、丕
　　　古今字，大。⑧典範。
【章旨】伸伯入謝之後，舉國歡騰。

八　伸伯之德 tik　　　　　　伸伯的功德：
　　柔惠且直 tik　　　　　　和順、仁慈又正直。
　　揉①此萬邦 ik　　　　　　安撫所有的諸侯國，
　　聞于四國 ik　　　　　　　名聞四方諸國。

吉甫②作誦③	君吉甫創作詩篇，
其詩孔碩 sok	他的詩歌體製磅礴，
其風④肆⑤好	他的詩風絕佳，
以贈伸伯 pok	用來贈送伸伯。

【注】①同柔，安。②宣王時人。③詩。④風格。⑤淋漓盡致。

【章旨】君吉甫創作頌揚伸伯之詩以贈。

·〈大雅·常武〉(269)

一	赫赫①明明②	威武嚴明，
	王命卿士③	周王任命執政大臣，
	南仲④大祖⑤	在太祖廟任命南仲，
	大師⑥皇父⑦	任命皇父為太師。
	整我六師⑧	整頓我周王的六軍，
	以脩我戎⑨	維護我周王的兵車，
	既敬既戒 kik	敬警戒備了，
	惠此南國 ik	對這些南國諸侯施德政。

【注】①威武貌。②嚴明貌。③執政大臣。④宣王大臣。⑤太祖廟。⑥太師，掌軍權大臣。⑦宣王大臣名。⑧六軍。⑨兵車。

【章旨】周宣王在太廟任命大臣。

二	王謂尹氏①	周王對尹氏說：
	命程伯休父② po	任命程伯仲父，
	左右陣行	在附近布陣。
	戒③我師旅 lo	告誡我們的軍隊：
	率④彼淮浦 po	沿著那淮水畔，
	省⑤此徐土 to	巡視這徐地。

不留不處 tso　　　　　　不停留不駐守，

三事⑥就緒 to　　　　　　三卿員責的事準備停當。

【注】①官名，掌命卿士。②程伯，爵位；休父，人名。③戒、誡古今字，
　　　告誡。④循、沿。⑤巡視。⑥三卿（指南仲、皇父和休父）掌管之
　　　事。

【章旨】三卿各有所司。

三　赫赫業業①　　　　　威武盛大，

　　有嚴②天子　　　　　儼然可畏的天子，

　　王舒③保④作⑤　　　周王徐徐安行，

　　匪紹⑥匪遊 iou　　　不遲緩、不遊樂，

　　徐方繹騷⑦ tsou　　徐國騷動不安，

　　震驚徐方　　　　　震驚徐國，

　　如雷如霆⑧ teng　　如疾雷掩至，

　　徐方震驚 keng　　　徐國震驚。

【注】①盛大貌。②嚴、儼古今字，敬畏。③徐。④安。⑤行。⑥遲緩。⑦
　　　騷動不安。⑧疾雷。

【章旨】王師迅速平定徐國之亂。

四　王奮厥武 mo　　　　周王奮發其威武，

　　如震如怒 no　　　　如震如怒，

　　進厥虎臣①　　　　　勇猛的步伍向前邁進，

　　闞ㄎㄢˇ②如虓③虎 ho　威猛如虎嘯，

　　鋪④敦⑤淮濆ㄈㄣˊ⑥　搏擊殺伐於淮水畔，

　　仍⑦執醜虜 lo　　　　屢屢捕捉到可惡的俘虜，

　　截彼淮浦 po　　　　截擊那淮水涯，

　　王師之所 so　　　　周王就駐紮在那個地方。

【注】①威猛的士卒。②虎怒貌。③虎嘯。④搏擊。⑤殺伐。⑥水湄。⑦
　　　 屢。
【章旨】王師善戰威武。

五　王旅嘽_{ㄊㄢ}嘽① tan　　　周王的軍隊發出很大的喘息聲，
　　　如飛如翰② kan　　　　如飛般之神速，
　　　如江如漢 nan　　　　　如長江漢水之壯盛，
　　　如山之苞③ pou　　　　如山嶽盤座之穩固，
　　　如川之流 liou　　　　　如河川之暢流無阻，
　　　緜緜④翼翼⑤ ik　　　　連綿不絕又整齊不亂，
　　　不測 tsik 不克 kik　　　變化莫測又無敵可摧，
　　　濯⑥征徐國 ik　　　　　徹底征服徐國。

【注】①喘息聲。②羽，引申作速飛。③根部。④連綿不絕貌。⑤整齊貌。
　　　⑥洗。
【章旨】形容周軍之強大。

六　王猶①允②塞③ si　　　　周王的籌謀確實完備，
　　　徐方既來④ li　　　　　徐國已經歸順，
　　　彷方既同⑤ tung　　　　徐國已經認同，
　　　天子之功 kung　　　　　天子的功業，
　　　四方既平 peng　　　　　已經平定周邊諸國，
　　　徐方來庭⑥ teng　　　　徐國歸順朝廷了，
　　　徐方不回⑦ uei　　　　　徐國不再狡詭叛逆了，
　　　王曰還_{ㄒㄩㄢ}⑧歸 tuei　　周王說：「凱旋榮歸。」

【注】①謀略。②信。③充實。④歸順。⑤認同。⑥庭、廷古通。⑦狡詐。
　　　⑧旋通。
【章旨】周王平定四方諸國，全國統一。

十九、訓　勉

·〈大雅·下武〉(249)

一　下①武維周　　　　　　迄至武王的周國，
　　世②有哲③王 huong　　代有明王，
　　三后④在天　　　　　　在天的三王，
　　王配⑤于京⑥ kiong　　足堪在鎬京封王。

【注】①迄至。②世代。③明。④此指太王、王季與文王。⑤堪配。⑥此指
　　　鎬京。
【章旨】周初代有明王出。

二　王配于京　　　　　　　在鎬京封王，
　　世德①作求② kiou　　世代所作所求唯德而已，
　　永言配命③　　　　　　永遠夠格配受天命，
　　成王之孚④ pou　　　　成王是可信的。

【注】①世代有德。②所作所求。③指天授君權。④信。
【章旨】成王承受世德，永爲君王。

三　成王之孚　　　　　　　成王是可信的。
　　下土①之武② ik　　　成天下的楷模，
　　永言孝思③　　　　　　永遠對先祖存孝心，
　　孝思維則④ tsik　　　孝心堪爲天下所效法。

【注】①天下。②楷模。③語助詞。④效法。
【章旨】成王永遠對先祖存孝敬之心。

四　媚①茲一人②　　　　　　這位天子受到愛戴，
　　應候③順德 tik　　　　　應該順德而行，
　　永言孝思　　　　　　　永遠對祖先存孝心，
　　昭④哉嗣⑤服⑥ pik　　　發揚繼承先人的功業。

【注】①愛。②天子。③語助詞。④發揚。⑤繼承。⑥事，指功業。
【章旨】盛讚成王能承先啓後。

五　昭①茲來許② ngo　　　昭示後進們，
　　繩③其祖武④ mo　　　以祖先的足跡作為準則，
　　於×⑤萬斯⑥年　　　　千秋萬歲哦！
　　受天之祜×⑦ ko　　　受到上天的福祐。

【注】①昭示。②後進。③準則。④足跡。⑤讚歎詞。⑥語助詞。⑦福。
【章旨】期許後進效法先祖。

六　受天之祜　　　　　　受到上天的福祐，
　　四方來賀 ka　　　　　四面八方的諸侯同來慶賀，
　　於萬斯年　　　　　　千秋萬歲哦！
　　不遏①有佐 tsa　　　隨時都會有佐助者。

【注】①隨時。
【章旨】天下一統，得道多助。

・〈大雅・民勞〉(259)

一　民亦勞止①　　　　　　百姓辛勞，
　　汔×②可小康③ kong　　希望可達小康的生活，
　　惠④此中國　　　　　　恩澤京畿之地，
　　以綏⑤四方 pong　　　安定四方諸侯，

無縱詭⑥隨⑦	不放縱詭詐不法之徒，
以謹⑧無良 liong	謹慎提防壞份子，
式⑨遏寇虐	遏抑掠徒與暴虐，
憯_{ㄘㄢˇ}⑩不畏明⑪ mong	不曾畏懼明達之士，
柔遠能⑫邇	懷柔遠方人與親善周邊人，
以定我王 huong	使王事得之安定下來。

【注】①語助詞。②庶幾、希望。③過得去。④愛。⑤安。⑥狡詐。⑦欺
　　　騙。⑧慎。⑨語助詞。⑩何、曾、乃。⑪明達。⑫親善。
【章旨】愛民遏虐可安邦定王。

二	民亦勞止	百姓辛勞，
	汔可小休 kiou	希望可達稍息的機會，
	惠此中國	恩澤京畿之地，
	以為民逑① kiou	作為百姓的庇護，
	無縱詭隨	不放縱詭詐不法之徒，
	以謹惽恢② nou	謹慎提防搗亂份子，
	式遏寇虐	遏抑掠徒與暴虐，
	無俾民憂 iou	不使百姓憂心，
	無棄爾勞	不得放棄你生為君王的勞心，
	以為王休③ kiou	做為君王的德政。

【注】①伴侶，此引申為庇護。②喧鬧搗亂。③美，此指德政。
【章旨】民求小休，君王當行仁政。

三	民亦勞止	百姓辛勞，
	汔可小息 sik	希望可達喘息片刻，
	惠此京師	恩及京城之地，
	以綏四國 ik	安定四方諸國，

無縱詭隨　　　　　　不放縱詭詐不法之徒，

以謹罔極① kik　　　謹慎提防無法無天的之徒，

式遏寇虐　　　　　　遏抑掠徒與暴虐，

無俾作慝② nik　　　不使壞事發生，

敬愼威儀　　　　　　恭敬謹愼的儀態，

以近有德 tik　　　　接近有德望的人。

【注】①無行、無良。②邪惡。
【章旨】敬愼威儀，以近有德。

四　民亦勞止　　　　　百姓辛勞，

　　汔可小愒① kai　　希望可達輕鬆休息，

　　惠此中國　　　　　恩澤京畿之地，

　　俾民憂泄② tai　　使百姓的憂心得以宣瀉，

　　無縱詭隨　　　　　不放縱詭詐不法之徒，

　　以謹醜厲③ lai　　謹慎提防惡劣者，

　　式遏寇虐　　　　　遏抑掠徒與暴虐，

　　無俾正④敗　　　　不使政治衰敗，

　　戎⑤雖小子⑥　　　你雖然年輕，

　　而⑦式⑧弘大 tai　你的模式影響極大。

【注】①息。②宣瀉。③惡劣者。④政。⑤你。⑥年輕人。⑦你。⑧模式。
【章旨】國君年幼，影響卻特大。

五　民亦勞止　　　　　百姓辛勞，

　　汔可小安 an　　　希望可達稍微安定，

　　惠此中國　　　　　恩澤京畿之地，

　　國無有殘① tsian　國中沒有被殘害的人，

無縱詭隨　　　　　不要縱詭詐不法之徒，
以謹繾綣② kuau　謹愼提反覆無常者，
式遏寇虐　　　　　過住掠奪與暴虐，
無俾正反③ pan　不使政治顛覆，
王欲玉女④　　　　君王想要磨練栽培你，
是用大諫⑤ kian　乃以此詩作爲嚴屬規勸。

【注】①被殘害者。②反覆。③顛覆政權。④玉當動詞，玉成。女，汝。⑤
　　　重大規勸。

【章旨】作此詩在於大諫之用。

·〈大雅·板〉(260)

一　上帝板板① pan　　上帝不仁，
　　下民卒癉② tan　　蒼生痛不欲生，
　　出話不然③ nan　　說過的話不兌現，
　　爲猶④不遠 uan　　作爲謀略卻毫無遠見，
　　靡聖管管⑤ kuan　缺乏作爲取法的聖人，
　　不實于亶⑥ tan　　誠信不足，
　　猶之未遠 uan　　規畫無遠見，
　　是用大諫 kian　　所以寫這首詩當作痛諫。

【注】①僻遠不親。②痛苦不堪。③不兌現。④謀略。⑤無所依憑。⑥誠
　　　信。

【章旨】痛諫之由。

二　天之方難① nan　　上天正在降下災難，
　　無然憲憲② hian　無須如此高興：
　　天之方蹶③ kuai　上天正在動盪不安，

無然泄-泄④ tai　　　　無須如此話多。

辭⑤之輯⑥ tsip 矣　　　政令安和，

民之洽⑦ hip 矣　　　百姓融洽；

辭之懌⑧ tok 矣　　　政令和悅，

民之莫⑨ mok 矣　　　百姓安定。

【注】①災難。②欣然。③動盪。④多言。⑤政令。⑥和。⑦融洽。⑧悅。
　　⑨安定。

【章旨】天作孽，猶可違，政令惡，猛如虎。

三　我雖異事① li　　　　我的職務雖然有別，

　　及爾同寮② liau　　　跟你是同事關係，

　　我即爾謀③ mi　　　我參與你的策畫，

　　聽我囂〻囂④ ngau　你傲慢不遜聽我報告，

　　我言維服⑤　　　　我說的是可行性，

　　勿以爲笑 siau　　　莫取笑我，

　　先民⑥有言　　　　有人有句話：

　　詢于芻⑦蕘〻⑧ ngiau　向除草者和砍柴者請教。

【注】①職務不同。②同事。③策畫。④傲慢難馴。⑤用。⑥古人。⑦除草
　　者。⑧砍柴者。

【章旨】主事者剛愎自用。

四　天之方虐 ngiau　　　上天施虐中，

　　無然謔謔① ngiau　　無須如此幸災樂禍，

　　老夫②灌灌③　　　　年長的我真誠懇切，

　　小子④蹻蹻⑤ kiau　　年輕趾高氣揚，

　　匪我言耄⑥ mau　　　我不是倚老賣老，

　　爾用憂⑦謔 ngiau　　你以和樂的態度戲謔，

多⑧將熇熇⑨ kau 進言多必觸怒於君，

不可救藥⑩ lau 已經無可救藥了。

【注】①嬉樂貌。②年長者。③猶款款，眞誠懇切。④年輕人。⑤趾高氣
揚。⑥八十曰耋，高齡。⑦憂、優古今字，和樂。⑧多言。⑨觸怒。
⑩無藥可救。

【章旨】主事者無可救樂。

五　天之方懠⓵① tsei 上天正在忿怒，

　無爲夸毗② pei 無須逢迎諂媚，

　威儀卒迷③ mei 威儀盡失，

　善人載④尸⑤ tei 善人如莊重的祭主，

　民之方殿屎⑥ tei 蒼生正在呻吟，

　則莫我敢葵⑦ kuei 我不敢揣測，

　喪亂蔑⑧資⑨ tsei 喪亂中一無所有，

　曾莫惠⑩我師⑪ tuei 吾民不曾沾蒙德澤。

【注】①怒。②逢迎諂媚。③盡失。④則，語助詞。⑤尸主、祭主。⑥呻
吟。⑦揆、揣測。⑧無。⑨資產。⑩愛、恩澤。⑪民衆。

【章旨】君無德澤，天怒人怨。

六　天之牖①民 上天誘導百姓：

　如壎②如篪③ tie 如壎篪兩種樂器之合奏，

　如璋④如圭⑤ kie 如璋圭二玉之砌合，

　如取如攜 kie 如取法提攜之相親，

　攜無曰⑥益⑦ ie 提攜而不扭抑，

　牖民孔易 tie 誘導百姓非常容易，

　民之多辟⑧ pie 百姓多所邪僻，

　無自立辟 pie 無須自作邪僻之法了。

【注】①誘導。②陶笛。③竹笛。④半圭爲璋。⑤合二璋爲圭。⑥語助詞。
　　⑦益、隘古今字，扼。⑧辟、僻古今字，邪僻。

【章旨】民可誘導，不可扼抑。

七　价人①維藩② pan　　　　　善人是籬笆，
　　大師③維垣④ uan　　　　　大衆是圍牆，
　　大邦⑤維屏　　　　　　　　大諸侯是屏障，
　　大宗⑥維翰⑦ kan　　　　　宗族是主幹，
　　懷德⑧維寧 neng　　　　　懷念恩德是安寧，
　　宗子⑨維城 teng　　　　　太子是城堡。
　　無俾城壞 tuei　　　　　　不使城崩，
　　無獨斯畏 uei　　　　　　　勿孤立，這是可畏的。

【注】①善人。②籬笆。③大衆。④圍牆。⑤大諸侯。⑥宗族。⑦楨榦。⑧
　　懷念恩德。⑨太子。

【章旨】天子當廣結善緣，始克安邦。

八　敬天之怒 no　　　　　　　畏敬上天震怒，
　　無敢戲豫① uo　　　　　　不敢嬉戲逸樂。
　　敬天之渝② u　　　　　　　敬畏上天反覆無常，
　　無敢馳驅 ku　　　　　　　不敢縱馬驅車之遊。
　　昊天曰明③ mong　　　　　上天清平時，
　　及爾出王④ huong　　　　　與您（周王）一同出遊，
　　昊天曰旦⑤ tan　　　　　　上天明亮時，
　　反爾游衍⑥ kan　　　　　　與您一同漫遊。

【注】①逸樂。②反覆無常。③指天候佳。④通往。⑤通明。⑥漫遊。

【章旨】勸勉君臣樂而不淫。

·〈大雅·抑〉(262)

一 抑抑①威儀　　　　　　　美好的威望儀態，
　　維德之隅② ngu　　　　　是德操的一角。
　　人亦有言　　　　　　　有人這麼說：
　　靡哲不愚 ngu　　　　　沒有不笨的哲人。
　　庶人之愚　　　　　　　常人所謂笨，
　　亦職③維疾 tsai　　　　實是毛病，
　　哲人之愚　　　　　　　哲人之笨，
　　亦維斯戾④ lai　　　　　也是反常的毛病。

【注】①通懿懿，美好。②端、角。③實。④反常。
【章旨】大智若愚，從威儀可以看出來。

二 無競維人　　　　　　　共人無與倫比，
　　四方其訓① kuen 之　　周邊聽從感召，
　　有覺②德行　　　　　　偉大的德行，
　　四國順 suen 之　　　　四周諸侯都依順，
　　訏③謨④定命⑤　　　　大謀略可安邦運，
　　遠猶⑥辰⑦告 kik　　　深謀略及時宣告。
　　敬愼威儀　　　　　　　恭敬謹愼的威望儀態，
　　維民之則 tsik　　　　　是百姓的榜樣。

【注】①感召。②大。③大。④謀。⑤國祚。⑥謀。⑦好時機。
【章旨】國有明君，兆民賴之。

三 其在于今　　　　　　　他如今，
　　興①迷亂于政 teng　　把政務得迷失大亂，
　　顛覆厥德　　　　　　　敗壞德行，

荒湛ㄉㄢ于酒　　　　　　　　荒廢本務而耽溺飲酒，
女雖湛樂從②　　　　　　　　你雖然耽酒縱樂，
弗念厥紹③　　　　　　　　　不思祖先遺訓，
罔④敷⑤求先王　　　　　　　不廣求先王，
克共⑥明刑⑦ teng　　　　　　能當作好榜樣。

【注】①達。②從、縱古今字。③繼。④無。⑤廣。⑥能執。⑦法。
【章旨】當今皇上縱酒貪樂，將導致敗政。

四　肆①皇天弗尚② song　　　皇天不助，
　　如彼泉流　　　　　　　　像那流泉，
　　無淪胥③以亡 mong　　　　無不同歸於盡。
　　夙興夜寐 mei　　　　　　早起晚睡，
　　洒埽④廷⑤內 nei　　　　　掃除庭內的汙垢，
　　維民之章 song　　　　　　做為百姓的表率。
　　脩⑥爾車馬　　　　　　　維護你的車、馬，
　　弓矢戎⑦兵　　　　　　　弓、箭、眾多兵器，
　　用戒戎⑧作　　　　　　　以警戒西戎作亂，
　　用遏ㄜˋ⑨蠻方 pong　　　以懲治南蠻諸國。

【注】①語助詞。②右、佑。③相互。④掃同。⑤廷、庭古今字。⑥維修。
　　　⑦眾多。⑧西戎。⑨治理。
【章旨】齊家與治國兼修。

五　質①爾人民　　　　　　　告誡你的百姓，
　　謹爾侯②度 to　　　　　　謹守侯君法度，
　　用戒不虞③ ngo　　　　　警戒不測事故，
　　愼爾出話 kua　　　　　　謹愼你的威嚴容儀，
　　敬爾威儀 nga　　　　　　恭敬你的威嚴容儀，

無不柔嘉 ka　　　　　全部柔和美好。

白圭之玷ㄉㄧㄢ④　　　白色圭玉的瑕疵，

尚可磨 ma 也　　　　還可磨除掉，

斯言之玷　　　　　　言語上的瑕疵，

不可爲 ua 也　　　　無能為力了。

【注】①告誡。②侯君。③測。④瑕疵。

【章旨】君無戲言。

六　無易由言　　　　　不要輕易發言，

無曰苟矣　　　　　　不要敷衍苟且，

莫捫①朕②舌 sai　　　沒有人持住我的舌頭，

言不可逝③ tsai 矣　　言出不可追回，

無言不讎④ sou　　　言出必報應，

無德不報 pou　　　　施德必回報，

惠于朋友 i　　　　　惠澤必回報，

庶民小子 tsi　　　　百姓、下民，

子孫繩繩⑤ sing　　　子孫繁衍不絕，

萬民靡不承 ting　　　萬民無不奉承。

【注】①持。②我，君王自稱專用語。③及。④報應。⑤繁衍不絕。

【章旨】君王輕語。

七　視①爾友君子　　　期望你與君子為友，

輯柔②爾顏 ngian　　　你和顏悅色，

不遐③有愆④ kan　　　不致犯錯。

相⑤在爾室⑥　　　　助祭在你的宗廟內，

尚不愧于屋漏⑦ lu　　尚且虔誠祭拜於隱暗的西北角，

無曰不⑧顯　　　　　樣樣都會大大的顯露出來，

莫予云覯⑨ ku　　　　　別以為看不到我，

神之格⑩ kok 思⑪　　　神靈降臨，

不可度ㄉㄨㄛˋ⑫ tok 思　　無法揣測，

矧⑬可射⑭ tok 思　　　豈可瀆褻呢？

【注】①事、示通用。②和。③不致。④錯誤。⑤助祭。⑥宗廟內。⑦宗廟
　　　的西北角。⑧不、丕古今字，大。⑨見。⑩神降臨。⑪語助詞。⑫
　　　揣測。⑬何況。⑭瀆褻。

【章旨】勸敬畏神明。

八　辟①爾為德　　　　　你身為君王的德行，

　　俾②臧③俾嘉 ka　　　務必善又美，

　　淑④慎爾止⑤　　　　你的舉止善良謹慎，

　　不愆于儀 nga　　　　儀態零差錯，

　　不僭⑥不賊⑦ tsik　　不逾越不傷害，

　　鮮不為則 tsik　　　很少不被視為榜樣。

　　投我以桃　　　　　　投送我桃子，

　　報之以李 li　　　　回報他李子。

　　彼童⑧而角⑨　　　　那束髮如角形的豎子，

　　實虹⑩小子⑪ tsi　　其實是邪惡的小人。

【注】①君王。②務使。③善。④善良。⑤舉止。⑥逾越法度。⑦傷害。⑧
　　　豎子。⑨此指髮型如獸角。⑩古人視虹為邪惡的象徵。⑪小人。

【章旨】上樑不正，下樑歪，君王當做天下儀。

九　荏染①柔木②　　　　柔軟強韌的柔木，

　　言③緡ㄇㄧㄣˊ④之絲　　施配絲以成弓弦。

　　溫溫恭人　　　　　　溫良恭敬的人，

　　維德之基　　　　　　德操是根本。

其維哲人⑤	有位明智的人
告之話言⑥	以善言告之，
順德之行	順德而行，
其維愚人	有位愚純的人，
覆謂我僭⑦	反而說我不誠實，
民各有心	人各有自己的想法。

【注】①柔軟堅韌貌。②木名。③語助詞。④按上絲繩。⑤明智者。⑥善言。⑦不誠實。

【章旨】德操是基。

十	於乎①小子 tsi	年輕人啊！
	未知臧否ㄆ②pi	尚未能認知善惡。
	匪③手攜之 ti	攜住他的手，
	言④示之事 li	指示事情的內容。
	匪面命之 ti	當他面下命令，
	言提其耳 ni	提舉他的耳朵。
	借曰未知	藉口說不知道，
	亦既抱子⑤tsi	其實已經為人父了。
	民之靡盈 eng	人口數不充沛，
	誰夙之而莫⑥成 teng	誰能夠朝知而暮補全呢？

【注】①於乎、嗚呼古今字。②善惡。③彼。④語助詞。⑤此指爲人父。

【章旨】世代交替。

十一	昊天孔昭① tau	皇天明察，
	我生靡樂② lau	我在世不快樂，
	視爾夢夢③	看你這麼昏庸，
	我心慘慘④ sau	我心中多麼慘痛，

誨爾諄諄⑤　　　　　　　諄教你如此懇切，
聽我藐藐⑥ mau　　　　以輕忽的心態聽我言，
匪用爲敎 hiau　　　　　不用我的教導，
覆用爲虐⑦ ngiau　　　　反而以為是戲謔，
借曰未知　　　　　　　藉口說不知道，
亦聿既耄ㄇㄠˋ⑧ mau　　他的確是八九十歲的老頭。

【注】①明察。②不樂。③昏庸。④悽慘。⑤懇切貌。⑥輕忽。⑦虐、謔古
　　今字。⑧八九十歲之大老。
【章旨】責備君王昏憒無知。

十二　於乎小子 tsi　　　　年輕人啊！
　　告爾舊①止② tsi　　　告誡你古老的禮規，
　　聽用我謀 mi　　　　　聽用我的謀略，
　　庶③無大悔④ mi　　　希望不致有大過錯。
　　天方艱難 man　　　　上天正降下災難，
　　曰⑤喪厥國 ik　　　　即將滅掉他的國家，
　　取譬不遠 uan　　　　就近即可找到例子。
　　昊天不忒ㄊㄜˋ⑥ ik　皇天沒錯亂，
　　回遹ㄩˋ⑦其德 tik　　他的德行邪惡，
　　俾民大棘⑧ kik　　　致使百姓大為困急。

【注】①古老。②禮（〈小旻箋〉）。③希望。④過錯。⑤語助詞。⑥偏差。
　　⑦邪僻。⑧急。
【章旨】老臣謀國，用心良苦。

〈大雅・烝民〉(266)

一　民生烝①民　　　　　上天誕生眾民，
　　有物有則 tsik　　　　有其事必有其法則。

民之秉彝②　　　　　　　　眾民秉持常理，
好是懿③德 tik　　　　　　愛好美德。
天監有周　　　　　　　　　上天監視周邦，
昭④假于下⑤ ho　　　　　神明降臨人間，
保茲天子　　　　　　　　　保祐當今太子，
生仲山甫⑥ po　　　　　　誕生了仲山甫。

【注】①眾。②常理。③美。④神靈降世。⑤人間。⑥宣王時人。
【章旨】天生仲山甫，受命保護天子。

二　仲山甫之德 tik　　　　仲山甫的德操：
　　柔嘉維則 tsik　　　　　柔和嘉美是樣板，
　　令儀令色 sik　　　　　和顏悅色，
　　小心翼翼 ik　　　　　　小心謹慎，
　　古訓①是式② ik　　　　古人的遺訓作為典範，
　　威儀是力 lik　　　　　威儀上見功夫，
　　天子是若③ nok　　　　唯天子是從，
　　明命④使賦⑤ pok　　　將頒布很好的政令。

【注】①古人的遺訓。②法式。③順從。④法令。⑤布、佈。
【章旨】陳述仲山甫的德操。

三　王命①仲山甫　　　　　周王任命仲山甫：
　　式是 tie 百辟② pie　　作為百官的典範，
　　纘③戎④ nung 祖考 kou　承續你祖先、亡父的地位，
　　王躬⑤ kung 是保 pou　保護周王的身安，
　　出納⑥王命　　　　　　周王政令的發布與接受，
　　王之侯舌⑦ sai　　　　周王的代言人，
　　賦⑧政于外 nguai　　　對外對布政令，

四方爰發⑨ pai　　　　　幫助四方諸侯推行。

【注】①任命。②百官。③繼承。④你。⑤身體。⑥發布與接受。⑦代言
　　　人。⑧發布。⑨推行。
【章旨】仲山甫的任務。

四　肅肅①王命，　　　　　嚴峻的君王法令，
　　仲山甫將② tsiong 之　　仲山甫來執行，
　　邦國若③否④　　　　　邦國的好壞，
　　仲山甫明 mong 之　　　仲山甫了然於心，
　　既明且哲　　　　　　　既明智又有愛心，
　　以保其身 sin　　　　　以保護君王
　　夙夜匪解⑤　　　　　　早晚不敢鬆懈。
　　以事一人 nin　　　　　以勤王事。

【注】①嚴肅貌。②行。③善。④惡。⑤解、懈古今字。
【章旨】仲山甫勤政忠君。

五　人亦有言　　　　　　　也有人說：
　　柔則茹① no 之　　　　「柔軟就吃掉，
　　剛則吐 to 之　　　　　剛硬就吐掉。」
　　維仲山甫 po　　　　　仲山甫嘛：
　　柔亦不茹 no　　　　　「柔軟也不吃掉，
　　剛亦不吐 to　　　　　剛硬也不吐掉，
　　不侮②矜③寡④ ko　　　不欺凌鰥寡弱勢，
　　不畏彊⑤禦⑥ ngo　　　不畏懼強橫頑抗。」

【注】①食。②欺凌。③矜、鰥古今字，本義老而無妻。④本義老而無夫。
　　　⑤彊、強古今字。⑥抗拒。
【章旨】仲山甫既不欺軟，也不怕硬。

六　人亦有言　　　　　　　也有人說：

德輶㊀如毛　　　　　　「德操輕如毛髮，

民鮮克舉 uo 之　　　　很少人能修成。」

我儀圖㊁ to 之　　　　我試圖修德，

維仲山甫舉 uo 之　　　仲山甫修德成功，

愛莫助 tso 之　　　　愛他卻無法助他，

衮㊂職有闕㊃　　　　天子的職務出現缺失，

維仲山甫補 po 之　　　仲山甫補救回來。

【注】㊀輕。㊁揣度。㊂天子之服。㊃闕、缺古今字。

【章旨】仲山甫高德，天子之重臣。

七　仲山甫出祖㊀　　　　仲山甫出門行祖祭，

四牡業業㊁ ngip　　　四匹雄馬非常高大，

征夫捷捷㊂ tsip　　　出行隨從的動作敏捷，

每懷靡及 kip　　　　每每想到未達的任務。

四牡彭彭㊃ pong　　　四匹雄馬拉車彭彭作響，

八鸞㊄鏘鏘㊅ tsiong　八個鑣鈴發出聲噹噹。

王命仲山甫　　　　　周王任命仲山甫，

城彼東方 pong　　　在那東方築城。

【注】㊀出行祭祖。㊁馬高大貌。㊂動作迅捷。㊃馬車聲。㊄鑣鈴。㊅鈴聲。

【章旨】仲山甫東行之盛況。

八　四牡騤騤㊀ kuei　　　四匹雄馬極其高大，

八鸞喈喈㊁ kei　　　八個鑣鈴發出喈喈聲。

仲山甫徂㊂齊 tsei　　仲山甫往齊國去，

式㊃遄㊄其歸 tuei　　盼他速歸。

吉甫作誦　　　　　　　尹吉甫創作可誦詩歌，

穆⑥如清風 pin　　　　如清風般的暖和，

仲山甫永懷 tuei　　　　仲山甫長思念此詩，

以慰其心 sim　　　　　心中頗感安慰。

【注】①馬高大貌。②鈴聲。③往。④語助詞。⑤速。⑥和。

【章旨】尹吉甫作誦以感念仲山甫之大功。

〈大雅・韓奕〉(267)

一　奕奕①梁山　　　　　高聳的梁山，

維禹甸②tin 之　　　　　是禹治理的地方，

有倬ㄓㄨㄛ③其道　　　　有寬闊平直的道路。

韓侯受命 lin　　　　　　韓侯拜受策命，

王親命之　　　　　　　周王親自任命：

纘④戎⑤祖考　　　　　　「繼承你的先祖先父，

無廢朕命　　　　　　　不得荒廢我的命令，

夙夜匪解⑥kie　　　　　早晚不可鬆懈，

虔⑦共⑧爾位　　　　　　虔誠恭敬在你的職位上，

朕命不易⑨tie　　　　　我的榮命不是輕易授予的。

榦⑩不庭⑪方⑫　　　　　治理不朝貢的周邊國，

以佐戎辟⑬pie　　　　　輔佐你的君王。」

【注】①高大貌。②治。③直。④繼承。⑤你。⑥解、懈古今字。⑦敬。⑧共、恭古今字。⑨輕易。⑩治理。⑪庭、廷古今字，朝廷。⑫邦。⑬君。

【章旨】韓侯受命，訓勉他勤王不懈。

二　四牡奕奕　　　　　　　　　四匹高大雄偉的公馬，

　孔脩①且張② tong　　　　　　非常修長又壯大。

　韓侯入覲ㄐㄧㄣ③　　　　　　　韓侯入宮朝見天子，

　以其介④圭　　　　　　　　　手執大圭玉，

　入覲于王 huong　　　　　　　入宮朝見天子。

　王錫⑤韓侯　　　　　　　　　君王賞賜韓侯：

　淑⑥旂ㄑㄧ⑦綏⑧章⑨　　　　　美麗的交龍旗、登車用的彩繩，

　簟ㄉㄧㄢ⑩茀ㄈㄨ⑪錯⑫衡ㄏㄥ⑬ koung　竹席、車蔽簾、文彩交錯的車前

　　　　　　　　　　　　　　　橫木，

　玄⑭袞⑮赤舄⑯　　　　　　　黑色的龍紋袍、大紅色的鞋子，

　鉤⑰膺⑱鏤⑲鍚ㄧ⑳　　　　　　馬胸前帶鉤、金飾的馬額帶，

　鞹ㄎㄨㄛ鞃ㄏㄨㄥ㉑淺幭㉒ mie　綁車軾的皮革、覆蓋軾上的帶毛

　　　　　　　　　　　　　　　虎皮，

　鞗ㄊㄧㄠ革㉓金厄㉔ ie　　　　馬籠頭、金飾的車軛。

【注】①脩、修古今字。②大。③朝見天子。④大。⑤錫、賜古今字。⑥善、美。⑦交龍旗。⑧登車繩。⑨文彩。⑩竹席。⑪車蔽簾。⑫文彩交錯。⑬車前橫木。⑭黑色。⑮天子之龍袍。⑯鞋子。⑰帶鉤。鉤、鉤古今字。⑱胸。⑲文飾交錯。⑳馬額帶。㉑綁車軾的皮革。㉒車軾上的虎皮。㉓馬籠頭。㉔金飾的車軛。厄、軛古今字。

【章旨】周天子以馬車的佩件賞賜韓侯。

三　韓侯出祖① tso　　　　　　　韓侯出門行祖祭，

　出宿②于屠③ to　　　　　　　出行在屠地住一夜。

　顯父④餞⑤之　　　　　　　　顯達的父輩為他餞行：

　清酒百壺 ho　　　　　　　　清酒百壺之多，

　其殽⑥維何　　　　　　　　　菜餚呢？

　炰ㄆㄠ⑦鼈鮮魚 ngo　　　　　蒸鼈和新鮮魚；

其蔌㊟⑧維何	蔬菜呢？
維筍及蒲⑨ po	竹筍和蒲菜。
其贈維何	君王贈賜呢？
乘㊟馬⑩路車⑪ ko	四匹馬和大車。
籩⑫豆⑬有且⑭ tso	裝疏果和食肉器很多，
侯氏燕⑮胥⑯ so	韓侯和大家宴樂中。

【注】①出行祖祭。②隔夜。③地名。④顯達的父執輩。⑤設宴送行。⑥董
　　菜。⑦清蒸。⑧蔬菜。⑨水生植物。⑩四匹馬。⑪大車。⑫蔬果器。
　　⑬食肉器。⑭且、俎古今字，多。⑮燕、宴古今字。⑯衆多。

【章旨】君王賞賜頗多。

四	韓侯取①妻	韓侯娶妻，
	汾王②之甥	汾王的外甥女，
	蹶㊟父③之子④ tsi	蹶父的女兒。
	韓侯迎止⑤ tsi	韓侯迎親，
	于蹶之里 li	在蹶之地，
	百兩⑥彭彭⑦ pong	百輛馬車彭彭作響，
	八鸞鏘鏘 tsiong	八個鑣鈴發出鏘鏘之聲。
	不⑧顯其光 kuong	大顯光彩。
	諸娣⑨從之	很多新娘的妹妹跟隨過來，
	祁祁⑩如雲 uen	多如雲彩，
	韓侯顧之	韓侯回首觀看，
	爛其盈門 men	滿門光彩奪目。

【注】①取、娶古今字。②汾王，厲王。厲王流于必。彘，彘在汾水之上，
　　故時人因以號之（《鄭箋》）。③蹶地大老。④女子。⑤語助詞。⑥
　　兩、輛古今字。⑦馬車聲。⑧不、丕古今字，大。⑨妹。⑩衆多貌。

【章旨】韓侯娶妻之盛況。

五　蹶父孔武①　　　　　　　蹶父非常威武，
　　靡國不到 tau　　　　　　到過所有邦國，
　　爲韓姞⊥②相③攸④　　　　爲韓家姞氏千金看歸所，
　　莫如韓樂 lau　　　　　　都不如居韓快樂。
　　孔樂韓土 to　　　　　　　在韓地非常快樂：
　　川澤訏⊥訏⑤ uo　　　　　河川湖泊很大，
　　魴鱮⊥甫甫⑥ po　　　　　魴鱮肥美，
　　麀ᵡ⑦鹿宇ᵡ噳噳⑧ ngo　母鹿衆多，
　　有熊有羆⑨　　　　　　　　小熊大熊，
　　有貓⑩有虎 ho　　　　　　山貓老虎，
　　慶姞令居　　　　　　　　　慶賀姞氏千金有好的歸宿，
　　韓姞燕譽⑪　　　　　　　　韓國姞氏千金安樂歡喜。

【注】①非常威武。②姓氏。③看。④所。⑤大貌。⑥肥美。⑦母鹿。⑧衆
　　　多貌。⑨大熊。⑩山貓。⑪安樂。

【章旨】韓侯新婚之樂。

六　溥①彼韓城　　　　　　　　那廣闊的韓城，
　　燕師②所完③ nguan　　　燕國民衆所築成的，
　　以先祖受命　　　　　　　　以先祖受天子的冊封，
　　因④時⑤百蠻 luan　　　因而時時須與很多蠻族周旋。
　　王錫韓侯　　　　　　　　　周王賞賜韓侯有：
　　其追⑥其貊⑦ kok　　　　追、貊兩族，
　　奄受⑧北國　　　　　　　　統轄整個北方，
　　因以其伯 pok　　　　　　因此授予伯爵之位，
　　實⑨墉⑩實壑⑪ hok　　　築城挖壕，
　　實畝⑫實籍⑬ tsok　　　開墾定稅，
　　獻其貔⑭皮 pa　　　　　　獻給貔皮。

赤豹黃熊 pa　　　　　　　赤豹、黃熊。

【注】①大。②眾。③修築、建造。④就。⑤時刻。⑥北族名。⑦北族名。
　　⑧管轄。⑨是。⑩築城。⑪掘池。⑫開墾。⑬定稅。⑭猛獸名。

【章旨】韓侯有功，周王行賞。

〈周頌・小毖〉（295）

予其懲①　　　　　　　　　我將警戒，
而毖ㄅㄧˋ②後患　　　　　謹慎後患，
莫予荓ㄆㄧㄥ③蜂③　　　　毒蜂不害我，
自求辛④螫ㄕˋ⑤　　　　　我自己惹來痛苦之刺，
肇⑥允⑦彼桃蟲⑧　　　　　它開始實是一條桃蟲，
拚飛⑨維鳥　　　　　　　　急飛轉化為鳥，
未堪家多難　　　　　　　　未能忍受邦家多難，
予又集于蓼ㄌㄧㄠˇ⑩　　　我又是聚集在蓼葉上的一條桃蟲而已。

【注】①警戒。②慎。③毒蜂名。④苦。⑤毒蟲刺人。⑥始。⑦信。⑧蟲
　　名。⑨急飛。⑩水中植物名。

【章旨】譬喻自己只不過是一條蟲而已。

二十、寫　景

·〈小雅·鶴鳴〉(190)

一	鶴①鳴于九皋②	鶴鳥在廣大的沼澤處鳴叫,
	聲聞于野 uo	叫聲傳遍原野。
	魚潛在淵	魚兒潛伏在深淵裡,
	或在于渚ㄓㄨˇ③ to	有的停在沙洲處。
	樂彼之園 uan	那快樂的園地中,
	爰④有樹⑤檀 tan	種有檀木,
	其下維蘀ㄊㄨㄛˋ⑥ tok	樹下見有皮葉落地。
	它山之石 sok	別座山的石塊,
	可以爲錯⑦ tsok	可以當作磨刀石之用。

【注】①鳥名。②廣大遼闊的沼澤地。③沙洲。④語助詞。⑤植。⑥草木凡
　　皮葉落地(《說文》)。⑦磨刀石。

【章旨】返璞歸真,益處多多。

二	鶴鳴于九皋	鶴鳥在廣大的沼澤處鳴叫,
	聲聞于天 tin	叫聲傳遍天際。
	魚在于渚	魚兒停在沙洲處,
	或潛在淵 in	有的潛伏在深淵裏。
	樂彼之園 uan	那快樂的園地中,
	爰有樹檀 tan	種有檀木,
	其下維穀① knk	樹下見有穀物。

它山之石　　　　　　　別座山的石塊，

可以攻②玉 nguk　　　可以當作磨磋玉石之用。

【注】①穀物。②磨磋。

【章旨】重沓首章，韻字略異。

附 錄 一

《詩經》原次

國風

周南

(1)關雎 (2)葛覃 (3)卷耳 (4)樛木 (5)螽斯 (6)桃夭 (7)兔罝 (8)芣苢 (9)漢廣 (10)汝墳 (11)麟之趾

召南

(12)鵲巢 (13)采蘩 (14)草蟲 (15)采蘋 (16)甘棠 (17)行露 (18)羔羊 (19)殷其靁 (20)摽有梅 (21)小星 (22)江有汜 (23)野有死麕 (24)何彼襛矣 (25)騶虞

邶風

(26)柏舟 (27)綠衣 (28)燕燕 (29)日月 (30)終風 (31)擊鼓 (32)凱風 (33)雄雉 (34)匏有苦葉 (35)谷風 (36)式微 (37)旄丘 (38)簡兮 (39)泉水 (40)北門 (41)北風 (42)靜女 (43)新臺 (44)二子乘舟

鄘風

(45)柏舟 (46)牆有茨 (47)君子偕老 (48)桑中 (49)鶉之奔奔 (50)定之方中 (51)蝃蝀 (52)相鼠 (53)干旄 (54)載馳

衛風

(55)淇奧 (56)考槃 (57)碩人 (58)氓 (59)竹竿 (60)芄蘭 (61)河廣 (62)伯兮 (63)有狐 (64)木瓜

王風

(65)黍離 (66)君子于役 (67)君子陽陽 (68)揚之水 (69)中谷有蓷 (70)兔爰 (71)葛藟 (72)采葛 (73)大車 (74)丘中有麻

鄭風

(75)緇衣 (76)將仲子 (77)叔于田 (78)大叔于田 (79)清人 (80)羔裘 (81)遵大路 (82)女曰雞鳴 (83)有女同車 (84)山有扶蘇 (85)蘀兮 (86)狡童 (87)褰裳 (88)丰 (89)東門之墠 (90)風雨 (91)子衿 (92)揚之水 (93)出其東門 (94)野有蔓草 (95)溱洧

齊風

(96)雞鳴 (97)還 (98)著 (99)東方之日 (100)東方未明 (101)南山 (102)甫田 (103)盧令 (104)敝笱 (105)載驅 (106)猗嗟

魏風

(107)葛屨 (108)汾沮洳 (109)園有桃 (110)陟岵 (111)十畝之間 (112)伐檀 (113)碩鼠

唐風

(114)蟋蟀 (115)山有樞 (116)揚之水 (117)椒聊 (118)綢繆 (119)杕杜 (120)羔裘 (121)鴇羽 (122)無衣 (123)有杕之杜 (124)葛生 (125)采苓

秦風

(126)車鄰 (127)駟驖 (128)小戎 (129)蒹葭 (130)終南 (131)黃鳥 (132)晨風 (133)無衣 (134)渭陽 (135)權輿

陳風

(136)宛丘 (137)東門之枌 (138)衡門 (139)東門之池 (140)東門之楊 (141)墓門 (142)防有鵲巢 (143)月出 (144)株林 (145)澤波

檜風

(146)羔裘 (147)素冠 (148)隰有萇楚 (149)匪風

曹風

(150)蜉蝣 (151)候人 (152)鳲鳩 (153)下泉

豳風

(154)七月 (155)鴟鴞 (156)東山 (157)破斧 (158)伐柯 (159)九罭 (160)狼跋

小雅

鹿鳴之什

⑴鹿鳴 ⑵四牡 ⑶皇皇者華 ⑷常棣 ⑸伐木 ⑹天保 ⑺采薇 ⑻出車 ⑼杕杜 ⑽魚麗 ⑾南陔 ⑿白華 ⒀華黍

南有嘉魚之什

⑷南有嘉魚 ⑸南山有臺 ⑹由庚 ⑺崇丘 ⑻由儀 ⑼蓼蕭 ⑽湛露 ⑾彤弓 ⑿菁菁者莪 ⒀六月 ⒁采芑 ⒂車攻 ⒃吉日

鴻鴈之什

⑺鴻鴈 ⑻庭燎 ⑼沔水 ⑽鶴鳴 ⑾祈父 ⑿白駒 ⒀黃鳥 ⒁我行其野 ⒂斯干 ⒃無羊

節南山之什

⑺節南山 ⑻正月 ⑼十月之交 ⑽雨無正 ⑾小旻 ⑿小宛 ⒀小弁 ⒁巧言 ⒂何人斯 ⒃巷伯

谷風之什

⑺谷風 ⑻蓼莪 ⑼大東 ⑽四月 ⑾北山 ⑿無將大車 ⒀小明 ⒁鼓鐘 ⒂楚茨 ⒃信南山

甫田之什

⑺甫田 ⑻大田 ⑼瞻彼洛矣 ⑽裳裳者華 ⑾桑扈 ⑿鴛鴦 ⒀頍弁 ⒁車舝 ⒂青蠅 ⒃賓之初筵

魚藻之什

⑺魚藻 ⑻采菽 ⑼角弓 ⑽菀柳 ⑾都人士 ⑿采綠 ⒀黍苗 ⒁隰桑 ⒂白華 ⒃縣蠻 ⒄瓠葉 ⒅漸漸之石 ⒆苕之華 ⒇何草不黃

大雅

文王之什

⑵⒋文王　⑵⒉大明　⑵⒊緜　⑵⒋棫樸　⑵⒌旱麓　⑵⒍思齊　⑵⒎皇矣　⑵⒏靈臺　⑵⒐下武　⒉⒌文王有聲

生民之什

⒉⒌生民　⒉⒌行葦　⒉⒌既醉　⒉⒋鳧鷖　⒉⒌假樂　⒉⒍公劉　⒉⒎泂酌　⒉⒏卷阿　⒉⒐民勞　⒉⒍板

蕩之什

⒉⒍蕩　⒉⒍抑　⒉⒍桑柔　⒉⒋雲漢　⒉⒌崧高　⒉⒍烝民　⒉⒎韓奕　⒉⒏江漢　⒉⒐常武　⒉⒎瞻卬　⒉⒎召旻

周頌

清廟之什

⒉⒎清廟　⒉⒎維天之命　⒉⒋維清　⒉⒌烈文　⒉⒍天作　⒉⒎昊天有成命　⒉⒏我將　⒉⒐時邁　⒉⒏執競　⒉⒏思文

臣工之什

⒉⒏臣工　⒉⒏噫嘻　⒉⒋振鷺　⒉⒌豐年　⒉⒍有瞽　⒉⒎潛　⒉⒏雝　⒉⒐載見　⒉⒐有客　⒉⒐武

閔予小子之什

⒉⒐閔予小子　⒉⒐訪落　⒉⒋敬之　⒉⒌小毖　⒉⒍載芟　⒉⒎良耜　⒉⒏絲衣　⒉⒐酌　⒊⒌桓　⒊⒌賚　⒊⒌般

魯頌

⒊⒌駉　⒊⒋有駜　⒊⒌泮水　⒊⒍閟宮

商頌

⒊⒎那　⒊⒏烈祖　⒊⒐玄鳥　⒊⒍長發　⒊⒍殷武

附錄二

....

孔子的詩學範圍試探   陳光政

拜讀邢光祖先生的鴻文：〈興、觀、群、怨～孔子的詩學〉（65.12.2–9 中副）實令人迴盪不已，餘音繞梁迄今不息。綜觀是文之所以扣人心弦，在於文筆雅健，暢通流麗；氣勢磅礴，一瀉千里；古今交映，中外相輸；見解正確，先得我心，發揮有自，聯想無數；文振正道，孔學得傳等等。

邢先生的佳篇可謂大醇而小疵，大醇已畢載於原文，茲不贅述。邢文大體又可區分詩言志，溫柔敦厚，思無邪，詩可以興，詩可以群，詩可以怨等六類，但此六類的範圍太小，不足以涵蓋孔子詩學的全部內容，實僅是孔子詩學的未完篇而已。

那麼，孔子的詩學究竟還包括那些呢？首先必須注意先秦古籍引詩的方式，而先秦的資料又應區以三類視之。四書五經是孔學的主流，其中的引詩方式，是研究孔子詩學的最佳憑據；其次是讖緯之學，因讖緯之學常奉孔子為神明，其引詩亦常涉及孔子，此等資料彌足珍貴，宜列為次佳憑據；第三等的資料便是先秦諸子百家之書，諸子百家的時代與孔子相近，所以孔子詩學的觀念每每見於百家之書，從此亦可窺得聖人詩學的端倪。綜合此三類書之引詩，孔子的詩學盡在其中矣，由是始知邢先生的鴻文〈興、觀、群、怨～孔子的詩學〉的範圍太狹隘，其遺漏殊多，應作如下的補遺，才不致有遺珠之憾。

(1)詩可以賦：言鋪陳政教之善惡。

(2)詩可以比：見之失，不敢斥言，取此類以言之。

(3)詩可以風：言賢聖治道之遺化。

(4)詩可以雅：言今之正者，以為後世效法。

(5)詩可以頌：頌揚德行，廣以美之。

按：賦、比、興、風、雅、頌是《詩經》的六義，（詳參《周禮春官大

師》、〈詩大序〉與《朱子詩經集注》）先秦引詩沿用此六義最爲常見，而邢先生只提及其中之一～詩可以興，何以掛一而漏五呢？

　　(6)詩可以言：如子貢曰：「貧而無諂，富而無驕，何如？」子貢曰：「詩云：『如切如磋，如琢如磨』其斯之謂與？」子曰：「賜也，始可與言詩已矣，告諸往而知來者。」（《論語學而篇》）子夏問曰：「『巧笑倩兮，美目盼兮，素以爲絢兮』何謂也？」子曰：「繪事後素。」曰：「禮後乎？」子曰：「起予者，商也，始可與言詩已矣。」（《論語八佾篇》）陳元問於伯魚曰：「子亦有異聞乎？」對曰：「未也，嘗獨立，鯉趨而過庭，曰：『學詩乎？』對曰：『未也。』『不學詩，無以言。』鯉退而學詩。」（《論語衛靈公篇》）

　　按：由上三例可知，孔子所謂詩可以言，是針對詩可以啓發人的靈性、智慧，境界，使人聞一知十，舉一反三，觸類旁通，好的詩的確有這種令人神悟的妙用，孟夫子很懂這個道理，所以說：「說詩者：不以文害辭，不以辭害志，以意逆志，是爲得之。」這也就是孔子活用詩的地方。

　　(7)詩可以觀：言觀風俗之盛衰，即可論世事，如吳季札之觀樂。

　　(8)詩可以邇之事父：詩序言先王以詩成孝敬與厚人倫，故學詩可以事父。

　　(9)詩可以遠之事君：詩序言先王以詩美敎化，移風俗，言詩敎有益於政事，故習之可以事君。

　　(10)詩可以多識於鳥獸草木之名：有言爾雅爲詩經之訓詁，而爾雅於鳥獸草木皆專篇釋之。

　　按：《論語陽貨篇》載有孔子敎人學詩之法——子曰：「小子何莫學夫詩：詩可以興，可以觀，可以群，可以怨，邇之事父，遠之事君，多識於鳥獸草木之名。」這方法相當完整，最堪代表孔子的詩學，缺一不可的。但是邢先生卻刪去甚多，所持的理由是「關於事父事君，是詩的外在價值中的倫理功用；關於物名多識，是詩的外在價值中的知識功用；唯興觀群怨四者，才是詩的內在價值的四大功用……興觀群怨已經公認爲孔子論詩的要旨。」與其所謂公認，其實是邢先生的私意，經我查閱古今有關孔子論詩的文章，並無此公認之意。而且把詩的價值分爲外在的倫理和知識功用，以及內在的

四大功用，也是很不妥切的，反而使得孔子的詩學爲之破碎不堪，我認爲孔子的詩學價值，全在於內在方面，事父事君豈容表面的功夫呢！多識鳥獸草木之名的目的，並非今人純知識興趣的追求，而是學記所說的：「不學博依，不能安詩。」唯有如此，才能眞正了解詩意之所託，豈可以外在價值視之，就像仁義禮智皆屬於我內心之四端，告子誤以仁爲內，義爲外，而經孟子痛斥之曰：「何以謂仁內義外也？」

⑪詩可以明道。按：詩由心靈匯聚而成，感發興起之際，足以開拓新境界，其中有眞意。如詩云：「迨天之未陰雨，徹彼桑土，綢繆牖戶，今此下民，或敢侮予。」孔子曰：「爲此詩者，其知道乎！能治其國家，誰敢侮之？」（《孟子公孫丑上》）朱注：「周公以鳥之爲巢如此，此君子之爲國亦當思患而預防之，孔子讀而贊之，以爲知道也。」孔子經常以明道的立場讀詩，今再舉一例，詩云：「緡蠻黃鳥，止於丘隅。」子曰：「於止，知其所止，可以人而不如鳥乎？」（《大學》）詩的道是極其含蓄幽微，如果不仔細品嘗，是體會不出來的，所以孟子說：「王者之迹熄而亡。」又說：「詩亡然後春秋作。」可見孔子作《春秋》，其微言大義之筆，與詩之明道有異曲同工之妙。

綜合以上孔子對詩學的看法，邢先生所舉的六大綱目，實嫌不足，應再加上十一項，總計有十七項之多，然後才眞正的能涵蓋孔子全部的詩學，謹此希望博雅君子能續此未完之篇，對前列十一子題都能徹底的發揮，可以無憾矣！

詩經中的民間歌謠　　　　　　陳光政

　　拜讀 92.12.3《聯合報》E7 版〈詩經的貴族性〉（臺大中文系教授葉國良）講詞（見附錄四），如鯁在喉，又不見有任何人提出異議，殊感驚惶，難道連十三經中最易讀的《詩經》也告乏人問津了？

　　葉文中的結論「詩經是貴族文學，國風不是民間歌謠，民歌說無法成立。」，不才期期以為不可，特舉四十二則反證以駁之。

1.〈衛風‧氓〉

　　氓之蚩蚩，抱布貿絲，匪來貿絲，來即我謀，送子涉淇，至於頓丘，匪我愆期，子無良媒，將子無怒，秋以為期。

　　乘彼垝垣，以望復關，不見復關，泣涕漣漣，既見復關，載笑載言，爾卜爾筮，體無咎言，以爾車來，以我賄遷。

　　桑之未落，其葉沃若，于嗟鳩兮，無食桑葚，于嗟女兮，無與士耽，士之耽兮，猶可說也，女之耽兮，不可說也。

　　桑之落矣，其黃而隕，自我徂爾，三歲食貧，淇水湯湯，漸車帷裳，女也不爽，士貳其行，士也罔極，二三其德。

　　三歲為婦，靡室勞矣，夙興夜寐，靡有朝矣，言既遂矣，至於暴矣，兄弟不知，咥其笑矣，靜言思之，躬自悼矣。

　　及爾偕老，老使我怨，淇則有岸，隰則有泮，總角之宴，言笑晏晏，信誓旦旦，不思其反，亦已焉哉！

按：這首詩一開頭就點出「氓」是男主角的身分，氓、民古通用。男女主角
　　是在趕集市場上「抱布貿絲」而認識的，從他們急促結婚，婚後失和，
　　終致離異等過程的敘述中，完全是民間的生活，是民間歌謠的標準例，
　　絲毫也沾不上貴族性。

2.〈邶風・靜女〉

靜女其姝，俟我於城隅，愛而不見，搔首踟躕。
靜女其孌，貽我彤管，彤管有煒，說懌女美。
自牧歸荑，洵美且異，匪女之為美，美人之貽。

按：從三章「自牧歸荑」，知其身分是放牧人，西周時階級嚴明，豈有貴族
　　與平民戀愛通婚的可能？

3.〈陳風・東門之池〉

東門之池，可以漚麻，彼美淑姬，可與晤歌。
東門之池，可以漚紵，彼美淑姬，可以晤語。
東門之池，可以漚菅，彼美淑姬，可以晤言。

按：彼美淑姬正在東門的護城河從事清洗工作，追求愛慕的男士藉機與她打
　　情罵俏，這不正是民謠中男女對唱嗎？

4.〈鄭風・野有蔓草〉

野有蔓草，零露漙兮，有美一人，清揚婉兮，邂逅相遇，適我願兮。
野有蔓草，零露瀼瀼，有美一人，婉如清揚，邂逅相遇，與子偕臧。

按：《朱傳》：「男女相遇於田野草露之間，故賦其所在以起興。」田野草
　　露之間的男歡女愛，民間的意味強烈，宮廷貴族的氣息一絲也不存在。

5.〈陳風・東門之枌〉

東門之枌，宛丘之栩，子仲之子，婆娑其下。
穀旦于差，南方之原，不績其麻，市也婆娑。
穀旦于逝，越以鬷邁，視爾如荍，貽我握椒。

按：《朱傳》：「此男女聚會歌舞，而賦其事以相樂也。」第二章第三句
　　「不績其麻」，更透露出民間婦女操持的工作。

6.〈魏風・十畝之閒〉

十畝之間兮，桑著閑閑兮，行，與子還兮。

十畝之外兮，桑者泄泄兮，行，與子逝兮。

按：十畝之間的桑農，顯然指的是種桑的農夫，絕非貴族統治階層的行
業。

7.〈王風・采葛〉

彼采葛兮，一日不見，如三月兮。

彼采蕭兮，一日不見，如三秋兮。

彼采艾兮，一日不見，如三歲兮。

按：采葛、蕭、艾等必是民間所從事的家常粗活，貴族不會去碰觸。

8.〈周南・漢廣〉

南有喬木，不可休息，漢有游女，不可求思，漢之廣矣，不可泳思；江
之永矣，不可方思。

翹翹錯薪，言刈其楚，之子于歸，言秣其馬。漢之廣矣，不可泳思；江
之永矣，不可方思。

翹翹錯薪，言刈其蔞，之子于歸，言秣其駒。漢之廣矣，不可泳思；江
之永矣，不可方思。

按：此詩的男主角在喬木下休息，從事砍柴刈蔞的事，望著寬廣漢江的對
岸，只能眼睛吃冰淇淋，其朝思暮想的遊女終致嫁給別人，其背景全是
民間鄉土。

9.〈鄭風・東門之墠〉

東門之墠，茹藘在阪，其室則邇，其人甚遠。

東門之栗，有踐家室，豈不爾思，子不我即。

按：故事發生在東門外的民宅，坡地上長滿茹藘草，屋旁有顆栗樹，落花有
　　意，流水無情，當女主角登門造訪，始知人去樓空。西周貴族不致於築
　　居郊野吧！

10.〈齊風・甫田〉

無田甫田，維莠驕驕，無思遠人，勞心忉忉。
無田甫田，維莠桀桀，無思遠人，勞心怛怛。
婉兮孌兮，總角丱兮，未幾見兮，突而弁兮。

按：農人遠離家鄉，廣大的田地廢耕了，雜草遍野，這當然是指奪民時的慘
　　狀。

11.〈陳風・澤陂〉

彼澤之陂，有蒲與荷，有美一人，傷如之何，寤寐無為，涕泗滂沱。
彼澤之陂，有蒲與蘭，有美一人，碩大且卷，寤寐無為，中心悁悁。
彼澤之陂，有蒲菡萏，有美一人，碩大且儼，寤寐無為，輾轉伏枕。

按：故事發生在長滿蘭花的水邊坡地，有一位六神無主的憔悴美女正在哭得
　　死去活來，一般民間失歡的弱女子映在詩上。

12.〈鄭風・將仲子〉

將仲子兮，無踰我里，無折我樹杞，豈敢愛之？畏我父母，仲可懷也，
父母之言，亦可畏也。
將仲子兮，無踰我牆，無折我樹桑，豈敢愛之，畏我諸兄，仲可懷也，
諸兄之言，亦可畏也。
將仲子兮，無踰我園，無折我樹檀，豈敢愛之，畏人之多言，仲可懷
也，人之多言，亦可畏也。

按：《周禮》以二十五家為里，「我里」顯然指民間居處。「樹桑」尤其是
　　農人的經濟活動之一。

13.〈齊風・南山〉

南山崔崔，雄狐綏綏，魯道有蕩，齊子由歸，既曰歸止，曷又懷止。

葛屨五兩，冠綏雙止，魯道有蕩，齊子庸止，既曰庸止，曷又從止。

蓺麻如之何，衡從其畝，取妻如之何，必告父母，既曰告止，曷又鞠止。

析薪如之何，匪斧不克，取妻如之何，匪媒不得，既曰得止，曷又極止。

按：嫁妝中有「葛屨」五雙，純屬民間用鞋。「蓺麻如之何，衡從其畝」，純屬老農之事。「析薪如之何，匪斧不克」，貴族需要親自劈柴嗎？

14.〈召南・行露〉

厭浥行露，豈不夙夜，謂行多露。

誰謂雀無角，何以穿我屋，誰謂女無家，何以速我獄，雖速我獄，室家不足。

誰謂鼠無牙，何以穿我墉，誰謂女無家，何以速我訟，雖速我訟，亦不女從。

按：雀穿屋，鼠穿墉，貧民居處常有的現象。

15.〈陳風・衡門〉

衡門之下，可以棲遲，泌之洋洋，可以樂飢。

豈其食魚，必河之魴，豈其取妻，必齊之姜。

豈其食魚，必河之鯉，豈其取妻，必宋之子。

按：衡門之下，豈有貴族宦吏？吃不講究，妻不名門望族，必為貧士無疑。

16.〈豳風・伐柯〉

伐柯如何，匪斧不克，取妻如何，匪媒不得。

伐柯伐柯，其則不遠，我覯之子，籩豆有踐。

按：伐柯粗活，何須貴族吏宦？籩豆有踐，乃指平民婦女持家務井井有條，毫無貴族官吏的跡象。

17.〈邶風·匏有苦葉〉

匏有苦葉，濟有深涉，深則厲，淺則揭。

有瀰濟盈，有鷕雉鳴，濟盈不濡軌，雉鳴求其牡。

雝雝鳴鴈，旭日始旦，士如歸妻，迨冰未泮。

招招舟子，人涉卬否，人涉卬否，卬須我友。

按：迎親時，深厲淺揭，親歷涉水之苦，又在渡口等待遲遲參會的朋友，這些都是平民的行徑。

18.〈豳風·東山〉

我徂東山，慆慆不歸，我來自東，零雨其濛，我東曰歸，我心西悲，制彼裳衣，勿士行枚，蜎蜎者蠋，烝在桑野，敦彼獨宿，亦在車下。

我徂東山，慆慆不歸，我來自東，零雨其濛，果臝之實，亦施于宇，伊威在室，蠨蛸在戶，町畽鹿場，熠燿宵行，不可畏也，伊可懷也。

我徂東山，慆慆不歸，我來自東，零雨其濛，鸛鳴于垤，婦歎于室，洒掃穹窒，我征聿至。有敦瓜苦，烝在栗薪，自我不見，于今三年。

我徂東山，慆慆不歸，我來自東，零雨其濛。倉庚于飛，熠燿其羽，之子于歸，皇駁其馬，親結其縭，九十其儀，其新孔嘉，其舊如之何？

按：首章顯示東歸軍人的階級很大，因而歷盡行伍的煎熬；二章描述家道蕭條的景象；三章敘述離別三年的家室，極其淒清孤寂。由此可推，〈東山〉中的軍人來自窮困的民間。

19.〈王風·君子于役〉

君子于役，不知其期，曷至哉？雞棲于塒，日之夕矣，羊牛下來，君子于役，如之何勿思。

君子于役，不日不月，曷其有佸，雞棲于桀，日之夕矣，羊牛下括，君子于役，苟無飢渴。

按：這對闊別夫婦一定出於農村，從「雞棲于塒（桀）」與「羊牛下來（括）」已可見一斑。

20.〈周南・芣苢〉

采采芣苢，薄言采之；采采芣苢，薄言有之。
采采芣苢，薄言掇之；采采芣苢，薄言捋之。
采采芣苢，薄言袺之；采采芣苢，薄言襭之。

按：此詩描述民間婦女採收芣苢的諸多情狀。

21.〈周南・汝墳〉

遵彼汝墳，伐其條枚，未見君子，惄如調飢。
遵彼汝墳，伐其條肄，既見君子，不我遐棄。
魴魚赬尾，王室如燬，雖則如燬，父母孔邇。

按：民婦沿著汝水岸邊，砍伐細小樹枝，而心繫忙於公職的夫婿。

22.〈召南・草蟲〉

喓喓草蟲，趯趯阜螽，未見君子，憂心忡忡。亦既見止，亦既覯止，我
心則降。
陟彼南山，言采其蕨，未見君子，憂心惙惙；亦既見止，亦既覯止，我
心則說。
陟彼南山，言采其薇，未見君子，我心傷悲，亦既見止，亦既覯止，我
心則夷。

按：從「陟彼南山，言采其蕨（薇）」透露：民婦上南山採蕨（薇）去。

23.〈邶風・谷風〉

習習谷風，以陰以雨，黽勉同心，不宜有怒，采葑采菲，無以下體。德
音莫違，及爾同死。
行道遲遲，中心有違，不遠伊邇，薄送我畿，誰謂荼苦，其甘如薺，宴
爾新昏，如兄如弟。
涇以渭濁，湜湜其沚，宴爾新昏，不我屑以，毋逝我梁，毋發我笱，我
躬不閱，遑恤我後。

就其深矣，方之舟之，就其淺矣，泳之游之，何有何亡，黽勉求之，凡民有喪，匍匐救之。

不我能慉，反以我為讎，既阻我德，賈用不售，昔育恐育鞠，及爾顛覆，既生既育，比予于毒。

我有旨蓄，亦以御冬，宴爾新昏，以我御窮，有洸有潰，既詒我肄，不念昔者，伊余來墍。

按：這首詩透露許多平民身分的訊息，如「采葑采菲」、「毋逝我梁，毋發我笱」、「凡民有喪」、「我有旨蓄，亦以御冬」。

24.〈鄘風・桑中〉

爰采唐矣，沬之鄉矣。云誰之思？美孟姜矣。期我乎桑中，要我乎上宮，送我乎淇之上矣。

爰采麥矣，沬之北矣。云誰之思？美孟弋矣。期我乎桑中，要我乎上宮，送我乎淇之上矣。

爰采葑矣，沬之東矣，云誰之思，美孟庸矣。期我乎桑中，要我乎上宮，送我乎淇之上矣。

按：「采唐」、「采麥」與「采葑」皆是民間粗活。這對情侶在「桑中」約會，民居可知。

25.〈鄘風・蝃蝀〉

蝃蝀在東，莫之敢指。女子有行，遠父母兄弟。
朝隮于西，崇朝其雨，女子有行，遠兄弟父母。
乃如之人也，懷昏姻也，大無信也，不知命也。

按：此詩涉及到古代民間傳說，出嫁時刻，若發生西邊日落東邊虹的狀況，將可預測婚姻不祥之兆。

26.〈衛風・木瓜〉

投我以木瓜，報之以瓊琚，匪報也，永以爲好也。
投我以木桃，報之以瓊瑤，匪報也，永以爲好也。
投我以木李，報之以瓊玖，匪報也，永以爲好也。

按：木瓜、木桃、木李都是凡民常食的果類，價格也不高，以此為贈，平民
　　之行。

27.〈王風・中谷有蓷〉

中谷有蓷，暵其乾矣，有女仳離，嘅其嘆矣，嘅其嘆矣，遇人之艱難
矣。

中谷有蓷，暵其脩矣，有女仳離，條其歗矣，條其歗矣，遇人之不淑
矣。

中谷有蓷，暵其濕矣。有女仳離，啜其泣矣，啜其泣矣，何嗟及矣。

按：在山谷中採蓷草，其人必不會是貴族吧！用以歎其乾，其脩、其濕，從
　　事者詩中明言是棄婦。

28.〈鄭風・狡童〉

彼狡童兮，不與我言兮，維子之故，使我不能餐兮。
彼狡童兮，不與我食兮，維子之故，使我不能息兮。

按：女子直斥狡滑小人用情不專，此與權貴毫不相干。

29.〈鄭風・褰裳〉

子惠思我，褰裳涉溱，子不我思，豈無他人，狂童之狂也且！
子惠思我，褰裳涉洧，子不我思，豈無他士，狂童之狂也且！

按：女子直斥狂妄小子始亂終棄，亦與權貴無關。

30.〈鄭風・丰〉

子之丰兮，俟我乎巷兮，悔予不送兮。

子之昌兮，俟我乎堂兮，悔予不將兮。

衣錦褧衣，裳錦褧裳，叔兮伯兮，駕予與行。

裳錦褧裳，衣錦褧衣，叔兮伯兮，駕予與歸。

按：女子悔恨不能與初戀人結婚，從「俟乎巷」的約會地點，知其戀人乃一

　　介平民。

31.〈鄭風・出其東門〉

出其東門，有女如雲，雖則如雲，匪我思存。縞衣綦巾，聊樂我員。

出其闉闍，有女如荼，雖則如荼，匪我思且，縞衣如藘，聊可與娛。

按：專屬於民間青年男女的盛會中，詩中這位男士的專情是經得起其他美色

　　的考驗。

32.〈鄭風・溱洧〉

溱與洧，方渙渙兮，士與女，方秉蕑兮，女曰：「觀乎？」士曰：「既

且。」「且往觀乎？洧之外，洵訏且樂。」維士與女，伊其相謔，贈之以勺

藥。

溱與洧，瀏其清矣，士與女，殷其盈矣。女曰：「觀乎？」士曰：「既

且。」「且往觀乎？洧之外，洵訏且樂。」維士與女，伊其將謔，贈之以勺

藥。

按：《太平御覽》八百八十六引《韓詩內傳》云：「鄭國之俗，三月上巳之

　　日，於兩水上，招魂續魄，拂除不祥，故詩人願與所說者俱往觀也。」

　　民俗活動的詩歌當然是民間文化的主軸。

33.〈齊風・南山〉

南山崔崔，雄狐綏綏，魯道有蕩，齊子由歸。既曰歸止，曷又懷止？

葛屨五兩，冠緌雙止，魯道有蕩，齊子庸止，既曰庸止，曷又從止？

蓺麻如之何？衡從其畝。取妻如之何？必告父母，既曰告止，曷又鞠止？

析薪如之何？匪斧不克。取妻如之何？匪媒不得。既曰得止，曷又極止？

按：四章之中，屢屢出現民間的活動，如「葛屨五兩，冠緌雙止」、「蓺麻如之何，衡從其畝」、「析薪如之何，匪斧不克」。

34.〈魏風・葛屨〉

糾糾葛屨，可以履霜，摻摻女手，可以縫裳，要之襋之，好人服之。

好人提提，宛然左辟。佩其象揥，維是褊心，是以為刺。

按：從首章「葛屨」、「履霜」、「縫裳」，知是民間的常行，與貴族不相干。

35.〈魏風・碩鼠〉

碩鼠碩鼠，無食我黍，三歲貫女，莫我肯顧。逝將去女，適彼樂土，樂土樂土，爰得我所。

碩鼠碩鼠，無食我麥。三歲貫女，莫我肯德。逝將去女，適彼樂國。樂國樂國，爰得我直。

碩鼠碩鼠，無食我苗。三歲貫女，莫我肯勞，逝將去女，適彼樂郊。樂郊樂郊，誰之永號。

按：民糧被奪，官不愛民，無所措手足，只好另覓居所。這是純屬民間疾苦之痛音。

36.〈唐風・綢繆〉

綢繆束薪，三星在天，今夕何夕，見此良人。子兮子兮，如此良人何！
綢繆束芻，三星在隅。今夕何夕，見此邂逅，子兮子兮，如此邂逅何！
綢繆束楚，三星在戶，今夕何夕，見此粲者。子兮子兮，如此粲者何！

按：屋簷下堆放著綁好的薪、芻、楚等柴火，正是民屋的寫照。

37.〈唐風・鴇羽〉

蕭蕭鴇羽，集于苞栩，王事靡盬，不能蓺稷黍。父母何怙？悠悠蒼天，
曷其有所！

蕭蕭鴇翼，集于苞棘，王事靡盬，不能蓺黍稷。父母何食？悠悠蒼天，
曷其有極！

蕭蕭鴇行，集于苞桑，王事靡盬，不能蓺稻粱。父母何嘗？悠悠蒼天，
曷其有常！

按：《朱傳》：「民從征役，而不得養其父母，故作此詩。」從蓺黍、稷、
稻、粱等農務，更足以證明此詩乃描述征役妨害農時，孝子傷痛無以養
父母。

38.〈陳風・東門之楊〉

東門之楊，其葉牂牂。昏以爲期，明星煌煌。
東門之楊，其葉肺肺，昏以爲期，明星晢晢。

按：在茂盛的東門楊樹下，人約黃昏後，卻空等到三更半夜，當是民間男女
相期不遇之詩。

39.〈陳風・墓門〉

墓門有棘，斧以斯之。夫也不良，國人知之，知而不已，誰昔然矣。
墓門有梅，有鴞萃止，夫也不良，歌以訊之，訊予不顧，顛倒思予。

按：首章既云「國人知之」，次章「歌以訊之」當然也是國人之舉。此詩反
應民間的心聲，是毋庸置疑的。

40.〈豳風・七月〉

七月流火，九月授衣。一之日觱發，二之日栗烈；無衣無褐，何以卒歲？三之日于耜，四之日舉趾。同我婦子，饁彼南畝，田畯至喜。

七月流火，九月授衣，春日載陽，有鳴倉庚，女執懿筐，遵彼微行，爰求柔桑。春日遲遲，采蘩祁祁，女心傷悲，殆及公子同歸？

七月流火，八月萑葦，蠶月條桑，取彼斧斨，以伐遠揚；猗彼女桑，七月鳴鵙，八月載績，載玄載黃，我朱孔陽，為公子裳。

四月秀葽，五月鳴蜩，八月其穫，十月隕蘀。一之日于貉取彼狐狸，為公子裘。二之日其同，載纘武功，言私其豵，獻豣于公。

五月斯螽動股，六月莎雞振羽，七月在野，八月在宇，九月在戶，十月蟋蟀，入我牀下。穹窒熏鼠，塞向墐戶。嗟我婦子，曰為改歲，入此室處。

六月食鬱及薁，七月亨葵及菽，八月剝棗，十月穫稻。為此春酒，以介眉壽。七月食瓜，八月斷壺，九月叔苴，采荼薪樗，食我農夫。

九月築場圃，十月納禾稼，黍稷重穋，禾麻菽麥，嗟我農夫，我稼既同，上入執宮功。晝爾于茅，宵爾索綯；亟其乘屋，其始播百穀。

二之日鑿冰沖沖，三之日納于凌陰，四之日其蚤，獻羔祭韭，九月肅霜，十月滌場。朋酒斯饗，曰殺羔羊。躋彼公堂，稱彼兕觥，萬壽無疆。

按：此詩是中國最早的四季謠，描述豳地農夫一年四季的生活重點，當然是民間的作品。

41.〈豳風・東山〉

我徂東山，慆慆不歸。我來自東，零雨其濛。我東曰歸，我心西悲。制彼裳衣，勿士行枚。蜎蜎者蠋，烝在桑野。敦彼獨宿，亦在車下。

我徂東山，慆慆不歸。我來自東，零雨其濛。果臝之實，亦施于宇。伊威在室，蠨蛸在戶。町畽鹿場，熠燿宵行，不可畏也，伊可懷也。

我徂東山，慆慆不歸。我來自東，零雨其濛。鸛鳴于垤，婦歎于室；洒埽穹窒，我征聿至。有敦瓜苦，烝在栗薪。自我不見，于今三年。

我徂東山，慆慆不歸。我來自東，零雨其濛。倉庚于飛，熠燿其羽。之

子于歸，皇駁其馬。親結其縭，九十其儀。其新孔嘉，其舊如之何？

按：從三章「鸛鳴于垤，婦歎于室；洒埽穹窒，我征聿至。」等四句得知。

　　東征軍人乃來自民間，其居家應是貧窮村野。

42.〈豳風‧伐柯〉

　　伐柯如何？匪斧不克。取妻如何？匪媒不得。

　　伐柯伐柯，其則不遠。我覯之子，籩豆有踐。

按：從二章「我覯之子，籩豆有踐。」得知，新婦持家井井有條，飲食器具

　　安放整齊，皇家貴族的千金不必操持家務吧！

結　語

　　細讀以上四十一首國風的詩篇，有表達民間身分〈氓〉、放牧人〈靜女〉、清洗麻菅〈東門之池〉、田野草露〈野有蔓草〉、績麻粗活〈東門之枌〉、桑農〈十畝之閒〉、採收葛草蕭艾〈采葛〉、砍柴刈蔞〈漢廣〉、宅落東門郊野〈東門之墠〉、田地廢耕〈甫田〉、澤陂美女〈澤陂〉、樹桑之里〈將仲子〉、葛屨、藝麻、析薪〈南山〉、雀鼠屋墉〈行露〉、貧士安貧〈衡門〉、伐柯操籩豆〈伐柯〉、親歷涉水〈匏有苦葉〉、出身貧民的軍人〈東山〉、農村的雞羊牛〈君子于役〉、採收茆苢〈芣苢〉、砍伐小樹枝〈汝墳〉、採摘蕨荣〈草蟲〉、採葑採菲、毋逝我梁、毋發我笱、凡民有喪〈谷風〉、採唐、採麥、採葑〈桑中〉、出嫁見虹的民間傳說〈蝃蝀〉、以瓜、桃、李爲贈品〈木瓜〉、到山谷中採乾枯的蓷草〈中谷有蓷〉、女子遭受飢餓與疲勞的對待〈狡童〉、女子遇人不淑〈褰裳〉、巷中約會〈丰〉、專屬民間青年男女的活動〈出其東門〉、民間男女青年對唱情歌〈溱洧〉、葛屨、藝麻、析薪〈南山〉、葛屨、履霜、縫裳〈葛屨〉、掠奪民糧〈碩鼠〉、屋簷下推放薪、芻、楚〈綢繆〉、征役妨害農時〈鴇〉、東門楊樹下約會落空、〈東門之楊〉、農民的四季謠〈七月〉、久役返鄉〈東山〉、善於操持家務〈伐柯〉。

　　由上列種種民間背景的詩歌，足以證明《詩經》不是全屬貴族文學，至

少有四分之一的〈國風〉詩篇與民間生活有密切關係。至於這四十一篇風詩爲何不全像鄉土文學的樣子呢？《漢書・藝文志》：「古有采詩之官，王者所以觀風俗，知得失，自考正也。」這些採詩官出身貴族，因當時接受教育是統治階層的專利，一般百姓農民全是文盲，民間的歌謠由貴族詩官來採集，其文辭風格難免不貴族化與文人化，致使後人誤以爲〈國風〉不是民間歌謠。

　　至於要如何界定「民歌」和「文人作品」的區分？法國漢學家侯思孟（Donald Holzman）曾指出民歌有四個特點：「(1) 押韻不嚴整，(2) 詩中有許多華麗的意象，如金、銀、鑽石等等，特別是描寫女人時，即使是女僕，也往往穿金戴銀。(3) 對話轉換跳接得很快，有時不容易確定是誰在講話。(4) 常常借擬人化的花草鳥獸來講話，來表達感情。」（《當西方遇見東方——國際漢學與漢學家》，光華畫報社印，民 80）。侯思孟是十九世紀的人物，又是法國人，他的觀點未必吻合中國的《詩經》時代，卻具有相當的參考價值。

附錄四

詩經的貴族性　　葉國良（臺大中文系教授）

　　研究典籍，應先掌握該典籍的屬性，對其屬性的了解若有所偏差，研讀時的思惟必然隨之偏差。因此，掌握典籍的屬性，乃是研讀的先決條件。

　　《詩經》爲吟詠情性或歌頌先祖功烈的作品，是周代階級社會中貴族的產物，反映的也是貴族生活的種種面向、貴族的情感思惟，自漢代以至清代，絕大多數的學者對這一點並沒有異議。自從「民歌說」興起後，許多學者罔顧詩篇的時代性以及當時的階級性，喜好將〈國風〉的若干篇章說成民謠，說詩中反映的是平民的生活，甚至指詩中的「君子」爲農民，遂建構出一個不存在於歷史的幻境。筆者認爲這是極大的偏差，流弊甚多。

　　「民歌說」的出現，遠紹「采詩說」，中承「廢序派」的觀點，近受社會主義的影響，然而其說難以成立。關於「采詩說」，逕指由平民向庶人階層采詩的文獻，僅見東漢末年何休的《公羊解詁》，其餘並無明文指明是向庶人采詩，因而「采詩說」並不能支持〈國風〉是「民歌」的說法。關於「廢序派」的觀點，雖然宋代以後有不少學者批評〈詩序〉以政教說《詩》的迂曲，力主說《詩》應擺脫〈詩序〉，但並未強調其內容反映的不是貴族生活，該等學者即使運用「民間」一詞，也不是指庶人階層而言，因而「廢序派」的觀點也不能支持〈國風〉是「民歌」的說法。真正引出「民歌說」的動因，乃是社會主義、普羅文學風潮下的一些病態思惟，他們以爲偉大的作品應該出自「廣大的人民」。由於「民歌說」的支持者可能會辯稱「民歌」一詞乃借用西語，筆者遂檢驗《大英百科全書》及《大美百科全書》對 Folk music 和 Folk song 的定義，結果不能與〈國風〉的內容符合。足見「民歌說」其實缺乏立足點。

　　以上的說辭，自然牽涉極多的問題。要釐清問題，比較合理的處理方式是：避免陷入「主序」與「廢序」爭論的泥淖，先不討論某篇爲何人爲何事

而作，而從全部詩篇的內容觀察是否有平民生活的痕跡。四十年前，先師屈萬里先生撰〈論國風非民間歌謠的本來面目〉，已指出〈國風〉各篇在篇章的形式、使用的語言、用韻的情形、語助詞的用法、代詞的用法等幾個方面有其一致性，且和〈雅〉、〈頌〉有共通點，這自然不是反映各國風土特色的民謠應有的現象，因而主張：〈國風〉「一部分是各國貴族和官吏們用雅言作的詩歌」，「而大部分是用雅言譯成的民間歌謠。」然而，用雅言譯成的民間歌謠，顯然不再是民間歌謠，因此屈師的說法，其實是主張〈國風〉各篇並非「民歌」。

　　在屈師該文的基礎上，筆者再提出兩項論證：一是逐篇考察〈國風〉一百六十篇作品，其中使用貴族的稱謂（如公、侯、君子、子、姬、姜等），貴族的器物衣飾（如鐘鼓、金罍、四牡、狐裘、繡裳、室家等），貴族的生活（如王事、威儀、田獵、萬舞等）者合計一百三十四篇，另外二十六篇也沒有純綷描寫庶人生活之作；二是貴族行禮用樂，雜用〈雅〉、〈頌〉與〈國風〉，貴族於外交場合賦詩，〈雅〉、〈頌〉與〈國風〉的比例約為三比二，這個現象，只能解釋成〈國風〉本是各國貴族的作品，無說民間歌謠。

　　總之，《詩經》是貴族文學，〈國風〉不是民間歌謠，「民歌說」無法成立。